诗词研究书坊

南散曲概论

NAN SAN QU GAI LUN

高朝先 著

师之题

中国书籍出版社
CHINA BOOK PRESS

图书在版编目（CIP）数据

南散曲概论 / 高朝先著 . -- 北京：中国书籍出版社，2022.1
ISBN 978-7-5068-8871-4

Ⅰ . ①南… Ⅱ . ①高… Ⅲ . ①散曲—文学研究—中国 Ⅳ . ① I207.24

中国版本图书馆 CIP 数据核字（2022）第 015473 号

南散曲概论

高朝先　著

责任编辑	王志刚　杨铠瑞
责任印制	孙马飞　马　芝
排版设计	文人雅士
出版发行	中国书籍出版社
地　　址	北京市丰台区三路居路 97 号 (邮编：100073)
电　　话	（010）52257143(总编室)　　（010）52257153(发行部)
电子邮箱	chinabp@vip.sina.com
经　　销	全国新华书店
印　　刷	三河市顺兴印务有限公司
开　　本	710 毫米 ×1000 毫米　1/16
字　　数	336 千字
印　　张	22.5
版　　次	2022 年 1 月第 1 版　2022 年 2 月第 1 次印刷
书　　号	ISBN 978-7-5068-8871-4
定　　价	68.00 元

版权所有　翻印必究

序

高　昌

王国维在《宋元戏曲史》中说："元曲之佳处何在，一言以蔽之，曰：自然而已矣。"这"自然"二字说时容易，作时则难。就当下诗坛而言，曲学似乎并不是显学。2006年，我曾在《中华诗词》撰文说："在'华夏诗词奖'的一百多位获奖者中，仅有三位曲作者，而这三位曲作者中，滕先生是自度曲，张先生是仿的'九转货郎儿'，均不是严格按传统曲律来创作的。诗、词、曲本来都是传统诗歌宝库中的明珠。但就当代旧体诗创作而言，诗词作者很多，曲作者则相对较少，发表出来的作品更少。……笔者借《中华诗词》一角做一个小小的呼吁：希望有更多的诗人和研究者进一步关注这一传统诗体，使之在当代诗坛焕发出新的更璀璨的光彩。"但时至今日，十几年过去了，曲作者和研究者与诗词创作研究的队伍相比，仍然还是"弱势群体"。

曲的创作目前有复苏态势，原平、榆林、长沙、西安、石家庄等地都有不少的散曲作者。而放眼南北，曲的研究者在数量上则还是屈指可数，其中研究南曲的学者更是寥若晨星。因此，读到高朝先先生在曲学萧疏而冷寂的背景下拿出的这部专门研究南曲的著作，我眼前一亮。

朝先先生的《南散曲概论与写作实务》[①]接续了王国维和吴梅先生采用的文献学、历史学与文艺学相结合的研究方式，尤其在南曲的曲史、曲体的文献梳理方面下了功夫。虽然作者的初衷只是"专为传承南散曲而写的一本基

---

① 书名更改情况，请见本书《后记》中的说明。

础读物"，但也有不少新的学术视角和新的理论拓展，他提出的一系列个人观点也颇为新颖。

记得叶圣陶先生在20世纪70年代写给儿子叶至善的一封信中说："传奇里的北曲，未必是元曲的本来面目。但是现在据我们所记忆，传奇里的北曲每个字的'工尺'总比较少。而南曲则尽量地摇曳缭绕，一个字要填好些'工尺'，要唱许多拍。"前些年读到叶先生的这段话，印象一直很深，同时也给我造成一种个人感觉，就是南曲比北曲的音乐体式要相对繁难。虽然这种感觉仅仅是个人感觉，但南曲确实是当代曲学研究中值得着力探讨的相对冷僻的一个学术领域。高朝先先生钩稽古籍探讨源头，结合现实深入查考，明晰勾勒了南曲的发展演变、风格观念、审美风尚及其音乐特色，并结合考证、校勘、辑佚的方法开展了认真的治学实践。当代曲学者们对于南曲、北曲的诸多概念、体制功能和前后递兴、理论流变、互相影响等方面是有认识上的分歧的。朝先先生大胆阐释，多有创见，其学术勇气和治学精神，都是可圈可点。

诗、词、曲都是中国古典诗学中的重要创作体裁，也都有着浓郁的音乐成分。纵观中华诗词的发展历程，唐诗、宋词、元曲如同绵延岭脉，三峰并立，而又各成峰巅。诗、词、曲这三种诗体是各自时代的文学高峰。虽然唐代传世的诗歌作者仅3300多人，而宋诗传世的作者多达9200人，但是人们还是认为宋词比宋诗更能代表宋代的文学成就。同样道理，元代虽然也有诗词经典作品，但实际上元曲还是代表了元代的最高文学成就。曲和诗词并立并不逊色。近现代旧体诗作者中也多有诗词曲同时创作者，比如吴梅等大家就是诗词曲俱擅的。不过相较而言，曲这一诗体实际上还是处于诗词的从属和弱者的地位。朝先先生并没有忽略这一重要诗体，而且从比较生疏的南曲研究入手，探讨这一诗体的基础概论与写作实务等重要话题，厚积薄发，举重若轻，确实是下了一番功夫。他现为湖口县石钟山诗词学会副会长、《石钟山诗词》主编，著有《诗论漫笔》（诗论文集）二卷、《植墨楼诗稿》等。我在《中华诗词》《心潮诗词评论》等报刊也读到过他发表的不少诗曲论文。在给我的微信中，朝先先生自称是"乡野之人"，但拿出这样一部《南散曲基础概论与写作实务》学术专著，也不是心血来潮，而是有着长期的知识积累和学术实践。正所谓"九层之台,起于累土"也。

古人云:"直必有至味,俚必有实情,显必有深义"。曲这种诗体偏重至味、实情、深义。不是朱门大户的"驼峰熊掌",而是市井人家的"蔬笋蚬蛤",更加贴近实际,贴近生活,贴近群众,洋溢着浓郁的人间烟火气息,有着不约而同的平民眼光和市井情趣。朝先生不弃其蛤蛎味和蒜酪味,倾心研究,倾力而为,拿出来《南散曲基础概论与写作实务》这样一部厚重书稿,是很值得赞赏的。在先生大作即将付梓之际略赘以上数言,一方面为高朝先生鼓掌,另一方面也表达我内心对散曲振兴的一份美好祝愿。

2020年8月22日于北京
(作者为《中国文化报》理论部主任,《中华诗词》杂志主编)

前 言

唐诗、宋词、元曲，被称为中国古典诗歌三座艺术高峰，无论过去、现在和将来，都是中华民族的骄傲。但是，新时期诗词复兴以来，唐诗、宋词得到了空前繁荣，元曲虽显短板，北曲也开始萌发，唯元曲中的南曲，偶可有见，微乎其微。南曲难获新生的重要原因是南曲鲜为人知和基础理论薄弱。为完整继承我国传统诗歌艺术，助推我国当代民族文化范式的重建和形成，并有助于广大南曲爱好者创作，本人特编写了这本《南散曲基础概论与写作实务》。

我产生写这本书的想法，最初只是为了寻找南曲。四十多年前，在开始接触传统诗词时，我就知道了我国传统诗歌体裁中有个南曲，并且为之留心寻找。可是，若干年后，我都无法与南曲相遇，间或见到相关资料，不是说南曲已经"失传"，就是说南曲早已"消亡"，以至诗词复兴几十年来，在我们的诗词界，无论于创作、理论或工作，都很难听到有南曲的声音，甚至在一些言行中，只以北曲概指"元曲"，或仅以北曲与"唐诗""宋词"相提并论为"三足鼎立"。

事情果真是这样的吗？不是。在始料未及中，我在我的家门口发现了南曲。也就是，在我的家乡——江西省湖口县，这里有大量的南曲遗存，而且是可观可闻的"现存"，那就是我的家乡地方戏曲——"湖口高腔"。湖口高腔由安徽青阳腔流传形成，又称湖口青阳腔，在湖口、都昌两县传唱400余年，至今仍然活跃在当地民间舞台。由于湖口高腔一直只被认作"戏"，不认为是"曲"，包括至2006年，湖口青阳腔被列为我国国家级首批非物质文化遗产，湖口县并由此而荣获文化部命名的"民间戏曲之乡"，也还只以"戏"相待。然而，经查阅资料，青阳腔即为南戏，南戏即为南曲，是当代实实在在的南曲。

我自幼听家乡戏长大，却不知家乡戏就是南曲。今天在家门口找到了南戏，是一件很幸运的事情。2015年底，中华诗词学会成立了散曲工作委员会，虽说没有直接提到南曲，却也说明元曲已开始受到社会关注。2016年，我开始认真接触家乡的青阳腔，在查阅相关资料中，发现湖口青阳腔已整理出496支曲牌，并分类为：高调曲牌277支，横直曲牌81支，杂出小调曲牌21支，锣鼓曲牌65支，工尺曲牌52支。所谓"高调"曲牌，指高腔剧种"腔高调喧"唱腔主体曲牌；"横直"曲牌，横，指笛子，直，指唢呐，为湖口高腔"笛调"曲牌；杂出小调曲牌，出自民间音乐或民间小调，是经青阳腔"改调歌之"后的本源曲调；锣鼓曲牌，指青阳腔"不入管弦"，用锣鼓伴奏，是以谐音标识锣鼓等乐器击奏曲调的专用曲牌；工尺曲牌，是指以"工尺"记谱法为标识的宫调曲牌。凡此种种，可谓翔实有加。然而，遗憾的是，这些曲牌虽然名目繁多，但在资料中，却只是根据当地青阳腔遗存剧本唱腔标识所录，并无格式，更无曲谱，完全"有名无实"。为了证实南曲就在其中，在发现湖口青阳腔曲牌情况后，我一方面找来大量当地高腔遗存剧本，对照剧本唱腔与相关曲牌进行研究，一方面走向民间，亲自走访至今仍然活跃在本地乡间的高腔戏艺人，听取他们的演唱和传承情况介绍，又发现，这些"曲牌"之所以"有名无实"，是因为南戏传承方式所致，艺人演唱只"以字传腔"，代代相传。面对几百个"有名无实"的曲牌，我尝试对照剧本唱腔"自度"格律。然而，这种方法，不仅工作量大，而且毕竟水平有限，肯定会因体制与格律"不规范"而枉费心机。

为了寻求规范和找到"权威"，2016年冬，我来到北京，在国家有关科研机构找到了不少相关南戏及散曲方面的馆藏图书，我如获至宝，经详尽阅读，不仅找到了南戏和南散曲，而且在书中"会见"了湖口青阳腔。接着，我又通过网络查寻，购买了一部分史传图书。原来，我国南曲不是没有流传，当代也不是没有研究，而是"养在深闺人不识"。自此，我对南曲的认识，从田野走向了殿堂。为了检验这些资料的可用性，经过一段时间对南曲曲牌的摸索，在认识南戏与南散曲毕竟有别的情况后，2017年5月，我首先在当地组织了一次南散曲创作实习活动，20余名当地诗词爱好者参与学习，创作了数十首南散曲作品，并推荐在《中华诗词》等刊物发表。在将理论付诸实践获得成功后，我决心让南散曲走向更加广阔的天地。

然而，任何事情都不是一帆风顺的。在我亲自主持南散曲创作实习活动获得初步成效后，原本打算利用自己在当地诗词学会担任一定职务的便利条件，借助组织和群众的力量，尤其借助本地已获中华诗词学会命名的"中华诗词之乡"社会影响，首先组建一个本地的南散曲内部机构，然后结合日渐繁荣的群众性诗词活动，将南散曲创作融入其中，创造出本地"戏曲之乡"与"诗词之乡"相融合的地方文化特色，并以此让南曲走向社会。但令人想不到的是，当我把自己的想法公开表白以后，竟被有关掌门人以其自身世俗名利偏见拒而绝之。我的设想没能付诸实现，却反而坚定了我要把南曲挖出来和推出去的决心，我要让南散曲与北散曲与诗与词一样，共同走进当代诗词的复兴行列，并且能让更多的人掌握和为新时代服务，我决定写一本关于南散曲的书，而且是理论与创作实务相结合的书。

如何写好这本书？我是一个乡野村夫，只有过当兵和做工人的经历，后来又一直在基层单位工作，能写好这本冠名为《南散曲基础概论与写作实务》的书吗？我不敢保证。但我想，事情总得尝试，有尝试才有成功。做得不好，会有人纠正；没有人做，则会遗憾至深，我们失去的或将是中国散曲的半壁河山。

我的这本书，不是理论专著，我要做的事情，是将散见于诸多方面资料中的知识进行整理和汇集，让这些深藏在图书仓库里的理论面向社会并走向大众。说到底，我只当一个资料"搬运工"。当然，我知道这种"搬运工"不是那么好当的。文献繁杂，众说纷纭，且相互矛盾或争议不少，该"搬"什么，不该"搬"什么，还有如何"运"，不仅要有对南曲，包括对整个元曲和与之相关联知识的认知，而且得有一定的鉴赏能力和正确的遴选方式，其中包括应有的个人艺术观点与思想方法，同时更要考虑到读者的要求，也就是"实务"的需要，等等。为此，我给自己定下一个基本思路，即从元曲入手，以散曲着笔，突出南曲基础知识与写作实务，从普及南散曲创作出发，做到"知古今，明理论，可操作"。知古今，即为追根溯源，必须找到元曲形成的真实源头及其发展趋向，不能附和于广传的所谓元曲源于"村坊小调"，或北方少数民族乐曲；明理论，重要的是究其艺术本质与规律，包括散曲艺术个性及其与一切文学形式一样的艺术共性关联，以及与南曲紧密相关的南戏和北曲的相关知识等，都必须交待，至于文献资料中的大量旁征博引和高谈阔论，我当少取或不取；可操作，即写作实务，也就是南散曲的写作基础知识，其中关于南散曲格律、声韵等技能知识，包括南散曲写作所必须的南曲曲谱和韵谱，都必求规范、正统，不可贻误他人，还有文献资料中极少有或完全没有的南散曲艺术风格和当代散曲的继承与创新问题，都得提供一定借鉴和参考。如此一来，困难是不少的，我必须刻苦学习。本书的编写过程，实际是我的一个学习过程。我一遍又一遍地熟读和筛选手中的资料，一遍又一遍地比对自己的创作思维和体验，设身处地地为读者多想到一些"为什么"和"怎么办"。我不是曲学专家，我唯一的底气是用心，世上无难事，只怕用心人。我的成书标准是，从普及南散曲基本知识出发，自己能用，读者亦能用，能用就好。

任何理论和知识都不是个人臆想出来的。艺术本由民间产生，经长期实践和积淀而成规律。凡艺术的传承，一个最基本的原则是必须遵循规律。所以我非常庆幸我所能找到的这些资料。如果没有这些资料，我是无法认识南散曲的，当然也无法走进对这项艺术的传承。艺术传承又与现实意义相关，是新时代的"文化自信"和对优秀传统文化的弘扬，给予了我写好这本书的底气和勇气，所以我非常感谢中华诗词学会副会长、《中华诗词》主编高昌先生为我的这本书作序，是高昌先生在序中对当代诗坛前后递兴高屋建瓴的见解，给予了我极大的鼓舞和鞭策，在我完成初稿正待进行规范和完善的时候，再度促使我对已完成文字大胆地进行了多次大幅度的调整与补充。本书前后共经六次较大修改，从2017年开始构想，到今日基本完稿，历时三年有余，除基础理论部分外，并附有《南曲曲谱新编》和《〈洪武正韵〉简编》，可方便南曲爱好者使用。只因水平有限，资料毕竟不足，本书一定存在不少缺陷或错误，我衷心期待有关专家学者和广大读者批评指正。

本书的出版，实现了我多年来的夙愿，我为自己在古稀之年做了一件大事而欣慰；更希望通过本书的出版，能使行将失传的南曲得以继史传承，是如高昌先生所说："希望有更多的诗人和研究者进一步关注这一传统诗体，使之在当代诗坛焕发出新的更璀璨的光彩。"

高朝先

2020年12月22日于湖口

目 录

序	高 昌 1
前 言	高朝先 1

第一章　散曲源流与发展 ························· 1
　第一节　散曲溯源 ···························· 2
　第二节　散曲与戏曲 ·························· 12
　第三节　历代散曲发展情况 ···················· 17
　第四节　南曲与北曲 ·························· 32

第二章　找回南散曲 ····························· 40
　第一节　从南戏看南散曲 ······················ 40
　第二节　南散曲溯源 ·························· 47
　第三节　历代南散曲创作情况 ·················· 51
　第四节　关于南曲"消亡论" ·················· 54

第三章　南散曲体制 ····························· 57
　第一节　南散曲体制构成 ······················ 57
　第二节　南散曲体制定型 ······················ 76
　第三节　南曲与北曲比较 ······················ 80

第四章　宫调与曲牌 ····························· 83
　第一节　宫　调 ······························ 83
　第二节　曲　牌 ······························ 91

第五章　板拍与句式 …… 96
第一节　板　拍 …… 96
第二节　板拍与句式 …… 99

第六章　声　律 …… 102
第一节　声律由来与运用 …… 102
第二节　南散曲声律 …… 105
第三节　犯曲与声律 …… 111
第四节　衬　字 …… 112
第五节　关于入声字 …… 116

第七章　韵　律 …… 122
第一节　从口语押韵到韵书 …… 122
第二节　从诗韵到曲韵 …… 123
第三节　南曲曲韵特点 …… 127

第八章　曲谱与韵谱 …… 128
第一节　曲　谱 …… 128
第二节　韵　谱 …… 137
第三节　当代诗韵与曲韵 …… 151

第九章　艺术与风格 …… 157
第一节　散曲艺术要点 …… 157
第二节　散曲风格与语言 …… 165
第三节　散曲"宫调声情"说 …… 169
第四节　关于南曲继承与创新 …… 174

附一：南曲简谱新编 …… 179
附二：《洪武正韵》简编 …… 332
主要参阅书目 …… 345
后　记 …… 346

第一章　散曲源流与发展

　　什么是散曲，历来没有明确定义。元代是散曲文学勃兴时代，却未出现"散曲"这一概念，只多称"乐府"。散曲作为文体称谓出现在明初，直至近现代，也只与元曲中的"戏曲"相对而称。当代散曲研究资料中关于散曲的概念，又多从各自研究方向和研究风格出发而自由生发。例如，有称散曲是"曲文学之一支"，有称是"一种新型歌词"，当然还有效法"词者诗之余"而称"曲者词之余"，曰"词余"，以至还有称散曲是"词之变体"或"别是一体"，等等。然而，在当代，散曲在人们的心目中就是一种诗体，是区别于其他"中国诗"的又一种古典诗歌艺术形式；因为散曲体制有着与唐诗、宋词相类似的格律规范，故我们又可以将它们合称为"格律体诗歌"，或者与自古以来我国的各种传统诗体一起，统称为"传统诗词"，或"中华诗词"。

　　说散曲是我国古代诗体之一种，当然是就诗的文学属性而言。但散曲作为"曲"的一种艺术形式，还与"唱"的艺术属性密切相关。散曲本是元曲的一种类别，元曲因剧曲与散曲两种类别而合称。说散曲与剧曲相对而称，它们的区别只在于，剧曲以演唱结合说白、科介（动作）而构成戏剧，是用来表演人物与故事的戏剧艺术；散曲则不与说白、科介发生关系，却又可以配乐歌唱。散曲的合乐可歌，谓之"清唱"，故散曲又有"清曲"之称。

　　元曲分南曲与北曲，源于形成之初。在当时，流行和发展于我国南方的称"南曲"，流行和发展于我国北方的称"北曲"。因南曲与北曲均分别有剧曲和散曲，南曲之剧曲称"南戏"，北曲之剧曲称"杂剧"（亦可称"北戏"）；散曲之谓则分别称"南散曲"和"北散曲"。盖因当代我国元曲之剧曲流行甚少（千万不要说"消亡"），不能成为主流戏曲形式，对于当代

"元曲"之论，人们只取散曲一类，仅将南散曲和北散曲，分别概称为"南曲"和"北曲"。

元曲自明、清以来，素与唐诗（指近体）、宋词，谓之"三足鼎立"，合称我国古典诗歌艺术三座高峰。主要原因，在于它们都有着规范的格律形式，并且以其各自的艺术特色与风格，表现了中国诗歌艺术的丰富内涵，体现了中国人的特性和风尚，是千百年来人们十分喜爱，并且能够掌握的大众文学。也正因为如此，元曲与唐诗、宋词一样，为人们世代流传和成为我国最具特色的优秀传统文化代表，成为新时期巨大文化资源，对我国当代文化构建产生巨大影响。鉴于当代诗词复兴以来，诗与词已得到隆兴，唯有曲之一体，尤其南曲之一类，不能并驾齐驱；又因无论南曲、北曲皆为元曲，故以南散曲为论，也必须从元曲和散曲两个总体概念出发，有同为溯源必要和进行整体性审视与认知。

第一节　散曲溯源

任何艺术形式的产生和形成，都不是轻易可得的。中国散曲的形成和发展，不仅经历了漫长的历史时期，而且与中国历代古文化有着千丝万缕的联系。

散曲为元曲之一类，关于散曲溯源，理所当然须首问元曲；元曲之所以谓"元"，理所当然又须首问元代。然而，令人遗憾的是，在元代，人们似乎只顾创作和演唱，有理论述著也只讲"唱"和"作"，如芝庵的《唱论》只"论唱"，周德清《中原音韵》中有《作词十法》只讲"作"，至于这种可供人们创作和演唱的艺术，叫什么形式，其产生和发展情况如何，几乎都没有人去管它。也就是说，元曲兴盛于元代，元代却几乎没有给我们留下什么可供溯源所用的文字理论凭据。

元曲在元代所没有做的理论工作，在明代来了个大补课。明代不仅元曲创作胜过元代，尤其在北曲走向衰落的情况下，南曲（包括南戏和南散曲）反而走向大盛，以至与同时期的北曲相比形成了压倒性优势，而且著作家蜂起，各种散曲结集、理论著述，以及曲谱之类，纷纷问世，包括"散曲"二字作为文体的称谓，也是明代曲家朱有燉在他的散曲集《诚斋乐府》中首开先例。所有这些，都为后人留下了极其丰富和宝贵的真实资料。

然而，明清以后，直至今天，虽说人们对于元曲有所认识，但就研究与溯源来说，如同对待其他文学艺术形式一样，文献家们向来都有个厚古薄今，详远略近的弊端，对于散曲研究又远不如唐诗、宋词。至于南曲，当然更不用说，包括南戏和南散曲，不但少有研究，而且多被一些人凭个人臆想，惯以"消亡"二字以蔽之。只在1913年，王国维先生《宋元戏曲史》问世，叩开了中国古代戏曲研究的大门，由此也同时揭示了元曲的由来，展示了南曲的辉煌。然而，遗憾的是，王国维先生的著述，并未引起社会应有的关注，一些人的研究，仍然表现为"你写你的，我写我的"，即便有青睐者，其著述也只多作个人科研成果和图书馆藏品，至于社会和广大散曲爱好者，他们对于南曲的认知，也仍然或为空白，或存在太多偏见。

为了找回南散曲，并且使之能够为当代社会认可和切实为新时代服务，首要任务当然是能够实事求是地认识南曲，由此则必须有对于南曲和包括整个元曲发展情况的正本清源。只因为元曲的起源，原本就是中国戏曲的起源，对于元曲的溯源，当然必须从元戏入手；同样，对于南曲的溯源，也当必须从南戏入手。其最简捷的办法，就是以学术界普遍认同的为中国戏曲学科研究的开山之作，王国维先生《宋元戏曲史》为依据。也就是说，我们可以从宋元戏曲史中，找到散曲和南散曲的发展源头。

王国维先生在《宋元戏曲史》中说："知我国戏剧，汉魏以来，与百戏合，至唐而分为歌舞戏及滑稽戏二种；宋时滑稽戏尤盛，又渐藉歌舞以缘饰故事，于是向之歌舞戏，不以歌舞为主，而以故事为主；至元杂剧出而体制遂定，南戏出而变化更多。于是我国始有纯粹之戏曲"（《宋元戏曲史》第114页）[①]。意思是说，我国之戏曲艺术，虽说自汉魏以来，也曾有过类似于"戏"的东西，但中国真正可以称之为有"纯粹之戏曲"，是从元代开始的。其具体所指，就是当时的"北杂剧"和"南戏"，也就是后来人们所泛指的"元曲"。

说元代之始有"北杂剧"和"南戏"，只是一个大致的年代划分，是

---

① 本书引用文献采用随文括号加注方式，其版本见后参考文献。

为了标明"元曲"的概念，相关细节后面会说到。这里只说，中国为什么在元代才有戏剧？是历史的脚步一踏进元代的门槛就有，还是因元人入主中原从外部带来的？都不是，任何艺术的形成，都不会那么简单。究其由来，历史漫长，所以要溯源。为此，王国维先生"辄思究其渊源，明其变化之迹"（《宋元戏曲史·自序》第1页），在成就《曲录》六卷、《戏曲考原》、《宋大曲考》等十余部考证论著基础上，写出《宋元戏曲史》，指出："今日流传之古剧，其最古者出于金元之间。观其结构，实综合前此所有之滑稽戏及杂戏、小说为之。又宋元之际，始有南曲、北曲之分，此二者，亦皆综合宋代各种乐曲而为之者也。"（《宋元戏曲史》第12页）这里是说，元代之"元曲"，实际在南宋和金代就已经产生了，而且其产生的缘由，或曰其结构形态的形成，是与在此之前的历代文化元素紧密相关，其中最直接的渊源关系，即是"宋代各种乐曲"。一句话，元曲，包括剧曲和散曲，其本来就是"中原文化"的结晶，是萌发于中华沃土，并得以成长壮大的艺术奇葩。为了说明元曲与历代文化，尤其与北宋以来各种乐曲的渊源关系，王国维先生在《宋元戏曲史》中，列出了如下种种。

一、宋之歌曲

宋之歌曲，简言之，就是宋词。王国维先生在《宋元戏曲史》中说："宋之歌曲其最通行而为人人所知者，是为词，亦谓之近体乐府，亦谓之长短句。其体始于唐之中叶，至晚唐五代，而作者渐多，及宋而大盛。宋人宴集，无不歌以侑觞；然大率徒歌而不舞。其歌亦以一阕为率。其有连续歌此一曲者，……皆徒歌而不舞。其所以异于普通之词者，不过重叠此曲，以咏一事而已。"（同前第28页）。后来者多有以此为据，探求元曲与宋词的渊源关系。

词，原本就有"曲子词""曲子""曲词""歌曲"等称谓。说明词是用来歌唱的，相当于今天的歌曲；因为词配之以音乐，自然有"曲"，又有"曲"之称谓。其实，若溯词之渊源，在我国古代，词，本来就是"乐"，就是"曲"。词，作为一种诗体的出现，系直接脱胎于唐代燕乐。

燕乐是我国古代三大音乐体系之一，另外两个体系为先秦时代的"雅乐"和汉魏时代的"清乐"。燕乐在唐代最为鼎盛。所谓"燕乐","燕"通"宴",实际就是"用于宴会的乐曲",是一种适应民间艺人演唱的通俗艺术形式。在民间艺人不断尝试用长短不齐的歌词演唱过程中,一种本为配乐演唱的被称作"词"的新诗体就产生了。至后来,同样因为配乐演唱的关系,由"词"而演变为"曲",它们之间的血缘关系,自然理在其中。例如,宋代王安石的词集就径题《临川先生歌曲》,姜夔的词集亦名《白石道人歌曲》。清人宋凤翔说过:"宋、元之间,词与曲一也,以文写之则为词,以声度之则为曲。"因为同属演唱的渊源关系,散曲产生后,又有将"曲"直接谓之"词",此情况亦非常多见。如元人周德清编撰《中原音韵》,有篇《作词十法》,实是"作曲十法";明人徐渭作《南词叙录》,实为南曲理论专著;明末朱权著《太和正音谱》,评元曲家一百八十七人,皆称为"词"家;至近代,曲学大师吴梅撰《南北词简谱》,实是南曲和北曲曲谱,等等。宋元以来,直至今天,称"曲"为"词"者,可谓比比皆是,难以尽举。

说元曲源于词,有一个有力佐证,那就是,在散曲所用曲牌中,有许多曲牌就源于词牌。其中曲牌与词牌名称完全相同者,如【一剪梅】【一枝花】【二郎神】【大圣乐】【山花子】【千秋岁】【天仙子】【天净沙】【天香引】【长相思】【忆王孙】【东风第一枝】【玉楼春】【永遇乐】【西江月】【后庭花】【传言玉女】【行香子】【如梦令】【折桂令】【巫山一段云】【青玉案】【卖花声】【念奴娇】【南乡子】【点绛唇】【贺新郎】【秦楼月】【浣溪沙】【菩萨蛮】【渔家傲】【朝天子】【鹊踏枝】【虞美人】【满庭芳】【醉太平】【蝶恋花】【踏莎行】【鹧鸪天】【霜天晓角】,等等,达一百八十余种。有不少曲牌与词牌,甚至在曲调与格律方面都完全相同,还有名称和格律大同小异者更不在少数。与此同时,我们还注意到,曲与词在体制格局方面的相似之处。唐五代时,词以小令居多,又有单调,至宋代慢词长调大兴,不仅出现了双调,犹有三叠、四叠;至曲的产生,有小令,又有么篇(前腔),进而有带过、套数(曲组)等。其中,曲的小令与词的小令如出一辙,曲之么篇(前腔)、套曲与词之双调、多叠等的关系极为接近。说明在体制形成方面,曲与词之间密不可分的血缘关系，是毋庸置疑的。

由词对曲的影响，我们可以同时联想到诗。"诗三百篇，孔子皆弦歌之"（《史记》），说明早在《诗经》时代，诗与乐就是合而为一的。在中国古代，诗与乐本属同源。包括汉魏六朝乐府及唐代近体，原本也都是用来唱的歌体，它们对元曲的产生，也一样有着重大影响。如近体诗的演唱，历来称"歌诗"。歌，就是以歌的形式演唱。"歌诗"一直流传至新中国成立前后，在当代诗词复兴中亦有所见。乐府更不用说，在宋代，人们以"词"称"乐府"者早为常见。如欧阳修词集称《欧阳文忠公近体乐府》，苏东坡词集称《东坡乐府》，刘长卿词集称《惜香乐府》等。至于称散曲为乐府者，在元曲勃兴的元代，其时称散曲就直接谓之"乐府"或"今乐府"，散曲作品集也多以"乐府"二字冠名。如元代杨朝英选编散曲总集称《朝野新声太平乐府》，张养浩自编散曲集称《云庄休居自适小乐府》，后人编元代马致远散曲称《东篱乐府》、张可久散曲称《张小山北曲联乐府》；在明代，朱有燉散曲集称《诚斋乐府》、王九思散曲集称《碧山乐府》、夏文范散曲集称《莲湖乐府》、杨慎散曲集称《陶情乐府》，等等。以至有将关汉卿、郑光祖、白朴、马致远"元曲四大家"，称为"元人乐府四大家"。可见作为诗歌形式的乐府，对于元曲的形成和发展，与词和诗一样，其影响同样是很深远的。

二、宋之歌舞

王国维在《宋元戏曲史》中说："然后代之戏剧，必合言语、动作、歌唱，以演一故事，而后戏剧之意义始全。真戏剧必与戏曲相表里。"（同前第28页）说"与戏曲相表里"的宋代乐曲形式，除"歌曲"之"徒歌不舞"的乐曲形式外，又有一种以"歌舞相兼"的乐曲形式，叫"传踏"，标志着元曲的又一来源。

传踏，又称转踏、缠达、缠令，是一种既有歌又有舞的演唱形式。传踏的歌舞形式，在唐代称"转踏"，其演唱形式为诗歌"联章体"，即以定数的数首诗或词循环演唱，宋初则演变为一诗一词"循环间用"，称"传踏"。宋初传踏的表演方式是以一支曲子连续歌而带舞，有一曲咏一事，若干曲咏若干事，也有以若干曲共咏一事。如《碧鸡漫志》（卷三）有载石曼卿作《拂霓裳转踏》，讲的是开元天宝遗事，其曲调唯【调笑】一调用得最多。此调前词曰"勾队词"，以一曲一诗相间，终曲曰"放队词"，多为用一绝句而曲终。因"一曲一诗相间"有"相缠"之意，故曰"缠达"。至北宋末期，传踏的演唱体制有所变异。首先是歌舞名称上只称"缠达"和"缠令"。其用曲方式是，以调前勾队词变为"引子"，终曲放队词变为"尾声"，中间可用两支其他的曲子，有相当于后来南曲的"过曲"，并以此迎互循环演唱。由此，有引子和尾声者称"缠令"，中间两支曲子迎互循环称"缠达"。"缠达"形式，后来用于元剧即为套曲；所谓"引子""尾声"之说，显然为后来的南戏所用。

此外，宋代还有一种称作"曲破"的歌舞，对后来的元曲形成也有一定影响。曲破于晚唐五代时就已存在，至宋时藉以演故事。所谓曲破，指曲中有"破"有"彻"。即一舞曲中，其乐有声无词，在舞踏中寓以故事，称"破"；舞罢，又相间以念词，曰"彻"。曲破可演多遍，以循环方式至曲终。曲破后入大曲，称"入破"。

三、宋之"大曲"

王国维先生说："此外兼歌舞之伎，则为大曲。"（同前第31页）。大曲作为一种大型音乐歌舞，是集合若干支曲子来演唱某一主题，并作舞蹈的伴演。舞名称大曲，所唱之曲亦称大曲。

大曲起源甚古，汉魏乐府时就有称"相和大曲"和"清商大曲"者。"大曲"正式有名，始于南北朝时期，分别有"南朝大曲"和"北朝大曲"。汉乐府时大曲尚不复杂，如《乐府诗集》有云："诸调曲皆有辞、有声，而大曲又有'趋'、有'艳'、有'乱'。艳在曲之前，趋与乱在曲之后，亦犹吴声曲前有'和'、后有'送'也。"可见其曲词已有"引子""正曲""尾声"等部分的组合形式，恰如后来的南曲体制，且与北散套有相通之处。至唐代，大曲有变化且有发展，结构也趋复杂，其时流行的雅乐、清乐、燕乐、西凉、龟兹、安国、天竺、疏勒、高昌等乐中，均有大曲。但有传于后世者，唯有胡乐大曲，其曲名于《教坊记》中有载，其词略存于《乐府诗集》"近代曲辞"中。

宋大曲，由唐大曲出。教坊所奏，凡十八调四十大曲，其曲名目于《文献通考》及《宋史·乐志》中都有记载。此外尚有五十大曲、五十四大曲之称，于《唐宋大曲考》中有记。凡大曲，都有遍数，有一、二遍，亦有一二十遍，各遍都有名谓，体制有繁简之别。唐大曲遍数有排遍、入破、彻；而排遍、入破，又各有数遍；彻者只于入破之末一遍。宋大曲较之唐大曲，主要在体制复杂和遍数增加。如南宋王灼在其《碧鸡漫志》中说："凡大曲有散序、靸、排遍、攧、正攧、入破、虚催、实催、衮遍、歇拍、杀衮，始成一曲，谓之大遍。"而且"攧"后尚有延遍，"实催"前尚有衮遍，"散序"与"排遍"均不止一遍，其中"排遍"可多至八九遍。所以大曲遍数往往多至数十遍。宋人对大曲的裁截所用，以声与舞为主，不以词为主，流传者故多有声无词，或不以词为重。宋大曲因其遍数较多，虽然便于叙事，却受歌舞定则限制，不能成为如戏曲之类的代言体，只是将传踏的以曲演唱形式，演变为叙事体，只能称之为"有故事"的歌舞戏一种。大曲的"歌舞戏"合数曲而成一乐的艺术形式，影响了元剧的产生，其曲体运用则影响了元曲形成。大曲曲名中有不少被后来的南北曲曲牌直接沿用，元曲中的【小梁州】【六么遍】【降黄龙衮】【摧拍子】【八声甘州】【普天乐】【梁州第七】【齐天乐】【伊州遍】【六么序】等曲牌，即来自大曲。王国维《宋元戏曲史》列北曲曲牌中出于大曲曲名者十一支，南曲曲牌出于大曲曲名者二十四支。此外，如大曲用韵，可平仄通押，也正是散曲特点之一。

四、诸宫调

诸宫调是一种非常独特的文学样式，在中国戏曲和文学发展史上有着其特殊的地位。这是因为，由宋大曲歌舞形成的合曲体例，之所以发展成见之于鼓吹的戏曲，其转折点就是"诸宫调"。如王国维先生所说："若求之于通常乐曲中，则合诸曲以成全体者，实自诸宫调始。诸宫调者，小说之支流，而被之以乐曲者也。"（同前第35页）所以我们不能不承认，诸宫调不仅揭开了元曲形成的新纪元序幕，而且作为曲体文学的重要母体，无论对于南曲还是北曲的形成和发展，都给予了无可摆脱的历史影响。

诸宫调之初，是流行于宋、金时代的一种说唱文学艺术样式。其基本形式是，以多个分属不同宫调的曲组，组成一个首尾完整、情节复杂的长篇故事，演唱时以唱曲为主，辅以说白。因其用曲分属多种宫调，故称"诸宫调"。

据资料载，诸宫调始于北宋神、哲宗年间，首创者为泽州（今山西晋城）一位叫孔三传的人。孔三传流寓京师汴梁，以"入曲说唱"形式，编成传奇灵怪的古传故事，首创诸宫调脚本，交由艺人演唱。南宋王灼在其《碧鸡漫志》（卷二）中载："熙宁元丰间，泽州孔三传始创诸宫调古传，士大夫皆能诵之。"南宋吴自牧在其《梦粱录》（卷二十）中亦云："说唱诸宫调，昨汴京有孔三传，编成传奇灵怪，入曲说唱。"

诸宫调的产生，与说书有关。说书在宋代被称为"说话"，而且十分流行，是上至皇帝下至平民都喜爱的文学艺术样式。说书只说不唱，孔三传把"唱"的艺术糅入"说"中，成了有说有唱的形式，当然比只说不唱更为新鲜和招人喜爱。诸宫调艺术产生后，不仅流行于宋金一代，而且直至元代，也还有表演诸宫调的艺人。

诸宫调艺术形成，是以宋人所用大曲传踏为基本形式，在改进大曲创作方法的同时，于一宫调中多用数曲，又与他宫调合，并同咏一事而构成完整故事。这里仅以《西厢记》和《刘知远》两个诸宫调作品为例，即可见诸宫调使用曲子与宫调情况。《西厢记》用曲牌一百四十一个，所用宫调有黄钟宫、南吕宫、正宫、道宫、仙吕调、中吕调、般涉调、双调、大石调、越调、商调、高平调、小石调、羽调共十四个宫调；《刘知远》虽有残缺，但所分十二卷标目全存，用曲牌四十九个，所用宫调有黄钟宫、南吕宫、正宫、道宫、仙吕宫、中吕宫、般涉调、双调、大石调、越调、商调、高平调、商角（调）、歇指调，也是十四个宫调。两剧除同名者外，共用了十六个宫调。诸宫调之有唱有说，是其说唱艺术的本来面目，其制曲为叙事而设，为后来宋金杂剧院本所用，则是元曲戏曲形成的雏形。也就是说，是诸宫调对于元曲的产生，起到了一种催化剂的作用。

关于诸宫调与散曲的渊源关系，有资料从宫调、曲牌、套式、用韵，包括衬字和语言风格等方面进行了具体考证，都分别与后来的南散曲和北散曲有着许多惊人的"完全相同"联系。比如，一是无论南散曲和北散曲，从元代到民国，凡传世作品所用过的宫调，几乎全部可以在诸宫调遗存作品《刘知远诸宫调》和《西厢记诸宫调》所用过的十四个宫调中找到；二是前列两部诸宫调遗存作品所用一百八十支曲牌，至少有一百一十七支被后来的南北散曲直接袭用；三是诸宫调的每一支曲调均必须隶属于某一宫调，散曲也完全如此；四是诸宫调每一曲牌前均标明所属宫调，其套曲中的支曲则省略宫调名，只在首曲前标出，散曲宫调书写方法与此完全相同；五是诸宫调的"一曲带尾"以及"三句式"煞尾套式，正是后来南北曲套曲的初级形式；六是诸宫调的"一韵到底""平仄通押"以及"韵密"等用韵特点，都在后来的散曲中充分体现；七是散曲文学作品最重要体制特征之一的衬字现象，在诸宫调曲中早已存在，散曲衬字的艺术特点，正是从诸宫调传入；八是散曲有别于诗、词的雅俗互陈、通俗畅达风格，早已为诸宫调"先吃螃蟹"。总之，说诸宫调本来就是散曲的母体，是一点也不过分的。

五、唱赚

宋代还有一种歌舞艺术形式叫"唱赚"。王国维说："宋人乐曲之不限一曲者，诸宫调之外，又有赚词。赚词者，取一宫调之曲若干，合之以成一全体。此体久为世人所不知。"（同前第36-37页）唱赚，又称道赚、赚词，也是产生于北宋时期的一种说唱技艺，相传为北宋时一个叫张五牛的人所创立。据当代学者考证，"【赚】与'唱赚'是个体与整体的关系，【赚】是单个的曲调，……唱赚则是一种联套形式，即将若干支曲调串联起来，组成一个套曲"（俞为民《宋元南戏考论续编》第55-56页），其组合形式有两种：一是缠令，有引子、尾声；二是缠达，有引子，无尾声，只在引乐后以两支曲循环交替使用。早期南戏不仅采用了诸宫调形式，而且也采用了唱赚的曲调。最早的南戏《张协状元》所用的曲调，不只有【赚】曲，而且还有唱赚的联套形式。王国维通过对《事林广记》（日本翻元泰定本戊集卷二）所载唱赚规例考证发现："此词自其结构观之，则似北曲；自其曲名，则疑为南曲。盖其用一宫调之曲，颇似北曲套数。其曲名则【缕缕金】【好孩儿】【越恁好】三曲，均在南曲中吕宫，【紫苏丸】则在南曲仙吕宫，北曲中无此数调。【鹘打兔】则南北曲皆有，唯皆无【大夫娘】一曲。盖南北曲之形式及材料，在南宋已全具矣。"（《宋元戏曲史》第38-39页）

六、由曲牌与宫调沿袭看元曲的溯源

以上通过艺术形式的演化和发展，对于元曲（包括散曲）的溯源和形成，我们已经有了比较全面和清楚的了解。下面讲述散曲曲牌与宫调的沿袭情况，则更是对以上溯源情况的铁证。王国维先生在《宋元戏曲史》中，分别就北曲与南曲沿用元以前古调进行了详细考证，其结论分别是：

北曲方面：据周德清《中原音韵》所记，北曲所用黄钟、正宫、大石调、小石调、仙吕、中吕、南吕、双调、越调、商调、商角调、般涉调计十二宫，共有三百三十五章（一章即一调），其曲牌宫调所选，同名曲调出于大曲者十一，出于唐宋词者七十有五。

南曲方面：据沈璟《南九宫谱》二十二卷所记，南曲所用仙吕、羽调、正宫、大石调、中吕、般涉、南吕、黄钟、越调、商调、双调十一宫及附录，共用五百四十三章，同名曲调出于大曲者二十四，出于唐宋词者一百九十，出于金诸宫调者十三，出于南宋唱赚者十，同于元杂剧曲名者十三，还有一部分虽于古词曲未见，却可知其出于古曲。

综上二者，北曲"三百三十五章，出于古曲者一百有十，殆当全数之三分之一"（同前第59页），还有不少曲调虽曲名不见于古词曲，却可以确知不属元人新创，是为宋代旧曲；"南曲五百四十三章中，出于古曲者凡二百六十章，几当全数之半，……可知南曲渊源之古。"（同前第103页）

关于散曲溯源，当然也应谈到与"蕃曲"和"胡乐"的关系，同时有必要就此对当代有关散曲源于"蕃曲""胡乐"说法予以澄清。

在当代不少著述中，说元曲（自然包括散曲）源于"蕃曲""胡乐"者甚多。如有说"元曲原本来自所谓'蕃曲''胡乐'，起初在民间流传，被称为'街市小令'或'村坊小调'。它是金元时期在北方歌谣俗曲的基础上发展起来的新诗歌形式。它成长繁荣的环境是金元时期的城镇，作者大多是中下层文人和民间艺人，演唱者大多是勾栏里的歌伎。"（微阳编著《元曲三百首·前言》第1页）又有说，因为"词的写作愈发讲究，语言越来越华

丽,风格越来越典雅,和市井百姓的距离也越来越远。在这种情况下,平民百姓需要一种新的体裁代替词抒情咏物,散曲应运而生。一些乐工在民间小调中寻找创作灵感,推陈出新,创造出散曲。"(同前第67页)等等。如此之说,与上述元曲种种源流关系完全相左。

元曲与"蕃曲""胡乐"是一种怎样的关系?王国维在《宋元戏曲史》第十六章《余论》中,以"我国乐曲与外国之关系"为主题,作了明确回答和详情介绍。其曰:所谓"蕃曲""胡乐",是指北方少数民族音乐,在当时亦可称之为"外国音乐"。首先应当承认,凡一国之经济、文化与外域的交流,是有史以来的应有之义,包括元曲的形成,自然也有与外部的相互借鉴和吸收。如汉张骞出使西域得《摩诃兜勒》乐曲而归,晋吕光平西域得龟兹之乐,等等。与元曲源流直接关联者也有引用外域音乐成分。如唐代大曲、法曲就有很大成分的胡乐,唐代盛行的二十八调,基本上是源自龟兹八十四调,宋教坊十八调又是唐二十八调之遗物。至宋元间元曲形成,北曲之十二宫调及南曲之十三宫调,又是宋教坊十八调之遗物等。然而,所有这些,在元曲形成之后,也只是某种结构或曲名的运用,何况其运用原则,有如《中原音韵》所说,是"虽字有舛讹,不伤于音律者,不为害也"。所以说,对于这些所谓"蕃曲""胡乐"与元曲的关系,其事实,只是在中国散曲长期演变过程中的一种借鉴、改造和利用,至少是早被"中原化"了的东西。故此,当代有关文献所称我国元曲系源于"蕃曲""胡乐"之论,是一种不加历史考究,仅凭主观臆想而下结论的错误说法,是不足为凭的。

第二节 散曲与戏曲

散曲溯源的又一重要方面,是其产生的社会环境和赖以存在的文化土壤,其中重点是散曲与戏曲。

散曲与戏曲,一个是"诗",一个是"戏",在艺术形式上,二者各为其体。但在它们之间,因为有着同时代的共同社会根源和文化基础,对于散曲溯源,我们还真的不能不说到"戏"。

从戏曲说散曲溯源,主要基于它们的血缘关系。元曲分南曲与北曲,南曲与北曲又各分剧曲与散曲两大类别，它们都渊源于我国自古以来的多种文化因素和同时产生曲牌体，这就是它们之间"血缘关系"之所在。对此，我们不妨从以下几方面来认识。

一、关于南戏与北杂剧

散曲产生和兴盛的年代，同样是我国戏曲产生和兴起的年代。散曲分南散曲与北散曲，戏曲分南戏与北杂剧，它们共同的名字叫"元曲"。由此，我们先介绍一下南戏与北杂剧。

"南戏"与"北杂剧"，都是后人的称谓。所谓南戏，最初用浙江温州民间歌谣曲调演唱，称"温州腔"，以后逐步发展和形成多种声腔，因流行于我国南方而称南戏；所谓北杂剧，初始系在宋杂剧基础上形成而称"杂剧"，入元后得以兴盛称"元剧"或"元杂剧"，因流行于我国北方，又为区别南戏，故有"北杂剧"之谓。

南戏和北杂剧同根同源，又同为曲牌体，只因分渠南北，形成不同体制和风格，带来对南北散曲的不同影响。

关于南戏和北杂剧体制的不同，王国维先生在《宋元戏曲史》中，有两段叙述讲得十分明白：

关于北杂剧。王国维介绍说：北杂剧的演唱体制，是"以一宫调之曲一套为一折。普通杂剧，大抵四折，或加楔子"。"合动作、言语、歌唱三者而成"，"其纪动作者，曰科；纪言语者，曰宾、曰白，纪所歌唱者，曰曲。"（《宋元戏曲史》第83-85页）"且每折限一宫调，又限一人唱，其律至严，不容逾越。故庄严雄肆，是其所长；而于曲折详尽，犹其所短也。"（同前第98页）

关于南戏。王国维介绍说：南戏的演唱体制为，"一剧无一定折数，一折（南戏中谓之一出）无一定之宫调；且不独以数色合唱一折，并有以数色合唱一曲，而各色皆有白有唱者。"所以王国维说："此则南戏之一大进步，而不得不大书特书以表之者也。"（同前第98页）。

从以上所述体制情况可以看出，南戏与北杂剧显然有很大差别。主要是：北杂剧折数少，即篇制短；角色少，即出场人物少。也就是说，北杂剧演唱体制较为简单，但宫调限制和声律要求严格。南戏则允许多角色，且演唱方法、宫调运用以及折数等，都无一定限制。用今天的眼光看，南戏体制接近现代戏剧形式。

同一时代同一渊源所出的戏曲有如此不同，当是与它们各自所处政治环境及创作理念有关。这里的基本情况是：南戏形成和发展于我国南方，当时的南方，为宋庭南渡的南宋王朝，其政治体制与文化状况，与北宋王朝以来没有多大区别，一个最显著的标志，是科举制度依然沿袭，文人为了做官，仍然多走诗文科考途径，他们看重的自然是传统以来的诗文，而对新兴的戏曲和散曲并不十分关心，甚至是一种鄙视的态度。所以在南宋王朝统治的南方，南戏只能作为艺人的一种谋生手段在民间发展。

北杂剧则不同。北杂剧形成和发展于我国北方，当时的北方为元人占领，元人在政治上对汉人实行的是高压奴役政策，并且废除了科举制度，另一方面，因为元人喜欢娱乐，无论官场或民间，到处都有元杂剧的市场，而且因为元人文化素质低下，不懂作品优劣，极少干预文化市场和文人政治态度。如此一来，一些下层文人，在无法通过科考途径入仕情况下，便纷纷加入元曲创作队伍，元杂剧因此而大兴。

因为政治环境的不同，剧作家们的创作理念及创作队伍也自然表现有别。南戏剧作家编撰剧本，只供戏班演出，是为谋生和获得较多收益，自然要让所编剧目能受观众喜爱，或者说，他们的创作理念是为了"娱人"，为求舞台效果，少有为抒发个人情趣的想法。就创作队伍说，南戏作家多为民间艺人或少数下层文人，有时演员或观众也可能参与创作，或曰"集体创作"，而且因为南方语音复杂，南戏每流行一地，都有"错用乡语"或"改调歌之"的变化，所以南曲格律要求较显灵活多变。由此相比，南曲中作为文人用以"自娱"的散曲创作，自然比北曲少。

北杂剧作家创作理念不同，因为北杂剧市场多在城市，甚至出现于官场，市场较为集中。又因北杂剧体制简单，可谓易写易演，作家也相对较为集中。就创作队伍说，北杂剧作家多为文人，一些剧作家在杂剧创作之余，为抒发自己的志趣，又多以一首首单独曲子的创作而"自娱"，这种一首首单独的曲子，就是后来所说的"散曲"。与此同时，这些剧作家们，为显耀自己的文学才华,他们彼此之间,既相互学习,又相互比拼,所以致北曲格律要求也越来越严。

上述南戏与北杂剧的不同,核心点是:一个偏重"娱人",一个偏重"自娱",故而在体制形成、题材取向,以至创作风格等方面,自然形成了它们各自不同的特色。

二、关于戏曲曲牌体

什么叫"曲牌体"?曲牌体系以严密的格律规范形成的曲调样式进行创作的一种文学体裁形式,曲调的名称就是曲牌。词以词牌为体制,词是曲牌体;散曲以曲牌为体制,散曲也是曲牌体。戏曲运用曲牌体,指一出戏中的全部唱腔,同样是依一支支有着一定宫调和曲牌规范的曲调进行创作而构成,是如同制散曲一样的依谱填词,并且与"科"(动作)"白"(言语)结合形成角色和体制,在融入一定故事和情节后,成为一种形象的舞台艺术供人欣赏。

南戏与北杂剧都用曲牌体,但南戏最早形成曲牌体,并且与南散曲的形成与发展紧密关联。

说南戏最早形成曲牌体,除前面有述历史渊源外,同时有着其自身的发展过程。

南戏形成于南宋初期的浙江温州,是用温州语音地方声腔来演唱的一种地方戏,称"温州腔"。温州腔不久传入都城杭州,因语言相差悬殊,不能让人听懂,于是"改调歌之",改用杭州语音流行的"约韵"。所谓"约韵",即"沈约韵"。沈约是南朝宋(后入梁)时期人,他与王融、谢朓、周颙等人发现汉字"平上去入"四声,创"四声八病"说,倡行文皆用宫商,写诗讲究识声辨韵,并以声律、对仗、用韵等为标志,倡导"永明体",开启了一代韵文新风。至隋代,有陆法言光大沈约"四声说"而创《切韵》。此后,唐代在《切韵》基础上编成《唐韵》,宋代在《唐韵》基础上编成《广韵》,至南戏开始形成时的南宋,其所说"约韵",当是以沈约"四声说"为源头的《广韵》。其时,无论诗、词,或其他许多方面的文学艺术,皆讲声律,并以"约韵"代指这一切。南戏"温州腔"传入杭州改用"约韵",称"杭州腔"。有如周德清《中原音韵·正语作词起例》所说:"(沈)约之韵,乃闽浙之音。……南宋都杭,吴兴与切邻,故其戏文如《乐昌分镜》等类,唱念呼吸,皆如约韵。"(徐宏图著《南戏遗存考论》第28页引钱南扬《戏文概论》)其"约韵",即指"声律"。所以曲学界得出结论:"温州南戏最早形成曲牌体"(徐宏图著《南戏遗存考论》第27页引胡雪冈《温州南戏考述》)。其"曲牌体",即指南曲曲体。也就是说,南曲与南戏的联结也由此而始。

周德清这里所说的"唱念呼吸,皆如约韵",意义又指南戏在讲究四声格律和使用曲牌中所形成的声腔。声腔即"腔格"(或曰"板格""腔板"),是戏曲形式的重要标志,更是戏曲艺术构成的决定性成分,可以说,没有声腔,就没有戏曲。就中国戏曲而言,不同的剧种有不同的声腔,不同的声腔又有它们各自不同的腔格和调式。南戏最早以"曲牌联缀体"形成其独特的声腔与艺术形式,开启了我国戏曲声腔艺术的先河,其意义,有如当代学者徐宏图所说:"南戏是中国戏曲之祖,后世戏曲几乎无不以它为宗。"(徐宏图《南戏遗存考论·前言》第1页)

三、戏曲曲牌体对散曲形式的影响

宋元时期南戏和北杂剧各以曲牌体形式分渠发展,自然对南散曲与北散曲的形成与发展带来影响,并且由此形成了南散曲与北散曲各自不同的艺术形式与特征:

如北曲,王国维说:"元曲分三种,杂剧之外,尚有小令、套数。小令只用一曲,与宋词略同。套数则合一宫调中诸曲为一套,与杂剧之一折略同。但杂剧以代言为事,而套数则以自叙为事,此其所以异也。元人小令套数之佳,亦不让于其杂剧。"(《宋元戏曲史》第91页)此说"元曲",即指北曲。意思是说,北曲在元代有杂剧、小令、套数三种。其中,杂剧自然指戏曲;小令有如宋词,是如诗一样的曲体;而套数则与杂剧的一折略同,其区别仅在杂剧是"代言体",套数散曲是"自言体"。后来北散曲以小令和套数为形式,说明正是受北杂剧影响而有定制。至于说北散曲又有"带过曲"一体,则为北曲的一种变体。

如南曲，南散曲以独曲、曲组为特定形式。其中，独曲同北曲小令，同样有如宋词；曲组以"引子""过曲""尾声"为定制，则完全受南戏影响。南戏之有"引子"，是为演员上场时的开场曲，或叫"冲场曲"；"过曲"则为演唱过程中，因剧情需要而必有的多段唱曲；所谓"尾声"，指一出戏结束时的"收唱"唱曲。南散曲曲组的定制，实为南戏之一"出"皆有"引子""过曲"和"尾声"的翻版。南散曲也有套数和带过曲，体制与北曲同。

至于说历史上是先有散曲还是先有戏曲？这一点，历来有多种说法，没有明确定论。有资料说，南北朝时期就有"散曲"名称提法，这是牵强附会之说。散曲的真正形成时间，应与戏曲相差无几，当在宋元之际。多数人认为，在戏曲与散曲之间，是先有戏曲而后有散曲，这种认识也不完全正确。说戏曲与散曲的形成先后，要从两个角度分析：其一，从"宫调"和"曲牌"作单支曲子说，应是先有散曲。因为"宫调"和"曲牌"在宋元以前早已产生，有"宫调"和"曲牌"，就会有人依某"宫调"和"曲牌"填词，这种"填词"的曲子，就可以称作"散曲"。至于其年代，至少在诸宫调兴盛的宋金时代就有存在，只不过那时不称"曲"，而称"词"，如此说，应是先有散曲而后有戏曲。其二，从散曲流传的体制角度说，因散曲体制与戏曲体制一定程度的相同性，应是先有南戏和北杂剧，而后有南散曲和北散曲，时间在宋元之初，这是至今都能看得明白的事情。

综上所述，关于散曲溯源，我们可以得出这样的结论：流传数百年来的我国元曲艺术，不是源于北方少数民族的"蕃曲""胡乐"，也不是源于民间的"村坊小调"或勾栏歌伎的演唱。元代戏曲和散曲，都是在我国历代古典乐体及文学基础之上形成的"一代文学"，是我国优秀传统文化和民族艺术。如果要将元曲之戏曲与散曲概念有所界定，就体裁形式说，属于戏剧属性的元曲称戏曲，属于文学属性的元曲称散曲。这种提法比较客观。

第三节　历代散曲发展情况

散曲与剧曲为元曲之两大类别，于元代得到勃兴，并且成为"一代之文学"，只其中剧曲渐见消沉，散曲得世代流传，并且与唐诗、宋词相提并论为我国古典诗歌艺术的三朵奇葩,却也经历了不平凡的发展历程。

一、元代散曲发展情况

元曲形成的原始阶段,应在宋金时期,为什么在元代得以勃兴,当然有其社会原因。若说元代是以怎样的原因,成就了元曲"一代文学"之名,元代没有留下足以说明当时历史情况的资料,或许在元代本来就没有人知道,后人当然更无从知晓,唯一能给后人作为历史研究依据的,只有在元代流传下来的大量元曲作品。但是,作品终归是作品,就作品研究历史,既有作品的作者们所处社会经济地位及思想情感的不同,又有后来研究者们在研究取向和学术观点等多方面的认识差异,自然会出现许多方面的不同结论。包括当代的不少研究文献,矛盾之处也甚多。

例如,当代学者梁扬、杨东甫在其合著的《中国散曲综论》中说:"游牧部落出身的蒙古征服者们,除了杀伐征战之外,对华夏古国的文明所知极少,入主中原后仍然按照他们的传统方式进行统治,尤其是'人分四等'之类的民族歧视和民族压迫政策。元王朝从中央到地方各级政府所有的重要官职,全部由蒙古人及其盟友色目人担任;蒙人打死汉人,只需出点'烧埋银'即可,不必负法律责任;汉人不许执兵仗铁器,被蒙古人殴打侮辱不许还手,甚至连夜晚点灯行路在不少地方也被禁止;大量的汉人被掠为奴隶;人民大众仅仅为求生存也有着莫大困难。在这样残酷的统治下,少数不甘受苦者揭竿而起;而大多数的人民大众,虽然一时尚未铤而走险,但胸中怨气自是难消,这就迫切需要一种能宣泄怨气的渠道,需要一种精神上的寄托和解脱。而曲这种通俗的、具有蓬勃生命力的、为大众所喜闻乐见的文艺形式,正最适宜于指桑骂槐、借他人酒杯浇自家块垒,它的应运而生是很自然的。"(《中国散曲综论》第35页)而且作为当时的统治阶级,他们对元曲十分喜爱,连国王出征作战也要带上女乐。与此同时,因为元代废除科举制度,"在元朝立国的九十余年中,即有八十年不曾举行科举。即便是其间举行过屈指可数的几次科举考试,也纯粹是为粉饰太平而作的点缀,高中甲科和状元的几乎全是目不识丁的蒙古人和色目人。"(同前第36页)如此一来,汉人中自隋唐以来就一直固有的依靠科举考试入仕的路给堵死了,而这些肩不能挑手不能提的汉人知识分子，既不肯放下读书人的身份去干"下等活"，却又干什么别的营生都不行，更为了发泄包括自己在内的大众的不平之声，他们便投身于曲的创作，"以其有用之才，而一寓之乎声歌之末，以舒其怫郁感慨之怀，盖所谓不得其平而鸣焉者也。"（同前第36页引明人胡侍《真珠船》）

与上述认识不同的有：如当代曲学家李昌集先生在其《中国古代散曲史》中说："蒙元初期，对汉文人采取的尚是一种怀柔政策"，"因此，元初散曲极少有直接面对现实的痛苦呻吟，而是以逍遥散诞、嬉戏玩乐为其主调，……从一开始便显示了题材驳杂、雅俗共存的特点"，"在散曲中，却几乎没有国破家亡的切肤之痛，没有发自心灵深处的伤感，而似乎只是对历史的冷眼旁观"（《中国古代散曲史》第318-319页），以至"南方散曲家崛起之时，正是元代复兴科举之期"。（同前第346页）

当代曲学家赵义山先生在其《元散曲通论》（修订本）中，对元代社会环境和状况的分析，又持另一种说法："从元成宗元贞元年到元文宗至顺三年（1295—1332）这近四十年时间，是元散曲发展的鼎盛时期"，这一时期，"比较安定的社会环境，保持了经济的继续繁荣，四通八达的交通，活跃了内外商业贸易，城市经济继元初以后又获得较大发展。虽然一系列社会矛盾已在急剧酝酿，但整个社会局面还保持着一种升平气象，……创造出了元散曲繁荣发展的鼎盛时代"。（《元散曲通论》第240-241页）

仅上举例所述，无论对于元代社会状况分析，还是就其对于元曲发展的影响，都是有矛盾的。在笔者看来，倒觉得梁扬、杨东甫所述较为接近实际。尤其元王朝统治阶级对汉人的淫威式管控和民族压迫，与笔者家乡久传"杀搭鸡"习俗联系紧密。在笔者家乡江西湖口县农村，至今每年农历除夕夜，乡民以团聚方式到祖堂祭祖，各户祭品除鱼肉等食品外，都加有一把菜刀。祭祖为什么要拿刀呢？何况在大年三十，也太不吉利吧！可是，据老人一代代下传，祭品中有菜刀的原因，说的就是元代汉人对元人残酷统治进行反抗的故事。说元代"人分四等"，第一等是蒙古人，凡蒙古人，除在官场者外，即便是普通的蒙古人，他们不但不劳而获，而且都由官府给分摊到处于第四等的"南人"家中供养，任其吃喝玩乐不说，而且哪怕是新婚的新娘，也要先由蒙古人"受用"。人们敢怒不敢言，却个个恨之入骨，决定统一行动，除掉这些强行"搭头"在各户谐音"鞑靼"的"搭头"。一年除夕，各村各户串连商定，以杀鸡祭祖为名，统一号令"杀搭鸡"，在祭祖前的同一时间，将这些"搭搭"都给杀了，然后带着菜刀到祖堂集中庆贺。为了纪念这一大快人心之举，人们在每年除夕祭祖的祭品中都要放上一把菜刀，一直延续至今而成习俗。湖口地处江南，在宋元时期属南宋领地，如真有"杀鞑靼"之事，当在南宋灭亡，元一统后。且"人分四等"中，第一等蒙古人，第二等色目（西域、契丹）人，第三等汉人（指北方汉人及女真人），第四等南人（指南宋遗民之南方汉人），证明"人分四等"在元一统后更为残酷，此时已处元代中后期，说明元代直到灭亡终未改其民族歧视政策。在此种国情下的元曲发展状况，当然应以梁扬、杨东甫二人所述为接近。据此，那么可以说，元曲之所以在元代得以勃兴，其原因有以下几点：

（1）表现了一种特殊的社会需求。主要表现在当时受元人掌控比较集中的都市社会，一方面有元王朝从中央到地方的各级官员和元人自身的文化娱乐需求，另一方面也有元王朝民族压迫政策下的都市各阶层人等的精神安抚需要。都市本来就是文化活动较为繁荣的地方，而作为可以于酒酣耳热之际助兴，不需要很高文化素质就可以欣赏的元曲，一方面正好适应了当时统治阶级的文化与精神需要，包括皇宫也时有元杂剧上演；另一方面，被奴役下的都市市民当然也乐享其中。在如此背景下，元曲（包括剧曲与散曲）自然也就有其充分的用武之地了。

（2）无仕途出路的知识分子大量加入元曲创作队伍。这支生力军的加入，不仅使创作数量大增，同时也大大提高了元曲的创作水平和作品质量，这是元曲（北曲）得以勃兴的根本保证。

（3）统治阶级的偏爱和不干预，给元曲发展大开了绿灯。作为游牧民族的统治阶级蒙古人，他们向来爱好歌乐却又文化素质很低，加之从上到下的蒙古人官员，因其只会征战，不懂文化，不会从政治角度去看待文学艺术，包括对元曲辛辣、讽刺、诙谐风格的形成，都给予了较宽松的环境。说元人文化素质低，一点也不假。1206年，孛儿只斤·铁木真（即成吉思汗）建国时，连国号、年号都没有，只在六十多年后的1271年忽必烈才定国号"元"。所以毛主席后来说过:"一代天骄,成吉思汗,只识弯弓射大雕。"(《沁园春·雪》)实在恰如其分,一点也没有矮看他。

由于上述原因,促成了元代曲文化的高度发展,使得元曲成为高峰巍峙的一代之文学。元代作为元曲的首起朝代,其散曲成就,自然也是不可低估的。

首先,就元代散曲作品数量说,据现代学者隋树森《全元散曲》辑录情况,有姓名可考的散曲作者二百一十四人,作品计小令三千八百五十三首,套曲四百五十七套(残曲未计)。但据多方面资料分析,这一统计数似不十分准确,"应该不是真正的全部元散曲作品及其作者,也许连三分之一也不到。"(梁扬、杨东甫《中国散曲综论》第38页)不过,这些数据,包括后面还将提到的历朝历代相关数字,都只能作为一种参数看待。这是因为,不要说古代刊刻印刷及传播方式条件有限,有统计的也只多限于名家作品,即便在今天,各种科技、传媒手段十分先进便利,真正能付于记载和流传的作品,与包括民间作者在内的实际创作数量相比,又能占多大比例!

其次,就元散曲在我国散曲史上的划时代意义说,不是只说其勃兴于元代和创作数量多少,主要在于元散曲的艺术创造与成功。元散曲的最大特点是题材广泛、内容丰富,多数作品从不同角度揭露了当时的社会丑恶、官场污浊和政治腐败,在一定程度上为人民呼出了痛苦的心声,同时也表达了众多汉族知识分子的艰难处境和心态,尤其艺术上"最自然"风格的创造,可谓开一代文学先河。元散曲摒弃了唐诗宋词的绮丽典雅,多以白描手法和多用口语,着意创造豪爽、泼辣、诙谐、通俗、质朴的新气象和新风格,奠定了作为一代诗体散曲的艺术取向和成功。至于后期作品以较大距离拉开了与现实人生的关联,纵情诗酒、放浪山水、悲观厌世内容一度成为其主流趋势,却丝毫也没有影响元曲在中国文学史上的地位和功勋。

第三,就元代散曲作家而言,可谓人才辈出,名家如云,是至今都难以逾越的事实。在元代,因为散曲与元剧曲一同发展,尤其北曲,自然呈剧作者也同时是散曲作者状态。今知最早的散曲作家,且有作品传世者,应为金元之际的元好问。至元一统后,前期著名作家有马致远、关汉卿、张养浩、贯云石、刘时中、郑光祖、卢挚、白朴等,其散曲作品,多从个人际遇情感出发表现生活和抒写人生，也有从不同角度揭露社会丑恶、官场污浊和政治腐败的题材，在一定程度上为人民呼出了痛苦的心声。其中，马致远、关汉卿、郑光祖、白朴合称为"元曲四大家"的散曲作品，多用白描、口语手法应曲，为元散曲发展开辟了必需的艺术通道。后期著名作家有张可久、乔吉、徐再思、钟嗣成等。后期作家尤以张可久为巨擘，其一人作品占现存全部元散曲近五分之一。关于"元曲四大家"排名，通常顺序如上，但王国维在《宋元戏曲史》中的排名为"关白马郑"。王国维说："关汉卿一空倚傍，自铸伟词，而其言曲尽人情，字字本色，故当为元人第一。"（《宋元戏曲史》第93页）其他有评价，或曰"高华雄浑，情深文明"，或曰"清丽芊绵，自成馨逸"，等等，"虽地位不必同，而品格则略相似也"。（《宋元戏曲史》第93页）这是对元代散曲及其作家的艺术评价，不一而足。不过，在梁扬、杨东甫编撰的《中国散曲综论》中，有专列三十三位元代著名散曲作家介绍，唯独没有郑光祖，不知是什么原因。

二、明代散曲发展情况

说到明代散曲，或者说自明以后的散曲发展情况，有一个十分遗憾的事实，那就是太多的历史偏见。原因是散曲地位低下，历来不受重视，大凡有文学研究者，一谈到散曲，不是泛泛而谈，一笔带过，就是凭主观臆断，妄下结论；再者是舍近求远，有谈散曲，只集中于元代，自明代以后，直至民国，则少有人相涉；至于南曲，当然就更难有人问津了。

难以见到明代散曲创作的真实面目，还有两个似乎是极易遮人耳目的原因：一是因为明代本身不是一个清明兴盛的朝代。前期洪武、建文、永乐时期，充斥着朱元璋暴政和朱棣、朱允炆叔侄火并；永乐后直至灭亡，又一直是阉宦专权。加上在如此政治环境下的"文字狱"肆虐，人们只多看到"明代无诗"。二是明代小说、传奇隆起，遮掩了包括散曲在内的古典诗歌的存在。如《西游记》《金瓶梅》等小说在明代产生，的确开启了我国小说创作的新纪元，又因清代有《红楼梦》等小说受人青睐，所以历来在"唐诗""宋词""元曲"之后，只有"明清小说"之热捧，研究者也只多对"明清小说"津津乐道，加之不辨"传奇"与"小说"并非一回事，传奇在明代本指南戏，南戏即南曲，在对"明清小说"热捧者眼中，本属"曲"之一类的"传奇"也成了"小说"。所以一谈散曲，也只与说"明代无诗"一样，说"明代无曲"。

明代散曲究竟是一个怎样的情况？如梁扬、杨乐甫所说："秉元散曲余威的明散曲，其成就也令人瞩目，几可与元散曲并驾比肩，而且在好些方面后来居上，超过元散曲。这就是我们的结论"。（同前第42页）其发展情况，笔者亦根据《中国散曲综论》所列事实，简要介绍如下：

明代散曲发展情况，大致可分为三个阶段：一是从明初洪武至成化（1368—1487）年间，为过渡阶段。经历战乱的明初，无法摆脱元末散曲颓废沉寂之势，甚至更有延伸。此时期的明散曲，作者不多，名家甚少，成就不高。但后来在汤式、朱有燉的先导作用下，开启了明代散曲的复苏和新兴，并且由此走向鼎盛。此时期同时开创了南散曲创作和南北曲合篇的局面，并有自度曲新风流行。

二是大致在弘治至隆庆（1488—1572）年间，是明散曲创作的鼎盛时期。这一时期，名家辈出，名作纷呈，蔚为大观，不只在明代，而且可谓在整个中国散曲史上，都是一个高峰期。这一时期的代表作家有康海、王九思、陈铎、冯惟敏、金銮、薛论道、朱载堉、杨慎、梁辰鱼等，他们不仅作品丰、质量高、影响大，而且是推进中国散曲开拓发展的功臣。正是因一批这样的中坚力量，是他们的实绩与贡献，使明散曲步入一个新的领域，不仅在作品范围上可以与元散曲分庭抗礼，而且在作品思想性和艺术性方面，比元散曲更有创新。

三是自万历至明末（1573—1644），明散曲日趋衰微。这一时期的散曲，无论内容和艺术，都出现了不同程度的退步。主要表现为，一方面，创作题材逐渐狭窄，应酬于诗酒游宴，不厌于闺情艳色之中，似乎成了一时的风尚；另一方面，艺术上偏离散曲本色，只在辞藻典雅和音律精严上下功夫。不过，这一时期也有值得一提的佼佼者，如冯梦龙的散曲创作表现了着意学习民歌的特色，同时大量收集民间俗曲，为散曲发展作出了特殊贡献；赵南星致力于传统散曲与民歌、民间俗曲的相互融合，自成一格；少年英雄夏完淳作品不多，但倾吐家破国亡之恨，抒发复仇灭敌豪情，表现了这一时期散曲的最强音。

总观明代散曲成就，主要表现在以下几方面：

其一，从作品数量说。因为长期以来，极少有对历代散曲作品进行搜集和整理，无法见到历代散曲创作真实面貌。1994年，谢伯阳的《全明散曲》出版，其中对明代散曲作品的统计，虽说不完全准确，却也可以有个借鉴。其《全明散曲·自序》称："《全明散曲》收作者四百零六家（无名氏未计其内），共辑小令一万零六百零六首，套数二千零六十四篇（复出小令、套数除外）。"与元代相比，明代均超元代一倍或数倍，而且作家个人百首以上者，元代除张可久一枝独秀达八百余首（套）外，位居第二的乔吉二百来首，其余百首以上者不超过六人，而明代百首以上比比皆是，其中冯惟敏近六百首（套），王九思近五百首（套），陈铎五百七十余首（套），更有薛论道达一千首之多。即使从元散曲收集数量有遗漏说，明散曲成就起码也不比元散曲差。

其二，从题材范围说。明散曲继承元散曲优秀传统是事在必然，创作发展也是应有之义。以题材范围举例，如陈铎的散曲集《滑稽余韵》，"乃是中国散曲史上一个伟大的创举，不啻为一幅无与伦比的明代社会风俗画长卷。"（梁扬、杨东甫《中国散曲综论》第44页）其收入小令一百四十首，每首以当时社会下层的一种人物或一种行业、店铺为歌咏对象，凡木匠、铁匠、挑夫、织工、相士、巫师、媒人、和尚、尼姑、衙役、商人、厨子、狱卒、屠户、米铺、酒坊、油坊、磨坊、书店、药店等，基本覆盖了当时社会整个下层阶级，真实形象地展示了形形色色的社会形象和下层劳动者的艰辛生活。如【正宫·醉太平】《挑担》写挑夫的生活："麻绳是知己，扁担是相识。一年三百六十回，不曾闲一日。担头上讨了些儿利，酒房中买了一场醉，肩头上去了几层皮。常少柴没米。"对各种社会渣滓，作者也予以无情嘲讽。这样的题材，这样的气魄，在中国散曲史上前无古人，后无来者。还有将军曲作家薛论道，不仅创作散曲数量最多，而且是将军旅生活题材引入散曲创作的第一人。

其三，从作品思想性说。明散曲直面人生，抨击时弊，揭露官场污浊、社会黑暗、世风堕落，为百姓呼不平、鸣疾苦，其锋芒之利、批评之深、境界之高,都是元散曲所罕见的。这方面的突出作者有冯惟敏、薛论道、朱载堉等。引一首薛论道【中吕·朝天子】《不平》为例:"清廉的命穷,贪图的运通。方正的行不动,眼前车马闹轰轰。几曾见真梁栋?得意鸱鸮,失时鸾凤,大家捱胡厮弄。认不的蚰龙,辨不出紫红,说起来人心动。"其思想性、人民性可见一斑。

其四,从艺术性说。无论艺术形式或艺术风格,可以说,明散曲是在继承元散曲优良传统基础上更有创造性发展,且具自身独特风格。

一是表现于刻意向民歌、俗曲的学习。这种学习,不仅对于散曲,即便是对于今日的诗词创作也是非常必要和颇受关注的。明散曲正是因为重于向民歌和俗曲学习,由此给散曲创作注入了新鲜血液,所以显示出其自身风格。例如,在语言方面,他们常取纯粹口语、俗语入曲,使散曲创作更加趋于口语化和群众化;在句式方面,也正是从民歌和俗曲中吸取有益成分,所以使散曲句式灵活多变,以致散曲几乎呈随心所欲散文化。例如,朱载堉【南商调·山坡羊】《交情可叹》:"叹世情,其实可笑。交朋友,尽都是虚情假套。如今人哪有刘备关张?也没有雷陈管鲍。假情怀肺腑相交,酒和肉常吃才好。有钱时,今日与张三哥贺喜温居,明日与李四弟祝寿送号。怕只怕运蹇时乖,忘却了小嘻,认不得少交。听着,衣残帽破,正眼不瞧;听着,与他作揖,他便说不劳不劳,佯常去了。"像这样的作品,"在元散曲中是见不到影子的。"(同前第46页)

二是表现于"俗曲"曲体的产生。俗曲,作为一种曲体,或称俚曲、民歌、小曲、小调、时调,是指直接产生于民间并流行于市井村巷的通俗歌曲形式,是明代散曲向民歌、俗曲学习的产物。尽管这种"俗曲"不能被称作传统的"正宗"散曲,却是明代散曲发展的一大特色,表现了传统诗歌向民歌学习和与民歌结合的历史趋势。明代一些散曲家在散曲创作中,有意识地向民歌、俗曲学习,吸收其有益成分,甚至直接取用俗曲曲调以作散曲,而且数量不少,受到广大普通民众尤其是市民阶层的欢迎。许多散曲作家且有俗曲作品专集,如当时名家冯梦龙、刘效祖、赵南星等,都亲自参与俗曲的创作和整理出版工作,收录若干俗曲作品进入各类曲典以传世,是一件非常了不起的事情。在曲牌创新方面,如【驻云飞】【锁南枝】等,"原本出自俗曲的曲牌"（同前第50页），经明代文人引用于散曲创作，后来都成为常用的南曲重要曲牌。对此，从传统文化的继承与创新说，也是值得今人学习的。

三是表现于配乐演唱的大众化。明散曲正是以其"民歌体"特点，又表现为"不问南北，不问男女，不问老幼良贱，人人习之，亦人人喜听之"（同前第46—47页）的大众化和普及化配乐歌唱特色。包括一些散曲大家，也都能演唱自己的作品，以至于煞费苦心地去练习演唱。如王九思未曾习作散曲之前先练唱曲三年。为了适于大众演唱，一些曲家不惜多费心思以小令作巨型组曲，或者以彼此唱和的方式创造新意。如李开先与王九思以【南仙吕·傍妆台】曲牌相互唱和，各作小令百首，李又以【南南吕·一江风】作小令一百一十首，而且全是步韵之作，甚至连每一首的首句和每一句的尾字都完全相同。由此而赋予大众演唱，呈可谓"举世传诵"盛况。所有这些，也是元代所不曾有的。

四是表现于南散曲的创作繁盛。明代是南戏（传奇）的最兴盛时代，自然对南散曲创作产生一定影响。如果说，元曲在元一统时期，似乎只有北散曲，少有南散曲，那么至明代，却出现了南、北曲皆盛景象。明初南散曲作者有刘兑、朱有燉等，又有陈铎以南散曲著称，王九思、李开先等亦成绩不菲。尤其嘉靖年间，梁辰鱼作《浣纱记》始名"传奇"，致南戏大盛，魏良辅改革昆山腔"以字定腔"，引汉字四声入戏曲创作，对南散曲的发展起到了推波助澜作用。梁辰鱼以其南散曲集《江东白苎》名动曲坛，引不少作家纷起效法，致"南散曲由此大盛"（同前第48页）。与此同时，明代的散曲还出现了"南北合套"和"集曲"景观，尤其"集曲"，是南散曲的一种特定形式，具有创制新调的无限潜力，其大量涌现和繁盛，是明代散曲的又一大特色。

五是表现于作品专集、专著等方面的整理出版工作。明代是一个盛行刊刻出版的时代，我国至今许多古籍研究资料都少不了有明代刻本。曲学方面也一样，表现为散曲家个人作品结集甚多，有的一人有多种作品专集。如陈铎、刘效祖等，各有七八种之多，陈铎甚至还有个人的散曲全集，梁辰鱼有个人的南散曲专集，这种现象在元代是没有的。与此同时，明代还有多种曲学研究论著和散曲写作工具书问世。除明初奉诏编成的官方韵书《洪武正韵》外，较著名个人理论著作，有朱权的北曲《太和正音谱》、蒋孝的《旧编南九宫词谱》、沈璟的《南九宫十三调曲谱》、沈自晋增补的《南词新谱》、王骥德戏曲《曲律》、冯梦龙《墨憨斋传奇定本》等。尤其明代著名戏曲作家和戏曲理论家徐渭所著《南词叙录》，为宋元明清四代唯一一部南戏研究专著，是后世南戏、南曲及中国戏曲史研究不可多得的重要历史资料。所有这些，在中国曲学及戏曲理论批评史上的贡献是不可低估的。

三、清代散曲发展情况

清代与元代一样，在当时来说，都是异族入主中原的王朝，但在散曲发展方面，清代却不如元代，也不如明代。

说清代散曲不如元代和明代，应该有主客观两方面的原因。主观方面是满清统治阶级的"仇明"意识，以及长期对"反清复明"的警惕，由此而在很大程度上限制了汉文化的发展；客观方面是清代小说的奇峰异立和广为传播，在一定程度上也挤压了散曲的社会影响。

满人与元人一样，都是凭借武力而入主中原的。满人与元人都知道汉人不服，但满人远比元人高明。说满人"高明"，是说他们在政治上对汉人采取的虽然是与元人一样的高压政策，但他们又深知汉文化的底蕴丰厚和蕴藏着的强大民族力量，故而在推崇和发展汉文化的同时，施行的却是"以汉人治汉人"策略，实际是时刻都在防范着汉人的反抗，其突出表现是"文字狱"，是连言论或文字方面的反抗苗头都不放过。可以说，清代的"文字狱"，是历史少有的。比如，清以来广传的"清风不识字，何必乱翻书"，这样两句不经意间的诗句，都会招来杀头灭门之祸。还如，取《诗经·玄鸟》"邦畿千里，维民所止"之"维止"以作科考试题，从字面看，是"雍正"二字去掉了上面的笔划，也被认作是"雍正砍头"，出题考官因此而丧命。在如此严酷的罗网和屠刀下，当时的文人在文学创作上还能有多大作为？尤其词曲方面，更遇不幸。例如清乾隆年间编纂的《四库全书》，该书共收录自古以来古籍三千五百零三种、七万九千三百三十七卷，装订成三万六千余册。如此经十年编成的中国历史上规模最大丛书，竟视词曲为

"乐府之余音，风人之末派，其于文苑，同属附庸"（《四库全书总目提要·词曲类》），使之在该书中没有立足之地，连明代官修的《洪武正韵》也不能入编，致《洪武正韵》于"终明之世，竟不能行于天下"（李东阳《怀麓堂诗话》）。值得指出的是，直至今天，仍有不少专家学者，哪怕有相关方面的鸿篇巨制，竟然也在"以其昏昏，使人昭昭"中继承清人衣钵，不言《洪武正韵》片言只字，足见何等之悲哀！

客观方面清代小说盛行对散曲的挤压，也是影响清代散曲发展的重要因素。由于受明代小说、传奇影响，清代小说创作实在可以谓之奇峰异立，而且无论就作者和读者来说，其青睐和喜爱程度都是前所未有的。如《红楼梦》《儒林外史》《三侠五义》等优秀小说，只一经问世，就广为传播。一部未完稿的《石头记》（《红楼梦》），作为当时的一部"禁书"，在得以刊刻前，却能以手抄本形式在民间疯传。此等文学现象，对于散曲的不良影响也是必然的。

由于上述原因，清代散曲创作确实远不如明代，但作为传统文化的散曲，在清代的历史上也不会是空白。关于清代散曲创作数量情况，二十世纪八十年代，由凌景埏、谢伯阳收集整理的《全清散曲》问世，收录清代曲家三百四十二家，作品计小令三千二百一十四首、套曲一千一百六十六套。这些数据虽说有贪多求全导致收取失当部分，但"比较可靠的清代散曲作品，约有小令一千七百首，套曲八百套左右，散曲作家约二百人"（梁扬、杨东甫《中国散曲综论》第53页），也应该是存在的。

同样由于上述原因，尤其是"文字狱"的令人毛骨悚然和刻骨铭心，致清代散曲在题材和内容方面的明显缺陷，是脱离现实和缺乏人民性。在清散曲中，很难看到有直接抨击时政和揭露社会矛盾与官场污浊的作品。但是，历史终归是由人民来写的，清代反映现实主义题材的作品，也不是完全绝迹。例如，范驹的【南南吕·恋芳春】《哀风潮》，在记录江浙沿海地区罕见的台风海潮给人民生命财产造成的巨大损失事件中，就记录了当时官府不闻不问、地主反而催租如狼似虎、老百姓苦不堪言的情景。还有诸如谢元淮的【南吕·一枝花】《感怀》，展示的是第一次鸦片战争中我爱国军民奋起反抗外来侵略的史实；蒲松龄的【正宫·九转货郎儿】，是以科举考场中应试者心态描写，揭露科举制度对读书人的毒害；杨后的【双调·新水令】《哀江南曲》，记述的是太平天国在江南的一些活动；更有林乔荫的【仙吕·点绛唇】【南仙吕入双调·步步娇】二套，以其在西藏为官实地得来的真实材料，用鸿篇巨制形式，相当详细地介绍了西藏的民风民俗，是前所未有不可多得的史料性作品。不过，从总体情况说，清代散曲题材，因统治阶级意志限制，大多只以写景状物、闺情离恨，以及题咏赠答等方面为主要内容。

因为题材局限，清散曲在艺术上无法展现如元明散曲那样的豪放爽朗特点，只于无聊、萎靡、消沉或无病呻吟中见粗疏毛糙，或者与诗词没有多少区别，但也有一些创新和特色。

一是题辞类型的作品空前繁荣。所谓"题辞"，是指题画、题诗文集之类，即以绘画、诗词文集等为题材而作散曲。这或许是因为清代文网甚密、动辄获罪原因造成，所以题辞类散曲创作成为一种时尚，而且还多见于长制套曲。有资料统计，全清八百套左右散套中，竟有近二百套散套是题辞内容，可谓古今少见。同时还有一些旁门左道题材作品出现。如剑叟有一套《毛诗乐府》，共七套套曲，全是以演绎阐述《诗经》为内容和主题，而且全以【南北双调合套】写成。还有如刘一朋以道士身份作小令八十八首，全部是歌咏所谓炼丹修仙的作品。

二是自度曲创作表现了清代散曲在形式上的创新和对传统曲牌的挑战。在清代，作自度曲成为一种繁荣之势，尤其一些深谙曲律的曲作家更是广而为之，以至于成为一种时尚。所谓"自度曲"，即作者自制曲谱，也就是自制曲牌和格律。对于自度曲，我们不能认作是"无曲牌"，也不能认为是"自由创作"。作自度曲，首先必须具备一定的曲谱知识和成曲功底，有如现代音乐中的简谱、五线谱、交响乐等，不仅有旋律之说，更有形象之美和时代之力，不是凭轻浮无知而所能为之的。比如，自度曲的不受字句限制，不受一韵到底束缚而中途可以换韵等，却必须是在曲律规律中自辟蹊径。如钱铁珊的《红豆词》《绿腰曲》，郑板桥的《道情》十首，徐大椿的《洄溪道情》，还有为今人所熟悉的曹雪芹《红楼梦》中的不少曲子，比如《好了歌》，都是很好的自度曲散曲，并深见其功底。清代自度曲呈繁荣之势，是对散曲传统体制的一种革新和创造,这一点,在明代是很少见的。

三是俗曲创作比明代繁荣,而且南北曲俱佳。所谓俗曲,如前所述,是相对传统散曲而称的一种通俗性散曲,是借助民歌、小曲、小调、时调之类而流行于民间的散曲。俗曲在明代中后期大量兴起,至清代,尤其自乾隆时代开始,其创作,不仅数量多、种类繁,而且题材更为广泛,内容更加丰富。这一点,或许与其时民间南戏兴盛有关。例如题材内容方面,不仅有明代重点表现的男女爱情之类,同时有歌咏历史事件、历史人物、小说戏曲事件人物,以及时事、风俗、女性不幸遭遇和写景咏物等,而且南北曲皆有,不偏重哪一种。俗曲繁荣又带来清代俗曲刊刻结集甚广。如乾隆九年(1744)由北京永魁斋刻印的《新镌南北时尚万花小曲》俗曲集,即现存的《万花小曲》,为什么有"京都本"与"金陵本"两个版本,就因为此集小曲"风行于乾隆时期,当时各地有很多小曲钞本与刻本,且你抄我录,辗转相传,翻刻或重刻成风,销量巨大;《万花小曲》是许多小曲文献的一个精选本、精刻本,内中小曲先在京城疯传,被永魁斋'不惜重金镌梓';四十一年后依然在金陵畅行,被奎璧斋重刻"。(郭春玲《〈万花小曲〉研究》)可见清代俗曲散曲,在当时是非常流行和受群众欢迎的。至于说清散曲还有"集句曲"和"隐括曲"之类,只表现为文字游戏性质,其"集句曲"更非南散曲"集曲",在此不必多记。

四是清散曲表现了我国散曲由"配乐歌唱"到"置于案头"的演变。应当肯定,在清代,直至清亡,散曲是一直存在于入乐歌唱的,而且直至民国时期,吴梅在他的日记中提到,他在大学开曲学课,还常常教学生唱散曲。在清代,前期散曲有如明代那样广为入乐歌唱,只中后期后,则一般只置于案头,并逐渐演变为今天如同诗词一般的纯文学作品了。

清代值得一提的是,清初曲学家钮少雅,受徐于室生前所托,历时二十四年,九易其稿,在八十八岁高龄时,完成了徐氏未竟重订南曲曲谱稿,编成《南曲九宫正始》,为后人留下了一部完整规范的南曲曲谱。

四、民国时期散曲发展情况

散曲发展至清代,呈现给人们的似乎是一种日渐衰落之势,由此至民国时期当是不堪一提之事了。然而事情却出乎意料，民国时期的散曲，不仅没有"寿终正寝"，而且比清代更有起色，表现了我国散曲史上的传统接力，而且正是因为有了这种接力，我国散曲艺术才能传承到新中国成立以至当代。

民国时期散曲，当然仅指自1911年至1949年不足四十年间的内陆情况，有存散曲作品约一千二百首，套曲二百一十余套，知名作者五十余人。这些数字看似不大，但从时间比值说，却大大高于清代。

民国散曲特点，呈现向前发展趋势。其表现在以下方面。

一是创作题材和创作理念向新潮转变。在民国时期，自元、明、清以来一直延续的山水烟岚、风花雪月之类，已失去其往日的重要地位，归隐山林之类的避世吟哦基本绝迹，人们的目光已转向了新生活潮流和社会现实，包括国际国内时事及重大事件等，都是民国散曲家们乐于运用的创作题材。与此同时，散曲家们的创作理念也趋于真实与实用，一些无病呻吟和"为赋新词强说愁"作品大大减少，继而表现的是对日常生活的真情实感，是对社会人世变故以及生平经历浪迹萍踪的感慨。例如，卢前有小令七百六十七首、套曲七十四套，就有四百多首（套）作品是记载他的游踪和经历，其中百余首（套）写的是他的生活实况，以及抨击腐败社会和反映民生现状的作品；周梅初的散曲作品，表现有抨击国贼汪精卫、讽刺国民党官员大发国难财，以及揭示当时中国与第二次世界大战"国际联盟"真相等一般作者较少涉及的重大题材；还有李天根以散套形式反映三十年代初四川军阀混战给人民群众造成巨大灾难，抗日战争时期，有于右任、孙为霆、陈志宪等，从不同角度，用散曲形式，揭露和抨击日寇的血腥暴行，描画战乱中民不聊生的惨景，歌颂我抗日军民英勇抗战事迹，展示出烽火岁月中的一幅幅生动时代画卷。

二是散曲地位和创作品位空前提升。民国散曲作家与同时期的诗、词创作一样，多为社会名流及高知阶层人物，包括国家和地方军政大员也多有参与。他们大多以散曲创作展现人生品位和借以表达心声，创作风格亦趋于现代化，现代汉语特点和现代词汇被大量使用，朴实无华、爽朗通俗的艺术风气受到普遍肯定。此时期以陈栩、姚华、于右任、吴梅、卢前、周梅初、李天根、孙为霆等为代表作家，致民国时期的散曲创作，出现了一个相对繁荣景象。

三是大师级经典曲家人物涌现。如王国维、吴梅、卢前等人，是近现代曲家中少有的兼作曲、度曲、唱曲、教曲的全能高手或理论研究巨匠。素有国学大师之称的王国维，他的《宋元戏曲史》，不仅是中国戏曲学学科创立的标志性文献，还是打开我国曲学研究大门的开山之作。近代戏曲理论家和教育家吴梅，是与王国维并称的曲学研究两大巨擘，著有《曲学通论》《词学通论》《南北词简谱》等十余种词曲学理论著作，为我国现代曲学奠基人之一。并有卢前、任讷，都是吴梅的弟子，卢前《散曲史》，是我国散曲研究史上筚路蓝缕的第一部通史，任讷的《散曲概论》，"是将散曲研究从笼统的曲学研究中独立出来的开山之作"（赵义山《二十世纪之散曲创作与研究》，见《中华诗词》2020年第8期）。正是这些曲学高手和理论巨匠们的辛勤劳动，或以他们的散曲作品，或以他们的研究成果，澄清了对中国散曲认识的许多偏见，纠正了许多背离传统的所谓"创造"和"创新"，为当代散曲回归和不断发展作出了历史性贡献。

第四节　南曲与北曲

元曲分南曲与北曲，在南北曲问题上，有很多话题可说。鉴于历史上"北尊南卑"观念流传甚广，且至今余音未消，不利于当代散曲传承和新时期文化事业进步，这里只就所谓"北尊南卑"问题，还其个本来面目，并同时提出一个元曲的民族化问题。

一、关于元曲的南北分渠与南北大交流

说"北尊南卑"，当然必说元曲的南北分渠和其由来。所谓"南北分渠"，是指元曲分南北两条渠道发展而成南北二曲。其由来，实属因为在元曲形成之初，恰逢中国正处南北不同朝代，并致南北政治与军事的长期对峙原因造成。这种对峙时间，应该自唐以后即开始而有。历史事实是，先有宋辽相抗，继而宋金、宋元两次分庭，时间长达三百余年。其间最为紧要的是

在宋金、宋元分庭阶段，表现为一对孪生兄弟的南北二曲，刚刚萌发诞生，即被骨肉分离，至元一统中原后，这对孪生兄弟才得以相聚。其基本情况如下。

宋金分庭发生于公元1127年，金兵入侵中原攻陷东京（今河南开封），徽钦二帝被俘，北宋灭亡，时值靖康二年，史称"靖康之耻"。北宋亡后，宋徽宗第九子康王赵构（称宋高宗）幸免于难，逃到南方，于临安（今浙江杭州）建都，建立南宋王朝。此后，元灭金，南宋先后与统治北部地区的金、元两朝，形成了长达一百五十多年的对峙时期。恰恰在这一时期，作为共同孕育于华夏文化的一种新型演唱艺术，只得分别在南北两地生长发育，并各自成长壮大，形成一种叫"曲"的艺术形式，这就是后来称作的"元曲"，只因地分南北，故人们将流行于南方的"曲"称为"南曲"，流行于北方的"曲"称为"北曲"。

说元曲之区分南北，多少年来，人们只多看到其分渠，却很少有说其曾经有过的"大交流"和"大融合"。这种"大交流"和"大融合"，就是元代历史上的一次"北曲南移"，这是我国元曲发展史上的一次重大事件，也是南北曲携手共为"元曲"和元曲走向民族化的重要标志，是必须大书特书之一笔。

这次南北曲大交流，第一个表现是"北曲南下"。其时在元灭南宋后不久，在元一统形势下，南北之间消除了较长时期以来的政治与军事对峙状态，原活动在大都（今北京）一带的北曲作家，也随元朝政治与军事势力的南下来到了南方。在南下的北曲作家中，一是作为元朝的官吏来到南方任职，如"元曲四大家"的马致远与郑光祖，马致远原本流落下层，直到至元二十二年（1285）前后，才得到江浙行省务提举的官职来到杭州，郑光祖因其"以儒补杭州路吏"到杭州做官。郑光祖此后一直在杭州生活，直至去世。还有如著名曲作家李文蔚为江州路瑞昌县尹、赵天锡为镇江府判、张寿卿为浙江省掾史等。二是江南的秀丽繁华吸引了许多隐逸市井的北曲作家来到南方，如同样是"元曲四大家"的关汉卿与白朴，关汉卿在元灭南宋不久来到杭州，并在杭州定居下来，白朴于五十五岁时移居建康（今江苏南京），并南游杭州。还有如侯正卿等著名北曲作家，或移居，或于游宦，也来到了南方。

第二个表现是大交流中南北曲的共同创作。随着大批北曲作家南下，他们会同南方的南曲作家，形成了一支南北曲合流的大军，开始了南北曲的交流与共同创作。说其"共同创作"，主要表现在三方面：一是来到南方的北曲作家在作北曲的同时也作南曲，南方的南曲作家受北曲影响也作北曲。二是相互借鉴和相互改编剧目，包括改编南戏剧目为北杂剧剧目和改编北杂剧剧目为南戏剧目，几乎都是共同的意愿。如南戏有改编北杂剧《赵氏孤儿》为南戏《赵氏孤儿》，北杂剧有关汉卿改编南戏《拜月亭》为北杂剧《拜月亭》，还有南戏与北杂剧均为原创的《西厢记》，等等。三是出现了南北"合套"现象。所谓"合套"，即在一套曲中，既有南曲，又有北曲。二者或同为一散套，或同为一剧套，而且或用南腔演唱，或用北调演唱。

第三个表现是文化重心南移。随着北曲作家南下，一大批北杂剧演员也来到南方，并有南北戏曲同台演出，南北剧作家及演艺人员相互学习、借鉴，极为平常，实际是将当时北杂剧的演出中心，从北方的大都南移到了杭州。与此同时，为适应这种文化中心变化的需要，杭州城里除原有的南戏刊印行业外，也开始有了北杂剧剧本的刊刻书坊。此时的南方，其曲文化氛围可谓达到鼎盛时期。

在南北曲大交流中，重点要说到的是南北曲"合套"现象。其合套形式有两种，一是"南北合套"创作，二是"南北合腔"演唱。所谓"南北合套"，即指将南曲和北曲组合成一套曲，是一种套数形式的创新；"南北合腔"即指南北曲合腔演唱，是一种演艺形式的创新。南北曲合套在戏曲和散曲两方面的创作中都有运用，这里只说散套。散套中的"南北合套"比较简单，即在一套曲中，一支北曲、一支南曲，交错使用，也就是将同一宫调或相近声情宫调的曲调进行组合，均以首曲宫调为宫调和以首曲用韵韵部为韵部，须同韵相叶。合套方式有多种：一是一南一北，交错排列；二是前南后北排列，但北曲为主角所唱；三是根据剧情和人物需要，在南曲中插入北曲。一南一北交错使用形式，如王实甫散套【南吕·信物存】，首曲为北曲，宫调为【南吕】，与南曲合套情况为：【南吕·北四块玉】—【南金索挂梧桐】—【北骂玉郎】—【南东瓯令】—【北感皇恩】—【南针线箱】—【北采茶歌】—【南解三酲】—【北乌夜啼】—【南尾声】，而且因为首曲【北四块玉】用韵为"皆来"韵，以下所有曲子也皆在"皆来"韵部中选韵。

"南北合套"和"南北合腔"，表现的是南北曲相融后的一种艺术创造，虽说是一种艺术形式，但实际反映的是南北曲的大融合和大发展，是民族艺术的历史性大会师和大进军，也是我国"元曲"艺术自此走向民族化意义之所在。

二、关于"北尊南卑"问题

多少年来，人们对元曲，心目中总有个"北尊南卑"观念，即以北曲独尊和鄙视南曲，直至今天仍有多以此说南曲"消亡"，或不承认有南曲。殊不知，这种认识，不仅有违于南北二曲艺术本身的存在，有违于"元曲"概念南北二曲的缺一不可，而且于历史真实情况也不相符合。

"北尊南卑"的由来，始于元一统后元统治阶级的强加于世。元一统前，南北曲在若干方面是难以截然区分的，不然在南北大交流中，南北二曲也不可能那么容易"合流"；只元一统后，原本多表现文人创作的北曲特盛，且由于北曲早已成为元统治阶级喜爱之习惯，北曲倍受官方重视，故而在统治阶级的意志下，他们将南曲别立于北曲之外，由此就有了所谓的"北尊南卑"。

造成历史上"北尊南卑"的第二个原因，是清代的"仇明"意识。元以后，元曲在明代得到了蓬勃发展，其中由于北杂剧的衰落和南戏"传奇"的勃兴，南曲的发展对于北曲本来已成压倒优势，可是清灭明后，由于清统治阶级对汉人"反清复明"思想特别警惕，他们对明代表现兴旺发达的南曲自然倍加仇视，一个明代奉诏编写的为南曲所用的《洪武正韵》都被强令禁用，故而迫使南曲又还原于被鄙视地位，并且致南曲仍然只能在民间流传。

"北尊南卑"不仅不符合历史发展事实，而且也不符合南曲的艺术本质。从艺术角度讲，不说南曲优于北曲，至少不逊于北曲。这一点，同样可于元代的"南北曲大交流"得到证实。在这次大交流中，出现了"南北合套"与"南北合腔",以及"北曲南化"等现象,尤其"北曲南化",几乎有将北曲"唱讹"的程度,都是一种艺术的表现。

"南北合套"与"南北合腔",是说南曲与北曲本来就有本质上的艺术关联,前面已作简要介绍,这里只说"北曲南化"。

所谓"北曲南化",或者说北曲被南腔"唱讹",从一般意义说,似乎是一种贬义,但任何事物都有它的两重性。北曲被南腔"唱讹",一方面可以理解为被"唱歪",但另一方面却又反过来可以证明南曲艺术的本质存在,并且反映了南曲本来就有的十分繁荣的社会基础。也就是说,没有南曲的兴盛,又有谁去"唱讹"你北曲呢!

元代北曲南下后"北曲南化"形势的出现,有多种社会原因。一是元曲本来就无所谓有"南""北"之分。元曲不是源于哪一个明确的年代,更不是源于元代,萌芽于历代文化渊源的"北曲",北方可以有,南方为什么不可以有?事实是,在"南北大交流"前,南方就有北曲曲牌的运用,一个明显的例证是,早在产生于南宋时期的南戏《错立身》,就已出现了"南北合腔"情况,就有北曲曲牌的运用。其实,元一统后的"南北合腔"是后来人的提法,其本来面目是,北宋时期形成的曲牌在南北两地发展,各为其南北曲曲牌的一部分,从这种南北两地共域性曲牌认识,南北二曲本来就"同调同腔"。二是南北二曲原本就是一对孪生兄弟,它们的"合腔合调",是一件很自然的事情。以南北共域性曲牌为例,这些曲牌是因为政治对峙原因,不得已而分别在南北两地流传,在难得的南北大交流历史机遇中,兄弟相逢,合腔合调有什么奇怪呢?而且还可以这样假设,如果没有外族入侵,中国历史上没有南宋与北宋之分,"元曲"一样会形成,只是这时的"元曲",也会因南北区域原因而有南北不同风格的出现,这是艺术规律所致,与谁尊谁卑无关。三是在"南北大交流"中,南曲一样表现了它的发展趋势。"南北大交流"使南北曲形成了大交汇和大融合之势,无论戏曲、散曲,南方杭州成为全国最为繁华的发展中心,说明当时南方南曲的文学基础不差于北曲。例如,在"南北合腔"方面,最先创作"南北合腔"套数的是杭州人沈和所作的《潇湘八景》,后来有在南方的北曲作家关汉卿等名家带头创作助推,北曲"南唱"才如火如荼,所以史料有记载说,此时期的"南北合腔",不只在"北曲南化",而是到了北曲几乎被"唱讹"的程度。这里的"唱讹",有"贬"义,但更多的应是赞扬。也正是出于这种心理状态,为保持和光大南北不同风格,周德清才搞了一个既为北曲而设,又兼南北曲皆用的《中原音韵》。

从历史角度说"北尊南卑"是错误的,同时还表现于对南曲发展情况的不知或歪曲。

第一个情况是不知南曲渊源比北曲早。从戏曲产生时间论,王国维说:"杂剧苟为汉卿所创,则其创作之时,必在金天兴与元中统间二三十年之中,此可略得而推测者也。"(《宋元戏曲史》第65页)也就是说,北曲产生最早的时间跨度,只在金代天兴元年1232至中统末年1265年之间。但南戏却始于"温州腔",最迟也在南宋初期,赵构初立南宋时间(高宗元年)在1127年,比金天兴元年早一百多年。而且南戏最早使用曲牌体,产生于北宋时期的南戏《张协状元》,即"已出现'知宫'"一说。"知宫"即指用宫调和曲牌。据当代学者俞为民考证,"'知宫'始于宋徽宗政和三年(1113),故其产生的时间当在北宋末年。"(俞为民《宋元南戏考论续编》第129页)。由此可见,始于元代关汉卿时的北杂剧,无论在时间和运用曲牌体上,都无法与南戏相比。

第二个情况是对元代"南北曲大交流"评价不公。对于这次大交流,当代不少曲学家看到的只是北曲对南曲的推动,或者说北曲是"老大",是"师长",南曲只有向北曲学习的份,这是不公正的评价。例如,有人说"南曲本无散套",以致说南曲无散曲,南曲散曲和散套是在这次大交流中从北曲"模仿"过来的。这种说法,完全是从"北尊南卑"出发的一种个人推断。其实,要说学习,那也是相互学习。例如,北曲本无衬字,衬字是南戏演唱艺术中的创造,后来又应用于南散曲,北曲之有衬字,是真正从南曲学来的。从事实本源出发,在这次大交流中,有"北曲南唱",也有"南曲北唱",至于说"北曲南化"和被"唱讹",表现的正是"元曲"民族化意义之所在。正如李昌集先生所说:"这种北曲的'南化'所体现的南北曲之交汇,对南北曲均是一种丰富,而更重要的意义在这种现象标志着南曲与北曲一样得到了全社会的承认,标志着南曲进入了'高一级'的曲坛"和"日

益成为一种主导趋势"。(《中国古代散曲史》第81页)

第三个情况是不能公正看待南曲在明代的勃兴。元代南北大交流,促使南曲"日益成为一种主导趋势",在明代得到了充分证实。这时的情况是,通过元代的南北大交流,南曲也一样得到进步和提升,"元代中后期,南曲开始进入了文人圈,开始摆脱了其初发时期的民间状态。"(李昌集《中国古代散曲史》第81页)并且由此日渐兴盛,至元末明初,南曲更为勃兴,而此时的北曲,却日见衰落。如王骥德在《曲律》中云:"(明初)始犹南北(曲)画地相角,迩年以来(按:指万历时期),燕赵之歌童、舞女,咸弃其捍拨,尽效南声,而北词几废。"明中叶后,曲坛终于渐成南曲的一统天下,以致在明一代,一直表现为南曲一体笼罩整个曲坛。具体情况前面已有所述,在此不作重复。所有这些,能不应为持"北尊南卑"者有所正视吗?

元代南北曲大交流和至明代南曲一统天下情况告诉我们,所谓"北尊南卑"不是历史的事实,而是后人的偏见。究其原因,除在元清两代有统治阶级强加因素外,也有不同时期主客观两方面的因素:从客观方面说,一是在元一代,北剧多表现于官方市场,南戏主要流行于民间,官尊民卑是历来存在的;二是南曲声律表现灵活多变,北曲则要求甚严,不可逾越。事实情况是,越是"不可逾越"者,则越成固定模式而易被传承和易视其"尊";次者则正为其反和易视其"卑"。从主观方面说,一是南曲多表现为民间艺人和下层文人创作,他们的创作不仅不易流传,而且多受文人歧视;北曲创作则以文人居多,而且为官者不少,他们成名后,又多有作品结集刊行得以传世,故而从作品流传说,后人只以多见者为"尊",少见者为"卑"。二是近现代曲学研究者们为沿袭旧说,多以"北尊南卑"观念先入为主,一谈元曲,要么只盯住一个"元"字,要么只盯住一个"北"字,是既不知元明两代真实情况,又不甘愿多问一句南曲,实不应该也!

三、关于元曲民族化问题

认识任何事物的正确与否,都是在一定历史时期的过程中完成的。综述以上元曲渊源与发展,归结到对南曲与北曲的认识,其总体思路应该是,无论唐诗、宋词、元曲,包括还有许多方面的传统艺术形式,它们共同从华夏文化源头走来，又各自成长壮大和各具自己的形态与特征，都是中华民族的传统艺术形式，在它们之间，都不存在孰尊孰卑的问题。其中南曲与北曲本为元曲之一体，它们是以同一种文化现象从唐曲起步，或者更早，并吸取多种民族文化元素，在民间流行发展成熟，本无南北二曲之分，说其有分南北，实属自宋以后较长时期华夏南北分庭所致。但从艺术风格有别而论，则也不必关乎"南北分庭"之说，明代王骥德在他的《曲律》中，早已将南北曲之分野直溯至"诗三百"时期。也就是说，因为中国幅员广大，无论哪一种文化形式在华夏大地产生，它们都可以有南北风格的不同，我们又为何只对元曲之南北独分尊卑呢！何况元曲之所以能与唐诗、宋词共为我国三大传统文化瑰宝，其意义更有南北曲的历史"大交流"和"大融合"，当历史将它们共同谓之"元曲"的时候，一个最基本的概念，就是它们共同的民族性。事实也正是如此，离开了南曲与北曲的民族共同性，没有"南"又何有"北"，没有"北"又何有"南"，如此区分南北又有何意义呢！

自元代以来的数百年间，历史已得出结论，元曲是中华民族的文化产物，且必须包括南曲与北曲两大类别，二者不可分割，更不可偏废，这就是元曲民族化意义所在。我们之所以说"北尊南卑"思想是错误的，或者说是片面的，其意义也正在此。如今我们论元曲，当然不可再有"孰尊孰卑"问题，无论南曲、北曲，都是中华民族的文化瑰宝，我们都应十分珍爱和同样发扬光大。

第二章　找回南散曲

　　上述一章，就中国散曲溯源、发展及其与之关联情况，作了一个梗概交待，目的在于让散曲爱好者对中国散曲有一个基本了解，同时更为找到南散曲而铺平道路。至于为什么要提出"找回南散曲"问题，当然是因为"原本有的"却"被弄丢了"，且为国宝之物，自然要"找"回来。

　　南散曲"被弄丢了"，历史原因当然无法追究。只说在传统诗词得以复兴和蓬勃发展的今天，南散曲仍然不被当一回事，以致受到公开排斥和否定，就太不应该了。比如，有著作说："散曲有南北之分，而元散曲以北曲为主"；又有说："曲有南曲与北曲之分，所谓'散曲'，纯指北曲而言。"等等。这些观点，等于是说，北散曲的历史就是中国散曲的历史，当代乃至往后，中国散曲仅有北散曲。因为这些偏见，有违历史，也有违现实，而且今天的偏见，必将影响今后的历史和带来严重后果。所以我们必须找回历史，找回南散曲。哪怕这样做对于当代散曲创作没有多大意义，却也可以不必为失去散曲半壁河山而遗憾。为此，本书特单立一章，专门说说：找回南散曲。

第一节　从南戏看南散曲

　　南散曲与南戏，是南曲的两大类别，要找回南散曲，当然得从其血缘关系最近的南戏入手。为此，我们先说说南戏。

　　南戏，作为我国戏曲之宗，并且一直在民间繁衍和流传至今。说"古"有之，人皆可信；说"今"尚存，实少有知。在此先说说南戏之"早"和"近"，而且都可以《张协状元》为例。《张协状元》为南宋时温州九山书会才人编撰的南戏剧目，载明《永乐大典》第一万三千九百九十一卷，是我国唯一完整保存下来的南宋戏文全本，也是中国迄今能追溯到最早和保存最完整的中国古代戏曲剧本，这就是南戏之"早"。说南戏之"近"，20世纪90年代，《张协状元》经中国戏曲学院于少非先生，邀请二十多位当代戏曲界著名专家学者和一流戏曲表演艺术家共同努力，将其再现当代舞台，于1992年10月在北京人民大会堂首演，获得成功，随之又先后应邀赴芬兰、爱沙尼亚、挪威等国访问演出，影响巨大。如果说《张协状元》再现之事只是偶然为之，那么还有刘春江先生在《湖口青阳腔》一书中所展示给人们的江西湖口之青阳腔，是仍然鲜活地活着的南戏一脉，至今还在21世纪的舞台上展现着其异样的风采。若不信，可随时来实地观光。

然而，令人遗憾而又十分不解的是，在多少年来的中国戏曲研究中，南戏不仅一直被人们看成是"村坊小调"，而且较普遍都认定南戏早已"消亡"。直至20世纪末，确切点说是21世纪初，一批优秀的年轻戏曲研究者们，他们不拘限于文本文献的搜求，而在更广泛的物质文献中探寻，从田野上找回了南戏。如徐宏图先生在其《南戏遗存考论·前言》开宗明义所称："南戏是中国戏曲之祖，……它与稍后的北杂剧不同，北杂剧由于形成一套束缚过严的声律和体制，如语言雅化、一人主唱等，因而脱离民众过早消亡，而南戏却始终扎根民间，与时俱进不断创新，借繁衍不同声腔以延续生命，因而根深蒂固，生生不息，历八百余年而不亡。"南戏未灭，南曲自然未灭；南曲未灭，自然当有南散曲。为此，据相关资料记载，特将我国南戏形成和发展情况大致介绍如下。

首先，南戏形成之早和声腔流传之盛为中国戏曲之罕见。如前有述，南戏产生于北宋末或南渡后的浙江温州。南戏用南曲，最初以温州地方声腔形成"温州腔"，不久传入杭州，即演化为"杭州腔"。历元入明后，南戏得到蓬勃发展，形成了海盐、余姚、弋阳、昆山四大主流声腔，称南戏"四大声腔"。至明末，海盐、余姚二腔衰落，只剩昆、弋二腔争胜。在昆、弋二腔争胜中，以昆山腔声誉为最大，主要原因是明代嘉靖年间魏良辅改革昆山腔后，其柔媚婉转、细腻高雅的音乐风格迎合了文人学士的艺术情趣。与此同时，在魏良辅改革昆山腔影响下，同时期的著名戏曲作家梁辰鱼又作《浣纱记》传奇剧本，不仅助推了昆腔的发展和传播，而且因其"传奇"影响，自此南戏即称"传奇"。经数百年传承，昆山腔形成昆曲，又曰昆剧，已列为联合国教科文组织"人类口述和非物质遗产代表作"。又以弋阳腔流传区域为最大，不仅在南方流传安徽、江西、江苏、浙江、湖南、福建、广东、四川、云南、贵州等地形成弋阳诸腔，而且流传于我国北部的河北、北京等地演化为"京腔""高阳高腔"等。

在此，尤须要说的是青阳腔。因余姚腔和弋阳腔先后在安徽青阳、池州一带流行，受余姚腔和弋阳腔影响，形成了一种以"青阳"命名的声腔叫"青阳腔"。青阳腔流传甚广，是至今除昆山腔外得以保留下来的重要南戏剧种。

青阳腔在演唱形式、剧目保留、角色体制等方面继承了弋阳腔的传统，同时又继承了余姚腔的滚唱雏形而发展成风靡一时的"滚调"。所谓"滚调"，即指演唱者在上台演唱前，自由加进一段律绝古诗或民间谚语之类，目的在于引进剧情，深受观众喜爱。"滚调"有"滚唱"与"滚白"两种，以入唱形式表现的称"滚唱"，或称"畅滚"；以诵词形式表现的称"滚白"。青阳腔在发展过程中，演化成诸地高腔，有都昌湖口高腔、岳西高腔、麻城高腔、柳子戏高腔、湘剧高腔、四川高腔等。所谓"高腔"，汤显祖称其为"其节以鼓，其调喧"（《庙记》），即调高的意思。"高腔"在明代本是对除昆山腔之外其他南戏声腔的总称，至明末，因海盐、余姚二腔衰落，其时所谓"高腔"其实只有弋阳腔以及包括青阳诸腔在内的弋阳诸腔。高腔的演唱方式是"不入管弦"，即不用乐器伴奏，只干唱带帮腔，一唱众和，用锣鼓伴奏，青阳腔有加进滚唱或滚白。

第二，南戏剧目遗存十分丰富。剧目即剧本，为一剧之本，也是剧种能否得以流传的根本所在。由剧目遗存看南戏为我国戏曲之宗，至少表现在三个方面：一是南戏剧目渊源甚古。最早的可以追溯到宋元戏文。宋元戏文流传至今可见全本的有《张协状元》《错立身》《小孙屠》三本。二是剧目遗存甚广。除宋元全本原本外，尚有经明人改编属宋元戏文的"荆"（《荆钗记》）、"刘"（《白兔记》）、"拜"（《拜月记》）、"杀"（《杀狗记》）四戏，并称南戏"四大名剧"，后与《琵琶记》合称"五大名剧"，以及《孤儿记》《东窗记》等十二本，均有全本流传至今；属明代戏文全本的，有《紫香囊》《宝剑记》等三十余本；无全本而保存选出的，属宋元戏文而经明人改本7本，属明代戏文十六本；另有各种可知戏名的残曲一百余本。各种遗存剧目有多种版本，如《荆钗记》今知有八种，《白兔记》七种，《拜月记》十二种，《杀狗记》两种，《琵琶记》版本最多，保存至今的有四十多种（具体名目均从略）。三是现代许多剧种的不少传统经典剧目，都是从南戏剧目中改编而来，如《西厢记》《赵氏孤儿》，以及三国戏、水浒戏等。

第三，南戏最早形成曲牌体和向曲体规范的演变。南戏曲体运用和向曲体化不断演变过程，大致可分为三个阶段。第一阶段是由"温州腔"的地方声腔向"杭州腔"曲牌体的演化。"杭州腔"表现的"唱念呼吸，皆如约韵"，是将汉字"四声"本身所特有的声律性质，引入戏曲声腔，这一点不能不说是我国古代戏曲的一大进步。第二阶段是元末高则诚作《琵琶记》对南戏曲牌体的规范。高则诚作《琵琶记》"用清丽之词，一洗作者之陋"，为规范南戏声腔曲体运用起到了一定的示范作用。这是因为，南戏在民间较长时间的流传中，为适应异地语音的不同，多以"改调歌之"和"错用乡语"方式传承，这种杂以用方言土语的演唱形式，势必带来声腔曲体的杂乱和不规范，并且影响向更广大区域流传。高则诚《琵琶记》问世后，引发南戏纷纷效法，促进了南戏声腔与曲调在曲律上进一步融合。第三阶段是自明嘉靖年间魏良辅改革昆山腔后促进南戏的兴盛。当时昆山腔用昆山方言演唱，即"依腔传字"，除本地人外，外地人听不懂，为此昆山腔流行范围不大。为了改变这一状况，魏良辅提出对昆山腔进行改革，即改原来的"依腔传字"演唱方式为"依字传腔"。魏良辅认为，只有以全国通用的汉字读音度曲和演唱，才能改变昆山腔流行不广的被动局面，实际也是对当时南戏曲调不合律现象进行改造和使之律化。经魏良辅改革后，昆山腔被律化后的剧目继续使用，未被律化和不合律作品则在其自行淘汰之中。尽管这种改革多在文人创作中施行，但对民间南戏流传产生了巨大影响，包括当时的弋阳腔、青阳腔也纷纷仿效。这里仅举一笔者亲身经历的例子。2017年，笔者在当地农村一次青阳腔调查中，与一位民间艺人交谈，问其为何学戏，这位艺人说，因为他家孩子多，无能力让孩子们都上学，他的父母就让他学戏，说："学戏能识字。"因为学戏先得认字，先得字正音圆，然后才可能"入腔"。说明湖口青阳腔也同样有"依字传腔"的传承，这就是魏良辅改革的影响。说明中国社会科学院文学研究所的《中国文学史》所说"昆山腔盛行以后，所谓以南曲为主的'吴歈'达到了泛滥成灾的程度"不是事实本质的评价。恰恰相反，自魏良辅改革昆山腔后，南戏更加盛行，并且同时说明，当时南戏的曲体运用，已呈广泛和规范之势。

第四，从曲牌宫调与腔格的结合看南戏声腔曲体的传承。曲牌体与戏曲体的结合，表现在作为戏曲声腔腔调的形成，核心在宫调与腔格的协调和统一。因为宫调只表现声律和声情，用于戏曲只是"以字传腔"的基本依据，却不能代表腔调，只有与腔调结合才能成为声腔，其结合的手段之一就是"点板"。所谓"点板"，即以板拍的"疾徐不同"确立声腔腔格。"点板"后的腔调称"腔板"，或称"腔格"，是通过"板"和"眼"决定声腔的演唱节奏和速度快慢。此时的"腔格"，也就是俗称的"有板有眼"。南戏传唱的基本要领是腔板，同一剧对于不同声腔的区别也全在腔板。明代《琵琶记》为什么刊刻版本较多，就在于因声腔不同而腔板有所不同的缘故。南曲曲谱为什么一般都标有"腔板"，其缘由也即在此。

南戏表现曲调与腔格结合的又一手段是使用"工尺"注音，即以"工尺"音符标注曲调。所谓"工尺"注音，指笛有七孔而得七声，七声因有高低而且固定，故古代音乐又用"工尺"笛色来确定曲调声调高低。南戏用"腔板"确立节奏，用"工尺"确立声调，由此而将声腔与宫调相协，无疑是南戏戏曲音乐的一种艺术创造。明代南戏剧本，有既标注"工尺"音符，又标注"板眼"的，也有只标注"板眼"，不标注"工尺"的。用于文人清唱的剧本，一般只标注"板眼"，不标注"工尺"，因为文人清唱家文学素养较高，他们不仅能辨别汉字四声，而且能够根据字声领悟该字的腔格，说明板式比"工尺"更重要。所以说，"板于曲之节奏，关系至重，故制谱者须先定板式。板式既定，然后可注工尺。……不先定板式，则无从定腔格也。"（俞为民《中国古代曲体文学格律研究》第477页引《螾庐曲谈》第二章《论板式》）由此可见，南戏对于曲体运用的要求，是非常讲究且十分严格的，而且也影响到南散曲创作。

第五，南戏以南曲形式流传至今，仍然活跃在地方戏曲舞台。笔者这里要说的，或者说是用以证明南曲并没有"消亡"的事实，是前面提到的湖口青阳腔。湖口青阳腔的存在，不仅是本人在家乡自幼以来的亲身所历，而且在当代戏曲研究专家徐宏图先生的《南戏遗存考论》（中国社会科学院藏书）第一章《南戏研究回顾》第三节《田野调查，寻找遗存》中有专题记载。借此机会，将湖口青阳腔简要介绍如下。

湖口是一个至今不到三十万人口的小县，因地处江西北部鄱阳湖入长江口得名。湖口是个"戏窝子"，多少年来，在不到七百平方千米的土地上，一直同时流行着高腔、弹腔、采茶、文曲、饶河、木偶、黄梅戏等多种戏曲。其中湖口高腔，即青阳腔，系于明隆庆至万历年间（1567—1619）由安徽青阳传入，在湖口、都昌两县毗邻处落地生根近四百年，故湖口高腔，又称湖口、都昌高腔。

青阳腔传入湖口后，一直在民间发展，至新中国成立后，受到现代戏剧界关注。1956年8月召开的江西省戏曲剧目工作会议，确定湖口高腔为青阳腔剧种之一，1959年4月，江西省组建了以湖口、都昌高腔艺人为班底的"江西省古典戏曲实验剧团"，同年6月进京在中国文联礼堂作汇报演出，1960年整编为"江西省赣剧院三团"，至"文革"期间解散，但民间流传未受影响。湖口高腔演唱方式有舞台演出与"围鼓坐唱"两种。其演唱形式是用锣鼓伴奏，不入管弦，以干唱带帮腔（湖口俗称"吊台"）。演唱中可加进滚唱，称"滚调"，以及间用笛子和唢呐伴奏，分别称"横调"和"直调"。皆因"其节以鼓、其调喧"而称"高腔"。所有这些，都与青阳腔同。

20世纪80年代，相关部门在戏曲改革中重提青阳腔保护和抢救工作，时任湖口县文化馆馆长的刘春江，开始了他长达二十余年的湖口青阳腔遗存挖掘和研究工作，经遍访艺人和田野调查，收集到湖口高腔剧目手抄本九十六件，其中，全本明改本十六本，全本明清传奇二十一本，折子戏二十本，地方小戏二十三本。经对照50年代江西省有关部门内部整理的青阳腔剧目资料及相关南戏遗存记录，这些剧目均与宋元南戏流传的弋阳腔剧目紧密相关。与此同时，从这些剧目遗存表现的曲体情况看，湖口青阳腔曲牌广泛，体系齐全，且具地方特色。经刘春江搜集整理，湖口青阳腔所用曲牌，分为高调曲牌、横直曲牌、杂出小调曲牌、锣鼓曲牌四大类，计有曲牌四百九十六支。其中，用于唱腔为高调曲牌，计二百七十七支；杂出小调为地方小调引入，计二十一支。所有曲牌唱腔，刘春江根据艺人现场演唱及锣鼓击节录音，均以现代音乐简谱形式翻译成谱，收录于《中国湖口青阳腔曲牌音乐集》。只是作为以汉字四声为标识的平仄格律及板拍、工尺未作标注，仅在"依字传腔"的传统唱法中，标有各种声腔符号。

据刘春江、陈建军著《湖口青阳腔》载，湖口青阳腔的行当体制，为十角制，即一末（老生）、二净（大花脸）、三生（正生）、四旦（青衣）、五丑（小花脸）、六外（家员）、七小（小生）、八贴（花旦）、九老（老旦）、十杂（二花脸）。后为适应演出需要，又增有二肩（丫鬟）、三肩（娃娃生），作为旦角和小生的副角；有"四背褡""四龙套"充当专门龙套。如此，湖口青阳腔角制实际有十四个行当，比南戏传统"七角制"更为完备和分工明确。与此同时，湖口青阳腔传承下来的脸谱，也呈明代南戏古朴特色，从另一方面表现了其特定的历史渊源。

湖口青阳腔以班社名义演唱传承至解放初期。成立于清代中后期及民国时期的班社，有名可考的有秀兰班、老秀兰班、福秀兰班、中秀兰班、新秀兰班。已知建班时间最早的秀兰班成立于清道光四年（1824），年代最近的新秀兰班成立于1944年，且以新秀兰班行当最为齐全，并拥有一批功底厚实、演艺水平较高的民间艺人。新秀兰班后，再未见"班社"组织，只以主要领头艺人人名或其所在村庄名义呼唤。湖口各地至今还保留有青阳腔古戏台、艺人题壁及舞台楹联等。所有这些告诉我们，古老的南戏并没有走远。与此同时，更为有幸的是，改革开放以后，随着传统文化的复兴，湖口青阳腔获得新生，多种形式的专业或业余青阳腔剧团又重新组建，并于2015、2017年先后赴韩国和香港演出，获得成功。据笔者调查，湖口高腔历史遗存情况，尚有不少精品深藏民间。因为在湖口，作为流传了数百年，且又融入了一代又一代艺人心血的唱本，人们多视为家传珍宝，是不会轻易献出的。不过，虽说湖口青阳腔出于"青阳"，但作为始发流行地的安徽青阳县，其资料却"一字无存"，只以湖口遗存为概，或许就全国而言，南戏遗存也只以湖口遗存为最珍贵了。

湖口青阳腔于2006年列入我国首批国家级非物质文化遗产名录。但就时下湖口青阳腔说，却有几点遗憾：一是解放初期"走红"的新秀兰班老艺人均已离世，能称作解放后的第二代传人，也相继逝去或步入暮年，又因旷日持久的打工潮，吸引当地年轻人基本都外出谋生，作为尚有能在民间坚持的青阳腔传承，其后继乏人是既成事实；二是现有能付于舞台演唱的传承剧目，是既少又简，尤其作为官方以原有黄梅戏剧团班底组建的青阳腔演出机构，其演出功能，只能以某种固定剧目，用作向外展示"文化遗产"的一种需要；三是由不识何为"曲牌体"的文艺工作者，以现代戏曲形式"改造"或"创作"现代青阳腔剧目，又配之以独撰的"戏曲音乐"，将青阳腔"拉入管弦"，以致用上西洋乐器，完全改变了作为南戏的艺术本质，等等，真正表现出我国南戏的穷途末路，让人十分痛心。

综上所述，我们得到的结论是，南戏作为我国南曲之宗和一脉流传至今，是不用怀疑的；南戏用南曲，戏曲与散曲同根同源，连体发展，南散曲亦在我们的生活之中，也是客观存在的。

第二节 南散曲溯源

这里单立南散曲溯源一节，一为找到南散曲之必须，二为澄清当代所谓"南曲无散曲"之说。

在散曲总体溯源中，我们已经看到了南散曲是与北散曲同样存在的。可是，在当代不少资料中，有一种说法称，南曲本无散曲，南曲之所以有散曲，是因为元一统后，北曲南下，南曲受北散曲影响才有南散曲。这种说法是错误的。

其一，说因北散曲影响才有南散曲者，至少违背了一个最基本的民族文化传承的历史事实。在中国历史上，自金、元占领北方至南宋灭亡，北方至少已经历了一百五十余年的"外族"统治，而南方一直为宋王朝天下。因为文化意识的不同，北方在金、元统治时期，至少在初期，统治阶级对于汉文化是抵触或排斥的，而南方却一直是汉文化的延续。在如此的政治和文化背景前提下，散曲作为汉文化的产物，并且直接脱胎于宋代唱赚和诸宫调，北方能有，南方反而没有，这是历史事实吗？不说南散曲先于北散曲，至少不会落后于北散曲，更不会要等到元一统后北曲南下才有南散曲。

其二，说因北散曲影响才有南散曲者，是完全离开散曲之"曲"而言"散"。散曲之所以曰"散"，是指散曲不像剧曲那样与科（动作）白（说白）发生关系，而是作为一个个独立的文学作品而存在。但散曲的基本元素是曲，散曲作为元曲之一类别，本来就随元曲形成而存在，而且南曲比北曲形成早，作为南曲之一类别的南散曲，为什么一定要在北散曲形成以后才有呢？何况"散曲"二字的始得其名，是明代以后的事，在元一代只称"乐府"，有谁能断定，元代只有"北乐府"而没有"南乐府"？所以，所谓"因北散曲影响才有南散曲"的说法，除有鄙视南散曲意识外，实际是偷换了一个所谓"散"的表面概念，是离开散曲之"曲"的本质而谈散曲，其说法显然是错误的。

其三，说因北散曲影响才有南散曲者，是割裂散曲与剧曲的关系而孤立地说散曲。这是一种就学术而言学术的狭隘主义论。纵观散曲形成与发展过程，我们认为，散曲有其独立性的一面，但又有与戏曲连体渊源的一面。就散曲与剧曲的形式关联说，二者除有演唱场合和演唱方式的差别外，其作为"曲"的文学性和音乐性是相同的。即"属于文学的部分是'曲辞'，属于音乐的部分是'曲乐'"，"就'曲'而言，它便是文学与音乐的综合，无论剧'曲'还是散'曲'，都是如此"，而且"作为文学的'曲'和作为音乐的'曲'，已是相互依存和同时存在的"（赵义山《元散曲通论》修订本第3-4页）。当元曲第一支"曲子"产生的时候，这支"曲子"应该是"散曲"，而不是"剧曲"，因为凡艺术都是由简单而向复杂形成的。历史的事实告诉我们，在元曲的发展过程中，如果不是先有表现为单个形态的"散曲"，是不会有表现为"一剧"形态之"剧曲"的；当然，如果没有表现为剧曲形式的戏曲，也不会有作为一种文学样式的散曲。散曲之所以称"散"，在一定意义上是相对于剧曲的"聚集"而言。所以，无论在任何情形下，我们说散曲，都不能割裂其与戏曲的联系而孤立地说散曲。

对于南散曲形成的学术结论，我们不能凭臆断说"源于北曲"，当然也不能凭想象而说其他。为了找回南散曲，并且能够正其名，除了在关于"元曲"溯源中已作相同和相关论述之外，在此再就南散曲溯源问题，补充介绍如下几方面的情况。

一是从南散曲与南戏的渊源关系，看南散曲形成比北散曲早。如前有述，南戏最早使用"曲牌体"，南曲形成比北曲早，这是毋庸置疑的事实；同样，南散曲为南曲之一类，并且随南曲之剧曲同时生成和发展，其形成之初自然也比北散曲早。对此，王国维先生在其《宋元戏曲史》中已作明示，如果还有疑问的话，笔者在此再举一个当代新发现的例证。随着散曲研究的深入，经当代戏曲史学家胡忌先生新近发现，南宋人刘埙（1240年—1319年）《水云村稿·词人吴用章传》一文有载："至咸淳，永嘉戏曲出，泼少年化之，而后淫哇盛，正音歇。"这里说明两个问题：一是据此可知在南宋咸淳年间（1265年—1274年）便已有南戏之南曲存在，证明南曲作为音乐形式，其形成在咸淳以前，比《录鬼簿》所载时间还早。此时期只有南戏，而无北杂剧，更无北散曲；二是刘埙这篇文章的标题为《词人吴用章传》，"词"与"曲"通，"词人"即"曲家"，刘埙为吴用章作传，称其为"词人"，又谓之"永嘉戏曲出，泼少年化之，而后淫哇盛，正音歇"，完全证明吴用章其人就是散曲作家，其所作作品，正是南戏所用南曲形式的"散曲"之一类。

二是从南曲所用曲调来源，看南散曲渊源之古。曲调即曲牌，曲牌来源事关曲体形成渊源久远。关于南曲最早使用曲牌情况，王国维在《宋元戏曲史》中，就明代沈璟《南九宫十三调曲谱》所收五百四十三支南曲曲调来源，指出其出自唐宋诗词、大曲、金诸宫调、南宋唱赚等情况，其数量与比例，都比北散曲多；又有王国维及近现代众多曲学家们，以南戏早期作品《张协状元》所用曲调来源情况分析为例，该剧共用曲牌一百六十八支（【前腔】【尾声】不计），其中与唐代曲子相同者七曲，与唐宋教坊曲相同者十七曲，与唐宋大曲相同者九曲，与宋代唱赚相同者三曲，与宋金诸宫调相同者二十四曲，与宋词相同者六十曲，与宋杂剧所用曲调名相同者五曲，计一百二十五曲。其曲调来源，同样说明南曲渊源之久。更有当代曲学家李昌集先生，在《中国古代散曲史》中，就《张协状元》一剧曲调统计和考证指出:"南曲初生时期的'戏文'不止《张协状元》一例,而其所用曲牌,则大体不出《张》戏所用曲牌之诸类,其渊源亦可依例寻之。当南曲由民间状态扩展为一种全社会的艺术种类并进入文人圈以后,既有的若干曲牌便成为一种'传统'而逐渐定型和沿用,于是,音乐(及句法)上的'集曲',文体上的平仄变格成了曲牌新生的途径之一,但民间曲子仍是南曲的重要来源之一。"(《中国古代散曲史》第78页)李昌集先生的考证说明两个问题:一是说明南曲渊源主体在民间"曲"和民间"词",是与北曲同样的由唐经宋而下的一脉流衍;二是上论中有说"由民间状态扩展为一种全社会的艺术种类并进入文人圈以后",成为"音乐""集曲"等文体传统性的"定型和沿用",说的就是当时南散曲的形成与发展盛况,只不过与北曲一样,在当时尚没有"散曲"名称之所谓。如果联系到明末清初钮少雅编订《南曲九宫正始》,钮氏是因首先得到一部上古曲谱《骷髅格》而进入南曲曲谱编订(详情后文有记),说明南曲渊源之早,还可追溯到秦汉以前的上古时期。

　　三是从"唱赚一体"的衍生,看南散套形式的形成。有研究者说,南曲本无散套,南散套完全是从北散套模仿而来。此论同样不符合历史事实。据多种资料显示,无论北曲还是南曲,都是由唐经宋而下的一脉流衍而形成小令或独曲,又经宋代赚体而有套数,并且有称宋之赚体就是词中套数,北曲散套是由唱赚一体产生,既然"唱赚一体"可以产生北套,那么在同样的"词中套数"中,又为什么不可以产生南套呢?其实,"唱赚一体"于南宋时就已产生了南套,当时只称"新生一体"。据《都城纪胜》《事林广记》《武林旧事》等记载,当时南曲所称的"新生一体",不仅在南宋风靡于市井街头,而且已进入宫廷,甚而理宗朝(1225年—1264年)"禁中寿筵乐次"中已用"筝琵、方响合《缠令神曲》"(《武林旧事》卷一)。"缠令"为唱赚之一体,宫廷中寿筵之乐已使用,可见"唱赚一体"在南宋早已盛行。有如赵义山先生所说:"至于南曲之有套,或以为自北曲之套数形式模仿而来,若依本书观点:'赚'者,词中之套数;'套'者,词中之赚体。那么,南曲之套数和北曲之套数一样,均可由唱赚一体发生,而不必自北套学来。……在唱赚一体甚为流行的南宋时期,以其中'缠令'一式去

'缠'联南曲曲调，便形成南曲套数，这是很自然的事。"(《元散曲通论》修订本第108页)不过，无论南曲和北曲，于宋元时期都不称"散套"，因为那时连"散曲"之称都没有，又何有"散套"之谓呢？为什么后来总有人说南套是从北套模仿来，是因为，"宋时名家未肯留心，入元又尚北"（明徐渭《南词叙录》），加上南曲没有如北曲那样，有如马致远、贯云石、白朴等那样的名家染指，只是随歌女伶工的演唱而存亡生灭，没有如北曲那样多的作品传世而已。

四是不可忽视的"南北合套"，对南散曲发展有重大影响。"南北合套"是在元灭南宋后北曲南移的南北曲大交流中的一种创作现象。这种"南北合套"，在元代曲体演变史上，是一个极为重要的环节，其中对于促进南曲进入文人领域创作具有重要意义。在此之前，南曲多见戏曲，且多表现民间艺人"集体"创作，文人创作南散曲则更少。北曲南移带来北曲名家南下的影响，又有"南北合套"的创作实践，这对于南散曲走向定型和发展所起到的催化作用也是应当承认的。

第三节 历代南散曲创作情况

鉴于南散曲作品流传甚少，相关著述每说历史上散曲创作情况，也只偏于对历代散曲作家人物介绍，且多以南北散曲相混而谈，少有南散曲创作情况单列。笔者于此记录下的相关历代南散曲创作情况，仅仅只作为一种证据，以资证明我国历代南散曲创作的客观存在。根据资料查证，历代南散曲创作基本情况如下。

关于宋元以前南散曲创作。我们可以从王国维《宋元戏曲史·南戏之渊源及时代》关于南曲渊源中，找到南散曲所用曲谱，以作为所谓"南散曲"最早的创作踪迹。王国维说："今试就其曲名分析中，则其出于古曲者，更较元北曲为多。今南曲谱录之存者，皆属明代之作。以吾人所见，则其最古者，唯沈璟之《南九宫谱》二十二卷耳。"（《宋元戏曲史》第98页）接着，王国维从沈璟《南九宫谱》得知，"今除其中犯曲（即集曲）不计，则仙吕宫曲凡六十九章，羽调九章，正宫四十六章，大石调十五章，中吕宫六十五章，般涉调一章，南吕宫八十四章，黄钟宫四十章，越调五十章，商调三十六章，双调八十八章，附录三十九章，都五百四十三章。"（同前第99页）出于古曲的情况是：大曲二十四章、唐宋词一百九十章、金诸宫调十三章、南宋唱赚十章、元杂剧曲名十三章，还有"古词曲所未见，……（计）十八章，其为古曲或自古曲出，盖无可疑。"（同前第99-103页）沈璟是明代人，王国维分析其《南九宫谱》，一一列出宫调、曲牌名后，得出结论："总而计之，则南曲五百四十三章，出于古曲者凡二百六十章，几当全数之半；而北曲之出于古曲者，不过能举其三分之一，可知南曲渊源之古也。"（同前第103页）所有这些，不仅证明"南曲渊源之古"，而且更当知有曲谱必有创作，只不过因年代久远，难以找到作品遗存以观全貌，却可知宋元或以前就有"南散曲"创作。

关于元代南散曲创作情况。这里先说一个物以反证的事实。今人有编《全元散曲》（1964年出版），包括《全明散曲》（1994年出版），其所谓冠之以"全"，应是既有北散曲，也有南散曲。但遗憾的是，两本"全集"所收作品，基本上都是北曲，而无南曲，事实真是如此吗？在元明两代长达近400年里，就没有人作过一首南散曲吗？显然与事实不符。

元代资料遗存十分稀缺，作品难找，这是史存事实。但史料亦有可循者，能有循者，则同样也是事实。这里不说其他，单从王国维《宋元戏曲史·附录》"元戏曲家小传"论，有专立"南戏家"介绍即可为证。其介绍中，有施惠、高则诚、徐臣等南曲名家及其作品集名录，在介绍施惠时说，其"以坐贾为业。巨目美髯，好谈笑，诗酒之暇，唯以填词和曲为事。有《古今砌话》，编成一集，其好事也如此"。（同前第124页）其"以填词和曲为事"，指的就是作散曲，其《古今砌话》就是他的南散曲作品集；在介绍高则诚时说，其"以词曲自娱，……虽以文为戏，亦有裨于世教。……所著有《柔克斋集》"。（同前第125页）其所谓"以词曲自娱"，就是作散曲，其《柔克斋集》，就是他的散曲作品集，高则诚身为南戏作家，其散曲作品集不可能没有南散曲；在介绍徐臣时则说得更清楚：徐臣"唯传奇词曲，不多让古人。有《叶儿乐府》【满庭芳】比于张小山、马东篱，亦未多逊。有《巢松集》"。（同前第125页）其所谓"传奇词曲"，就是明指南曲，而且不逊于北曲作家张小山、马东篱等，并且全文录其【满庭芳】一曲为例（文略），岂能是元代无南散曲？此外，另据梁扬、杨东甫著《中国散曲综论》考证，元一统后，南北交流，文气旺盛，无论北曲、南曲创作，都呈勃兴之势，而且新生了"南北合套"形式。尤其在元一统后，马致远、郑光祖、关汉卿、白朴等知名北曲作家，在南北交流中移居南方，作了不少南散曲，这些也应该是事实。然而，《全元散曲》除仅收录无名氏四首南小令、七套南散套，并且只置于"附录"之中外，再无其他，能不是今人的历史偏见和学识之陋？

关于明代南散曲创作情况。明代南北散曲皆盛，而且明代是南曲发展高峰时期，不少传奇作家同时兼擅南北散曲。然而，令人遗憾的是，《全明散曲》比《全元散曲》更差，竟然连一首南散曲都没有。事实情况又该是如何呢？

据梁扬、杨东甫著《中国散曲综论》考证，明代早期南散曲作家有汤式、刘兑、朱有燉等，他们不仅有南散曲及南北曲合篇创作，还时有自度新曲，开南曲创新先河。中后期有陈铎、王九思、李开先等，尤其梁辰鱼创作"传奇"，致明清两代南戏大兴，南曲走红，更以其南散曲集《江东白苎》名动曲坛，明代南散曲由此大盛。还有南散曲"集曲"形式的出现和繁荣，更是明散曲的一大特色。就南散套说，梁扬、杨东甫著《中国散曲综论》中，所收明代南散套套式类型证例，就有九百三十六套之多（《中国散曲综论》第115页）。又有钮少雅编《南曲九宫正始》和吴梅编《南词简谱》，两谱曲牌所引明代独曲、散套范例，除剧套外，少说也以百计。如此之盛，怎说明代无南散曲呢！

关于清代直至民国时期南散曲创作情况。因为同样的原因，《全清散曲》（1985年出版）中也没有收录南散曲。虽说清代因"文字狱"致文人元气大伤，但《全清散曲》收录有北散曲作品，计小令三千二百一十四首、套曲一千一百六十八套，曲作者三百四十二家，说明清代一样有散曲创作，有北曲也应该有南曲，而《全清散曲》又为什么没有一首南散曲作品呢？清代南散曲创作情况，据梁扬、杨东甫著《中国散曲综论》考证，如前面提到的范驹的【南南吕·恋芳春】《哀风潮》、林乔荫的【南仙吕入双调·步步娇】散套,以及《万花小曲》俗曲集"京都本"与"金陵本"两个南散曲版本的争风斗艳,都是南曲创作的风行例证。尤其《万花小曲》俗曲集,不仅表现为对南散曲"集曲"形式的传承,还表现在清代"俗曲"对于中国散曲艺术的创新,对清代南散曲创作,具有一定推动意义。包括民国时期,散曲家多表现于高知阶层人物和作品语言日趋现代化特色,以及有王国维、吴梅等大师级曲学家的创作引领和理论推动,无论北曲、南曲,成就都不逊于清代。

第四节 关于南曲"消亡论"

通过以上南散曲溯源,以及对历代南散曲情况的追索,对于南散曲的艺术真相和历史面貌,我们有了一个比较清楚的了解。那就是,我国南散曲,无论在与北散曲的比较,还是在与唐诗、宋词并称的元曲艺术中,其历史何等悠久,地位何等重要,艺术何等精彩,这是不必说的了。然而,多少年来,南散曲在世人眼中,却一直倍受鄙视,一直被认作"消亡"。直至当代,"南曲消亡论"仍然不绝于耳。如前有述,说"散曲有南北之分,而元散曲以北曲为主",说"曲有南曲与北曲之分,所谓'散曲'纯指北曲而言"。更有当代曲学大家在其鸿篇巨制中专谈"近代散曲文学的余波与消亡"。

近代以来,直至当代,为什么会出现如此的"散曲消亡"之说呢?究其原因,有主客观两方面:主观方面,一是"望文生义",有些人一说"元曲",只认一个"元"字,就得出结论认为是北方少数民族的东西,所以不屑一顾;二是以讹传讹,只凭某些"专家""学者"所论,根本不作必须的实际分析与研究,人家说什么就是什么,以致以"典"为"典",传为世谈;三是崇洋媚外,总认为外国的月亮比中国的月亮圆,外国的任何诗歌和理论都比中国的好,不知道中国人为什么叫"中国人",更不辨什么叫"中国文化"和"中国诗"。客观方面也是有的,尤其对于广大散曲爱好者,因为他们对散曲艺术的不了解,造成的客观因素是主要的。故此,就南散曲多被人视为"消亡"说,分析其客观原因,主要在以下几方面。

一、与名称相混有关。在当代，或往前更长一段时间，凡提"散曲"，人们的一个基本认识，就是认为"元曲就是散曲，散曲就是元曲"，或者认为"元曲就是北散曲，北散曲就是元曲"；有知道元曲有南北之分者，却不知道南北二曲又各有"剧曲"与"散曲"之分，最终又回到"元曲就是散曲，散曲就是元曲"的认识上来。

说元曲相涉名称，当然还远不只在南曲和北曲之分。进一步说，因为元代对散曲只称"乐府"，由此而致一些人又将散曲等同于"汉乐府"，认为散曲是如同"汉乐府"一样的"民歌"；因为明代有称南戏为"传奇"，又有将"传奇"与"小说"相混。殊不知，元代"乐府"即是散曲，"明清传奇"即指南戏。"南戏是传奇的前身，传奇是南戏的延续，在宋元称为南戏，在明清称为传奇。"（吴新雷《中国戏曲史论》）传奇又恰恰是元曲之"南曲"。还有"南曲"与"南散曲"之"曲"，在概念上本是一致的，只是用于"戏"而称"戏曲"，用于"诗"而称"散曲"。面对如此等等，在不用心者面前，是不容易看到有南散曲的。

二、与创作理念和社会认知有关。历代散曲作品多见北曲，少见南曲，原因是多方面的。在元代，剧曲创作多表现为职业需要，散曲创作多表现为业余爱好，这是创作理念方面的差别；剧曲多表现于舞台演唱，散曲多表现为案头文学，这是社会影响与认知的差别；北曲多表现于文人或名人创作，南曲多表现于民间艺人和下层文人创作，加上北曲名人以作品传世，南曲因民间流传而被文人学士所歧视，这是历史影响方面的差别。其实，在南北曲之"存""亡"问题上，并不如今人之所猜想。北杂剧至元末已基本衰落，有作曲者也只专作散曲；南戏相反至明代更盛，散曲创作则自显低微。为此，"在明清两代，这种由民间艺人及下层文人创作的南戏（传奇），在数量上不会比文人创作的少，只是由于文人学士对民间艺人之作的歧视，民间艺人及下层文人所作的南戏（传奇）能够被记载、保存下来的甚少。"（俞为民《宋元南戏考论续编》第12页）其中，作为案头之作的南散曲，当然也就更为少见了。

三、与南戏流传方式有关。就现代所见南曲作品甚少的情况说，不仅见于散曲，而且见于剧曲，一个根本原因是与它们的流传方式有关。南戏在南方流传,只因南方语音复杂,其流传方式,不能不表现"只沿土俗"。南戏为让人听懂和适应旷野禾场演唱,他们每流传一地,都必须与当地语音及生活习俗结合,其中于演唱中交错使用地方语言是一个最好的方法,如果还不行,则干脆"改调",所以"错用乡语"和"改调歌之",是南戏流传的显著特点。这种流传方式,固然是南戏能够得以持久流传的有效办法,但对于本来就较少有创作的南散曲来说,当然就没有多大意义了。

四、与南方语音复杂有关。我国南方自古语音复杂,说"五里不同音,十里不同调",一点也不为怪。南戏流传至今,仍然还有"一乡有一乡之唱法"现象,也是因南方语音复杂所致。但是,作为文学形式的南散曲,却不允许"改调歌之",而是必须遵循其应有的艺术规律,包括曲调所用宫调、曲牌、句式、板拍、平仄格律以及声韵等,都必须遵守曲体所要求的严格规定。可是南方语音复杂,一个声韵问题就无法解决。比如,北曲仅以周德清编撰的《中原音韵》,就可以从元代流传到现在;而南曲在明代初期就编有的《洪武正韵》,而且是奉诏编修,却一直难得流行,一个重要原因就是南方语音复杂。直至今天,关于南曲声韵的规范问题,也一直没有个明确的解决办法,甚至多以此为借口,或否定南散曲,或说南散曲没有当代意义,不能不说是一种遗憾。

五、与南散曲作品遗存较少有关。较之北散曲,现有能见的南散曲历代遗存较少,这是客观事实。但遗存少,不等于没有,更不能以此说南散曲"消亡"。客观事实是一方面,思想认识又是一方面。说历史上南散曲创作数量少,那是现代人的说法,就散曲说,包括北曲,较之唐诗、宋词,历来也都不被人看重,这也是事实。在散曲本来就不被人看重的情况下,重北曲而轻南曲,以致以北散曲诋毁南散曲,又是怎样的事实呢?例如前面有提到的,南曲本来就有南散套,可偏偏总有人说,南套是从北套模仿过来的。其实,在当代,有一个人们不敢自言的心理原因,那就是,北散曲简单,南散曲复杂,就艺术论,南散曲较北散曲难学、难求。面对今天已知的南散曲事实,作为中华文化的传人,我们千万不可轻言南散曲"消亡",不可自毁家珍;哪怕将来有一天,南散曲真的"消亡"了,我们也要千方百计找回来,传下去。

第三章　南散曲体制

体制，也称形制、篇制，也就是成篇的方式。本章就南散曲体制演变、形成，以及与北散曲体制的关联、比较，作如下介绍。

第一节　南散曲体制构成

南散曲（以下南北散曲皆简称"南曲""北曲"）体制构成，包括独曲、集曲、带过曲、曲组及南散套等。有学者将"独曲""集曲"归为"小令"一类，笔者认为，为不与北曲"小令"相混，且"集曲"与"小令"毕竟有别，所以应分两体为好。

一、独　曲

南曲独曲，指以一个曲牌成篇的独立曲体。其形式，与北曲小令类似，又有区别。说其类似，是指南曲独曲，有如北曲小令一体通式的"调短字少"，并独立成篇；说其与北曲小令有别，是南曲独曲并非简单意义上的"调短字少"，而是南戏唱段所旨必有的一种完整独立格局。从字数说，南曲独曲也不一定完全"调短字少"，如钮少雅《南曲九宫正始》录独曲【渡江云】一格，计九十四板、二百二十四字，由此也说明南曲称"独曲"，不称"小令"，比较合理。

南曲独曲渊源，说其是小令，自然与北曲小令一样，可以通过曲牌与词牌的关系，追溯到词的"小令""曲子词"，以至自汉代就有的"酒令"等。许多曲学家每谈北曲小令渊源，都会以"酒令"为源头，从《史记》所载汉初刘邦之孙朱虚侯刘章,在吕后宴上担任"酒吏"以军法行酒令说起,并由此直叙南北朝时期梁武帝设宴限韵作诗。《全唐诗》有收《酒令》一体,宋代有欧阳修与人行酒令比诗等。所有这些,自然也与南曲独曲渊源关联。但南曲独曲作为与南戏演唱相关联而称"独曲",其最直接的渊源关系,当是源自宋代,尤其是南宋时期盛行的诸如大曲、唱赚、诸宫调等各种艺术形式,因为南曲的许多曲牌本来就源于此。相关情况,在关于散曲溯源及南戏形成记述中已作介绍,在此不再赘述。

二、集　曲

集曲,又称"犯调""犯曲",指取同一宫调中两个以上曲牌的部分曲句组合成一曲,并另立新曲名。如《九宫谱定论说》曰:"犯者,割此曲而合于彼曲之谓,别命以名。"吴梅先生也说,集曲就是"取一宫中数牌,各截数句而别立一新名是也"(《顾曲尘谈·原曲》)。

集曲是南曲小令特有的一种体制。所谓"犯",不指"侵犯""违犯",而是"借用"或"采集"的意思。所谓"犯调",首先在音乐意义上发生,其"犯调"之"调",是特指乐曲在调高和调式方面的运用,对一般文人创作说,"犯"的用法仅在文学意义上,是指"犯它词句法",即指文体意义上不同曲牌的借用和采集。

"犯曲"一体早在唐代俗曲和北宋词调中就有出现。如宋陈旸《乐书》载:"唐自天后末,【剑气】入【浑脱】,始为犯声之始。【剑气】宫调,【浑脱】角调;以臣犯君,故有犯声。明皇时乐人孙楚秀善吹笛,好作犯声;时人以为新意而效之,因有犯调。"其注又云:"五行之声,所司为正,所欹为旁,所斜为偏,所下为侧。故正宫之调,正犯黄钟宫,旁犯越调,偏犯中吕宫,侧犯越角类。"此即为"正、旁、偏、侧"之说。【剑气】与【浑脱】本属唐大曲中两个不同宫调的两支曲调,将二者合而歌之,即为犯调或犯声之称。因犯调比本调更具新意,唐代早有盛行,至宋代则成为词调中的一种重要曲体形式。

集曲作为南曲的一种曲体,最早从宋代文人词开始,后为南戏所用。如元末高则诚作《琵琶记》就有集曲体。至明代,集曲体创作成为时尚和特色，并且带来明散曲的繁荣以致影响到清代。这些都是因集曲体所独具的创制新调特征展现出的众多功能所致。

集曲在创作上有着许多方面的特定要求与规定：

（一）犯调形式。主要有两种。

一曰"犯调"，即调与调相犯。指所取曲牌只限于同一宫调，不能跨宫相犯，而且必须以规所循，不能随心所欲，任由组合。其规律大致是：首先，所犯曲调在声情上须相同或相近。也就是说，是在保持所犯曲调腔格特征基本一致基础上的组合；二是在相犯曲调之间，即前后曲的过搭之处，其平仄、句式、节奏等格律关系必须协调，而且衔接必须妥帖和无突兀不平之感；三是相犯曲调的节奏连接有缓急紧慢之分，其规律是，节奏缓慢的曲调居前，节奏急促的曲调居后。

犯调在组合形式上可以"多犯"，如"二犯""三犯"，直至"二十犯""三十犯"等。凡二支曲调相犯称"二犯"，三支曲调相犯称"三犯"，有多少支曲调相犯就称多少"犯"。

二曰"犯宫"，即宫与宫相犯。指取两个或两个以上宫调词牌的句式组合成曲。这种犯调通常有两种情况：一是声情相同或相近的宫调可以相犯。如南曲南吕、仙吕及商调声情相近，三调内的曲调可以相犯，但因节奏关系，其相犯曲调所处位置则前后有异，有的宫调的曲调必须居前，有的则必须居后。如商调与黄钟相犯，商调曲须居黄钟曲前，并以首曲宫调为准。二是因"借宫"需要与他宫相犯。"借宫"也称"转调"，指曲调在衔接中发生调高、调式变化，故而需要相"借"。南曲每一宫调中，都有可以相互出入借用的曲调，但这种"借宫"在调式上要求甚严，不可随意相"借"，所以有的宫调与他宫可以相借，有的则不能相借。其出入情况，钮少雅在《南曲九宫正始》的十三调曲调下，都注有可以相互出入的宫调名，今抄录如下以作学曲者参阅。

黄钟调：与商调、羽调出入。

正宫调：与大石、中吕出入。

大石调：与正宫出入。

仙吕调：与羽调互用，又与南吕、道宫出入。

中吕调：与正宫、道宫出入。

南吕调：与仙吕、道宫出入。

商调：与黄钟、仙吕、羽调出入。

越调：与小石调出入。

双调：与仙吕、小石调出入。

羽调：与仙吕出入。

道宫调：与仙吕、南吕出入。

般涉调：与中吕出入。

小石调：与越调、双调出入。

高平调：各宫诸调皆可出入。

（二）犯调方式。南曲犯调方式繁多，根据清张大复《寒山堂新定南九宫十三摄曲谱·犯调总论》记载，主要有"本宫作犯""侧犯""花犯""串犯""和声"等。所谓"本宫作犯"，即同宫相犯；所谓"侧犯"，指借别宫作犯；所谓"花犯"，指将几曲名翻覆前后凑成；所谓"串犯"，指将曲分为前后两截，后半先完前半，后曲重起；所谓"和声"，指一套中每一曲完，将别曲几句和之。但综观这些方式，在创作中，都不外乎以下几种手法。

一是直接截取式。即直接从不同曲调中截取若干曲句相犯。也就是"本宫作犯"和"侧犯"所要求的犯调方式。例如，集曲【画角序】，是取黄钟同宫的【画眉序】前四句，下接【掉角儿】后五句，再接【狮子序】末二句相犯而成；【姐姐上锦堂】，是取双调【昼锦堂换头】前六句，下接【月上海棠】首二句，再接【好姐姐】后三句相犯而成等。这种直截式方法，是集曲最常用的犯调方法之一。

二是前后翻覆式。即如张大复所说的"花犯，将几曲名翻覆前后凑成"。例如，正宫集曲【雁渔锦】，是由【雁过声】（全）和【二犯渔家傲】【二犯渔家灯】【喜渔灯】【锦缠道犯】五曲相犯而成，其后四曲本来就是集曲，而且这四集曲的末二句，原本又相犯了首曲【雁过声】，是为"前后翻覆"。

三是折腰式。也就是张大复所说的"串犯"，"将曲分为前后两截，后半先完前半，后曲重起"。即在一支曲调中间，串入别曲调的曲句，与他曲相犯后，又转接原曲的末几句，有如将一支完整的曲调从中断开而"串"入他曲。例如，正宫集曲【破齐阵】，是在首曲【破阵子】第二句下，串入【齐天乐】末三句，再接首曲【破阵子】后三句而成；仙吕入双调集曲【供玉枝】，是在首曲【五供养】第五句下，插入【玉娇枝】末二句，再接首曲【五供养】末四句而成。有的折腰式犯调，在曲调名中直接注明有"折腰"二字。如《南曲九宫正始》中有【南吕引子·折腰一枝花】，便是在【南吕·一枝花】本调第四句插入【恋芳春】【惜春慢】各一句，再接【一枝花】后五句。

四是缠达式。即如"缠达"的创作方式，分别截取两支曲调的若干句子循环相犯。如南曲中仙吕入双调集曲【犯衮】，即是由【黄龙衮】前三句、【风入松】后一句循环相犯的形式。南曲中还有【犯朝】【犯欢】【犯声】等曲，也皆是以缠达方式相犯而成。这些曲子与【风入松】组合，本身也是一种缠达式犯调，二者组合，在曲调方面十分稳定。

五是"合头"式。即在曲调的"合头"处，犯其他曲调中的句格，也就是："一套中每一曲完，将别曲几句和之"。犯调方式之"和声"，意义即在此。南曲中【三叠排歌】【道和排歌】之类的"排歌"，就多于"合头"处表现这类和声的犯调。关于什么叫"合头"，后文会谈到。

六是整曲式。即以整支曲子与他曲的若干句相犯。如在仙吕【皂罗袍】本调前接【醉扶归】四句，成集曲【醉罗袍】；或前接【醉扶归】四句，后再接【羽调排歌】三句，成集曲【醉罗歌】。在仙吕【一封书】本调后接【羽调排歌】后六句，成集曲【一封歌】，或接【羽调排歌】末三句，成集曲【四换头】。还如元南戏《岳阳楼》中，有"【一封书全】犯【排歌】""【皂罗袍全】犯【排歌】""【胜葫芦全】犯【排歌】""【乐安神全】犯【排歌】"四曲，钮少雅在曲下注云："此格四曲皆全调，后用【排歌】为合头。"

（三）"别立新名"方式：集曲成一曲后，当"别立新名"，其方式，通常有如下几种。

第一，从所集几个原曲牌名中各取一二字组成，或插入一个连接词使之文意贯通。如【锦芙蓉】是从所犯【锦缠道】和【玉芙蓉】中各取"锦"和"芙蓉"而组成；【解袍歌】是从所犯【解三酲】【皂罗袍】【排歌】中各取一字组成；【三羊转五更】是取所犯【山坡羊】和【转五更】，恰好有一"转"字连贯而组成；【五月红楼别玉人】是从所犯【五供养】【月上海棠】【红娘子】【雁过南楼】【江头送别】【玉娇枝】【人月圆】七个曲牌名中各取一字组成；【梧叶衬红花】是从所犯【梧叶儿】【水红花】中取字增加一"衬"字连贯组成；【姐姐寄封书】是从所犯【好姐姐】【一封书】中取字增加一"寄"字使文意相通组成。这种取字方式，当然也有不依所用犯曲顺序而为。如【天灯鱼雁对芙蓉】，所用犯曲先后顺序是【普天乐】【渔家傲】【剔银灯】【雁过声】【玉芙蓉】，而新题之"天""灯""鱼""雁"四字却是间隔所取，且以"鱼"置"渔"，都是为求文意而为。

第二，以所集原曲牌的数量多少取名。这种方式只在因所犯曲牌较多，难以从原曲牌名字里面取字涵盖全部原名，只好另起炉灶。如集七曲而名【七贤过关】，集九曲而名【九嶷山】，集十曲而名【十样锦】，集十一曲而名【十一声】，集十二集而名【巫山十二峰】【十二红】【十二时】【金钗十二行】，集十八曲名【闹十八】，集三十曲名【三十腔】等。此种"数字型"方式中，有一类情形须另当别论，如【南南吕】宫中的【九回肠】，只集有【解三酲】【三学士】【急三枪】三曲，只因此三个曲牌名中都有"三"字，意指三个"三"相加得"九"而名【九回肠】，其实并非犯有九曲。

第三，以某一曲调部分句式为主，兼犯他曲，则以所犯他曲的数量多少，在主用曲调名前加上相应数字命名。如以【江儿水】为主调，又另犯其他两支曲，新曲牌名就叫【二犯江儿水】，犯三曲则名【三犯江儿水】，以此类推。除此，此类常见者还有【二犯月儿高】【二犯桂枝香】【二犯渔家傲】【四犯黄莺儿】【六犯清音】【六犯碧桃花】【七犯玲珑】等。

第四，巧用名人姓名、名作名命名。如王骥德创有集曲名曰【白乐天九歌】，是集【白练序】【升平乐】【朝天子】【解三酲】【三学士】【急三枪】六支曲，其新题中"白乐天"，分别取前三曲中"白""乐""天"三字，其"九歌"是后三曲中三个"三"字相加，巧配以白居易与屈原《九歌》而名之，是一种糅合方式，极少见。

犯调不只南曲有，北曲也有。只不过北曲犯调形式比南曲简单。北曲犯调大致有四种情形：一是截取不同曲调中的句子组合成一支新的曲调；二是整曲与整曲相犯；三是首尾不变，只在中间插入别曲调曲句；四是曲调与尾声相犯。

三、带过曲

在一般认识中，较普遍认为南曲无带过曲，这种认识也属一种偏见。历史上，南曲不仅有带过曲，而且比北曲带过曲更有讲究。

所谓带过曲，是指以二至四支在音律上能够互相衔接的曲调（曲牌）完整地组接起来，成为一支新的曲调，因其常用一"带"字串连，故曰"带过曲"。

带过曲通常由二支曲调组成（最多不超过四支），且在第一支曲牌名后加上一个"带"或"带过""过""兼""后连"等组接词，串连起另外一个或几个曲牌名，作为这支新曲调的曲牌名。如【十二月带过尧民歌】【一封书带过雁儿落】【山坡羊过青哥儿】；也有极少数带过曲不用"带""过"之类组接词，而用别种方式组成别名，如【水仙子带折桂令】又名【湘妃游月宫】，因为【水仙子】又名【湘妃怨】，【折桂令】又名【蟾宫曲】，蟾宫即月宫。

就形式而言，带过曲有如小令一般，是一个独立存在的曲体，具备小令的所有特征；但是，它又与小令有异，即带过曲是由几支曲组合而成，这一点又与套曲特征相一致，只不过套曲有尾声，带过曲没有尾声。所以历来有说，带过曲是介于小令与套曲之间的一种变体，或者说带过曲是一种特殊的小令。

关于带过曲是如何产生的，目前还没有权威定论。据相关资料反映，有以下三种说法。

一说带过曲产生于套曲之前，是套曲的前身，套曲是在带过曲的基础上发展而成的。或者说，带过曲是套曲形成过程中的过渡性产物。虽说这一结论不无道理，但是，从套曲的形成前提来说，又不一定是带过曲。因为在套曲产生前，宋金时代的赚词和诸宫调就已经出现了与套曲非常相似的形式。也就是说，套曲的前身是赚词和诸宫调，而不是带过曲。

二说带过曲是在小令和套曲之后才产生的。原因是鉴于某些内容作小令有余、作套曲不足，于是就产生了一种容量介于二者之间，用二支或三支曲调构成的新体式，这就叫带过曲。但是，这种创新也没有什么必要，因为套曲同样可以由二支或三支曲调组成的形式，同时也可以不用尾声，即使没有带过曲而只有小令和套曲，也不影响创作。

还有一种说法，说"带过曲"是因曲调的"犯调"而产生的。例如"整曲与整曲相犯"和"曲调与尾声相犯"，即一首整曲又"带"上一首整曲，或"带"上一"赚煞"。如北曲【十二月带尧民歌】【脱布衫带小梁州】【雁儿落带得胜令】【快活三过朝天子四边静】【四块玉过骂玉郎感皇恩采茶歌】，属整曲与整曲相犯而形成"带过"；如【离亭宴带歇指煞】【催拍子带赚煞】，属整曲与赚煞相犯而形成"带过"。

带过曲南北曲皆有，不是如一些专家说的南曲无带过曲。南曲带过曲的产生，除有可能的与北带过曲同样历史条件外，一个显著特征，是带过曲与犯调的关联。北曲可以因"犯调"而产生带过曲，而犯调是南曲变化的特定形式，南曲还能不从"犯调"中产生带过曲吗？何况历史上还有"南北互带带过曲"（梁扬、杨东甫《中国散曲综论》第66页），《全明散曲》和《全清散曲》中就有不少这样的作品实例，如【南南吕楚江情带过北南吕金字经】【南中吕红绣鞋兼北中吕红绣鞋】，还可以见到南北带过曲完全一致的带过曲曲牌名，如【一封书带过雁儿落】【下山虎带蛮牌令】【大胜乐带节节高】【大河蟹带排歌】【山马客带忆多娇】【山坡羊带步步娇】【太师引带刮鼓令】【忆多娇带江头送别】【东瓯令带皂罗袍】【东瓯令带金莲子】【卖花声带归仙洞】【豹子令带梅花酒】【绣带儿带太师令】【黄莺儿带梧叶儿】【朝元歌带朝元令】【锁南枝带过罗江怨】【楚江情带过金字经】【叠字锦带沉醉东风】【醉太平带宜春令】【懒画眉带针线箱】。这些曲牌组合形式，南北曲皆可用。

通过以上情况分析，南曲有带过曲是毫无疑问的。至于南曲带过曲的特征，基本上与北曲带过曲相同，都是由几支（最多不超过四支）同宫调或不同宫调的曲调（曲牌），组合而成的一种独立曲体，只不过其组合形式不能随意，哪些曲调与哪些曲调组合，谁在前，谁在后，都有一定音乐旋律和声情的必要联系，或者说有一定"定式"。

四、散　套

散套，又称套数、套曲。散曲、剧曲都有套曲，散套即指散曲套曲；南曲、北曲皆有套曲，南散曲亦有散套。

散套是散曲的又一种曲体形式。一般地说，散套有如下主要特征。

（一）所用曲调必须在同一宫调。散套是由多支曲调（曲牌）联缀而成的一种曲体，所用曲调必须在同一宫调，且各支曲调的组合衔接，有一定的顺序规律，不能随意搭配，其中首曲更为讲究。各支曲调均须在开头标明所用曲牌名称，首曲同时标明作品宫调名，其他曲调不再标宫调名。

（二）所用曲调支数无一定限制。最少两支，通常为五六支至十余支，多者可达三十余支。所谓"最少两支"，称"两曲套"，主要指北散套表现由一支正曲加一支尾声组成；南散套表现或由两支同牌曲组成（实际为正曲加"前腔"），或由一支如【三十腔】之类的大型集曲加一尾声组成。一般情况下没有"两曲套"。

（三）一首散套无论用多少支曲调，从头到尾，各曲都必须用同样的韵，中途不得换韵。

（四）结尾一般要用"尾声"或"煞调"收结。某些特殊情况不用"尾"除外。

南北散套不同特征主要在两方面。

一是南散套使用宫调比北散套多。元明北散套共使用过十二个宫调：仙吕宫、南吕宫、正宫、中吕宫、黄钟宫、双调、越调、般涉调、商调、大石调、小石调、商角调；明南散套共使用过十四个宫调：仙吕宫、南吕宫、正宫、中吕宫、黄钟宫、商调、双调、越调、大石调、小石调、仙吕入双调、羽调、杂调、商黄调。摒弃了北套中的般涉调、商角调，增加了仙吕入双调、羽调、杂调、商黄调。其中仙吕入双调，是将本属仙吕宫的若干曲调并入双调混同使用，加上了一个新宫调名。实际使用中，"仙吕入双调"比"双调"更广泛。钮少雅编《南曲九宫正始》依《九宫谱》仅收黄钟宫、正宫、大石调、仙吕宫、中吕宫、南吕宫、商调、越调、双调、仙吕入双调十个宫调。

二是南散套使用首曲比北散套多，但使用频率较高和占有绝对主流地位的首曲则比北散套少。"散套"之所以称"套"，除以宫调为"套"外，还有以"首曲"为"套"的规定。无论南散套或北散套，其套式均为"首曲—过曲—尾声"套式，不同的首曲则构成不同的套式。每宫调都有自己用以作套曲所用的"首曲"，首曲不同，其后的曲牌及结构形式也不同，所以作散套又尤当讲究首曲。据资料反映，元、明总计有北散套作品一千三百五十余套，所用首曲七十六种；而明一代有南散套作品九百三十六套，比北散套少，但其所用首曲却有一百七十四种，所用首曲比北散套多。但北散套首曲使用频率都普遍较高，有的以致在创作使用中占有绝对主流地位。如北南吕宫的【一枝花】和北中吕宫的【粉蝶儿】两支首曲，在其各自宫调的散套创作中，使用频率均占百分之九十以上。相反，南散套所用首曲虽多，却很难说有所谓"绝对主流地位"的首曲。

就南散套首曲问题，为给南散曲作者提供方便，根据相关资料记录，将明南散套使用次数较多的南曲首曲曲牌名罗列如下。

南仙吕宫：【桂枝香】【八声甘州】【甘州歌】【醉扶归】【二犯傍妆台】。

南南吕宫：【懒画眉】【香遍满】【梁州序】【梁州新郎】【宜春令】【十样锦】【巫山十二峰】。

南黄钟宫：【画眉序】【啄木儿】。

南中吕宫：【好事近】【石榴花】【榴花泣】【泣颜回】【瓦盆儿】。

南正宫：【白练序】【普天乐】【刷子序犯】【素带儿】【锦缠道】。

南仙吕入双调：【步步娇】【夜行船序】【鹊桥仙】。

南商调：【二郎神】【集贤宾】【黄莺儿】【梧桐树】【金梧桐】【山坡羊】【金索挂梧桐】【金络索】【莺啼序】【十二红】。

其他宫调无记录。

关于散套的由来，较普遍认为，是由于小令（独曲）容量较小，不能表达更丰富的内容，于是就产生了散套。因为散曲有南北之分，故而有南散套与北散套之别。就渊源说，无论北套、南套，其直接渊源，都是源于宋代的诸宫调、缠达和赚词，故南散套决不是从"模仿北曲"而来。一个最为明显的例证，是元一统后南北交流中产生的"南北合套"，以及"带过曲"形式的"以南带北"和"以北带南"，如果二者只有其一，没有其二，又怎么称"合"和怎么称"带"？

关于南散套创作，吴梅在其《南北词简谱·南曲诸说》中说得很清楚："套数之曲，元人谓之乐府，起止开合自有机局。须先定下间架，立下主意，排下曲调，然后遣句，然后成章，切忌凑泊苟且。欲如常山之蛇，首尾相应；又如鲛人之绡，不着一丝。此类务求意新、语俊、字响、调圆，有规有矩，有声有色。所谓动吾天机，不知所以然而然，方为神品。"（《南北词简谱》第4页）

五、曲　组

曲组是南散曲的一种独特曲体形式。所谓"曲组"，即指组合若干支单曲而形成一完整篇章的联曲体。

曲组"联曲体"，以"引子—过曲—尾声"三步体篇制为定型格局，即一首曲组由"引子、过曲、尾声"三部分组成。

1.引子

南散曲曲组"引子"之谓，系直接引用于南戏戏曲。南戏戏曲之所谓"引子"，是指戏曲中用于"冲场"的一种"开场曲"，即为脚色上场时所唱的第一支曲子。或者说，是"一人登场，必有几句紧要说话，……使一折之事头，先以数语赅括之，勿晦勿泛，此是上谛"。（王骥德《曲律》）只是由于出场角色及剧情场合的不同，引子在戏曲中的使用及安排也有所不同。如生、旦同时上场可安排一支引曲，生、旦先后上场可安排两支引曲，净、丑出场则不用引子。湖口青阳腔在使用引子时，还与用"滚"相结合，即在引唱前加"滚白"或"滚唱"，是以"滚"代引。如《白兔记》第一出《登场》，刘智远上场在表白身份后即念有一段"滚白"："一去二三里，烟村四五家,楼台六七座,八九十枝花。"以一首宋诗代替引唱。

引子对于南曲曲组,即为开篇的第一支曲子。曲组有引子,其意义当然一样有如戏曲的"开场",是为"开唱"所用。其作用,旨在一首曲组开始时,用于交待全篇所叙的时间、场合背景,或作品主题所向,从而引出作品主体的记叙或描写。如吴梅在《南北词简谱》南黄钟宫【绛都春】曲下注所说:"(演员)登场时,不能即说出剧中情节,于是假眼中景物,意中情绪,略作笼盖词语,故谓之'引',言引起下文许多情节也"(《南北词简谱》第245页)。与此同时,引子为吸引读者,在展示作品意境或艺术风格方面,也有十分重要的意义。

引子在南曲中有一定艺术特征与使用规则。南曲讲究板拍,但引子无板,或曰"散板"。也就是说,引子节奏自由,其速度快慢,完全由演唱者根据曲文所表现的情感来控制。南曲引子又有慢词之称,慢,即速慢,也就是板"散"的意思。钮少雅在《南曲九宫正始》【二郎神慢】曲下注曰:"元谱凡调名有一'慢'字者,必引子也"(《南曲九宫正始》第508页)。如【二郎神慢】即南商调的引子,【惜春慢】即南南吕宫的引子。因为引子无板,南曲有时也以小板快曲代引子,速度也由演唱者自行控制。南曲各宫调皆有引子,唯羽调无引,只借用仙吕宫引子为引。

南曲引子虽然无板,却与过曲一样,都有固定的宫调和曲牌,一个宫调有一个宫调的引子,且与过曲在同一宫调使用,这是用引的一个重要规则。其次是一首曲组通常用一支引子,也有用两支引子的,戏曲用两支引子多为两个角色同时上场,一人用一支引子,散曲则大可不必。再者,有时可以不用引子,叫"开门见山"。不用引子多表现于曲文所述内容较为单一,前后情节及情绪不会有多大变化的情况,而且是以节奏舒缓、抒情性强的过曲代替引子。有人说,作曲组可不用引子。那么不用引子的曲组与散套又有什么区别呢?所以说,作曲组还是以用引子为好。

关于引子溯源,据多种资料记载,是承自唐宋大曲和唐宋法曲的"散序歌头"。"散序"是大曲"送舞者入场"时吹奏的引曲,如任二北《教坊记笺订》就有称《柘枝引》"盖大曲之散序也";"歌头"也一样,大曲有"散序、中序、入破"三部分,"歌头"是"中序"的第一章。如词牌《水调歌头》，本源于隋炀帝凿汴河自制《水调歌》，后入唐宋大曲，首曲为"歌头"，是有如"序曲"的意思。

关于"散序"与"歌头"，说到溯源细处，是大曲有"引、序、慢、近、令"之分，它们均为大曲的各种兼备曲体，其中"引"和"序"，即指曲中的前奏曲或序曲。如《梦溪笔谈》（卷一）记述大曲一个乐遍的次序是："始为序，接着为引、为歌，引紧接于序之后与歌之前。"又有宋施德操《北窗炙輠》说："今所谓歌、行、引，本一曲尔。一曲中有此三节，凡歌始发声，谓之引；引者，为之导引也。"至于后来"令、引、近、慢"用于词，只为词调的一种区别，与大曲中的意义不尽相同。但有说"引子承自宋词慢词"，这一点不正确。因为"慢词"是相对"急曲"而言，"慢者过节，急者流荡"（《新唐书·礼乐志》），与引子无关。综上所说，引子在散曲中的位置和作用，还是如王骥德所说戏曲，开言前"必有几句紧要说话"，"使一折之事头，先以数语赅括之"，且一样"勿晦勿泛，此是上谛"。曲组因为内容较广，篇幅较长，甚至有一定故事情节的演化或变化，曲前有个"引子"，当然是恰如其分的。

南曲"引子"渊源自古，但并非从大曲引子直接流变，而是经过了南戏曲牌体的形成以及南戏体制的定型过程，是由南戏出场有"引"而逐渐衍变为南曲曲组的重要组成部分。

2.过曲

过曲是针对引子而有称，意为接过引子所唱的曲子，而且过曲之后有尾声，是取其在引子和尾声之间而曰"过"。

"过曲"是曲组的中心，或曰重心环节，是曲组曲调的主体所在。过曲前的"引子"通常为一曲，而过曲则可有数量不等的若干支曲调相联，戏曲中可由不同角色分唱。

过曲的组合必须遵循以下基本原则。

一是在同宫调选用曲调。也就是说，在一曲组中所选用的曲牌是在同一宫调。

二是依据声情选用宫调曲牌。这里所说的声情有两种含义，一指作品内容所表现的思想情感，如喜怒哀乐；二指曲牌宫调所表现的音乐情感色彩。宫调有声情，是因为曲调的速度快慢和声音高低带来曲调声色的不同变化，一个宫调基本上是同一种声色的曲调被组合在一起。无论南曲、北曲，一个宫调只表现一种声情。所谓依据声情选用不同宫调曲牌，即指作曲时，必须根据作品内容的情感要求，选用与之情感相适应的宫调和曲牌，从而使曲调与曲辞能达到情感上的一致。不少学者认为今人作曲不必讲声情，或者说，在一首散曲作品标题前标上某一宫调名是一种摆设，这种说法是不正确的。如果说因为不懂古音乐可以不讲声情，那只是一种"自我原谅"。声情毕竟存在于古曲之中，不能因为不懂声情而不讲声情，甚至否定声情。只因为声情是运用宫调的一个重要前提，我们仅强调在同宫调选用曲牌，为什么不可以做到呢？问题只在因特殊情况需要跨宫调选用曲牌该怎么办，那就是，必须选用声情相同或相近的宫调曲牌，这一点也是可以做到的。如【催拍】属大石调，【一撮棹】属正宫，这两支曲牌常被组合在一起使用，就是因为大石调与正宫这两个宫调，都具有相同的感伤哀怨声情。这就是所谓的"借宫"。

三是依据节奏安排曲调的前后次序。曲组过曲的节奏次序是先慢后快，即节奏较慢的曲调在前，节奏较快的曲调在后。所谓节奏，也就是板眼，板眼有快有慢，声音有高有低，以唱歌为例，总不可能忽快忽慢、忽高忽低吧。板眼于戏曲，至今如是，对于纯文学散曲，只能尽在按曲牌格律行事，至于他说，也无须强调了。

过曲的组合形式，通常有如下几种类型。

①只曲与只曲组合。即以同一宫调的不同单曲曲调构曲组合。这是最常见的过曲组合形式。

②联章体。所谓联章体，即同一支曲调反复运用。对曲调完全相同的联章体，次曲起称【同前】或【前腔】；联章体包括换头联章体，所谓换头，指次曲虽然与前曲为同一支曲调，但其首句的字数、平仄、韵位作了变换，故称【换头】或【前腔换头】。

③只曲与联章体的组合。既有只曲也有联章体组成一曲。

④联章体与联章体组合。即一曲由多个联章体构成。

⑤缠达体。即两支曲调循环使用。

关于过曲的使用，本有雅俗之分。如王骥德《曲律》说："过曲体有二途：大曲宜施文藻，然忌太深；小曲宜用本色，然忌太俚。须奏之场上，不论士人闺妇，以及村童野老，无不通晓，始称通方。"这里说的"大曲"指篇幅稍长或偏雅的曲子，"小曲"指短小偏俗的曲子。但雅曲讲究文藻，却不能太深奥；俗曲讲究语言本色，又不能过于俚俗。让广大读者听懂和理解，才是应有的方法。

3.尾声

尾声，又称"煞尾"，即一篇之结尾。

尾声，在曲体形制中极为重要而又极为复杂，就其作用、名称、曲牌格律，及其使用规则和方法，古人有多作"尾声论"者，今人学术研究也没个准确说法，多表现各见其是。对于尾声，本编自然难得其详，只从写作实务出发略表其要。

一说尾声的重要性。

说尾声的重要性，在于其作用，因为尾声在曲体篇制结构中，是划定一篇结束的标志。尾声的作用，原本表现于音乐与文意两方面。于音乐说，尾声是最终效果所在，有如现代音乐，往往是全曲的"高潮"，其旋律既简洁又最为丰富；于文意说，尾声是绾结全曲，既能概括全篇，且又富于寓意，是于文字虽"结"而意"未结"。今天我们说尾声，于音乐方面已无多大实际意义，但在文意方面，当然必须着力而求其精。关于散曲结构中的文意要求，元代曲家乔吉曾有"凤头、猪肚、豹尾"之说。"凤头"，指"起要美丽"；"猪肚"，指"中要浩荡"；"豹尾"，指"结要响亮"。结尾如何做到"响亮"，王骥德在《曲律》中说："尾声以结束一篇之曲，须是愈著精神，末句更得以一极俊语收之方妙。"清黄图秘在其《看山阁集闲笔·文学部》中也说："（尾声）文字之大结束也，须包括全套，有广大清明之气象，渊衷静旨，欲吞而又吐者，诚所谓言有尽而意无穷也。"说到底，尾声对于散曲，有如诗和词一样，是全篇意境的集中提炼和表达，当以"语新意尖为上乘"。

二说尾声的名称与结构。

尾声虽说是曲体的一种特定名称，但在实际运用中却已成为一种文体标志。说其是一种特定名称，是相对曲体有引子、过曲而言；说其是一种文体标志，是指尾声有其自身的曲牌规范和严格的格律要求。南北曲皆有尾声，现区别南北曲介绍如下。

北曲尾声名称有：尾声、尾、收尾、赚尾、煞尾、尾煞、赚煞尾、黄钟尾、黄钟煞、黄钟煞尾、离亭宴煞、离亭歇指煞、啄木儿尾、啄木儿煞、鸳鸯煞、鸳鸯歇指煞、后庭花煞、卖花声煞、浪里来煞、余文、余音、结音……，繁不胜举。从数量说，有资料统计，仅《元曲选》和《元曲选外编》所收全部元杂剧所用尾声名计34个，又有统计北散套用尾声名也是34个，只尾声名有同有异，除去相同者外，元北套有尾声名称计50个。按结构形式分为以下几类。

一是"尾声"类。这里说的"尾声"，是真正广义作为尾声的最基本形式，其自身，本来又是一种狭义上的曲牌名称。"尾"和"收尾"即属此类。

二是由"尾声"与其他曲牌组合而成类。即狭义的尾声曲牌与其他曲调组合。其组合方式，大略是以其他曲调为主体，加上尾声曲牌之一二句式，成为一种新尾声，名称即叫"××尾"。如"离亭宴尾""啄木儿尾声"。

三是由"煞"与其他曲牌组合而成类。"煞"本身不能视为尾声，但它可与其他曲牌组合而充尾声用，而且此类组合，是构成北曲尾声的主要方式，也就是说，北套尾声名称大部分与"煞"有关。这类组合形式很复杂，主要有两种：一种是单以"煞"与其他曲牌组合成新曲牌，或以他曲牌部分句式与"煞"部分句式组合而成；二种是取他曲牌的全部句式，加上"煞"字而成新曲牌。例如，"离亭宴带歇指（'指'或作'拍'）煞"，即由"离亭宴"与"歇指"两曲牌组成的带过曲的部分句式，与"煞"的部分句式组合而成，是为前者；"后庭花煞"，由"后庭花"全曲加一"煞"字，是为后者。

四是"煞尾"类。是指由"煞"与"尾"组合的曲牌作尾声用，是北套常用的尾声，亦可称为"尾煞"。"煞"与"尾"本身的组成方式很多，二者再组成"煞尾"方式又有多种，一般情况是开头二句取"煞"之首二句，中间若干句取"煞"中原句，字数可增减，末一句必取"尾"之末句。"煞尾"又可与其他曲牌组成新曲牌作尾声用。如"赚煞尾",即"赚"与"煞尾"组成,"鸳鸯煞尾""黄钟煞尾"之类即如此。

五是其他类。包括"余文""余音""结音"等,这些名称本又是尾声的别名。

这里尤其要提到北曲中的"煞"不一定是"尾声"问题。"煞"本身不能作尾声,它只在与"尾声"结合,或与他曲牌结合,并以他曲牌为主体,才能作尾声用。这是因为,"煞"在北曲中是一个特殊的曲牌,它只用于套曲而不用于小令,又只用作套中的正曲,称"煞曲",不用作首曲和尾曲。"煞"在用作套曲中的"正曲"时,一般均为连用,少者二三支,多者十六七支。连用时在"煞"前加序数,且多用逆序(极少用顺序),如连用五支时,称【五煞】【四煞】【三煞】【二煞】【一煞】,数值最大的一支置首,依次逆排至【一煞】。"一煞"后另用"尾声"收结。

以上说的是北曲尾声,作为散曲常识,学南曲者亦不可不知。南曲尾声,相对北曲,则简单得多。

南曲尾声名称,据有资料统计,明代剧套和散套所用尾声名称,总计为21种,即【尾声】【尾文】【尾】【尾双声】【小尾】【收尾】【意不尽】【余文】【余音】【煞尾】【尾煞】【随煞】【赚煞】【赚尾】【煞赚】【赚煞尾】【滚煞尾】【尚绕梁煞】【尚轻圆煞】【有结果煞】【不余情煞】。

说南曲尾声简单,却又有其复杂处。说其复杂,一个重要的标志,是南曲各宫调有各宫调的尾声,而且不同宫调尾声不可混用,尤其在作"曲组"有用"引子""过曲"时,用"尾声"必须遵循这一原则。关于南曲各宫调不同尾声的相应称谓,在此录二例如下。

例一,王骥德《曲律·论尾声》录明蒋孝《旧编南九宫十三调曲谱》。

【情未断煞】(仙吕、羽调同此尾);

【三句儿煞】(黄钟尾);

【尚轻圆煞】(正宫、大石同尾);

【尚绕梁煞】(商调尾);

【尚如缕煞】(中吕有二样,此系低一格尾。般涉同);

【喜无穷煞】(中吕高一格尾);

【尚按节拍煞】（道宫尾）；

【不绝令煞】（南吕尾）；

【有余情煞】（越调尾）；

【好收姻煞】（小石尾）；

【有结果煞】（双调尾）。

例二，钮少雅《南曲九宫正始》"九宫谱"录各宫调尾声。

【喜无穷煞】（黄钟尾）；

【不绝令煞】（正宫尾）；

【尚轻圆煞】（大石尾）；

【情未断煞】（仙吕尾）；

【三句儿煞】（中吕尾）；

【尚按节拍煞】（南吕尾）；

【尚绕梁煞】（商调尾）；

【有余情煞】（越调尾）；

【有结果煞】（双调、仙吕入双调尾）。

钮少雅有专注"煞尾"曰："煞尾者，即今俗名之尾声也。按元词其法甚严，九宫各有规律，每煞各有名题，未尝此那彼借。今亦从其规律，皆随注于各宫之后。且十三调内，此九调之尾，即与此九宫之煞共之也。但此九调外之羽调尾，借仙吕宫之【情未断煞】相通，又道宫调之尾，借南吕宫之【尚按节拍煞】相通，又般涉调之尾，另命题曰【尚如缕煞】，小石调之尾，亦另曰【好收因煞】，亦皆随注于各本调后。今蒋、沈二谱于此煞尾总目中，尽有彼此混淆之误，余今从元谱一一详明于此，愿作者审之。"（《南曲九宫正始》第84页）

钮氏所云，意思是说，南曲之尾声，其规则是很严的，其之所以各宫调有各宫调的"煞尾"，只因其各有规律可循，故不可以"此挪彼借"，任意而为。同时将"十三调"中，除与"九宫谱"尾声共用者外，另四调尾声也作了说明。以致指出明蒋孝、沈璟所编曲谱将各宫调尾声相混情况，以告诫学曲者须慎重对待，说明南曲尾声之法是何其严格。

说南曲尾声，必须说到"赚"。有人将"赚"等同于"尾声"，这是不正确的。【赚】与【尾】【煞】一样，也是一种曲体形式，如上有述，所谓【赚】，作为一种曲体，只有在当它与【尾】或【煞】结合时，才能成为尾声，曰【赚尾】或【赚煞】。南曲中有"入赚"之说，《南曲九宫正始》之不少宫调末，都列有"入赚"赚谱、赚词，指的都是作为一种曲体形式的运用，而不是"尾声"。

何为"入赚"？钮少雅在《南曲九宫正始》中有一段专题注释，曰："【入赚】者，疑是诸宫各调之总名也，即如今之俗名【不是路】耳。按元谱九宫中只于正宫、大石、中吕、南吕、越调有之，而皆名【本宫赚】。然黄钟、仙吕、商调、双调无之也。但于'十三调'每调皆有之，且皆各有名题。"（《南曲九宫正始》第83页）吴梅亦有曰："【赚】者，即【不是路】，多有异名，亦多异体，各宫皆有之，然腔无差别。凡到移宫换词、缓急悲欢，必藉此为过接断不可少。"（《南北词简谱·南曲诸说》第5页）说明【入赚】为曲组中之过渡用曲，如前后诸曲不相连属，则中间用一二支【赚】曲即可。但"赚曲"各有名题，各有曲谱，格律声韵皆不相同，使用时必须依宫依谱而行。

三说尾声的曲体形式与应用。

南曲尾声曲体形式与北曲有很大差别。从北曲说，其尾声曲体分两大类：一类是以曲调代作尾声，如【浪里来煞】【卖花声煞】等，都是以某一曲调作尾声；一类是本调类尾声。在本调类尾声中，也可分为两类：一类是句式固定，全篇尾声皆为四句或三句；一类是句式不规则，句字均可随意增减，仅从句数说，有三四句、七八句、十多句。"杂剧《东堂老》第二折正宫套曲【煞尾】为四十二句"（俞为民《中国古代曲体文学格律研究》第259页）。

南曲尾声则不同，其曲体形式比较规范，且格律较严，基本要求如下。

（一）句式上通常为三句，每句七字，所谓"三句尾"就是这个意思。有的尾声也有四句，或一句不只七字和不足七字，只是一种变体，不能以此否定"三句尾"。

（二）每一宫调的尾声有各自不同的格律，并有特定的名称，宫调之间不可混用。

（三）句句押韵。

（四）作曲组必用尾声。作散套，在几曲连用叠曲情况下可不用尾。

四说尾声溯源。

追寻尾声源头，可以上溯到先秦时代的《楚辞》。《楚辞》中有许多篇章将其末段名之曰"乱"。所谓"乱"，是归纳全篇主旨的话，其位置一定在全篇之末，与南北曲的"尾声"是惊人的相似。至现当代，一些学者一般都将这类"乱"直接译为"尾声"。如郭沫若的《屈原赋今译》、吴广平的《白话楚辞》等，就是这样。

汉魏以后，"乱"又成为乐府大曲的一个组成部分，至唐宋时代的燕乐大曲，皆有"乱"的记载。如《乐府诗集·相和歌辞（一）》有载："诸调曲皆有辞、有声，而大曲又有艳、有趋、有乱。辞者，其歌诗也。声者，若羊吾夷伊那何之类也。艳在曲之前，趋与乱在曲之后，亦犹吴声西曲前有和、后有送也。"（梁扬、杨东甫《中国散曲综论》第152页）这里的"乱"，包括"趋"，与吴声的"送"一样，都在曲之末，其性质、形式，与南北曲之尾声又接近了一步。

作为曲学意义上的"尾声"这一名称的出现，最早当是宋代的"唱赚"。唱赚是宋代的一种说唱艺术，有"缠令""缠达"两种形式，其中"缠令"则有引子和尾声，引子与尾声之间以两腔互迎循环间用则为"缠达"。这时的"尾声"与后来南北套数的尾声已几无二致。

至宋金时代出现了"诸宫调"。诸宫调在用宫调组曲时，正式于曲末使用【尾】的曲调。【尾】，即尾声。此种尾声，与后来的南北曲之尾声，无论是名称、位置、性质、作用，几乎已完全一致了。

综上所述，南北曲尾声，经过长期的发展，最后直接脱胎于诸宫调和赚词，然后再以自己的方式迅速繁衍，遂形成了南曲和北曲各自特有的形式和特色。

第二节　南散曲体制定型

通过上述南散曲体制的介绍，我们看到南散曲体制有独曲、集曲、带过曲、散套、曲组等多种。南散曲体制，看上去比北散曲复杂，其实也很简单。如南曲独曲，相当于北曲小令；带过曲和散套，南北曲几乎无异；只南曲还有集曲与曲组，而北曲没有。如何看待南散曲体制的定型？主要在"集曲"和"曲组"。"集曲"问题，前面在其体制溯源中已作介绍，有人将集曲归于"小令"一类，或许正是从其定型种类方面说话。但从集曲的特型体制，以及兴盛和流行于明清两代情况说，将其作为南散曲形式之一，应该是没有问题的。

剩下的只有"曲组"。应该说，"曲组"是南曲区别于北曲的一种特定散曲形式。

在说明曲组是南散曲形式之一的理由之前，我们须先澄清一个事实。有专家说，南曲"曲组"属南套曲。这种说法，有如将"集曲"说成是"小令"一样，是以北曲体制套用南曲的一种牵强附会，无非是说，南曲的许多散曲形式，都是从北曲"模仿过来的"。这个问题在前述第二章第二节"南散曲溯源"中已阐述得很清楚，无论南套、北套，它们都是从宋"唱赚一体"各自形成的，又因"唱赚一体"有"缠令"与"缠达"之分，"有引子、尾声者曰缠令，引子后只以两腔互迎循环间用者为缠达"（李昌集《中国古代散曲史》第48页），至散套形成，而且无论南北散套，却只有尾声，没有引子。缠令引子后来为南戏所用，形成南散曲"曲组"之一体，故而"曲组"是不能与散套混为一说的，更不存在谁"模仿"谁。所以，"小令"是小令，"集曲"是集曲；同样，套曲是套曲，曲组是曲组。它们都有各自渊源和特征。

基于"作为文学的'曲'和作为音乐的'曲'，已是相互依存和同时存在的"（赵义山《元散曲通论》修订本第3-4页）原因，所以我们又说，南曲"曲组"体制的形成与南戏有关，或者说完全受南戏影响。

南戏最早使用曲牌体，并由曲牌体发展成"曲牌联章体"，其形成过程，最早可追溯到南戏《张协状元》的组曲形式。《张协状元》所用曲调，源于唐代曲子、唐代教坊曲、唐宋大曲、宋代唱赚、宋词、宋金诸宫调，其曲体联章体演唱形式，表现其剧之中演唱唱段，都是由一首首依据一定曲牌填制的曲段联缀而成。如剧中第三十五出所用【五更转】曲调，从一更唱到五更，每更或一曲，或二曲，或三曲，其一曲五式，就是早在唐代就已定格的联章体组曲形式。从【五更转】曲调由单曲到多曲组合的形式变化，包括笔者对现存湖口青阳腔诸多遗存剧目的查看亦是如此。这种联章体的表现，一是全剧凡各色唱段，均为一首首受曲牌格律限制的曲体组成；二是这些曲体的组合形式，除有作为单唱的独曲形式外，还有以首曲接"前腔"或多首"前腔"的联章；三是在一出（"场"）的演唱中，多以"引子""过曲""尾声"三者连贯。直至南戏的步步流传，且最终形成自己的组曲形式："引子—过曲—尾声"三步曲篇制。

散曲形式，无论北曲、南曲，都受戏曲影响，这是毫无疑问的。北散曲，如王国维所说："元曲（指北曲—编者注）分三种，杂剧之外，尚有小令、套数。小令只用一曲，与宋词略同。套数则合一宫调中诸曲为一套，与杂剧之一折略同。只杂剧以代言为事，而套数则以自叙为事，此其所以异也。"（《宋元戏曲史》第91页）其与剧曲的区别，仅在一个是"以代言为事"，一个是"以自叙为事"，至于北散曲形式，也就是剧曲的"小令"和"套数"。北散曲如此，南散曲何不能以南戏形式为形式？南散曲除与北曲一样有"小令"和"套数"外，又以南戏之"引子—过曲—尾声"三步制形式为形式，不是如北曲一样顺理成章的事吗？只不过因为散曲为个人情感之作，可用"引子"，也可不用"引子"，却不能作为否定以"引子—过曲—尾声"为标志的"曲组"是南散曲形式之一的理由。至于南曲"曲组"这一名称起于何时，因何而有，资料实无明确记载，但就算是出于现当代学者所言，也无关紧要，因为历史文化本在历史中形成，在中华诗词得以复兴的今天，我们认定"曲组"为南散曲体制定型形式之一也不是坏事。

说南散曲体制定型，我们犹当说到南曲篇制中常见的诸如【前腔】【换头】【合头】之类字样，所有这些，都是南曲套曲或曲组篇制中，曲与曲之间的一种衔接术语，它们都与南散曲体制定型相关，在此，分别简要介绍如下。

所谓"前腔"，指后一首曲子与前一首曲子同调。也就是用前一首相同的曲调再作一首，后首就是前首的同腔。作"同腔"曲子，须在后一首的首句前标明【前腔】，或标【幺】【衮】，是表示与前一首的篇制衔接关系，意义与北曲【幺篇】或【幺】相同。【前腔】可一调多次重复使用，有如词的一叠、二叠、三叠一般。有人说，南曲【前腔】只用于剧套，不用于散曲，笔者认为不尽然，既然【前腔】之用于剧套，旨在作完一曲后意犹未尽，可以同一曲调再作一首，那么同样从"意犹未尽"说，又为什么不可以用于散曲呢！

所谓"换头"，指后一首用前一首"同腔"，但后一首第一句的曲调，包括字数、平仄、韵位等，与前一首的第一句有变换，次曲起则称【前腔换头】或【换头】。南曲"换头"，实如双调词牌上下片，许多词调的下片格律与上片格律基本一样，也只是下片首句字数、平仄、用韵等，或与上片首句有变化。南曲【换头】与【前腔】一样，可用于如带过曲的独曲，也可以用于过曲某一环节的曲调，且有【二换头】【三换头】【四换头】等。但南曲"换头"与北曲"重头"不是一回事，北曲的"重头"是指重复的各首首句句式、字数、用韵，都必须与第一首首句相同。

所谓"合头"，是南曲"犯调"的一种独特组合形式。"合头"实为"和声"，指一套中每一曲完，以"犯调"的方式，接别曲几句以"和"之，如【三叠排歌】【道和排歌】之类。对于"合头"的认识，有如今日某些现代合唱歌曲中的"副歌"，"副歌"前的每段"正歌"歌词有变，"副歌"歌词则固定不变，"副歌"即为"正歌"的"合头"。在南曲曲调中，有些曲调亦分前后两部分，前一部分的旋律只是"相对稳定"，而后一部分则"固定不变"，这固定不变的部分即称"合头"。因"合头"部分的腔格不变，其曲辞也通常不变，故从次曲起，便在"合头"处标上【合】或【合头】【合前】，以示衔接。

曲体中，还有一个叫"务头"的述语，为免与"换头"等混淆，顺便也作一介绍。什么叫务头？当代学者赵义山在其《元散曲通论》中说："'务头'一说，仿佛是一个谜，大家'猜'来'猜'去，结果似乎都不太令人满意。"怎么回事？一句话：费解。

务头一说，始见周德清《中原音韵》之《作词十法》中的第七法。其曰："要知某调某句、某字是务头，可施俊语于其上，后注于'定格'各调内。"周德清并在《作词十法》之第十法《定格四十首》中举例，如【醉中天】【醉扶归】二调，在28调中，明指均在"第四句、末句是务头"；又举例如【迎仙客】，"妙在'倚'字上声起音，一篇之中，唱此一字，况务头在其上。"再举例【醉太平】【拨不断】，说"务头在三对"等。对此，吴梅的解释是："苟遇紧要字句，须揭起其音而宛转，其调如俗。所谓做腔处，每曲或一句，或二三句，每句或一字，或二三字，即是务头，宜施俊语，否则便为不分务头，非曲所贵。周氏所谓'众星中显一月之孤明'也。"（《南北词简谱·南曲诸说》第4页）

根据以上所述，对于什么是务头，其实不用"猜"，首要的是，不要像认识"换头"一样，只认一个"头"字。所谓"务头"，于曲体创作说，一可曰作"技法"，二可曰作"修辞"，而且主要是一种修辞手法。务头既不在"头"，也不在"尾"，本与"头"无关，没有固定位置。"务头"之含义，只选"做腔处"的"紧要字句"，只"务"出了名目，才出了"头"，这是其一；第二是务头的目的，是为声调的"揭起"，为音调通顺流畅、婉转好听，所以务头意义之所在，是为字音"揭起"的四声处理，其方法，通常以"'去上'声为上，'上去'声次之，其余无用"，是因为去、上声利于转音的缘故；第三是"定格"于各调内的"做腔处"，至于何处"做腔"为好，全由作者自行决定，但要紧的是选好第一支曲子的"定格"处，即以第一支曲调的"做腔处"为准，当第一支曲调的"务头"一出，则以其固定位置、固定声调、固定修辞手法等，于一套曲的每一曲调中同样出现。"务头"不须多，如吴梅所说，只"每曲或一句，或二三句，每句或一字，或二三字"，用"俊语"为之，每调循环而"出"，即"众星中显一月之孤明"。如字字句句都漂亮，都是"俊语"，那就是满天繁星而无月明。也就是说，全篇都是"务头"，也就没有"务头"了。

关于"务头"之说，历来都有人认为只用于北曲，不适于南曲，这种说法是错误的。汉语修辞可用于一切汉语文体，"务头"能用于北曲，又为何不能用于南曲？为此，吴梅特意指出："无讲及南曲者，然南北同法"（同前）。务头者，无论北曲南曲，全在于会不会用。

第三节　南曲与北曲比较

无论南曲、北曲，皆为元曲。从散曲角度说，学习南曲应当同时了解北曲，学习北曲也应当了解南曲。尤其在当代诗词复兴的大洪流中，我们的创作，本来就地不分南北，人不分东西，南方已有大批作者在作北曲，北方人也可以写南曲。这不仅是个人的爱好，而且是作为中华传统文化传人的责任，是完整继承传统艺术的光荣。为此，特将南散曲与北散曲作一些相关比较。

一、从文化溯源方面比较。南散曲与北散曲同根同源，或者说，是南曲与北曲最根本的共同点，这是一个总体前提。离开了这一点，我们就无法理解什么叫"元曲"。但是，因为元曲毕竟是一种艺术形态，不仅区分南曲与北曲，而且南曲与北曲又各自区分剧曲与散曲，在其形成与发展过程中，自然会产生它们各自的艺术特征，这就是它们的"不同"。

例如，北曲小令与南曲独曲：它们都可以从汉唐酒令和宋词小令中找到其发展源头，都可以因其"调短字少"而称其"小"。但小到什么程度呢？北曲小令篇幅与宋词小令相近似，基本都可以理解在五十字以内；而南曲独曲则不然，如前有述南独曲【渡江云】一格，计九十四板、二百二十四字，比通常宋词长调还长。什么原因？因为南曲独曲受南戏腔段影响，既有其"独立成篇"之所在，又有戏曲唱段"完整格局"之所需。

北散套与南散套：北散套有一种"两曲套"形式，即由一支正曲加一支尾声组成；南散套则没有"两曲套"，即便有类似形式，也只表现或由两支同牌曲组成（实际为正曲加"前腔"），或由一支如【三十腔】之类的大型集曲加一尾声组成。

还有其他一些不同情况，如南曲有"集曲"而北曲没有，究其原因，都与其相依相存的戏曲形式相关，或者说是源流方面的"不同"。

二、从体制方面比较。北散曲有小令、套数，以及带过曲；南散曲有独曲、套数、带过曲，还有集曲、曲组。这是南北曲体制表现形式的相同与不同，以及因形式的不同带来组曲方式及内容有别。例如，带过曲与集曲，历来都称之为"小令"（独曲）的"变体"，不视为一种独立的艺术形式；既然同称为"变体"，又为什么北曲没有集曲？这就是南北二曲组曲方式的不同。带过曲之所以称"带过"，是指因创作内容作小令有余，而作套曲又显不足，故而再作一首。这种组曲方式，南北曲皆有。而集曲则不同，集曲又称"犯调"，是截取同一宫调中若干支曲调的部分句式，组合成一支新曲调，其为南曲中的一种特定组曲形式。"南曲集曲体的产生，来自两个方面的影响：一是宋人词'集曲体'传统；二是南曲自身集曲'意识'的生发和完备化。这两种因素的交叉影响和互相作用，便产生了南曲的集曲体"（李昌集《中国古代散曲史》第86—87页）。也就是说，集曲的溯源可以上推到宋词中的"犯调"，至元代为南戏所用，以元末高则诚作《琵琶记》而见成熟。与此同时，这种由文人完成的"集曲"组曲形式，又由戏曲而引向散曲，至明代散曲集曲大兴，故而为南曲之特有。北曲因北杂剧于元末走向衰落，且因北杂剧体制限制，作为宋词中的"犯调"，没能为北杂剧所用，所以北曲没有集曲组曲形式。还有南曲之以"引子—过曲—尾声"三步制形式的"曲组"，也因北杂剧衰落和南戏兴盛独见于南曲之中。至于散套，虽说南曲、北曲皆有，体制基本无别，但其组曲方式也不完全相同，在此不作赘述。

三、从艺术要素方面比较。南散曲与北散曲，有相同点，也有不同点。

相同点：一是无论南曲、北曲，在用韵方面，皆有韵密、不忌重韵和平仄通押等特点。其中韵密，有的曲牌可以密到句句用韵，以及在本不必押韵的地方也可以用韵。但无论南曲、北曲，都要求全篇一韵到底，中途不允许换韵。二是无论南曲、北曲，都可以用衬字。三是凡套曲都在同一宫调选用曲牌，一般情况下不允许借宫。四是在语言风格方面，南曲、北曲都提倡口语化和"俗中见雅"。

不同点：南曲与北曲，最大不同点是声韵"四声"的不同。南曲四声区分"平、上、去、入"；北曲四声为"阴、阳、上、去"。还有，北曲有"入派三声"，即将"平上去入"四声中的入声分派到"平上去"三声；南曲有"入代三声"，即在南曲四声运用中，入声可代替"平上去"三声使用（详情后文有叙）。说明北曲有北曲的灵活，南曲也有南曲的灵活。其次是南曲曲辞用衬字少，或不用衬字，北曲曲辞用衬字则较南曲多。再者，在艺术风格方面，如王国维所说："唯北剧悲壮沈雄，南戏清柔曲折"（《宋元戏曲史》第108页），散曲也基本如此。

第四章　宫调与曲牌

散曲与诗、词一样，无论北曲、南曲，都有自己的格律，写散曲当然要遵循散曲格律。但散曲格律与诗词有别，且南散曲与北散曲又有不同。本书为南散曲而作，仅讲南散曲格律，必要时亦与北散曲作些比较。南散曲格律包括宫调、曲牌、板拍、句式、韵律、衬字等方面。本章讲宫调与曲牌。

第一节　宫　调

一、什么是宫调

宫调问题是曲学中最为复杂的问题。为理解什么是宫调，用现代曲学观念认识，我们先得把散曲之"曲"与音乐之"乐曲"挂起钩来。元曲本是用来唱的，有唱就必有音乐，有音乐又必有乐曲和用以表现乐曲的乐谱，只有依乐谱，才有"演"和"唱"。在古代的音乐实践中，由于使用目的和表达情感的不同，就有了曲调的不同体系，或者叫"分类"，"宫调"就是用于区别这些不同曲调类型的名称，久而久之，这种"宫"和"调"，就成了一种表达音乐曲调不同范畴的专用述语。

散曲流传到现代，尽管已失去了其音乐性的一面，创作时只依谱填词就行，但是，从散曲的音乐性讲，一支支曲牌就是一首首不同宫调的音乐曲子，或叫曲谱，曲谱即音乐谱子，对于今天的意义就是格律。散曲创作必须讲究格律，必须"依谱填词"；要讲格律，要"依谱"，就得知曲谱，知宫调。

宫调理论渊源非常久远，早在先秦时期，宫调之名就已出现。宫调之付于音乐，历史上最有名的，一是隋初形成的雅乐八十四调宫调体系，二是唐代形成的燕乐二十八调体系。燕乐与雅乐有很大差别，且燕乐自唐至宋，直至元代，又有许多变化，最明显的变化是宫调名目及数量有很大不同。宋金时期产生的曲体，其宫调体系是承自宋代燕乐和金诸宫调。所有这些，仅仅是对古代音乐体系变化的一种梗概了解。

认识宫调的一个基础理论是"旋相为宫"之说。古代音乐发明了"七声""十二律"，并由七声、十二律的组合而产生音乐。所谓"旋相为宫"，即指将七声与十二律更迭相旋而得宫调。如隋初音律家郑译创立雅乐宫调体系，将七声与十二律更迭相旋，推演成十二宫七十二调，合称八十四宫调。与农历"天干""地支"相旋而得"六十甲子"相似。

所谓七声，即古代音乐七声音阶。它们分别是：宫、商、角、变徵、徵、羽、变宫。相当于现代音乐简谱的"1"（多）、"2"（来）、"3"（咪）、"4"（发）、"5"（嗦）、"6"（拉）、"7"（西）七声。古七声是在古五声"宫、商、角、徵、羽"基础上，增加"变徵、变宫"两个半音构成。"变徵"与"变宫"两个半音，与现代音乐简谱"4""7"意义相同。

所谓十二律，亦称"十二律吕"，是古代用于称成规律性体系标准音高的音乐术语。这种体系，由低音到高音按顺序排列，共有十二个名称：黄钟、大吕、太簇、夹钟、姑洗、仲吕、蕤宾、林钟、夷则、南吕、无射、应钟。此"十二律吕"称谓，又分"六律""六吕"，以前排列顺序，单数的六个为"六律"，双数的六个为"六吕"。十二律吕也与现代音乐"十二调"基本相似，即键盘上从"C"开始的"C D E F G A B"七个白键，加上"#C #D #F #G #A"五个黑键，计十二个键确定的十二调式。说明我国古代音乐缘起，与由西方传入的现代音乐音阶构成是基本一致的。

从上述"五声"（或曰"七声"）与"十二律"的关系来说宫调，是理解宫调的一个方面，但同时我们又必须认识宫是宫、调是调，它们都有着各自不同的含意和作用。

所谓宫，是指以"五声"（或"七声"）中的任何一个基本音，为一首曲调的"主音"，由主音组合其他基本音形成一定旋律而成为一首曲调，该曲调的主音即称"宫"。

所谓调，是相对"宫"而言，即在作为"主音"宫声统领下，组合其他基本音从属于"主音"所形成的调式即为"调"。

宫与调的关系是"主"与"从"的关系。因为任何一首曲子，包括现代音乐，都是在确定一个基本音为主的"调高"定位以后才产生的。在任何调式中，"宫"为一调之首。也就是说，在一个宫调范围内，是以作为"宫声"的五声基本音之一为调高限定而形成诸多调式，其"宫声"有如一军统帅，只有在宫声主帅下才能形成一定调式，所以传统乐律观念有称"以宫为君"。正因为如此，古代音乐将"七声"与"十二律"更迭相旋配合，组合成宫调，即7×12=84，得84个宫调，每个宫调给予一个命名，如"黄钟""大吕"等，于是就有了"诸宫调"之说。说明在古代音乐中，作为"宫调"的数量是很多的，以宫调演绎或编撰的"曲调"当然就无法计数了。

古代音乐演绎宫调方法多种。如有用宫、商、角、羽四声与黄钟、大吕、夹钟、中吕、林钟、夷则、无射七律相旋，4×7=28，得28宫调；因十二律均可为宫，以十二律相旋，又有12×12=144，得144宫调，等等。所有这些，都是从理论上说的宫调数，与实际使用并没有多大意义。

二、宫调的作用

宫调于古代散曲创作中的作用主要表现在四个方面。

（一）限定乐曲的调式和基调高低。这一点，是就散曲作为曲体音乐概念而言的。凡音乐都有调式，都有以调式确定一首曲子的基调高低。有如现代音乐"定调"分"CDEFGAB"七调，现代歌曲简谱的左上角往往都标有"C调"或"E调"，以及标明的"1＝C"，或"1＝G"等，即是指该首歌曲基调高低的定调。为什么要定调？因为任何乐曲都有个从最低音到最高音的音域，音域由最低音和最高音限定，其限定目的是适应演唱者演唱。如一首现代歌曲，独唱歌曲定调可比合唱或齐唱歌曲高，女声独唱定调可比男声独唱高，童声音域应比成人音域窄等，包括歌曲主题和使用乐器的不同，其音域和基调都是不一样的。散曲也一样，其作为音乐意义，就是以不同宫调的使用来限定曲调调式和基调高低。

（二）限定和显示乐曲的感情色彩。这里的"感情色彩"，古曲中称"声情"，即一首乐曲所表现的音色高低、激昂婉转、速度快慢等不同声色，及其所赋予曲调的喜怒哀乐情绪，与现代歌曲中，军旅歌曲通常表现激昂奋进、爱情歌曲通常表现婉转缠绵等相类似。散曲也一样讲究声情，散曲声情表现于不同宫调，是因为古人在较长期的音乐实践中，根据各种曲调的情感表现和演唱效果，分别归类于不同宫调，一宫调表现一种声情。如黄钟宫表现富贵缠绵，正宫表现惆怅雄壮等。创作散曲必须根据题材内容和作者所要赋予作品的情感色彩，选择与之相一致的宫调，叫"以调合情"。对此，古人称之为"声情说"。

（三）限定和统率套曲作品的选曲范围。一首套曲由若干曲调（曲牌）组成，在用以形成一支固定套曲模式的曲调中，它们有一个"主""从"关系，宫调就是这支固定套曲模式的"主子"，一支支曲调（曲牌）的选定，及其调式、调高要求等，都必须与所选宫调相一致，这就是宫调对曲调的限定作用；与此同时，在由多曲调组成的套曲中，又必须有一个"组织者"或"领导者"，要由这个"组织者"或"领导者"来协调各曲调之间的多种关系，比如板拍、速度、声情等，犹如一场战争，表现为一个个战士的若干曲牌，必须在作为统帅的宫调的指挥下协调作战，宫调在套曲作品的成套作用，就是这种"统率"作用。

（四）限定和区分用韵。宫调还有一种作用是限定和区分作品的用韵。无论独曲或套曲等，创作时，必须在作品标题前标明选用曲牌的所属宫调名，这一点是必不可少的。其作用，除了为表现上述功能外，还有一种限定和区分用韵的作用。尤其对于套曲而言，由多曲调成篇，必须一韵到底，又有如剧曲中允许的多套曲前后用韵的不同，为示同宫调选用曲牌的"一韵到底"和多套用韵不同的区别，则必须于每套曲标题前标明宫调以示限定和区别。这一点，绝不是可有可无的。

三、南散曲宫调

无论北曲、南曲，其宫调直接渊源都是宋代燕乐和金诸宫调。北曲始见宫调记载，是元代芝庵的《唱论》和周德清的《中原音韵》。芝庵罗列了北曲六宫十一调，称"十七调"（具体名目略）；周德清则收录了三百三十五支北曲曲调，并将这些曲调按当时流传兴盛情况和不同声情，分别归隶于黄钟、正宫、大石、小石、仙吕、中吕、南吕、双调、越调、商调、商角调、般涉调计十二个宫调中，比芝庵《唱论》少收了歇指、宫调、道宫、高平、角调五个宫调，说明周德清不收"十七调"，只收十二宫调。也许是因为周德清的《中原音韵》适合了一些人的爱好和需要，故人们不说芝庵的十七调，只说周德清的十二宫调，并且一直沿用至今。所以周德清的十二宫调就成了今天的所谓"北曲十二宫调"了。

　　南曲宫调最早见于元天历（1328年—1330年）年间刊刻的《十三调谱》与《九宫谱》（《九宫谱》时间稍后）。前者收宫调十五个，后者收宫调十个。两谱除去互见宫调外，实际共收十六个宫调，即黄钟、正宫、大石、仙吕、中吕、南吕、商调、越调、双调、羽调、道宫、般涉、小石、商黄、高平、仙吕入双调。所有为南曲所用宫调，有许多都与北曲相同，而且多同见于唐宋燕乐。只在南曲宫调中，因为所见最早的《十三调谱》与《九宫谱》，是两个不同版本，有人则以其两个不同命名，认为是两个不同体系并引起过争议，而且后来有许多曲家也多沿袭"十三调"与"九宫"的分立。如明代蒋孝编《旧编南九宫十三调曲谱》、沈璟编《南九宫十三调曲谱》、清代徐于室、钮少雅合编《南曲九宫正始》，都将九宫与十三调分设篇目。也就是说，在同一曲谱中，既有十三调，又有九宫。实际上二者并不矛盾，只是有的宫调有宫调名而无曲目，属名存实亡，有的则表现为相通可以合并，等等。至清代曲律家张大复在编撰《寒山堂新定九宫十三摄南曲谱》时，将二者合而为一，并在卷首《凡例》中指出：所谓"十三调"，即"六宫""七调"的合称，谓仙吕宫、正宫、中吕宫、南吕宫、黄钟宫、道宫为"六宫"，谓羽调、大石调、小石调、般涉调、越调、商调、双调为"七调"，二者相合为"十三调"；所谓"九宫"，一方面是"并调以名宫"，一方面是因羽调与仙吕通用，大石、般涉、小石、道宫四调存曲无几，名存实亡，十三调少了四调，故曰"九宫"。所以，在"九宫"与"十三调"关系上，不是说九宫之外还有十三调，更不是如"仙吕宫"外又有"仙吕调"，"正宫"之外又有"正宫调"等。若说"十三调"与"九宫"各存有异，也只是因时代的先后而造成宫调数量上的递减，以及有被精简和淘汰的现象，"九宫"与"十三调"绝不是两个不同的宫调体系。近代吴梅《南北词简谱》之《南词简谱》列南曲宫调为：黄钟宫、正宫、仙吕宫、中吕宫、南吕宫、南道宫、大石调、小石调、双调、商调、般涉调、羽调、越调，计十三个宫调，未将"十三调"与"九宫"分立，是将二者合二为一。

说南散曲宫调，这里当顺便说到所谓的"南曲无宫调"论。这种"南曲无宫调"论，是明代徐渭提出来的，却又是后人对徐渭说法的误解。所谓"南曲无宫调"说法，其实是指南戏使用曲调一般不标宫调名，并不泛指"南曲无宫调"。如徐渭本人在《南词叙录》中说："南戏始于宋光宗朝。……其曲则宋人词而益以里巷歌谣，不叶宫调，故士夫罕有留意者。……终不可以例其余，乌有所谓九宫？"说明其所说"南曲无宫调"系专指南戏，而非指"九宫"。

但是，没有想到的是，徐渭的这句"南曲无宫调"的话，却被后来的一些"不留意"者，讹传为南曲一概"无宫调"，实属"最为无稽可笑"（徐渭《南词叙录》）。而且这里说南戏"无宫调"，也不是真的完全不管宫调，其情况是，因为南戏最初形成于宋金时期，而宋金时期产生的诸宫调，"不是每支曲调前都标明宫调名的"，只是在使用时，"凡是标有宫调名的曲调，该曲调的用韵必与前后曲调的用韵不同，若相连几曲曲韵相同，则在首曲前标上宫调名，以下则不标宫调名，即使相连的曲调属于同一宫调，但由于曲韵不同，各曲前仍要标上宫调名，以示区别"（俞为民《中国古代曲体文学格律研究》第55页）。再者，宫调在唐宋以前是作为歌名便于歌者使用，至盛唐产生了词牌，宋元又产生了曲牌，所唱曲（词）有了具体的牌名，宫调之名则多被歌者舍去。作为戏曲，包括南戏、北杂剧，"元人不明宫调之内涵，只按宫调来区分曲调的声情"（同前，第67页）。是因为戏曲不同于文学创作，艺人们只重演唱，标不标宫调名无关紧要，只自己知道就行。如流传至今的湖口青阳腔许多遗存剧目，仍然多见没标宫调，以致连曲牌名都没有标。只今日作南散曲，千万不要以为"南曲无宫调"而不标宫调名。

综上所述，由于宫调由来及其演化情况非常复杂，历代以来又变化频繁，包括元代以后，直至今天我们所看到的许多不同曲谱及资料所示，无论宫调名称或数量，都是无法一致的。历代以来，一些理论家所列宫调名或宫调数量，包括曲牌，都是根据他们各自所能找到和见到的前人戏曲与散曲作品实例而总结的，任何人都无法循根索源究其全面。所以在这一点上，我们切不可以偏概全，以个别否定一般，那样做是没有意义的。

四、南曲宫调与笛调

宫调与其他艺术形式一样，在长期的实践中有过不断的改革与创新。这里说的笛调，就是古代南戏艺术家们，为弥补宫调不能细致准确地确定曲调调高和区分曲调声情方面的缺陷，创造了以笛色来确定曲调调高和区分曲调声情的方法，称笛调系统。

所谓笛调，即以笛色形成的曲调。笛调对曲体的意义，除其本身是一种乐器可以用以伴奏外，对于演唱，主要用来定音和转调。在定音方面，有如现代乐队用于统一确定曲调基准音高低的定音器；在转调方面，可以通过翻调的方法，在同一支曲调中改变声情，以适用于不同剧情或不同角色。例如，在同一曲组演唱过程中，因为需要"翻调"或改换角色，则插入"笛调"。演员们听到笛调响起，就知道接下来的演唱要改变调式了。

笛调记谱称"工尺谱"。工尺谱的记谱方法，是以"上、尺、工、凡、六、五、乙"七个汉字为标识符号，用以记录乐曲的音高、节奏等，并形成一定乐段，等于有其唱腔曲牌的"词式格律"及"乐式格律"。工尺谱的"上、尺、工、凡、六、五、乙"七个汉字标识，与现代音乐简谱音阶的"1、2、3、4、5、6、7"一致。至于工尺谱的"高八度"注音方式，则在"上、尺、工、凡、六、五、乙"之每字左边加上"亻"边旁即可。工尺谱的定音意义，也与现代音乐键盘定音方式相同。其"上、尺、工、凡、六、五、乙"七个基准音，依次与现代音乐键盘音"C、D、E、F、G、A、B"相一致。

笛调定音和形成曲调的基本原理，是以笛孔的依次开闭发音而有音阶成调。笛有七孔，一个吹孔和六个指孔。以吹孔（筒音）加六个指孔（开音），构成七个不同调高基准音，即为工尺谱的"上、尺、工、凡、六、五、乙"七音音阶，并与现代音乐简谱"1、2、3、4、5、6、7"音阶相一致和形成不同调高的曲调。

笛调的产生，是我国古代音乐艺术的一种创造，一个重要表现是笛调工尺谱与古宫调相对应。工尺谱区分宫调名分别为小工调、尺字调、上字调、乙字调、正工调（五字调）、六字调、凡字调七调，它们不仅都可以分别与古音乐宫调名相对应，而且可以以此与宫调声情协调一致，以及借此用笛调的"翻调"方式，适用于乐曲声情变化的需要。只是在工尺谱与古宫调的对应关系方面，南北曲有所不同。其对应情况如下。

南曲：仙吕对小工；南吕对凡字、六字；中吕对小工、尺字；黄钟对凡字、六字；正宫对小工、尺字；双调对小工、正工；商调对小工、六字；越调对小工、凡字；大石对小工、尺字；小石对小工、尺字；羽调对凡字、六字。

北曲：仙吕对正工、小工；南吕对凡字、六字；中吕对小工、尺字；黄钟对正工、六字；正宫对小工、尺字；双调对小工、正工；商调对尺字、六字；越调对凡字、六字；般涉对小工。

笛调的定调方法，以小工调为例：吹时六指孔全闭以筒音发音为"六"，开第一孔为"五"，开第二孔为"乙"，开第三孔为"上"，开第四孔为"尺"，开第五孔为"工"，开第六孔为"凡"，其余六调，以筒音开音为例，依次为：尺字调筒音为"五"，上字调筒音为"乙"，乙字调筒音为"上"，正工调筒音为"尺"，六字调筒音为"工"，凡字调筒音为"凡"，其余依此类推。

以工尺谱对比现代音乐定调，以1="上"对应1=C为例，乙字调在筒音，上字调在第一孔，尺字调在第二孔，小工调在第三孔，凡字调在第四孔，六字调在第五孔，正工调（五字调）在第六孔，其余2、3、4、5、6、7依顺序类推。

笛调产生于我国南方，其社会影响和历史影响十分广大。笛调工尺谱始于明代中叶昆曲唱法，称"昆曲工尺谱"，也叫"宫谱"（即宫调谱）。至清代，南曲产生了"以工代宫"法，即以工尺谱法确定曲的实际宫、调，原有宫调名存实亡。由于笛调工尺谱在南戏的广泛使用，及其对古代宫调体系产生的替代作用，包括在曲体文学创作和民间应用方面，自元代以来以宫调指示曲调声情的作用逐渐丧失，笛调工尺谱成为一种群众性喜闻乐见的音乐常识。一些戏曲演唱谱和民间音乐谱，基本都以工尺谱记谱，以致在曲调前只标笛调名，不再标宫调名。如流行甚广的《昆曲大全》《与众曲谱》等即是如此。湖口青阳腔有"横直调曲牌"系列，其"横调"即为笛调。

第二节 曲 牌

一、什么是曲牌

曲牌，即曲调调名，又曰曲谱，是一首曲调的音乐形式，对于文学意义，就是一首散曲所必须遵循的格式、平仄、声韵等格律规范。

曲牌，对于用以配乐歌唱的音乐意义，在我国有着悠久的历史。先秦时期的《诗经》《楚辞》，虽没有名之以一定曲牌，但作为配乐演唱之"曲"却一定是存在的。到了汉代，一代文学之《乐府》，就有了数以百计的与后世曲牌名相类似的曲名。这些名称，在开始使用时，也许只是某一首"诗"的题目，但在逐渐形成固定曲名后，人们再使用它们创作新的"歌"后，就成为一定曲调的调名。这种"调名"，就是后来所称的曲牌。

唐宋时期是曲牌发展的成熟旺盛时期。唐大曲中的许多曲名已是名正言顺的曲牌，而且变化发展日趋复杂或形成乐章。如唐人崔令钦《教坊记》中，载有曲名计三百二十五种，其中四十六种明确标为大曲，其余二百余种被后人称为燕乐曲，包括各大宫调及曲牌名，都有明确的记载。至宋代则更不用说，宋词的盛行出现了词牌的普遍流行，尤其宋金时期诸宫调问世后，其牌名、曲名和宫调名，则被后来的南北曲直接采用，不少曲调名成为名副其实的元曲曲牌。

曲牌的产生途径主要有两条。一是擅长音律者们的创作。古代擅于音律者不只在文人一类，上至帝王，下至乐工、歌伎，他们都有可能撰谱曲律，曲名或以事件、背景所记，或与唱咏内容相关，还有以所用调名而定。如

【黄聪子】,"太宗定中原时所乘战马也。后征辽,马死,上叹惜,乃命乐工撰此曲";【望江南】,"本名【谢秋娘】",或因其曲撰者为谢秋娘而得名(均见《乐府杂录》)。二是民间俚歌流行后或经加工所形成的歌曲。如【何满子】,乃何满子其人临刑时所唱之曲,其声哀婉,流行后遂成一曲牌(见《碧鸡漫志》);【叫声】,则是乐工采"诸色叫卖声""合宫调者"而加工成的乐曲(《都城纪胜》)。还有如【伊州】【凉州】【河西六娘子】等,则是某些地域音乐,以其地域命名而成的曲牌。

纵观元曲曲牌发展历程,在散曲形成阶段,其生成渠道,主要从宋词词牌,古代大曲、杂曲、唱赚曲牌,诸宫调曲牌,以及整理民间俗曲、民族乐曲等方面的吸取和利用。散曲艺术形成后,更多的曲牌则是历代散曲作家及乐工艺人的创制,是随着曲文学的不断发展而逐渐增加。总之,一个曲牌的产生和出现,要么意味着一首基本稳定形式的歌曲产生,要么是对已基本定型的歌曲给确定一个名称,以便乐工艺人演唱和便于文人再创作。

说到曲牌数量,不仅非常丰富,而且可以说是迄今为止,还没有哪一种曲谱能将所有曲牌收录完全。就相对完备者说,清代官修曲谱《九宫大成南北词宫谱》,共收录北曲曲牌581支、南曲曲牌1513支,共计2094支(另有二千余种变体)。但是,因为这本曲谱成书于乾隆前期,不说此前所有曲牌不一定已搜罗殆尽,就是此后二百多年还有出现的新曲牌它也无法收入。有人曾对《全元散曲》《全明散曲》《全清散曲》所附曲牌表对使用曲牌数做过统计,元、明、清(含民国)散曲一共使用了1593支曲牌(同牌异名和同牌分属南北曲及不同宫调未作统计),而且由于"北尊南卑"的历史偏见,仅就《全元散曲》《全明散曲》《全清散曲》这三本书而言,基本上是撇开了南曲,只收北曲,其统计数字显然不可为凭。就南曲说,因为南曲发展较为复杂,其曲牌情况除源于古曲形成的固定曲牌外,虽然元代无新创曲牌记载,但至明代随南戏兴盛而兴散曲和新创曲牌,尤其以"集曲"形式创作新牌名,至清代而不衰,南曲所用曲牌,实在难以计数。在此,仅以清初徐于室、钮少雅编撰的《南曲九宫正始》所录南曲曲牌数统计,全谱共十册,以唐代古谱《骷髅格》和元代《九宫谱》《十三调谱》为基础,共选收曲调1153支,正格之下又收变格942支,可谓集南曲曲谱之大成,但清代以后又创曲牌却不在其内。

二、曲牌的作用

曲牌的作用主要表现在音乐和文学两方面。

音乐方面：一是一首曲子有一个名字，并且标有所属宫调，是为方便称谓和提取使用。二是对于乐工和演唱艺人的演奏与表演歌唱提供曲谱依据。这是因为，一个曲牌对于其所示曲谱，有着其规定的唱腔、调式、板拍、音色、风格、感情色彩，以及因速度表现的轻重急缓等，都是乐工和演唱者为创造表演效果所必需的。

文学方面：对于文人而言，曲牌属于一种文体格式，是创作不同形式歌词的依据。这是因为，曲牌有着多方面的曲体要求和规定，如句数、字数、每句每字所用平仄四声，以及何处用韵、何处对仗、何处可用衬字，等等，文人创作都必须依曲牌规定行事。可以说，没有曲牌就无法进行散曲创作。

对于曲牌上述两方面的作用，音乐作用已逐渐削弱，除少数地方尚存南戏演唱还能谈曲牌音乐功能外，在散曲创作方面，基本上已成案头文学，其音乐作用完全消失，如今已基本上没有人能对散曲用曲牌音乐配乐演唱了。无论南曲、北曲，曲牌对于今天的创作意义仅在格律。

三、南曲曲牌特征

对于初接触南散曲的作者，都有一个南曲曲牌不顺畅的感觉。其原因，除使用不习惯或不熟练外，是不认识南曲曲牌与词和北曲的不同特点。尤其比较北曲，北曲自元代勃兴以后，因其体制简单，格式固定，且声律严格，句式较为律化，文人依规创作，故千百年间基本上无有逾越。南曲则以其灵活多变特点，难循规律，又因曲调受板拍限制，无论句式、声律等，容易让人摸不着头脑。其实，这些都是表面现象。应当知道，凡艺术都是有规律的，有规律就有可循之道。南曲就曲牌说，有着以下一些特点。

（一）因演唱声腔的"腔格"变化，带来曲牌句式的多样性。南曲在较长时期的流传中，多为戏曲所用，在"以腔传字"或"以字定腔"的影响下，曲调常随剧情内容和唱腔的需要而变化，其中句式的字数不等和多变则是常见现象，这就叫"腔格"影响。但是，它们也一样表现于格律的律化性。如"一字句"，有时表现为定格，有时表现为定字，如"也""嗏""呀"等，本为剧情中表现人物感叹的语气，到了曲体中当然应有其"定格"，这种定格，即来自唱腔"腔格"。还有从二字句，至五、六、七、八，乃至十多字为一句，它们在曲体中，一样既有其"腔"，又有其"格"，同时也有其律化的规律性。

（二）因演唱节奏的"板式"不同，带来曲调句读的特殊性。戏曲演唱与歌曲演唱一样都是要讲节奏的，所不同的是，歌曲演唱节奏只有单纯的音乐节拍，而戏曲演唱除音乐节拍外，还有为演艺所必须的"板眼"。所谓"有板有眼"，就是来自戏曲。南曲因"板"而有"板式"，又因"板式"而影响句读。曲调的板式是依据字节即节读来安排的，在依字定腔的演唱情况下，不同句法有不同板式，也就是字节不同，板位则有异。如一字节、二字节和三字节的首字，以及句末末字等位置上，通常多为板位。说明句法影响板式，板式又影响句读，所以以板位区分节读，是认识曲调句法的一个重要途径。另一方面，又有因多字句腔格变化而导致句法变异情况，必须严加区分。例如五字句和七字句，通常被认为是入律的"律句"句式，多以它们的"平平仄仄平"或"平平仄仄平平仄"的格律规范来认识句式，但南曲的五字句和七字句则不然，它们因受板式节奏的变化而多有变化。如七字句，在七律中，其句法通常为"上四下三"，曲句中的七字句，有时也宜"上四下三"，但其变化又或宜"上三下四"，或宜"上二下五"，以致还有"上一下六"等多种情形，如不认真区分，自然无法弄清其句读和读懂全曲，区别的方法，也全在板位。所以，对于南曲句式，我们切不可一概以"律句"句法等闲视之。

（三）因句段构成的曲调差异，带来曲牌变体的复杂性。所谓句段，即构成一首曲体文字的不同段落。如七律八句，通常仅以每一联的前后两句为一句段；词因长短句而有多句式和多段式，句段比诗复杂；南曲因腔格变化带来句段构成差异频繁，自然比诗和词又显复杂。南曲中还有因同一曲调的字、句、段发生变化而产生"变格"，称同一曲调的"又一体"，以致可能变成与同调不相干的另一种曲牌。如钮少雅在《南曲九宫正始·凡例》中说:"大凡章句几何,句字几何,长短多寡,原有定额,岂容出入?自作者信心信口,而字句厄矣;自优人冥趋冥行,而字句益厄矣。试就《琵琶》一记,夫句何妄增也?南吕宫【红衲袄】末煞,妄增一句,不几为同宫之【青衲袄】乎?夫句何可妄减也?南吕调【击梧桐】末煞,妄减一句,不几为同调之【芙蓉花】乎?夫字何可妄增也?仙吕宫【解三酲】第四句下截,妄增一字,不几为南吕宫之【针线箱】乎?夫字何可妄减也?正宫【普天乐】第一句上截,妄减一字,不几为双调之【步步娇】乎?"这些例证,是说因"一字增减,关系一格"的问题。所以南曲曲牌中的"又一格"特别多,我们当然不可妄意而为。除此,还有字节、句段、对偶、韵位等,它们在同一曲调中,既表现特性,又相互配合,由此构成该曲调所特有的音乐特征,如果稍有变异,都有可能影响曲调变化。所有这些,无论作曲或读曲,都要认真对待。

南曲曲牌特点,当然还表现于其他方面,比如衬字,不仅影响句式和句读,而且与北曲也有不同之处,此议后面自会讲到。就曲牌说,好在今天的创作与音乐无关,只要认其格律,以谱填字即可。

第五章 板拍与句式

板拍是南曲曲体句式构成的一大艺术特点。南曲制曲、度曲讲板拍，演员演唱讲板拍，散曲创作也不能不讲板拍。为示板拍的重要，特单立一章叙述。

第一节 板　拍

一、什么是板拍

板拍，又叫板眼、板式。且板是板，眼是眼。板眼对于曲体艺术，其基本含义是节奏，或叫节拍，是对南曲音乐节拍形式的通称。

板在曲中的位置称"板位"，眼在曲中的位置称"眼位"。就音乐节拍的强弱意义说，一般情况下，板位在强拍位置，眼位在弱拍位置。下面就板与眼的一些基础知识介绍如下：

所谓"板"，主要类别有三：一曰"头板"，指迎声而下的板位；二曰"掣板"，指击节于曲句腹部的板位；三曰"截板"，指煞于曲句尾部的板位。

板拍中又有实板、虚板、底板、赠板等许多称谓。"实板"，即"头板"，又曰顶板、正板、红板，指击板时打在乐音（或唱腔）发出同一时刻的板响，也就是"迎声而下"的板位；"虚板"，为"掣板"的一种，是指击板时打在乐音（或唱腔）未发出以前，或在乐音（或唱腔）发出后延续过程中的板响，故"虚板"又称"腰板"；"底板"，即"截板"，又称"绝板"，"绝"同"截"，"底板"实为截板，因其通常击于自由节拍的散板唱腔句末表示停顿，故称"截"；所谓"赠板"，又曰下板、黑板，指在上述三种板拍类别之外另有增加的板位，因其表现"相赠"之意而称"赠板"。赠板通常在原有板数上增加一倍，如一板三拍的"三眼板"，再增加一个"三眼板"，即由一个"三眼板"4/4拍式的4拍，增加为8/8拍式的8拍。

上述诸板式中，因截板多表现于自由节拍，"引子"是自由节拍，故引子每句尽处，多下一截板以表示句末停顿；赠板多表现于慢曲，抒情式唱腔通常为慢曲，故抒情句段多有赠板。

"眼"，亦分多类，一般有"一板一眼""一板三眼""有板无眼""无板无眼"四种。

"一板一眼"：节拍形式称"一眼板"，相当于现代音乐2/4拍式的2拍，板位在第1拍，眼位在第2拍；

"一板三眼"：节拍形式称"三眼拍"，相当于现代音乐4/4拍式的4拍，板位在第1拍，头眼在第2拍，中眼在第3拍，末眼在第4拍；

"有板无眼"：节拍形式称"流水板"，相当于现代音乐1/4拍式的1拍，每拍皆为板位，但不能理解为每拍都是强拍；

"无板无眼"：节拍形式称"散板"，也就是自由节拍形式。

凡板眼，在工尺谱中，都有特定符号作为标识。通常以"、"表示头板；以"└"表示虚板；以"一"表示截板；以"乂"表示赠板；以"○"表示正眼，以"△"表示腰眼，以"·"表示末眼，等等。

二、板拍的作用

板拍的作用，表现在舞台艺术和曲体艺术两方面。

板拍于舞台的作用，是通过"板眼"指挥来完成演唱与艺术表演的。在此的所谓"板""眼"，分别为两种击打乐器：板，又称"夹板"，由两块或三块特制檀木板串连而成，以夹板之声称"板"，一声一板；眼，实际是一种特制的小木鼓，称"报鼓"，报鼓之声称"眼"，一声一眼。演唱时，夹板、报鼓，连同大鼓，均由司鼓一人掌握，以"板"和"眼"合成的"板眼"，间或以大鼓的鼓点，指挥乐队与演员之间的科、白、唱相配相协以完成演出活动。执掌板眼的司鼓，实为一剧演出活动的全场总指挥。

板眼之指挥舞台艺术的一个实际意义，在于把握乐队与演员演唱时的节拍，是以徐疾强弱的节拍变化，调节剧情及演员情绪。其中，关于板眼表现强弱问题，我国现当代戏曲及音乐研究方面多有异议。有一种说法认为，板与眼在乐理中，只具有时值尺度（即速度）的意义，没有强弱变化功能，或者说，"板"不一定是"强拍"，"眼"不一定是"弱拍"。这种说法，只与西方乐理的所谓"心理感"联系在一起，并没有联系我国古代戏曲实践，如此认识是不全面的。其实，中国戏曲的板眼作用，有与西洋音乐"强弱"的类似之处，但不能完全等同于西洋音乐的"强弱"。中国戏曲板眼之"强弱"意义是称"紧慢"，"紧慢"就是节拍的密度和速度，其中即包含有"强弱"。清允禄在《新定九宫大成南北词宫谱·凡例》中说："曲之高下疾徐，俱从板眼而出。""疾徐"指速度快慢，"高下"即指声调强弱。如昆曲中的"赠板"，是在"慢曲"的慢板基础上再加以扩增而形成的一种板式，其节奏比慢板还要慢，旋律还更为舒缓和更富于感情色彩，而"中曲"和"急曲"则无赠板。这里说明的问题是，南戏之板眼，于行腔节拍说，是度量时间的辅助性支点，表现的是"速度"意义；于情感表达说，是给予演员表达情感发挥自如能力，表现的是"强弱"意义。所以说，以板眼表现的节拍，在中国戏曲中，具有表现演唱速度与声情强弱的双重作用。

板拍之于曲体艺术，虽说与舞台艺术有所区别，但从元曲的本质意义说，南曲曲体的文学创作，也应当一样有着腔格与节奏的要求。如王季烈（1873年—1952年）在其《螾庐曲谈·论板式》中所说："板于曲之节奏，关系至重，故制谱者须先定板式。板式既定，然后可注工尺。……不先定板式，则无从定腔格也。"说明板拍对于曲体的作用，一在节奏，没有节奏则没有句式，没有句式又何有曲体；二在腔格，因为节奏源于板式，没有板式又无从注工尺，由此也无从定腔格。况且工尺之意义在于音乐，腔格之意义在于宫调和格律，没有宫调和格律又何有曲体？所以王季烈从制谱说起，直至有谱和依谱作曲，都要遵循"先定板式"的规定。为了明白"先定板式"是怎么一回事，我们不妨先简略了解一下传统制谱的方式与过程。

这里说的"制谱"，当然是指原始的"创腔"，有如现代歌曲或戏曲创作，是面对一首歌词或唱词而为其谱曲，也就是新创作一支曲谱。传统的曲体制谱方式，通常可分四道工序。第一道工序是"点板"，即把正板"板位"圈点在创腔者认为最重要、最需要强调和准备展开的某一句唱词的"字"（或称"字位"）上，由此逐句定位而形成整个乐曲的基本结构；第二道工序是"定调"，"定调"就是选择"宫调"和依宫调"制曲"，其中确定调式和调高，是制谱的中心环节；第三道工序是完善"眼"的位置，"眼"的位置在板位（即音节）中，其实，在第一道"点板"确定"字位"的工序完成后，"眼"的位置已经原则上被确定下来了，此时所要做的只是完善声律，也就是平仄格式和用韵；最后一道工序就是"行腔"，是确定如何"唱"和"做"。至此，要说还有什么要做的，那就是考虑曲成后如何唱得更好，是给行腔者留有再创作的发挥余地。

由此可见，要制作一首曲子，点板（即确定板位）是第一位的，点板完成即是一支曲调的框架完成。昆曲改"以腔传字"为"依字定腔"后，在编撰选本度曲时，通常只标注板眼，不标工尺，就是因为板式是曲调的基础，有板有眼了，整支曲调的曲字位置也就有了。所以说，"曲之高下疾徐，俱从板眼而出。板眼斯定，节奏有成"，"曲之分别宫调，全在腔板。……有字数句法虽同，而腔板迥异，即截两调。"（清允禄等编《新定九宫大成南北词宫谱·凡例》）

综述板拍一说，即一首曲成，必先有板，有板才有腔，有腔才有调。一板之失，不是变成另一宫调的曲调，就是没有宫调可考而不成曲调。正因为板拍的重要，所以历来有编撰南曲曲谱者，在每一曲牌名下，都必注有该曲牌的板数。

第二节　板拍与句式

明王世贞在《曲藻》中说："北力在弦，南力在板；北宜和歌，南宜独奏。"说的是，北曲多表现"和歌"式演唱，南曲多表现一人独唱，故南曲尤其强调"字正腔圆"，一板一式都特别讲究。根据这一特点，南曲创作或演唱当然要十分重视板拍与句式和与唱腔的关系。

说南曲板拍与句式的关系，表现形式在节奏，在音节；但落到实处，则在组词，在字声。这是因为，音节由字组成，字有字声，说明字与字声的组合，是板拍对于句式腔格带来影响的重要因素。南曲板拍与句式关系的原理，主要在以下几方面。

（一）与汉字四声的关联。汉字区分"平、上、去、入"四声，且四声又各分阴阳，说板拍与汉字四声的关联，是除"四声"外，同时又有与四声阴阳之间的关系。所谓"四声阴阳"，即指汉字四声皆有"开口音"与"合口音"的区别。这种发音的区别，对于演员在演唱时的声调直接产生影响，由此也就带来曲调腔格和板拍的变化，故作曲者不能不引为高度重视。例如明沈璟《南九宫十三调曲谱》【黄钟·赏宫花】曲下注云："（该曲）第一句若第一、第二字用平声，则第四字亦可用上声，若第二字欲用仄声，则第四字切不可仄也。"其道理就在因字声开口音与合口音的区别，以及它们在语音连接上的阴阳关系。

（二）与曲调句式的关联。曲的腔格是由曲的句式来固定的。曲体为长短句体，凡一曲调之成，全在该调当有几句，各句当有几字，以及何处当用韵，何处不当用韵，由此而成一定曲调的腔格，是不能随意增减一字一句的。钮少雅在编撰《南曲九宫正始》过程中，指出了多处不能随意增减一字一句的问题。比如前面有提到的，如果将南吕宫【红衲袄】末煞随便增加一句，就与同宫的【青衲袄】相似，将南吕宫【系梧桐】末煞随便减少一句，就会变成了【芙蓉花】；将仙吕宫【解三酲】第四句下截增一字，就成了南吕宫的【针线箱】，将正宫【普天乐】第一句上截减一字，就成了双调的【步步娇】，等等。这些情况的发生，就是因为随意增减一字一句带来的句式腔格变化问题。所以钮少雅说："凡歌曲必先正其文句，而又合调依腔，方为正体。"（《南曲九宫正始·凡例》）

（三）与曲调节读的关联。节读即字节，是句式的构成形式之一，且与腔格直接相关。也就是说，在一定的句式中，如果其用以构成句式的字节有所变异，就有可能变为"又一体"，其原因就在于不同的句法有不同的板式，字节不同会带来板位有异。说明节读之句法，也必须以确定的板位为原则。这里以七字句为例，七字句常有"上四下三"和"上三下四"的不同读法，只因为其句法有别，虽说同为"七字句"，其板式却不可能一样。如吴梅先生在《曲学通论》中指出:"一调有一调句法,当视板式为衡。如七字句,有宜上四下三者,有宜上三下四者,此间分别,都在板式。盖上四下三句法,如'锦瑟无端五十弦',其板在'无'字、'五'字、'弦'字上,读之如一句诗。若'五十弦锦瑟年华',则板在'十'字、'锦'字、'年'字,而于'华'字下用一截板,见得此句已完,故作者当知句法,句法一误,无从下板矣。"

(四)与曲调句段的关联。句段即段落,一支曲子,无论从文体还是乐体上说,都是由若干个句段组成,句段变化也一样会引起曲调腔格的变异而或成"又一体",所以句段也是决定腔格的一个重要因素。那么从文体上说,如何认识和区别曲体的句段呢?其方法,当视分句与分句之间的关系如何。因为或一句段,或二句段,或三句段,以至或四句以上多句段等,它们在句与句的关系上,都会表现一定的连接关系。如或陈述顺序关系,或前后因果关系,或并列对称关系等,都得视句段内容而定。在此,只值得指出一点的是,对于曲体的句段划分,切不可像对待诗和词那样,简单地以韵脚划分。因为在曲体中,韵脚重点是表现演唱者在演唱时的声调和谐,也就是重点在腔格,其与文体的关联,却又不完全是一回事,故有时可以以韵脚划分,有时则不可以韵脚划分。

南曲板拍与句式的关系,由于腔格的原因,会产生多种变化,这也是与北曲表现的不同点之一。

第六章 声 律

所谓声律，简言之，即字声，或曰作曲的平仄调谐之法。散曲为曲牌体，曲牌体即格律体，格律体之首法当讲平仄字声；然散曲格律与诗、词格律不同，且南曲又与北曲有异。本章重点讲述南散曲格律之声律。

第一节 声律由来与运用

声律对于曲体的基本意义，与诗、词一样，是依据不同腔格格式，将不同字声的汉字在曲句中作恰当位置的安置和协调。只因为诗、词、曲体裁形式的不同，以及汉字发声的复杂性，对于它们的字声安置，自然就有了许多不同的规范与规定。为此，我们首先得了解汉字声律的由来。

说声律由来，当先说汉字的声律本质。汉字的声律本质，一言以蔽之，就是汉字读音的"平、上、去、入"四声之别。虽说汉字"四声说"是南北朝时期沈约等人提出来的，但其四声声律本质，却是自汉字产生之时就已经存在的事情，无非只到南北朝时期被沈约等人"发现"而已。与此同时，因为汉字四声的不同发声和吐音，它们各有其声调高低和升降的不同声值，表现了汉字自身所具有的音乐属性，并且蕴含着丰富的声情。汉字自身所具有的音乐属性，为历代诗歌艺术所利用，包括自隋唐以后诗、词、曲等音乐文体的产生，也都是以不同字声的相协和组合而成就艺术。所有这些，说到底，也就是汉字四声的不同搭配。

汉字之所以有"四声"，是我们祖先的伟大创造，其基本成因，当然是因为汉语字声与人体发音器官的关系，是由字声组合而形成语言相联系的结晶。在古代，艺术家们根据人体发音器官——唇、齿、喉、舌、牙五种，提出了汉字读音的"五音"之说；又因"五音"皆分"清浊轻重"，即有"开口音"与"合口音"（又称"闭口音"）的区分，"开口音"与"合口音"的区别，即语音的"清""浊"之分。于是又有了汉字读音的"阴阳"之说。说"平、上、去、入"四声皆分"阴阳"，即指它们皆有"开口音"与"合口音"的"清""浊"区别。

对于艺术创造，汉字的声律本质是一个方面，重要的是对汉字声律本质的运用。因为诗歌的艺术本质是为了"歌"和"唱"，长期以来，为求得有不同艺术效果的"歌"和"唱"，人们自然又会从字声的不同组合与相谐中，进一步寻找和发现字声与音乐运行的不同规律，于是就产生了曲调与曲谱，就有了"声律"和"格律"。

在对汉字声律本质的运用中，最早形成韵体文学的是唐诗，称"近体诗"。近体诗根据汉字"四声"形成声律，分"平仄"二声，却不分"阴阳"，其平声之"阴平""阳平"，是因为平声字太多，只依"开口"与"合口"的"清浊"之别，区分"上平声"和"下平声"。"上平声"与"下平声"即为"平声"；上、去、入三声为"仄声"。近体诗是以"平仄"二声的循环更迭方式形成一种诗体。接着是词，词由诗的齐言体而变为长短句，一个重要区别是声律起了变化。如有一种说法称："这种由齐言转变而来的长短句，多是从和声发展而来的。"是说为了丰富曲调的旋律，齐言诗在传唱中添加了和声，初时和声有声无词，后人为借腔填词，就在和声处填上了实词，如此一来，齐言体就变成了长短句。这种说法，从声律变化角度讲，是有一定道理的。只因为词与诗的演唱方式不同，其声律运用自然与诗不一样。词的声律除有"平仄"二声交替更迭外，又因曲调的不同而区分"上""去""入"三声。如李清照在《词论》中说，词"分五音""又分清浊轻重"，又说，"本押仄声韵，如押上声则协，如押入声，则不可歌矣。"说明词的声律本来是很严的。后人因不识其详，有填词者，只按前人词谱格律规定"依声填词"，也就算"合律"了。

声律发展到散曲阶段，发生了较大变化。散曲声律不仅辨"五音"，辨"四声"，而且要辨"阴阳"，以致因受剧曲影响，还须辨"腔格"和"板式"。也就是说，散曲的声律运用，不仅事关"四声""阴阳"，而且还牵扯到演唱者吐词吐音时，上一字与下一字的关联，以及整句唱词的"揭起"和"抑下"等，南曲还关联到"板"与"眼"。所有这些，看起来是够复杂的。其实，散曲声律的这种"复杂"性，一样有其规律可循。从总体上说，散曲声律是与诗词同样的"诗言志，歌永言，声依永，律和声"。（《舜典》）其"声依永，律和声"，就是指任何一种乐体所特有的乐理规律，遵其声律（或曰腔调与旋律）就是遵其乐理规律。具体地说，核心点就在曲调与字声的关系上。下面就以汉字四声"阴阳"问题，说说散曲字声与曲调声律的关系。

最早提出汉字读音区分"阴阳"之说的是周德清。周德清在《中原音韵》卷首《自序》中说："字别阴、阳者，阴、阳字平声有之，上、去俱无。上、去各止一声，平声独有二声：有上平声，有下平声。"故而将平声区分"阴平""阳平"，提出汉字"阴、阳、上、去"的四声划定。其做法是取消入声，将入声派入平上去三声。由此，周德清则出现一个自相矛盾的问题，即依周德清的说法，平声分阴阳，上去入三声不分阴阳，那么仅就入声说，分派到上去二声中的入声不分阴阳，而分派到平声中的入声又为什么区分了阴阳呢？说明周德清的"平声独分阴阳"是有点不妥的。所以周德清提出平声独分阴阳后，即引发了当时曲学界，尤其是南曲家们的许多议论，虽然也有对周德清独平声分阴阳说法表示支持，但多数则表示反对，一个较普遍的认识是，"平上去入"四声皆分阴阳。

汉字"阴阳"说，原理在汉字读音"清声"与"浊声"语音声调的"揭起"与"抑下"。所谓揭起，指声调上扬；所谓抑下，指声调下抑。由于我国幅员广大，各地语音不一，尤其南方与北方语音差别更大，所以在汉字读音"清"与"浊"的区别上，又存在着错综复杂的关系，并且由此带来四声"阴阳"的众说纷纭。

对于汉字四声阴阳问题，周德清后，元末明初，乃至明一代，声律家们提出了许多方面的不同看法。如清代徐大椿说："字分阴阳，从古知之。宋人填词极重，只散见于诸家论说，而无全书。"（《乐府传声·四声各有阴阳》）清王德辉、徐沅澄说："四声皆有阴阳，惟平声阴阳人多辨之。上声阴阳判之甚微，全在字母别之，曲家多未议及。入声阴阳，《中州全韵》

分之甚细，可以触类旁通。至于去声阴阳，最为要紧，轻清为阴，重浊为阳。"（《顾误录》）对于去声，徐大椿还认为不仅要区分阴阳，而且要注意到南曲去声阴阳与北曲去声阴阳有着不同的特征。至于入声，王骥德在《曲律·论阴阳》中又说："以入声作平声，皆阳。夫平之阳字，欲揭起甚难，而用一入声，反圆美而好听者，何也？以入之有阳也。盖字有四声，以清出者，亦以清收；以浊始者，亦以浊敛，以亦自然之理，恶得谓上、去之无阴、阳，而入之作平声者皆阳也！"问题只在"清出者以清收"与"浊始者以浊敛"之间。事情确实如此，汉字四声皆有阴阳，且与南北吐音与收音有别相关。以"白"字为例，北曲"白"字定作平声，南曲"白"字却定作入声，是因为南北语音收发音不同的原因。正因为如此，在南方，入声吐之即收，语音短促，是为入声；若吐音时值延长，语音趋于平缓，又或可为平声与其他，故入声在南曲演唱中又可分别代为"平、上、去"三声，是谓"入代三声"。

汉字四声分阴阳之议，虽说最终难有认识上的统一，但就平声分阴阳论，从南曲与北曲声律方面的区别分析，较普遍的认识，基本上同意明王骥德所说："周氏（德清）以清者为阴，浊者为阳。故于北曲中，凡揭起字皆曰阳，抑下字皆曰阴。而南曲正尔相反。南曲凡清声字皆揭而起，凡浊声字皆抑而下。"（《曲律·论阴阳》）也就是说，在平声分阴阳方面，北曲以清为阴，以浊为阳；南曲则以浊为阴，以清为阳。就上去入三声说，依据汉字四声发音特征："平声平稳悠长，起伏不大；上声声音低沉，多起伏变化；去声调值最高，有高亢激越特色；唯入声腔格短促，出口即止"，则应以徐大椿所言"字分阴阳，从古知之"较为符合汉字语音实际，且更切南曲声律所用。综上所述，散曲四声之"阴阳"论，是散曲语言声律的一大特色，尤其作为南曲，从严格意义说，不仅应讲"平上去入"四声，而且该当区分四声阴阳。

第二节　南散曲声律

由于南曲与北曲的紧密关联，在声律方面，它们有不同之处，又有相同之处。故此，与其单独说南散曲声律，不如先比较南北曲声律差异情况更能说明问题。

一、平声辨阴阳方面。"平分阴阳，仄别上去"，这是作曲通例。这里只说"平分阴阳"，南北曲却有较大差异。说其差异，也就是前面提到的，南北曲平声"阴阳"涵义的不同，是因其字声"清浊"之"揭起"与"抑下"的不同。北曲以清者为阴，浊者为阳，揭起字皆曰阳，抑下字皆曰阴；南曲则恰恰相反，是以清为阳，以浊为阴，揭起为阴，抑下为阳。这是因为，南方语音一般是清音声调平缓，浊音表现先扬而后抑下。也就是说，南方语音之浊音，在收腔时有"敛收"之意。

二、仄声别上去方面。与"平分阴阳"一样，在"仄别上去"通例上，南北曲也是一致的。但北曲"取消"了入声，南曲不但有入声，而且是其声律重要特征之一。这是因为，南方语音自古至今一直有入声，以南方语音为基础的南曲，当然也必有入声，而且北曲为"入派三声"，南曲相反为"入代三声"。所以"入声说"是南北曲声律的又一重大差异。

三、"搭声"方面。所谓"搭声"，即曲调字声之间的平仄搭配与相协。南曲与北曲，在搭声方面，也有着许多的不同。南曲之搭声，有如王骥德在其《曲律》之"论平仄第五"和"论阴阳第六"中，总结出的"南曲声律四法"（李昌集《中国古代散曲史》第132页）所云如下。

（1）平仄阴阳：谓"曲有宜于平者。而平有阴阳；有宜于仄者，而仄有上去入"。

（2）仄声："宜上不得用去，宜去不得用上。宜上去不得用去上，宜去上不得用上去。"唯有入声，"又施于平上去之三声，无所不可。大抵词曲之有入声，正如药中有甘草，一遇缺乏，或平、上、去三声字面不妥，无可奈何之际，得一入声，便可通融打诨过去。"

（3）阴阳搭声：宜揭处用阳，抑下处用阴，"倘宜揭也或用阴字则声必欺字；宜抑也而或用阳字，则字必欺声。阴阳一欺，则调必不和。"

（4）平仄相搭："阴字宜搭上声，阳字宜搭去声。"

以上"四法"，可谓南曲平仄声律搭声之要义，与北曲相比较，其不同之处主要在三点。

一是阴阳的"揭起"与"抑下"方面，北曲"揭起处"用"阳"是以"浊"者为阳，南曲"揭起处"用"阳"是以"清"者为阳；又因为南北曲存在有无入声的区别，"北调以协弦管，弦管原无入声，故词亦因之。若南曲，则原有入声，自不可从北。故凡"揭起调"皆宜阴、宜去、宜扬，"纳下调"皆宜阳、宜上、宜抑。"（明孙鑛《与沈伯英论韵学书》）

二是仄声搭配方面"上声"的特殊性，又有"宜上不得用去，宜去不得用上"的特定要求。说南曲上声的特殊性，是因上声处四声之"平"声和"去入"声之间，其发声形式是先下降而后上升，表现出声音低沉又多起伏变化的腔格特征，其声调，较"平"声而略高，较"去入"声又略低，上声虽归属于仄声，却最难掌握。如清李渔说：四声中"惟上声一音最别。用之词曲，较他音独低，用之宾白，又较他音独高"。南曲仄声之所以有"上去"二声之辨，意义与"平声辨阴阳"一样，上声声调与阳声声调一样为揭起，去声则为抑下，只在曲调为"转音""起音"或"过渡"处，起到与平声阴阳的"搭声"作用。

三是入声使用方面，南曲入声可搭配平上去三声而无所不可；北曲入声入派三声实为分别固定于三声之中而不可随意相搭。以上所说南曲几点搭声之法，北曲都是不存在的。

四、关于南曲"入代三声"与北曲"入派三声"。如上所述，南曲入声有如"药中甘草"，可用于平上去三声而无所不可，故南曲声律有"入代三声"之说。所谓"入代三声"，指入声表现于腔格中与平上去三声的相代和于曲韵中与平上去三声通押两方面。换句话说，也就是，入声可以在南曲曲调中的任何位置使用。南曲入声之所以有如此功能，是因为入声字出声急促，且声音低哑，其刚吐字出声时，尚作入声，一旦出声后，便转为三声。如清徐大椿在《乐府传声·入声读法》中说："盖入之读作三声者，缘古人有韵之文，皆以长言咏叹出之，其声一长，则入声之字自然归之三声。"

北曲"入派三声"则完全不同。有人说，南曲"入代三声"之法是受北曲"入派三声"影响才有的。事实恰恰相反，入声之可以读作三声者，系"缘古人有韵之文"就有的，而且为演唱作腔需要，"入代三声"早为南戏所用，是以入声吐字出声时的急促低哑，与南戏细腻婉转的唱腔不合，而以入声出声后便转为三声，又与其细腻婉转唱腔相合的运用。周德清在《中原音韵》中所排列的北曲"入派三声"，正是根据南曲的唱法转用于北曲而不是相反。综上而说南曲"入代三声"与北曲"入派三声"的不同主要有二：一是南曲入声字的腔格有断腔，出口即断；北曲入派三声后无断腔，其腔格与所派定的字声腔格同。二是南曲入代三声所代字声不固定，只随曲谱需要而代之；北曲入派三声后其派入的字声固定，字声腔格则随派入而变。

五、腔格与板式方面。南曲板式要求严格，定调必先定板位，有称"无板式则无腔格"，所以板式对于南曲的声律变化，起着至关重要的掌控作用。北曲则不同，北曲也讲板式，但北曲板式不定，称"呆腔活板"。说北曲"呆腔活板"，是指北曲可视曲字多少确定板位。也就是说，北曲板位可以灵活移动，不像南曲那样板位固定，所以北曲板位对曲调声律控制不严。在此可以说到板式与衬字的关系，为什么北曲用衬字比南曲用衬字多？是因为北曲对增加的衬字可以加板，南曲则不可"以衬加板"。如清黄振指出："衬字，北曲视南曲较多。盖北曲以气行腔，稍多数字，与歌喉无碍。若南曲过多，不免促腔赶板，与本调音节大有关碍。"（《石榴记·凡例》）

通过上述南北曲声律的比较，对于南散曲的声律要求，应是十分清楚了。不过，只因为当代作者对南曲了解甚少，常习惯以诗词声律规范来看待散曲，甚至以诗律"平平仄仄平平仄，仄仄平平仄仄平"的律化公式来附会散曲，自然是错误的。为利于作者掌握南散曲声律规范，从写作实务出发，特提出南曲声律辨认方法如下。

首先是识别曲牌。这是动笔之前就要想到的事。南曲曲牌有着两方面的显著特点：一是曲牌名相同者甚多，不仅不同宫调中有名称完全相同的曲牌，而且即使在同一宫调的引子与过曲中，也有相同名称的曲牌，但它们的声律（或曰"格律"）却因腔格的不同而完全不同。二是南曲曲牌变体甚多。所谓变体，即俗称"变格"，南曲称"又一格"。南曲变体，少者一二种，多者十余种，甚至二十余种。它们在声律上大都不是同一回事。钮少雅在编订《南曲九宫正始》搜集各种曲牌时说，对许多同名曲牌，不仅要勘别小令，同时要勘别套数，绝不"此收彼置"，并举例说："【吴小四】，南吕调固有，九宫商调亦有"，"【耍鲍老】之不黄钟而中吕，【永团圆】之不中吕而黄钟",都是"有定在而偶他趋,此等自可按籍而稽也"。(《南曲九宫正始·凡例》"严别"第8页)钮少雅编订曲牌都如此"严别",我们在使用曲牌时何能不认真辨别之!

第二,辨认句式。所谓句式,即一首曲调(曲牌)中每一曲句的构成形式。钮少雅在《南曲九宫正始·凡例》之"严别"一节中说:"大凡章句几何,句字几何,长短多寡,原有定额,岂容出入?自作者信心信口,而字句厄矣;自优人冥趋冥行,而字句益厄矣。"(同前第9页)说明辨明句式,以致辨明每一句式中的每一句字,对于用好曲牌是何等重要!这是因为,散曲的句式,既有不同曲牌之不同曲调规定,同时又受演唱时板拍腔格控制,任何曲调的曲句组成都是不同的,所以我们不能以律绝句式固定的构成方式来看待南曲。比如前面有说"七字句"与律绝的不同,还有诸如一字句、二字句、三字句、六字句、八字句以及十字或十字以上等不等句式,不辨明每一曲句的句式,我们则无法下笔作曲,而且犹当明确曲句中每一音节的单元构成及其组合形式,并分别对照与它们相对应的曲谱,才知道整首曲调的声律是怎么一回事。如何做到这一点,一个最简单的办法,就是细读每一支曲谱下所示的范曲。

例如,南戏《杀狗记》中【南中吕·行香子】有句曲词与格律对照为:

日有阴晴,月有亏盈,叹人无久富长贫。

平上平平,平上平平,去平平上去平平。

句式构成为:

日有/阴晴,月有/亏盈,叹/人无/久富/长贫。

平上/平平,平上/平平,去/平平/上去/平平。

第三句平仄,如按七言律句"上四下三"论,则毫无道理可言,按范例划分字节后为"一二二二"式,情况就大不相同。

再如:南戏《拜月记》【南南吕·步蟾宫】有句曲词与格律为:

分别夫妻两南北,谁念我无穷凄楚?

平平平去上平平,平去上平平平上。

句式构成为:

分别/夫妻/两/南北,谁/念我/无穷/凄楚?

平平/平去/上/平平，平/去上/平平/平上。

两句皆七字，亦不可按七律对仗句式上下相论。

散曲中，还有重叠句式、对偶句式、排比句式等，都要在分析范曲辞义和细辨句式前提下知其声律。

第三，识别平仄。对此，钮少雅在《南曲九宫正始·凡例》之"臆论"中有多种要求。一曰"论审音"："有似仄而平者，如《拜月亭》【排歌】'叫地不闻天怎应'，能知'应'字平、去二音一义，则可不捩声；有似平而仄者，如《冻苏秦》之【猫儿坠】'教世态炎凉莫轻寒儒'，能知'轻'字去、平二音一义，则不至改字。"二曰"论用字"："音虽平仄二途，而上、去相隔天渊，如平煞之穷，或以上声代之，以上声轻清，与平不甚相远也。若疑上为仄音，直换去声，则不叶甚矣。然平声亦有必不可以上声者，此义不可不辨也。"（同前第10页）说明识别平仄有多种特殊情况，当慎之又慎。于此，还有严别入声字问题。南曲中，入声字有其本来定位，又有"入代三声"之变化，尤其"以入代平"者甚多，二者切不可相混。对于南曲的"入代三声"，有其一定特征，作曲时必须明察：一是南曲入声无闭口，入声代作三声时不可作闭口唱；二是因南曲入声无"收音"，代作三声时不宜作韵脚；三是因入声与上去声同属仄声，若入声代平声而与上去声搭配连用，则分不出平仄，此种平仄相错搭配处，不宜以入代平。

第四，识别句读。所谓句读（音"豆"），即"句逗"，俗称"断句"。句读是文言文辞休止、行气与停顿的特定呈现方式，有如现代白话文标点符号的统称。古诗文不标标点符号，完全凭读者自己的"句读"方式进行断句，所以极容易错"断"句字，是如韩愈《师说》之所说："句读之不知，惑之不解，惑师焉，惑不焉。"散曲本为长短句，又有格律的严格规范，有"有从未之句而句之者"与"有从未之读而读之者"（同前第12页），故其句读之难是可想而知的。不过，如今的古诗文读本，都经过了规范的句读，总体来讲，是不需要再行句读的。这里所要求的，是因不少散曲的个别句式中，仍有标点符号错误，尤其有顿号与逗号、逗号与句号的不明或相混之处，包括曲句中的音节停顿等，都极容易产生对声律的误读，所以仍必须十分注意。

第五，识别韵位。韵密和平仄通押，是南曲用韵的一个特点，重要的还有多种用韵情况的变化。如就韵位划分句段说，南曲没有如诗和词那样明显的以韵位分句段，也就是说，南曲有的句段有多韵位或句句用韵，有的句段末本该是韵位却反而不用韵；有的句末本该"应韵"却又"失韵"，或者因文辞的原因而"借韵"；有的句末本来"不必"用韵反而又用了韵。尤其有一种特殊韵位叫"韵后煞"，即在韵位后面还连有句字。如【南南吕·醉江月】曲调第四句，句式为"平平平上去平平上"，《南曲九宫正始》所列范曲内容是"（到）如今（西风）金井坠梧叶也"（明传奇《双忠记》），韵位在"叶"字，韵后却多了一个"也"字，"也"即为"韵后煞"。"煞"者，句尾也。钮少雅在曲下有注曰："韵下以'也'字煞者为正"，"'也'字必不可换也。"（《南曲九宫正始》第405页）也就是说，这里的"也"字是"定格"，凡以此谱作曲者，均必须如此，"也"字也"必不可换"。遇到这种情况，我们切不可以为此句"无韵"。尽管南曲曲韵较为复杂，但无论怎么说，任何诗体都是以声韵而唱和谐的，散曲也一样，一首散曲完成后，读一读从句式字声到韵脚，看其是否和谐、通畅、自然，也不失为检查格律是否相协的一个办法。

第六，识别衬字。衬字是于格律外增加的辅助性用字。如上例"【南南吕·醉江月】"范曲曲句中的"到""西风"，就是衬字。关于衬字，下文专立一节记述，在此只提醒不要将衬字误入声律而论句式，那样将会把整首曲子的声律全搞乱套了。

第三节　犯曲与声律

犯曲（即集曲），是南曲体制的一种特定形式，相关内容前文有述。因为犯曲系由不同曲调，甚至不同宫调的句式组合而成，必然带来声律的一些特殊情况和要求，故此特作如下一些相关介绍。

关于犯曲声律，清张大复在其《新定南九宫十三摄曲谱》"犯调总论"中是这样要求的："犯者，音之变也，亦调之厄也。凡作者，不论本宫他调，必先审腔之粗细，调之抑扬，拍之疾徐，必使有头有尾，有起有收，切忌双头二尾。须过搭处无痕，高低合调，音不觉换而暗移，声不觉转而自变。不费人力，暗得天巧。……所忌者，前紧后缓，粗细不称，大小不合。短调要趋跄，长调要段数，或二犯，或三犯，至十二犯、十六犯、三十犯。非出别理，以叶为主，非图取奇也。吟哦必当细心炼句，不可淹草。歌者即以碍口，听者焉能赏心。厄箫管，劣嗓子，徒费精神，毋添蛇足。"

张大复此说，可谓将犯曲声律要求讲得十分清楚，其要点是：

（一）犯曲所选曲调在声情上须相同或相近。也就是说，不同曲调的相犯，是在保持所犯曲调腔格主要特征基本一致基础上的相犯和组合。腔格特征的主要内容是声情，同宫调曲调声情相同，所以犯曲多以同宫相犯。如用不同宫调相犯，其声情最多只在"相近"，所以"借宫"相犯，总觉心有不安。

（二）曲调安排忌"前紧后缓"。忌，就是"不能"。是说，在一首犯曲中，所选各曲调连接的次序，须按节奏的紧慢为序。即先缓后紧，节奏缓慢的曲调居前，节奏急促的曲调居后，不能"前紧后缓"。

（三）忌双头二尾。指犯调整曲结构章法问题。与诗、词一样，散曲亦须讲究"起承转合"章法，犯调因相犯多调，极易出现多"引"或多"尾"，是与"起、收"章法不符，故犯调无论曲调或文辞，都须做到章法统一，"有起有收"，不可出现"双头二尾"，或"无头无尾"。

（四）做到"过搭"无痕。所谓"过搭"，指每两支曲调之间的衔接；所谓"无痕"，指毫无搭接的痕迹。是说前曲与后曲衔接处的平仄、句式、节奏等格律方面，都必须协调、妥帖，做到无突兀不平之感。

还有其他细节，如曲调高低要合、韵脚必须相叶（押）、演唱不觉碍口等，都必须充分注意。不要画蛇添足，枉费精神。

综上所述，犯曲决非随心所欲，毫无章法。尤其在声律方面，一样要循规蹈矩，以律而行。

第四节　衬　字

衬字是曲体文学区别于其他韵体的一个重要特征。所谓衬字，是指曲中除格律规定用字之外另增加的字。"衬",即为"陪衬""衬垫"之意。

首次提出"衬字"命题并加以论述者,是元代曲学家周德清。他在《中原音韵·作词十法》中几次论及衬字,有时称衬字为"衬垫字"。如"衬垫字,套数中可摘为乐府者能几?每调多则十二三句,每句七字而止,却用衬字加倍,则刺眼矣。倘有人作出协音俊语,无此节病,我不及矣。"是指出当时杂剧作品中有多用"衬垫字"让人"刺眼"的毛病,于此第一次有用"衬垫字"(即"衬字")的提法。明代王骥德《曲律》"第十九"《论衬字》说:"古诗余无衬字,衬字自南北曲始。北曲配弦索,虽繁声稍多,不妨引带;南曲取按拍板,板眼紧慢有数,衬字太多,抢带不及,则调中正字反不分明。"

衬字的产生,与元曲音乐性质有关。李昌集先生在《中国古代散曲史》中说:"严格地说,北曲本无所谓'衬字';同样严格地说,南曲有'衬字'。"(《中国古代散曲史》第143页)说的是"北力在弦,南力在板",是因为"弦"和"板"的音乐特质不同,所以有"北曲本无衬字"和"南曲有衬字"的区别。其道理,明王世贞在《曲藻》中讲得更清楚,他说:"凡曲,北字多而调促,促处见筋;南字少而调缓,缓处见眼。北则辞情多而声情少,南则辞情少而声情多。北力在弦,南力在板。北宜和歌,南宜独奏;北气易粗,南气易弱。"是说,南曲有严格的板眼,南曲衬字是在确定板眼外所增加的字或词,与占板眼的"正字"相对照,才称其为"衬",才是真正意义上明确的"衬字"。北曲也有板式,但北曲板式不固定,而且增衬字亦可增板,其相对于板眼说,是无所谓"衬"与"不衬"。只是在长期的创作实践中,北曲衬字反而比南曲衬字多,又多见增句,而且有见衬字和增句比正字还长的作品。如清代姚必成的小令《【仙吕·混江龙】和哀江南曲》长达74句,计720余字,大部分是衬字。还有清人朱冠瀛的一首散套《【仙吕·点绛唇】客中杂感》第二支,增句在一百四十句以上,一曲长达一千余字,简直有些荒唐。其实,这些"增字""增句"式的"巨无霸"作品,都不属"正品",多为即兴或为游戏而为之事。

衬字的产生,又与演唱者演唱和文人创作有关。如清查继佐《九宫谱定总论》云:"曲之有衬字,作者于此见长,唱者于此见巧。"《钦定曲谱·凡例》也指出："每曲字句多寡，音声高下，大都不出本宫调，而填者之纵横见长，歌者之疾徐取巧，全在偷衬互犯，谱中不过成法大略耳。在善用谱者神而明之，斯无印板之病。"这就是说，对于演唱者来说，一方面，为显示演唱技艺特色，丰富曲调腔格，以取得较好的舞台效果，在保持曲调基本腔格前提下，于正字之外有添衬字；另一方面，为了保持唱腔或语意的顺畅而添加衬字。而且演唱者添加衬字，只在"疾徐取巧"和"偷衬互犯"，有即兴偷减或添加之意，至于曲谱中是不会全部照录的。

散曲有衬字对于文人作者来说，其表现，一是借助衬字来增强语气，强调情感的表达；二是用衬字来描摹景色和修饰事物，增强其形象性和立体感；三是使文意通顺，容易上口；四是增强曲文的口语化和通俗性。故此，衬字的功能主要在：一是对正字起修饰、润色、限制等作用。二是充实文意，使文意更加活泼和增强表达功能。三是增强曲的通俗化、大众化程度。四是有助于演唱者的情感表达。所以衬字多为虚词和口语词。

虽说周德清是首创"衬字"说者，但却不赞成使用衬字。如前有说，"用衬字加倍，则刺眼矣。……无此节病，我不及矣。紧戒勿言，妄乱板行。"王骥德也反对用衬字，他说："世间恶曲，必拖泥带水，难辨正腔。文人自寡此等病也。"（《曲律·论衬字》）所以王骥德提出散曲佳作的标准是："格调高，音律好，衬字无，平仄稳。"（《曲律·论衬字》）不过，周德清、王骥德本人，他们所作散曲，不用衬字者只占极小比例，绝大部分作品也都是有用衬字的。从历史上使用衬字的实际情况看，一是剧曲用衬字较多，散曲用衬字较少；二是套曲用衬字较多，小令用衬字较少；三是北曲用衬字较多，南曲用衬字较少；四是元明清以来，越是初期用衬字越多，越到后期用衬字越少。可见，对于散曲用衬字，看似是其特征和规律，但越是创作水平提高，用衬字则越是十分讲究和精到。

下面重点介绍南散曲衬字使用性质和要求。

首先，"衬字"对曲调表现音乐和文学具有双重意义。从音乐意义讲，衬字可以使演唱显得活泼和有变化；从文学意义讲，衬字可以对"正字"起到一种修饰作用。所以说，对于散曲，衬字不自成句，也不扩充新意，其主要功能在加强口语化，以致可以说，衬字只是"正字"的一种附属品。

第二，因为南曲有确定的"板眼"，是以"板眼"表现"正格"而见"衬"。南曲"正格"声律是极鲜明的，"衬字"不占腔板，只在"正格"确定板眼之外，具体点说，是加在一板（眼）之前的字。所以说，南曲衬字有其独特性和要求，不可一概与北曲同论。

第三，因为衬字在本质上隶属于音乐概念，尽管散曲也有"清唱"功能，但其音乐属性毕竟早已走向淡化，加上散曲衬字本来比剧曲少，所以散曲创作当尽量少用衬字，或不用衬字。至于少到什么程度，根据南散曲历史上的使用习惯，称"衬不过三"。也就是说，南曲用衬字，一个曲句用衬不能超过三个字。这种说法，虽说于创作实际不完全如此，但却突出了南曲用衬较少的特点，而且基本上没有"衬句"，更没有一篇中的衬字字数超过正字的情况，这几方面是应当充分肯定的。

第四，关于衬字的使用位置。南曲衬字通常只用于句首、句中，不能用于句末。这是因为：其一，南曲板眼要求严格，句末又为截板，衬字在板眼之外，截板之"截"后，当然更不可再有衬字的位置；其二，南曲韵密，句末多为韵脚，韵脚是"正字"，当然不能用衬字充当；其三，句中用衬字，只为"搭声"所需，通常也只以用一字为佳；其四，南曲引子一般不用衬字，因为引子为散板，只在每句末加一底板，如引子加衬字，会改变引子腔格细腻和"腔多字少"特征。

第五，关于衬字词性问题。因为衬字的文学意义，只对"正字"起修饰作用，或为加强口语化，又有"衬不占板"原因，所以散曲衬字的词性多为虚字，或修饰性词组。用于句首的衬字，有时也可以用实字或实字词组，却也只如同"领字"作用，用在句首，是为表现引领全句的意义。用于句中的衬字，可根据不同曲句的具体内容确定，如写景状物可用像声词、形容词、数量词，或动词加副词的状语词组，记事抒情可用名词、代词，或形容词等定语词组，而且多为三字或四字足够。

根据以上衬字性质和要求，我们可以归纳出南散曲用衬字应当遵循的几条原则：

（一）尽量少用衬字，或不用衬字；

（二）衬字只用于句首或句中，句末不用衬字；

（三）不因用衬而增句；

（四）衬字多为虚字，只为补充或修饰文意所用；

（五）南曲引子多不用衬字。

至于如何分辨一首散曲中何为正字，何为衬字，通过上述用衬原则，我们可以总结出一个简单的方法，那就是，只要将曲句进行句子成分划分，在找出其主语、谓语、宾语后，剩下的大多就应该是衬字了。

第五节　关于入声字

由于南曲与北曲的一个最大区别，是有无"入声字"问题，又因为在当代传统诗词创作与理论研究中，入声字问题已成为人们认识争议上的一个焦点，而且日见有全面取消之势，同时鉴于入声字在南散曲声律应用中的特殊意义，我们不能不专门讲讲入声字问题。

一、入声是中华民族骨子里的声音，无法取消。人类有很多民族，各民族有各民族不同的语言和文字；不同民族的不同语言和文字的形成，都是源于它们赖以生存和发展的不同原始基因。所有这些，都是刻在它们骨子里的东西。我们的祖先发明了汉语和汉语言文字，并且由此有了汉文化，其"造声"和"造字"之初，尽管还不知道有"四声"之说，但其语音发声及其高低、升降、长短的变化特点和形成声调，却是从其发声之初就已经定下了其基调和表达方式。说汉字四声只从南北朝时期才有，那只是南北朝时期沈约等人"发现"了汉字四声，而不是"发明"了汉字四声。要说汉字四声历史有多长，那就是，汉语言和汉语言文字历史有多长，汉字四声的历史就有多长。由此我们可以这样认定，中国汉字"平上去入"四声，是老祖宗的语音原生态，是在"娘肚子"里的时候就有的。至于说在漫长的历史长河中，汉语语音发生了变化，但对于这种"变化"，我们首先要看到的应是其发展和改良，而不是某种程度上的"取消"和"变态"。汉字语音的原生态形式是"平上去入"四声，这是中华民族骨子里的声音，是任何力量也无法改变的民族基因。

二、入声在现实生活中的客观存在不可否定。汉字"平上去入"四声，是自中华文明创立以来的我国本土文化,至少到南宋时期是不曾有"变化"的。也就是说,汉字有"平上去入"四声,是一个有着数千年历史文明的文化现象,后来之所以有说有无入声问题,时间也只到元代元人"入主中原"以后。其当时的情况,一方面,是因元人语言基因与汉族语言基因的差异,他们无法以"平上去入"四声精准区别汉字读音;另一方面,是因元人统治阶级对汉人的奴役政策,强令在其统治下的北方区域,实行其因政治强化需要的语言统一。还有就是,元建都大都(今北京),大都是其政治文化中心,统治时间长达160余年,长时间的语言习惯,自然也就形成了如今人所称的"北方语音"而不可改变,是如满清统治阶级强令汉人留辫子,结果至清亡,一些习惯了留辫子的汉人,宁死也不肯将辫子剪去一样,都是一种习惯作用。所以,北方语音无入声,论时间,从元灭金的1234年至新中国建立的1949年,也才700余年;论区域,也只在北方的一部分地区。

这里尤其要强调的是我国现实生活中的入声使用情况。直到今天,我国南方广大地区,以及旧时所指"中原"地区,还一直保持有入声。如王力先生在《诗词格律》一书中谈到"入声"问题时说:"现代江浙、福建、广东、广西、江西等处都还保存着入声。北方也有不少地方(如山西、内蒙古)保存着入声。湖南的入声不是短促的,但也保存着入声这一个调类"(《诗词格律》第8页),"中国大约还有一半的地方是保留着入声的"(同前第13页)。也就是说,我们虽然不能以狭隘的民族偏见,有如明徐渭说周德清编《中原音韵》是"为胡人传谱"(《南词叙录》),却也不能视历史渊源和今日客观存在于不见,说取消入声就取消入声。不顾事实的强说取消,不仅无法面对现实,而且我们还可以大胆地说,一万年以后,中国汉语入声也"取消"不了。

三、入声在传统诗歌艺术中的原生态形式不容改变。说汉字的原生态特征,除其区别于世界其他任何语言文字的象形、表义、会意等特征外,还有一个重要方面,是汉字四声所特有的音乐属性。所有这些属性特征,融合到一起,就是汉字的科学含量,而对于这些科学含量的运用,其表现最早和最广泛的莫过于我国古典诗歌。例如,自《诗经》以来诗歌的"依字声为韵",古代大曲、歌舞的"依字声为调",隋唐之际的近体诗"依字声为律",宋词的"依字声为歌",直至元曲(南戏)的"依字声定腔",等等,可谓把汉字的原生态科学特征,运用得淋漓尽致,从而造就了我国古典诗歌的庞大阵容和浩如烟海的艺术经典。这一切事实的存在,一个根本原因,就是有汉字四声,其中自然也包括"入声"的独特功能,是因汉字四声而形成的千变万化以至无穷的艺术声律。

上述汉字四声的原生态科学特征,就"入声"说,其功能不可小觑。以传统诗词为例,入声之于诗词,是因为入声一发即收的短促发音特点,不仅利于表达感慨、愤懑、坚韧、痛苦等艺术情绪,而且在诗词声韵协调中,极能起到调节声调抑扬与起伏的作用。近体诗方面,如王之涣《登鹳雀楼》:"白日依山尽,黄河入海流。欲穷千里目,更上一层楼。"其"日""入""目""一"四个入声字,分置于全诗四句每句一字,在全诗平仄声调和旋律掌控中,其作用可谓见峰见谷,击地有声。在词的声调运用中,入声字作用更是非同一般。如苏轼《念奴娇·赤壁怀古》、岳飞《满江红·怒发冲冠》、毛主席《忆秦娥·娄山关》等,其所用入声韵,对于虽凄厉而又悲壮,虽沉郁而又激昂的特殊情感的表达,可谓再无他法能够替代。当古典诗歌进入到元曲时代,是因为汉字四声产生戏曲曲牌体,才有中国之纯粹戏曲,是因为有汉字四声与戏曲腔格的结合而有声腔演化至今,其中,南曲在四声运用中的"入代三声",表现了其灵活多变的字声功能,包括元代后期南北曲大交流中,北曲受南腔影响致北曲几乎被"唱讹",也有入声的特殊作用在其中。

四、"入派三声"于传统诗词创作没有普遍意义。中华诗词复兴以后,围绕传统诗词声韵是否保留入声问题,虽说经过了一段时间的争议,但在某些主管部门的意志下,还是取消了入声和行之以"阴阳上去"四声,即以元代周德清的"阴阳上去"法,代替了数千年来汉字的"平上去入"四声,表现的是以"入派三声"统领当代诗词学汉语语音体系的普遍意义,这种认识和做法是不正确的。为什么这样说?理由如下:

其一,周德清订《中原音韵》,将汉字"平上去入",以"入派三声"方法,改变为"阴阳上去",无论其意义如何,是有其当时特定社会背景和艺术环境的。周德清是元末人,元末元杂剧已走向衰落,又经南北曲大交流，南曲走向兴盛，周德清担心北曲失传和被南人唱讹，为挽救北曲而订《中原音韵》，故《中原音韵》有"为北曲设"之说。但其"为北曲设"，用明徐渭的话说，是"为胡人传谱"（《南词叙录》）。徐渭的话虽说有点难听，却也许是当时的事实。元人去掉"入声"，只认"平、上、去"三声，是因胡人入声难学而"简学汉语"的法子。说明周德清作《中原音韵》，既为适应胡人"简学汉语"需要，却又不敢擅改汉字"四声"千古之名，也未可知。

其二，周德清订《中原音韵》，独将平声分"阴阳"，缺乏对汉字四声音质的全面认识。用一句简单的话说，就是四声皆分阴阳，不能独谓平声。周德清的做法，在当时已遭到众多反对，前文已有论述。说周德清缺乏对汉字四声音质的全面认识，在此只重复清王德辉、徐沅澄所说："四声皆有阴阳，惟平声阴阳，人多辨之。上声阴阳，判之甚微，全在字母别之，曲家多未议及。入声阴阳，《中州全韵》分之其细，可以触类旁通。至于去声阴阳，最为要紧，轻清为阴，重浊为阳，……去声宜高唱，尤须辨阴阳。……属阴声者，则宜高出，其发音清越之处，有似阴平，而出口即归去声，方是阴腔。……属阳声者，其音重浊下抑，且送不返，取其一去不回，是以名去。然初出口不妨稍平，转腔乃始高唱，则平出去收，字面方能圆稳，所谓去有送音者是也。"（《顾误录》）周德清本人也说当时"呼吸言语之间，还有入声之别"，却又搞了个"入派三声"，说明周德清独将平声分阴阳理论，有较大成分的个人认识。

其三，周德清的"入派三声"，有为北杂剧行腔顺当的目的。因为入声"音促"，易使行腔有中断感，又因为平声分"开口"与"合口"，北方语音不能"开合同押"，合口字不能为韵，故将入声分置于平上去三声，又以区分"阴阳"的办法，将平声的"开口音"与"合口音"分开，实为不因字声发音有伤北曲演唱声调。以此意义说，有如近代曲学大师吴梅在《南北词简谱卷首·诸家论说》中所说：入声"偶然派作三声借叶，北音不得已也，两曲皆可入谱而平仄异，则从其顺。当者毋以文词为取舍致伤于调"。所以周德清是从北曲板腔不固定出发，为"从其顺"做了一件"不得已"而为之的事情。

综述此议，要说周德清"入派三声"有什么意义，最多也只在用北方语音作北曲以求合声调，除此之外，则无别说。然而，连周德清本人也许不曾想到的是，他的一时一事之用，到了今天，竟成了要求凡传统诗歌创作无分南北的统一"定律"，而且昔日"入派三声"的所谓"派入"，今天倒变成了"取消"，实在是不应该有的事情。

五、文化艺术中入声的存在与推行普通话无关。当代主张诗词声韵取消入声字的最大理由，莫过于说为了与推行普通话保持一致，或者说，是因为普通话没有入声，诗词声韵也要取消入声，这种理由是不能成立的。道理很简单，所谓普通话，本是在承认和保留各地地方语言的同时，为全国政令畅通和便利人文交流所使用的共同语言；国家推行普通话，从来没有一切文化艺术都必须"统一"使用普通话的规定。从推行普通话意义说，历史上的历朝历代，都有过他们的"普通话"。例如，我国古代存在时间较长的洛阳"读书音"，秦代称"雅言"，就是古代的普通话。孔子弟子三千，来自全国各地，孔子用以教学的语言就是"雅言"。"雅言"称"读书音"，又称"正音"，到了明代称"官话"。"官话"（包括今天的普通话）是政府统一的为办公读书所用的官方语系；有"官话"就有"民话"，"民话"就是民间语言，或称地方语言，而且从事物发展规律出发，是先有"民话"而后有"官话"，没有"民话"则无所谓有其"官话"。"官话"之对于"民话"，最多只是一种对应存在，或者是因"推行"而存在的关系。任何文化艺术都是劳动人民创造的，或者说首先是在民间创造的，民间艺术用民间语言，是其本能，也是其规律，成为艺术后就是其原生态；作为艺术的原生态语言，应当遵其本色，为什么要反过来服从经推行作用下的"官话"呢？唐诗、宋词是民间产物，元曲更是由民间产生，南曲与北曲最根本的区别，就在于它们所用南北语音不同和由此而形成的不同原生态艺术特征，有没有入声就是南北曲特征的重大区别之一，从尊重艺术出发，历朝历代都没有改变它们原生态语言特色，历代"官方语系"也从来不介入文化艺术，非但不介入，而且中国历史上的"四大读书音"，相反都是借用诗韵而为官话语音标准，它们分别是隋代《切韵》、唐代《唐韵》、宋代《广韵》和明代《洪武正韵》，它们既是诗韵，又是官话语音。既然如此，今天我们行诗韵，又为什么要反过来用汉语拼音普通话来改造诗韵和改造艺术呢？诗词是艺术，包括散曲，都是传统的文化艺术，传统艺术之"传统"，自然也包括其语言声韵之"传统"，这是它们传统的原生态形式和特征，如果传统的原生态形式和特征被改变，或说被破坏，那还叫什么传统文化和传统艺术？

说文化艺术语言与推行普通话无关，我们还可以借鉴当代其他艺术的使用语言情况，比如当代戏曲艺术。众所周知，无论古代戏曲或现代戏曲，其声腔形成都与汉字四声以及与源流发生地的地方语音紧密关联，它们的声腔一旦形成后，其所用语音，就融入了其血脉，构成了其肌体，并且形成了其千古不变的艺术特色和魅力。比如，越剧用的是浙江嵊州和上海方言语系，昆曲用的是苏州方言语音，秦腔用的是陕西、甘肃一带的"梆子腔"语系，黄梅戏用的是安徽安庆地方语系，更有京剧语音的"尖音"和"团音"就在于有没有入声，它们各成体系，代代相传，至今不变。还有曲艺方面，例如同为快板形式的山东快书和天津快板，山东快书用山东话，天津快板用天津话。所有这些，如果都一律改用普通话，那还叫艺术？

无数事实证明，汉字入声与汉文化肌肤相连，血脉相融，呼吸相通。入声对于汉字的意义，不止在诗词，不止在南曲，入声是汉语言学和汉语声韵学的重要组成部分，它体现了中华文明的久远与深博，入声的现实存在，更标志着传统文化基因的存在，标志着弘扬传统文化的正当其时。正因为今天的普通话没有了入声，故我们不但不应鄙视入声和轻言"取消"，而且相反应当加强学习和研究，尤其要教育年轻一代知道入声，掌握入声。否则的话，在不久的将来，我们的子孙，将无法读懂古文化，同时也不会有传统文化完整意义上的传承。

第七章 韵 律

严格地说，韵律应同属于声律，是韵体文学声、韵、调的总称，或者称之为韵体文学旋律的构成。只因为韵体文学的最早形式是诗，诗的最早形成方式是押韵，有韵才叫诗，所以后来人们对韵律的认识，基本上只指用韵。尤其在当代，由于西方自由体新诗的引入和盛行，新诗不讲押韵，对比传统诗词的用韵，韵律又是"中国诗"区别于西方新体诗的一种明显标志。凡"中国诗"，是没有不讲押韵的。散曲是中国传统诗歌形式之一，当然必须讲韵律。

第一节 从口语押韵到韵书

诗体称韵体，是因为押韵。诗之有韵，读起来朗朗上口，易记易背，这是诗歌为什么总被人们喜爱和容易被流传的一个重要因素。但中国诗的用韵，伴随诗歌的发展，一路走来并不容易。

中国诗最初时的用韵，只以口语语音为韵，也就是说，一首诗的写成，只以顺不顺口、好不好听为标准，或叫以"顺口""好听"为韵。包括《诗经》《楚辞》、汉乐府、古体等，它们的用韵，基本上都表现为以口语语音押韵。但是，只因各地语音不同的原因，这种以口语语音押韵，在某地可能"顺口""好听"，到了另一地却不一定"顺口"，也不一定"好听"，这就叫"各行其是"，没有规范。为了用韵规范，或叫统一标准，便产生了韵书。以韵书行天下，就有了用韵的规范。

我国汉语诗最早的韵书，是魏代李登所编的《声类》和晋代吕静编的《韵集》。只因这两部韵书各存偏颇，不被流行。至隋代，陆法言总揽前代韵书特点，编写出《切韵》。《切韵》是当时韵书集大成之作，也是我国现存较早和较为权威的一部韵书。

《切韵》成书于隋元寿元年（601年），是根据南北朝时期沈约等人发现汉字四声所著《四声说》，将汉字按不同读音区分为一百九十三个韵部。到了唐代，诗人及学者们根据汉魏以来的语音变化，对《切韵》进行了相关变通，由孙愐编订了《唐韵》，计一百九十五个韵部。北宋时陈彭年在《唐韵》基础上又编订了《广韵》，经修订称《集韵》，增为二百零六个韵部，也基本保留了《切韵》体系。至宋金时代产生了"平水韵"，但"平水韵"，有两个版本，且基本上产生于同时代。一是宋理宗宝庆三年（1227年），时任平水书籍（官名）的王文郁，将《广韵》所分韵部合并简化编写出《平水新刊礼部韵略》106韵，因其官任"平水"而简称"平水韵"；二是宋理宗淳祐十二年（1252年），平水（今山西临汾）人刘渊又编成《壬子新刊礼部韵略》107韵，后被人删简一韵，也是106部，因其籍贯平水而简称"平水韵"。至于现今仍在使用的"平水韵"是哪个版本，历来有说是刘渊所编版本，但据现代考证，刘渊编《壬子新刊礼部韵略》已经失传，现今仍在使用的"平水韵"当是王文郁编《平水新刊礼部韵略》。至清代，产生了多部韵书，有康熙年间专为科考所用的官方韵书《佩文诗韵》（"佩文"是康熙的书斋名），有专供文人作诗选取词藻和寻找典故所用的《佩文韵府》，又有收有大量诗词典故和旧体诗常用语词的《诗韵合璧》，以及由戈载编订的《词林正韵》等。这几部韵书，也基本都以《切韵》为源头编成，尤其《词林正韵》，虽说是专为填词所用的"词韵"韵书，却不过为放宽诗韵，重新归并韵部为十九部，实际是对诗韵"平水韵"的一种归纳。上述韵书，以"平水韵"和《词林正韵》影响为最大，尽管其声韵与现代语音存在较大差异，但因为清以后再无韵书，故这两部韵书也就一直为当代文人所沿用。

第二节 从诗韵到曲韵

上面说的从《切韵》到"平水韵"等韵书韵律的演变，基本上都是就诗韵而言，从诗韵到曲韵的演变，再到曲韵的规范，则相对较为复杂。

首先从韵书用韵意义说，无论诗韵、词韵或曲韵，说韵书中的所谓"韵字"，其实包含了"用韵"和"用声"两方面。也就是说，凡韵书中区分四声的所有韵字，在用于诗中韵脚押韵时称"用韵"，在用于诗中句子每一字的格律平仄时则称"用声"。唐以前的诗歌只讲"韵"，不讲"声"；唐代格律诗产生后，句中有了"平仄"要求，包括诗中押韵句的韵脚也讲平仄声，所以又有了"声"的规范。由此，韵书的意义就有了"叶韵"与"定声"两种功能。

"叶韵"与"定声"的同时使用，仅限于同为格律体的诗、词、曲三种诗体，但因为诗、词、曲三种诗体有着不同的格律规范，所以，它们的"用韵"与"定声"，又经历了从诗到词、到曲的演化和细化，以致散曲又须区别南曲与北曲。所以无论哪种诗体，它们从韵到声的韵律变化，自然比单纯"用韵"要复杂得多。比如，近体诗仅分平仄二声，词出现后，虽说也分"四声"，但总体说，与诗差别不大。散曲则不同，散曲分南曲与北曲，南曲区分"平上去入"四声，北曲区分"阴阳上去"四声。如此"定声"的不同，自然带来了中国古典诗歌在声韵学方面的复杂性。

说从诗韵到曲韵的演变过程，先说从诗韵到词韵。唐代近体诗的用韵，初期依《切韵》，《唐韵》产生后依《唐韵》。词体出现后，在很长一段时期里没有单独的词韵，同样是以诗韵为韵。最早出现的词韵，是北宋末年朱希真提出的应制词韵"十六条"，清代出现了不少专门的词韵，却又各说己长，最后以戈载取诸家之长编定《词林正韵》而通行。但《词林正韵》是对"平水韵"的一字未增和一字未减，只是将"平水韵"的106部，归并为十九个韵部，其中前十四部按平、上、去三声顺序，将"平水韵"的各韵部韵字，归并到同一语音基本相同或相近的韵部，后五部单列为入声部。如此归并后，同部韵字通押，如"一东"与"二冬"，"三江"与"七阳"，它们在"平水韵"中，都分别分属两个不同韵部，不能通押，《词林正韵》将它们归并到相应的一个韵部后，却可以通押。如此一来，词的用韵限制就放宽了，而且今人也有用《词林正韵》作诗，亦指放宽诗的用韵。《词林正韵》同时将原"平水韵"个别同一韵部中的语音不同情况作了分部处理，如"九佳""十灰""十三元"，其所属韵字之间，用现代语音读法，不少韵字似乎完全不同，《词林正韵》作分部处理后，较为接近现代语音习惯。

从词韵到曲韵，就没有这么简单了。曲较之诗和词，除了四声定声和用韵在方法上相同外，在所依韵书方面，则与诗之"平水韵"和词之《词林正韵》基本没有关系，可以说是"另起炉灶"了。

从渊源上说，曲韵是由诗韵和词韵发展而来的。元曲前期没有专门的曲韵，人们只"自由"创作，至元末《中原音韵》产生，才有曲韵之说。

《中原音韵》是我国现今已知最早的曲韵韵书，为元人周德清所作。《中原音韵》的音韵系统划分，没有前代曲韵依据，却也不是周德清个人的发明，其体系形成是对当时已大量存在的元曲作品用韵现象进行归纳、总结，并且多以"元曲四大家"等名家用韵为规范。当时有不少曲学家也做了如周德清同样的工作，也编有曲韵韵书，只因周德清的《中原音韵》较为完善，而且其内容不只是纯粹的韵书，同时还有《正语作词起例》《作词十法》等曲学理论总结和记述，所以后来唯《中原音韵》得以推崇。

说曲韵的产生，也不是一蹴而就的事，同样经历了逐步规范和统一的过程。就北曲说，原分为乐府北曲与俚歌北曲两大类，是因为它们在曲调之间存在不同语言风格的缘故。周德清在《中原音韵》中说："有文章者曰乐府，无文饰者谓之俚歌，不可与乐府共论也。"俚歌北曲系随弦乐器伴奏，用近于说话的节奏与旋律演唱，其旋律有很大的随意性，不必严分字声，故俚歌北曲无统一的曲韵；乐府北曲采用依字传腔方式演唱，十分重视字声与唱腔的关系，须严分字声，故必须确立一个统一的字声标准。周德清的《中原音韵》正好适应了乐府北曲的用韵需要，就成为"曲韵"。所以说今天的北曲，乃是元代的乐府北曲之一派。

说《中原音韵》适应了北曲的需要，并非说《中原音韵》是专为北曲而作，而是事关南北二曲。周德清本人在《中原音韵·正语作词起例》中说："入声派入平、上、去三声者，以广其押韵，为作词而设耳；然呼吸言语之间，还有入声之别。"说明周德清作《中原音韵》的出发点，一是为"广其押韵"，二是"为作词而设"。如李昌集先生所分析说："《中原音韵》本'为作词而设'，其依据为'前贤'北曲作品，而不是对北方音系的全面整理。"（《中国古代散曲史》第124页）只后来被人平添了一个"北"字，成了"专为'北词'而设"。其实，历史以来，用《中原音韵》作南曲者也不在少数，甚至可以说是一个普遍现象。

单就南曲曲韵说，实可谓命途多舛。虽说周德清《中原音韵》之"为作词而设"，其"词"包括了北曲和南曲，是整个曲坛曲韵的奠基之作，但在人们的意识中，却总认为是专为北曲而设的韵书；后有《洪武正韵》出，又因《洪武正韵》本系为当时政治需要所立的"官话"语音标准，不是专为南曲编修的韵书，而且"终明之世，竟不能行于天下"。（李东阳《怀麓堂诗话》）所以，南曲总呈"韵系无定"和"各地竞以方音为韵"（李昌集《中国古代散曲史》第126页）。

关于南曲的用韵情况，在南戏形成初期，其曲调多来自民间歌谣，谈不上"韵"，只在南戏进入都城杭州后，始有"约韵"之说，也就是以沈约的诗韵为韵。周德清作《中原音韵》后，人们多以《中原音韵》为韵。至明初，《洪武正韵》产生，《中原音韵》也与《洪武正韵》一样同时为南曲所用。如钮少雅编《南曲九宫正始》所用元明南曲作品范例，其表现的基本上都是依《中原音韵》为韵。为使南曲用韵有所规范，明代曲学家们做了大量工作。最早提出对南曲用韵的规范问题，是嘉靖年间的魏良辅，他在对昆山腔的改革中，提出用一种标准语音来纠正南曲的方言土音之讹，接着是梁辰鱼作《浣纱记》传奇，提出南曲曲文与演员所念、唱的语音必须采用天下通行之语，以及有沈璟、王骥德等人也提出了许多相关方面的理论，只是在应以哪一种语音作为南曲曲韵语音基础问题上意见难统一，其间尽管产生了多种韵书，如魏良辅的《南词引正》、沈璟的《南词韵选》、沈自晋的《南词新谱》、徐复祚的《南北词广韵选》、王骥德的《南词正韵》、范善溱的《中州全韵》，至清代又有毛先舒的《南曲正韵》、周昂的《增订中州全韵》等，都只因南北曲语音有别原因，为各依何韵问题，有过较长时间的多种意见和争议。这些争议，虽说难有结论，但最终还是以沈宠绥留下来的"北叶中原，南遵洪武"影响为最大。

虽说"北叶中原，南遵洪武"说法名气较大，但在当时的创作中却未得到较普遍认同。尤其入清后，由于清王朝的"仇明"统治意识，《洪武正韵》被禁止使用。清人沈乘麐在广泛参考前代的各种南北韵书基础上，将南北曲韵的特征共同融合其中，又编撰出南北曲韵合用的《韵学骊珠》一书。有资料说："《韵学骊珠》综合了南北曲韵，故直到今天，还被南北曲的创作以及演唱奉为用韵的规范。"（俞为民《中国古代曲体文学格律研究》第435页）事实上，《韵学骊珠》在现当代曲学界很少有人知道，自《洪武正韵》在清代被废止以来，人们创作南曲还是多依《中原音韵》。

南北曲曲韵问题究竟应如何规范？只因为南北语音有别不可改变，还是如李昌集先生所说："韵系一端，南北曲本各循天籁，然北曲之韵系由《中原音韵》总结在先，南曲初借之而用，待《洪武正韵》出，遂依《洪武》，南北韵系渐分二途。"

第三节　南曲曲韵特点

南曲作为曲体的一种，无论戏曲或散曲，其用韵规则都是一致的。南曲因南方语音复杂，除常有用方言入韵外，就总体而言，与北曲用韵特点基本相同。主要表现为：

1.平仄通押。指一篇曲作中，同属一韵部的韵字，无论平声仄声，都可以通押。

2.一韵到底，不能换韵。即在同一首作品中，无论篇幅长短，只能用同一韵部的韵字相押，中间不能杂用他韵部韵字。

3.韵密。这里的"韵密"，是相对诗词通常为隔句用韵特点而言"密"。散曲用韵言"密"，是不受隔句用韵的限制，而且没有一定规范，有时甚至一首作品可以密至每句都用韵。曲韵韵密的原因，主要因为曲是用来唱的，韵密更显和谐动听。

4.不忌重韵。所谓重韵，是指一首作品中，同一韵字可以出现两次或两次以上。诗与词不能重韵，尤其近体诗，不仅不能重韵，而且在一首作品中通常不能出现两个相同的用字。散曲不忌重韵，重韵对于散曲，虽说不能视为普遍现象，但却可以不像诗词那样视为大忌。

曲韵中还有一种"独木桥体"，即通篇韵脚均用同一韵字相押。不过，这种现象只是一种游戏性质的体式，不必引以为范。

第八章　曲谱与韵谱

曲谱表现声律，韵谱表现韵律，本可分别置于所属章节表述。为便于学习者就其渊源、沿革及运用有所侧重了解，特从操作实务出发，将其同置一处另立一章介绍。

第一节　曲　谱

曲谱，即曲调格律谱。曲谱是曲调的宫调、句式、字声、板式、韵位等曲体格律的具体体现，是散曲创作格律要求的准绳和依据。一支曲谱（或曰"曲牌"），就是一种格式和一个曲调。创作散曲依曲谱填词，没有曲谱，或不遵曲谱，则无从谈曲。

一、曲谱的产生与演化过程

曲谱的产生，其原因是多方面的。从渊源说，因为元曲的产生和形成，与唐诗、宋词，与大曲、诸宫调等都有关联，那么，元曲之有曲谱，也应与这些艺术形式相关。不过，从元曲自身说，因为元曲分南北二曲，其曲谱的产生，自然又有它们各自的形成和发展过程。

说曲谱的产生，首先应当分辨"曲谱"有"音乐谱"和"字声谱"两个概念。所谓"音乐谱"，是指将一定的唱词付于演唱时所用的音乐曲调；所谓"字声谱"，是指完全脱离了演唱形式的字声声调。

元曲的最初产生，可以说是什么"谱"都没有的。如元曲最早形式的南戏，只是以村坊小曲为"腔"的一种声腔，前人有"腔"，后人有"唱"，只以"字"合"腔"就行，所以这时的"曲"，根本谈不上有"律"和有

"谱"。但当这种以民间曲调为形式的"戏曲"进入文人创作后，人们很快发现，"此皆用尽自己心，徒快一时意，不能传久，深可哂哉！深可怜哉！惜无有以训之者！予甚欲为订砭之文以正其语，便其作，而使成乐府。"（元周德清《中原音韵·序》）这种"为订砭之文以正其语"，就是曲谱产生的第一个过程。

"为订砭之文以正其语"的过程，就戏曲说，即由"腔"入"调"的过程。作为最初时以戏曲为表现形式的"曲"，是戏曲形成一定音乐体系的开始，戏曲音乐体系逐渐发展成为有固定曲律形式的各种戏曲声腔后，也就有了为演唱服务的戏曲"音乐谱"。但是，任何音乐文体在起始时，文与乐总是相谐相合的，只是随着音乐文体的流传，文体与乐体出现分离后，其作为乐体的"音乐谱"，情况则发生了变化。在文体离开乐体之初，文体作家还能依乐体声律作文体，但时间久了，乐体声律意识淡化了，人们对其声律腔调也就不熟悉了，这时的文体创作，自然只能按照前人合律的唱曲为模板，以前人文体辞章的字声所表现的句式、平仄、韵脚而形成声律，这就是所谓"字声谱"的开始。今天我们能见到的所谓"词谱""曲谱"，其实都是仅区别汉字四声的"字声谱"。

按理说，只有将"字声谱"与"音乐谱"结合时，才成其为"曲"，当"字声谱"与"音乐谱"分离后，其本质意义自然有很大区别。如宋王安石所说："古之歌者，皆先有词，后有声，故曰'诗言志，歌咏言，声依永，律和声'。如今先撰腔子，后填词，却是'永依声'也。"（宋令畤《侯鲭录》）但是，尽管"永依声"与"声依永"有很大区别，后来人们作曲填词，却也必须依声律而行规范，切不可由人任意妄为。例如，北曲在元代兴盛时期没有曲谱，只因为那时的作家精于创作，演员擅于演唱，"习之者多，善之者众"，"出口成法，属耳为师"，人人熟悉曲律，可以不必有"谱"，但他们却一样必遵其"律"。尤其文人参与创作后，他们继承了宋人因词配乐方式，采用依字声定腔的形式作曲和度曲，曲律要求一样是很严格的。只是到了元末，北杂剧开始衰落，其流行的范围和程度大大减小，此时的元曲，并非人人皆习，曲律也渐见生疏，由此便引起当时戏曲理论家们的重视，他们开始了对北曲曲律的考订工作。其中，周德清在元代泰定年间所编撰的《中原音韵》，就是在这样的情况下产生和受到推崇的，而且因其内容不只在编订曲韵，还有相关理论著述，所以《中原音韵》不仅是第一部曲韵韵书，而且是第一部曲学理论专著和第一部曲谱。

南曲曲谱同样经历了从"声依永"到"永依声"的演变过程，结合南戏曲律的演变实际，就是从"依腔传字"到"依字定腔"。初期南戏以民间歌谣曲调方式传唱，即"依腔传字"，也就是"声依永"；至明代魏良辅改革昆山腔，改"依腔传字"为"依字定腔"，就是"永依声"。魏良辅采用乐府北曲依字声定腔的演唱方式，提出"五音以四声为主"，曲调的宫、商、角、徵、羽等乐律由汉字的平、上、去、入四声来决定，是为"欲语曲者，先须识字，识字先须反切"。（王骥德《曲律·论平仄》）"盖切法，即唱法也。"（沈宠绥《度曲须知·字母堪删》）对于演员学习唱曲也只"调平仄，别阴阳，学歌之首务也"。（清李渔《闲情偶寄·授曲第三》）这种"调平仄，别阴阳"的定式，就是如李渔用比喻说的，是如同"妇人刺绣"的"花样"和"依样画葫芦"的"样子"。这种所谓的"花样"和"样子"，就是所谓的"曲谱"。

二、南曲曲谱沿革

南曲之有曲谱，始于元代天历（1328年—1330年）年间刊刻的南曲《十三调谱》和《九宫谱》，这是目前所知道的两部最早的南曲曲谱。但两谱在明代就仅存曲目，其体制是否完备，已无法考见。推其渊源，当与宋词、唱赚及金诸宫调有关。从现存南曲谱看，体制较完备的，当首推明蒋孝的《旧编南九宫词谱》。

蒋孝，毗陵（今江苏常州）人，明嘉靖二十三年（1544年）进士，授户部主事，著有《蒋户部集》。王骥德称其为"好古博雅之士"，"其书世多不传"。蒋孝的《旧编南九宫词谱》，是在《九宫谱》基础上编撰而成的。在当时，因《十三调谱》所收曲调，有一些在实际运用中已被废置，所以蒋孝只依《九宫谱》所列曲目编谱，将《十三调谱》的曲目只附于《九宫谱》后。蒋孝的《旧编南九宫词谱》共列曲调478曲，每一宫调分引子、过曲两类排列。并按照《九宫谱》所列曲目，在南戏和传奇剧本中找到相应的曲文收录谱中，每调各谱一曲，使每一支曲调都有一范例，大致规定了该曲调的句格，方便了作家借鉴。蒋孝《旧编南九宫词谱》的缺陷，主要是曲调体式不广，每调仅收一体，全谱变格曲调仅10支，且没有突破《九宫谱》曲目范围。其次是在例曲上没有标注平仄、正衬、句读、韵位、板式等格律，不便作曲者操作。

蒋孝《旧编南九宫词谱》之后的南曲谱，当推明沈璟的《增定查补南九宫十三调谱》（又名《南九宫词谱》《南词全谱》）。沈璟的《增定查补南九宫十三调谱》是在蒋谱的基础上增订而成的。沈璟所处的万历年间，一方面，因魏良辅改革昆山腔，其"依字定腔"作曲方法，在文人作家中影响很大；另一方面，因当时曲界无一部较为完善和规范的曲谱。为此，沈璟在提出一套曲律理论和严守曲律要求的同时，相比蒋谱，做了多方面增订：一是将《十三调谱》与《九宫谱》合为一谱。二是增补了蒋谱失载的宋元时期的旧曲和当时新出现的新曲，共增曲191例。三是扩大了曲调格式，在每一曲的正格之外，增列"又一体"，给作家填词提供更多借鉴。四是标注平仄、正衬、句读、韵位、板式等格律，并且于每一曲文下详加评点。不足之处是，沈璟只凭自己的主张，对蒋谱原文妄改妄补，再者是版本考勘不广，多从坊本选取范文，有多承袭坊本之误。但总的说来，沈谱瑕不掩瑜，沈谱后，南曲谱体制渐臻完备。

自沈谱后，南曲曲谱编者渐多，较有影响的有沈自晋编《南词新谱》、冯梦龙编《墨憨斋词谱》、张大复编《寒山堂新定九宫十三调南曲谱》、查继佐编《九宫谱定》、王奕清等合编《钦定曲谱》、吕士雄等合编《南词定律》、周祥钰等合编《九宫大成》等，不一而足。但成就最高，影响最大，而且至今日尚可引为规范的是明末清初钮少雅、徐于室合编的《南曲九宫正始》。

徐于室（1574年—1636年），松江华亭（今属上海）人。明嘉靖大学士徐阶的曾孙。早年曾补父荫中书舍人，但一生未仕，只"风流蕴藉，酷好音律"。天启五年（1625年），徐于室得元天历《十三调谱》与《九宫调》，一年后，复得明初选词《乐府群珠》，意欲据此编撰曲谱。但恐一人所见有限，欲而复止，后闻钮少雅之名，便招其共编《南曲九宫正始》，但谱未成而卒，终由钮少雅完成。

钮少雅（1564年—1661年？）号芍溪老人，长洲（江苏苏州）人。自幼嗜好戏曲，善音律，且精研昆曲唱法和工于昆曲清唱。钮少雅担任过曲师，先后在武陵、黄海、荆溪、魏塘等地教曲，在当时有"律中鼻祖"之称。年轻时，钮少雅曾专程前往求学于魏良辅，因魏病故，未成愿，又从魏弟子张五云、吴芍溪学曲。六十岁后，偶得曲谱《骷髅格》。《骷髅格》是一部上古曲谱，汉武帝易名《蛤蟆贯》，唐玄宗易名《歌楼格》，又曰《词舆》《词林说统》。钮少雅正欲据此重新编订曲谱而闭门谢客，不期恰有徐于室相邀共编南曲谱，便欣然应允。崇祯九年（1636年）春，徐于室卒后，该曲谱由钮少雅一人编订。至崇祯十五年（1642年）"始得脱稿，然未尽惬心"，又细加修改，直到清顺治隆武三年（1646年）才最后定稿，时钮少雅已八十八岁，前后历时二十四年，九易其稿，终不负徐于室之托。钮少雅除《南曲九宫正始》外，尚作有《格正全本牡丹亭还魂记词调》，并帮助李玉编撰《北词广正谱》。

《南曲九宫正始》，集南曲谱之大成，全名《汇纂元谱南曲九宫正始》，在清代以来南曲谱中成就最高。《南曲九宫正始》的问世，把南曲谱的编撰发展到一个新的高度，是迄今为止南曲写作少有的规范曲谱考本。

《南曲九宫正始》后，亦有过南曲谱的编撰，其中，影响较大的是近代吴梅编订的《南北词简谱》。

吴梅（1884年—1939年），字瞿安，江苏长洲（今苏州）人，近代戏曲理论家和教育家，诗词曲作家，现代曲学奠基人，时与王国维并称为曲学研究两大巨擘。吴梅终生执教，先后于东吴大学堂、存古学堂、北京大学、国立中央大学、金陵大学等任教授，培养了大批学有所成的戏曲研究家和教育家。吴梅对古典诗、文、词、曲研究精深，著有《顾曲尘谈》《曲学通论》《词学通论》《南北词简谱》等数十种专著。

《南北词简谱》，即南曲与北曲曲谱，系广采《九宫谱》《太和正音谱》等新旧曲谱诸书而成的一本曲谱，"分南北曲两类以清眉目"。全书共十卷，北曲简谱计四卷，南曲简谱计六卷，另有卷首和跋。

关于南曲，吴梅首先在该谱《卷首》之《南曲诸说》中，对南曲诸如

"务头""引子""过曲""尾声""换头""板式""腔格""平仄""用韵""声情"等写作要求，均以提扼式发表了自己的看法。曲谱部分分立黄钟宫、正宫、仙吕宫、中吕宫、南吕宫、南道宫、大石调、小石调、双调、商调、般涉调、羽调、越调计十三个宫调，每宫调各曲分别依引子、过曲、尾声、集曲顺序编排，宫调后附有套曲定式，曲调后附有南北曲比较及板式、平仄、用韵等要点提示或点评。对于吴梅的曲学成就，吴梅高足、现代曲学家卢前，在为《南北词简谱》作跋中给予了极高评价。

《南北词简谱》最大的优点是"简"而"全"。该谱在总汇了南北曲曲谱的同时，单就南曲说，既综合了自古以来凡南曲谱之长，又简化了如《南曲九宫正始》那样的多谱分立。但遗憾的是，《南北词简谱》凡每宫调曲牌均没有标明平仄格律，只以范例字声传谱，如此对于非研究人员的散曲作者，只是一本南北曲作品集，而非可以用作格律模仿的实用性曲谱。仅此，也许正是该谱至今难见有传的一个根本原因。

三、曲谱的功能

曲谱对于演唱者是音乐曲谱，对于散曲文体创作则是格律规范。就散曲"依谱作曲"说，曲谱的功能主要表现在以下三方面。

（一）凡曲谱，通常都确定了宫调与曲调的归属关系，将曲调按其不同声情，归隶于相应的宫调之下。就南曲曲谱说，且在每一宫调下，又分别按引子、过曲、尾声三类排列。如此"按图索骥"，依谱填词，正是曲谱的重要功能所在。

（二）曲谱当有曲牌，曲牌即曲调，曲调均标注有字声、正衬、句读、韵位、板式等格律，同时选收有前人合律的作品范例，便于对照格律识其规范和辨明句式。所有这些，对于初学者，可谓字字如金。

（三）较为规范的曲谱，通常在正格曲牌后都附有变格，并且如正格一样都附有各种格律规范的例曲，以便使用者灵活选用。有的曲谱同时对范例格律正误、词意表达等附有点评，是提醒使用者的注意事项，更在引导使用者不要死守格律，须当死中求活，发挥个人的创造精神。

总之，曲谱的功能，在于"厘正句读，分别正衬"，又"分别四声阴阳，腔格高低，傍点工尺板眼"，是给作家以准绳，给度曲家以圭臬。当然，有的曲谱仅注平仄和范例，至于阴阳、腔格、板眼、工尺等不加标注，那是另一回事。

四、《南曲九宫正始》简介

《南曲九宫正始》共十册，按元《九宫谱》与《十三调谱》体例编成，前八册为《九宫谱》，后二册为《十三调谱》。卷首有《凡例》《臆论》。《凡例》提出"精选""严别""定排名归宿""正字句得当"四项，《臆论》分列"论备格""论定韵""论审音""论用字""论增减""论句读""论核实""论检讹""论订正""论引证""论寻真""论阙疑""论衬字"共十三项，表明编谱的原则与方法。并有时人松陵冯旭、武塘吴亮中、水方姚思等序文三篇，皆赞徐、钮功德和该曲谱的旷世成就。卷末有钮氏自序，既颂有徐氏德厚，又记有己之艰辛，篇末曰："于室之去何其早，古谱之遇何其迟，知音好学何其少，讥人羡己何其多。于是天数然也。悲哉！"证明该曲谱实为呕心沥血、舍生忘死之作。

《南曲九宫正始》，全谱以唐传《骷髅格》、元代《九宫谱》《十三调谱》为基础，选收曲谱1153支，分别归隶于九宫和十三调内，其中，《九宫谱》601支，《十三调谱》552支。每一宫调内按引子、过曲、煞尾顺序编排，其中过曲又分列正格、变格、犯曲各谱。每曲均附范曲，并傍注平仄四声、韵位、板位。曲后附有对曲牌和范曲的相关评注，精点其中正误。

《南曲九宫正始》的主要成就在于"正始"二字。正始，即根据曲律规律，从源头之始追溯，到勘误历代流行演变，都力求正统、正宗和规范。如武塘吴亮中在其为之作序中说："假令有强作解事者，谓曲不如词，词不如诗，……去正始甚远。"是说一些不懂装懂的人，其实是并不知道什么叫曲。又水方姚思在其序中说：这部曲谱刊成，"自此操觚者与夫按板者，一旦同还正始，其不谓之骚坛之元勋也欤！"都是十分称赞《南曲九宫正始》的正始所在。至当代，不少曲学专家学者，对此也一样表示赞叹。如南京大学教授、中国古代戏曲学会常务副会长俞为民，在其所著《中国古代曲体文学格律研究》中说："《南曲九宫正始》的成就主要在于'精'。"并列出其表现：一是精选曲文；二是实事求是，不妄改妄补；三是详考错讹。要点如下。

精选曲文方面。其《臆论》"论寻真"中有称：谱中所选收的曲调与曲文，皆求"真在善格，务微显阐幽"，"真在善本，务去非从是"。这里的"寻真"，是说包括格律与范曲两方面要找到"真格"与"真本"，然后还要"去非从是"。这是因为，宋元南戏皆出自民间书会才人之手，他们为生活所迫，沦落在瓦舍勾栏之中，与艺人演员为伍，所作多为依腔合律，每支曲调都产生了固定腔格。也就是说，这时候的曲调属于南曲的"原汁原味"。可是，到了明代，一方面，明初以来的戏曲作家多为文人学士，他们脱离舞台实际，于曲律又不甚精通，所作曲子往往逾规越矩。另一方面，经过魏良辅改革昆山腔的演唱方式，原来的依腔传字改为依字传腔，原有的曲调腔格（旋律）遭到了破坏与改变，所以较之"原汁原味"，自然又带来了"不真"。加上明代刊印流行，书坊为谋利而对各种唱本多有粗制滥刻，也带来唱本的许多舛误。因此，徐于室、钮少雅在编撰《南曲九宫正始》时，必须选取早期南戏的原文古调，穷源竟委，才能知其正变，以示作家辨其"正格"和"变格"。如其《凡例》"精选"条云："词曲始于大元，兹选俱集大（天）历、至正间诸名人所著传奇数套，原文古调，以为章程，故宁质毋文，间有不足，则取明初者一二以补之。至如近代名剧名曲，虽极脍炙，不能合律者，未敢滥收。"所以《南曲九宫正始》所引录曲文多采自宋元南戏，全谱共引录731支宋元南戏的佚曲，在所有的南曲谱中为最多。

但寻真崇古，不等于泥古不化，钮少雅深知此义。所以他又说："按九宫十三调之词章，其变异增损，何调无之？"（《南曲九宫正始》南吕过曲【红衲袄】曲下注）意思是说，循古又不拘于古格。尤其对于一些常用的变格，他认为："正宜多存广载，而使撰者无束缚，歌者无揣摩。"（同上正宫过曲【白练序】曲后注）是说"多存广载"是一个方面，却还要解除使用者的疑惑束缚。如【正宫·白练序】的首句句格，沈谱执定四字，认为凡三字者皆为失体，钮少雅批评道："按【白练序】始调首句，四字者虽为正体，然其三字者亦不少，何讥其为失体也？"（同上）说明钮氏在编撰时，对古曲的变异增损和校正勘误，都是一丝不苟的。

实事求是方面。钮少雅谙熟曲律，按说对于古调缺损漏误方面，他完全可以根据曲意增添补正为是。可是他编撰态度十分严谨，对于有些曲调，虽已看出有误，在没有把握予以订正时，也只提出存疑，不贸然定论，更不妄改妄补。他认为："不宜于所无古词擅增擅改，失其本来。"（同上中吕过曲【扑灯蛾】曲后注）如【画眉序】正格末句应为七字句，然"今时唱皆于此句连用二板于第一、第二字上，益似二字、五字之句也"，为了订正这一错误，他提出"今试以第二字之一板移于第三字上，庶免二字句之疑"，却又声明"不识可否？俟审音者订正"（同上【画眉序】曲后注）对于原曲文缺字少句方面，钮少雅只傍注或缺某字，或疑某字，概"不敢妄续"，或"未敢妄补"，云云。谱中并有对引用曲文中，诸如某字用平声"妙"、某字用入声"妙"，以及傍注某处应为"平声"，或应为"仄声"等评点，十分精细。

详考错讹方面。钮少雅对《南曲九宫正始》的编订，十分强调曲调句格的规范，认为每曲句格，"长短多寡，原有定额，岂容出入"（同上《凡例》），若增一句或减一句，若增一字或减一字，便可能造成与他曲调相混而至讹。如【南吕·红衲袄】末煞，妄增一句，就与同宫【青衲袄】相似。如此若以"信心信口，必将优人以冥趋冥行，更将以讹传讹，贻害无穷"。对此，钮少雅说："今万口雷同，余岂能以笔端辨白？但不忍以是作非，以直作曲"（同上南吕过曲【浣溪沙】曲后注），而"以一口而挽回万口，以存古调，不亦难哉"！（同上南吕过曲【三学士】曲后注）所以，《南曲九宫正始》对蒋、沈二谱作了较详细的考订，基本上纠正了蒋、沈二谱中的错讹。如蒋谱把南戏《西厢记》【永团圆】"夫人小玉都睡了"一曲误作【鲍老催】，置于黄钟宫，沈谱也承其误。钮少雅认为："若此名非名，调非调，何误后学之甚也！"故"按从元谱，以此三调丝分缕解，各归本宗"。（同上黄钟过曲【耍鲍老】曲后注）等等。并对当时曲坛作曲度曲中常见的错讹作了纠正。

还有辨明异同方面，南曲曲调有许多调名相同而曲调有异情况。如或完全相同，或一字之差；或异宫相同，或同宫于引子、过曲间相同，等等。对此，钮少雅都一一"严别"，如他在《凡例》"严别"条中说："今谱务祈审音而正律"，"无彼此混，无新古混"。包括谱中除正格外，还有收录的许多变格，目的是为便于作家辨明正变，所以又对每一曲调各变格之间在句格、板式上的区别都一一加以注明，对一些区别不甚明显、极易混淆处，还引录了一些容易区别的范文以作引示。如【南吕引子·挂真儿】和【大圣乐】两曲的句格极易相淆，便在【挂真儿】曲后详加区分，指出："按此调与【大圣乐】别，止于第二句之韵脚、平仄及末句之句法四六。如【大圣乐】末句必四字，此调末句必六字，此为二调之别也。"

当然，《南曲九宫正始》也有不足之处，主要是没有如吴梅编《南北词简谱》那样，把《十三调谱》与《九宫谱》合并整理为一谱，只如蒋孝那样，将《十三调谱》的曲目附于《九宫谱》后，致初学曲者难辨南曲宫调"全貌"与始末，使用时十分不便。但《南曲九宫正始》在表现对古代南曲曲谱收集整理的全面性、准确性，及其在编撰过程中的严谨精神方面，却是无与伦比的，确实是给后世南曲的继承与发展留下了一份极其珍贵的艺术遗产。南曲之有《南曲九宫正始》，但自清以来没有得到很好的传承，可喜的是，经当代俞为民、孙蓉蓉以清代编正版重新编辑，《南曲九宫正始》作为《历代曲话汇编》书目之一，于2008年10月重新出版，使之重见天日，不能不是我国散曲发展史上的一件可喜可贺之事。

第二节 韵 谱

韵谱表现韵律，是作曲填词用韵的依据和规范。相关韵律的溯源、演变及南曲用韵特点，前章"韵律"中已作表述。只因历来有传"北问中原""南宗洪武"可谓"经典"名言，不能不引以为重。所谓"北问中原"，指北曲用韵依《中原音韵》；所谓"南宗洪武"，指南曲用韵依《洪武正韵》。"北问中原"可以做到，"南宗洪武"却很难实现。为究其因，在此专题说说这两部韵书。

一、《中原音韵》

从元代至现当代，《中原音韵》一直多被视为北曲所用韵书，而且逐渐为当代汉语普通话所接纳，呈越来越被人看重之势，并且以此多推论元曲只有北散曲，这是什么原因？若说《中原音韵》是为北曲而设的"韵书"，周德清是南方人，为什么要为北曲立说，而不为南曲有所作为？《中原音韵》在当时和以后有过怎样的影响，至当代我们又应该怎样看待《中原音韵》？这些基本问题，我们应当有所了解。

先介绍一下周德清和他的《中原音韵》。

《中原音韵》为元人周德清所作。周德清（1277年—1365年），元代卓越音韵学家与戏曲作家、文学家。周德清，字日湛，江西高安人，北宋词人周邦彦的后代，工乐府，善音律，终身不仕。其编著的《中原音韵》，是我国元曲的第一部韵书和曲学理论专著，在我国音韵学史上占有非常重要的地位。

《中原音韵》包括三方面内容：曲韵韵谱、"正语作词起例"和"作词十法"。

曲韵部分，系以"中原之音"为语音基础，以北曲杂剧作品为依据，在总结和归纳前贤用韵基础上，收集了北曲中用作韵脚的常用单词五千多个，并将其声韵规范为十九个韵部：

（1）东钟；（2）江阳；（3）支思；（4）齐微；（5）鱼模；（6）皆来；（7）真文；（8）寒山；（9）桓欢；（10）先天；（11）萧豪；（12）歌戈；（13）家麻；（14）车遮；（15）庚青；（16）尤侯；（17）侵寻；（18）监咸；（19）廉纤。

"正语作词起例"部分，主要论述曲韵韵谱的编制和审音原则，总结归纳出宫调、曲牌归属类别和作曲方法等，同时列举了北曲中常用的十二个宫调和三百三十五支曲牌，并对元代北曲十七宫调的调性色彩，分别作了描述和说明。

"作词十法"部分，主要表述作者曲学理论主张。"十法"为知韵、造语、用事、用字、入声作平声、阴阳、务头、对偶、末句、定格等。

周德清《中原音韵》的最大特征，或者说在当时乃至后世的最大反响，是其既有"中原音韵"之称，又有将自古以来的汉字"平上去入"四声，改为"平声分阴阳"和"入派三声"称"阴阳上去"四声。正是《中原音韵》

的这一突出表现，所以自《中原音韵》问世后即引发了较大争议。这些争议，主要表现在以下几点。

第一，《中原音韵》之"中原"名义之争。依周德清本人所说，其所谓"中原音韵"，是指当时河南、河北一带的"中州韵"，只是因为他提出的"阴阳上去"四声，表现的是北方语音基础，故不少人士认为《中原音韵》不能冠之以"中原"。其中最有代表意义的反对意见，一是明王骥德在《曲律·论韵》中，针对周德清"入派三声"的做法，是讥其人曰"浅士""山人"，贬其著谓"文理不通"；二是明徐渭在《南词叙录》中说：《中原音韵》"非复中原先代之正，周德清区区详订，不过为胡人传谱，乃曰'中原音韵'，夏虫、井蛙之见耳！"二者的意思是说，《中原音韵》所订语音，名为"中原"，实际用的是元大都语音，其所谓"胡人"，本意指北方蒙古族人，这里是讥指北方元人，自然不是千百年来我国历代先祖所传中原"正音"，所以《中原音韵》不能冠之"中原"。

第二，对《中原音韵》"独平声分阴阳说"争议较大。争议情况前章有述，在此不作重复。只说周德清唯平声分阴阳，不仅与汉字"平上去入"四声皆分阴阳本质意义不符，而且对于北曲也未必能道出其本质。如清徐大椿说："今北曲之最失传者，其唱去声尽若平声。盖北曲本无入声，若并去声而为之，则只有两声矣。夫两声岂能成调耶？况北曲之所以别于南者，全在去声"（《乐府传声·去声唱法》）。也就是说，按照周德清"入派三声"作法，而且北曲在唱法上又"去声尽若平声"，四声去掉了入声和去声二声，只剩平上二声，其二声又如何能成为曲调呢？说明《中原音韵》独将平声分阴阳和"入派三声"，不仅有碍于对汉字传统"四声"的传承，即使对于北曲的实际应用，也是错误的。

第三，南北曲声韵"各从其地"观点的提出。尽管周德清《中原音韵》问世后引发了许多非议，但在争议中却也使人们认识到，南北曲声韵不能一概而论，必须区分南北"各从其地"和"各循天籁"。这是因为，中国幅员辽阔，南北语音差别很大，要想不受地域限制，找到一种能同时适应于南北的曲韵，那是不切实际的想法。所以王骥德说："周之韵，故为北词设也，今为南曲，则益有不可从者。盖南曲自有南方之音，从其地也"（《曲律·论韵》）。王骥德的话，是说周德清的《中原音韵》，只能作为北曲用韵，不能为南曲所用。王骥德的这种观点，在当时得到了较为普遍的赞同，并且由此产生了"北问中原""南宗洪武"的说法，只是这样的观点，在今天反而不能成为人们的共识。

《中原音韵》的历史功绩和因其带来的无法休止的声韵争议，是周德清怎么也不会想到的事。那么周德清为什么要编写《中原音韵》呢？也就是说，周德清编《中原音韵》的初衷究竟是什么呢？在此我们不妨也作一些相关方面的探讨。

其一，周德清编《中原音韵》的原始初衷是为了挽救北杂剧。这是因为，北杂剧在兴盛的元代初期和中期，作家精于创作，演员擅于演唱，"习之者多，善之者众，出口成法，属耳为师"，人人都熟悉曲律，在这一时期，北杂剧没有也不需要固定曲谱。到了元代末期，北杂剧走向衰落，其流行范围和程度大大减小，已经不再是人人皆习。正是因为人们对曲律的逐渐生疏，引起了当时戏曲界理论家们的重视，开始了对过去曲律的考订和整理，实际是对北杂剧的一种"救亡"。作为出生在元代末期的戏曲作家周德清，自然也加入了这种"救亡"运动。加上在元一代，虽说元曲勃兴，创作盛旺，但在元曲创作理论方面，基本上是没有作为，甚至可以说是难有片言只字。作为出身于文学世家，又十分谙熟音律的周德清，自然要对元代以来的元曲作品进行全面搜集和整理，包括对自元初以来"前辈佳作"（如关、郑、白、马等人）进行分类和比勘，并且结合演唱实际，总结和发现其规律，将"北方诸俊新声"一一进行分部定声，于是就有了"平分阴阳"和"入派三声"的重大发现。根据如此定声和分部，周德清在编定北曲曲韵的同时，又增订了"正语作词起例"和"作词十法"，由此就有了历史上的第一部曲体韵书兼理论述著的《中原音韵》。所以说，《中原音韵》实际是周德清对当时北曲创作现象的全面归纳、总结和规范。对此，当时有名士虞集、欧阳玄、琐非复初、罗宗信等争之为序，且交口赞誉，备极称道。

其二，《中原音韵》并非"为北曲而设"。从为挽救北曲危亡说，可以认为周德清编订《中原音韵》是"为北曲而设"，但从《中原音韵》所选韵系基础说，却并非如此。周德清编《中原音韵》所立韵系，是建立在当时使用最广泛的中州语音基础之上的。中州语音即"中州韵"。当时的中州韵具有通行语性质，能通行各地，广泛使用。如《木天禁语》有谓："马御史云：东夷西戎，南蛮北狄，四方偏气之语，不相通晓，互相憎恶。惟中原汉音，四方可以通行。四方之人，皆喜于习说。盖中原天地之中，得气之正，声音散布各能相人，是以诗中宜用中原之韵。"（俞为民《中国古代曲律文学格律研究》第410页）元琐非复初在为周德清所作《中原音韵·序》中说，《中原音韵》所总结的中州韵，"不独中原，乃天下之正音也。"天下"正音"当可行天下，其时，改革后的南戏昆山腔就恰如其用，魏良辅在《南词引正》中曾经说过："《中州韵》词意高古，音韵精绝，诸词之纲领。"明万历年间，吴江派领袖沈璟也提出过要以周德清《中原音韵》所确立的韵谱作为昆曲曲韵的规范。清王德晖、徐沅澂也说："愚窃谓中原实五方之所宗，使之悉归《中原音韵》，当无僻陋之消矣。"（《顾误录》）周德清作《中原音韵》以"天下正音"为据，说明《中原音韵》"中原"题名之谓是没有错的，也说明《中原音韵》并非专为北曲而作，而是为"天下正音"而为。至于在收集韵字的定声分部时，为什么仅将"平声分阴阳"和"入派三声"，是如周德清在《中原音韵》中所说："前辈佳作中间，备载明白，但未有集成者，今撮其同声。"是说他搜集整理的前贤元曲作品情况本来就这样，他所做的无非是一种"撮合"。

其三，周德清是南方人，为什么要从北曲入手编写《中原音韵》？根据当时的事实，理由应当有三：一是当时北杂剧已走向衰落，南曲正方兴未艾，周德清根本不需要考虑南曲。二是周德清作《中原音韵》时在元一统后，此时的元曲经历了北曲南移和南北大交流，只因为在南北大交流中，出现了"北调南唱"情况，周德清担心北曲"唱讹"，故从规范北曲入手作《中原音韵》，也是为南人作北曲提供定声用韵的准绳。三是周德清作《中原音韵》同时想到了南曲。周德清是南方人，当然知道南方入声语音特征，所以他在《中原音韵·正语作词起例》中说："入声派入平、上、去三声者，以广其押韵，为作词而设耳；然呼吸言语之间，还有入声之别。"为此，他在将入声派入平上去三声时，并没有将入声与三声相混，而是将入声于每一韵部的三声中都进行了单列，这种做法就是为方便南人作南曲时对入声的选用。与此同时，周德清根据南方语音特点，在确立以中州韵"正音"为《中原音韵》韵系基础的前提下，又增设了"侵寻""监咸""廉纤"三个闭口韵部，这是为南曲特别设置的。综上所述，《中原音韵》者，南北曲皆宜也。只是因其"平分阴阳"和"入派三声"的突出标志，遮盖了他的良苦用心，为世人所不解也。

二、《洪武正韵》

《洪武正韵》是明太祖洪武八年（1375年）由乐韶凤、宋濂等十一人奉诏编成的一部官方韵书，共十六卷，七十六韵，由明太祖赐名《洪武正韵》。书编成后，朱元璋甚不满意，下令重新整理。洪武十二年再编版正式完工，仍为十六卷，增为八十韵，但后世所说仍多指七十六韵本。

七十六韵本《洪武正韵》分声立韵部，将《广韵》二百零陆韵分为七十六类，其中，平、上、去三声各二十二韵，入声十韵。韵系亦为中州雅音，与《中原音韵》略同。其七十六韵分别是：

平声：东、支、齐、鱼、模、皆、灰、真、寒、删、先、萧、爻、歌、麻、遮、阳、庚、尤、侵、覃、盐。

上声：董、纸、荠、语、姥、解、贿、轸、旱、产、铣、篠、巧、哿、马、者、养、梗、有、寝、感、琰。

去声：送、置、霁、御、暮、泰、队、震、翰、谏、霰、啸、效、箇、祃、蔗、漾、敬、宥、沁、勘、艳。

入声：屋、质、曷、辖、屑、药、陌、缉、合、叶。

下面就《洪武正韵》相关情况分述如下。

（一）《洪武正韵》编纂背景

明太祖朱元璋建立明王朝的第二年，即以唐宋制度为范，恢复科举，重立儒学，提出编纂新韵书事宜，遂颁诏命翰林侍讲学士乐韶凤、宋濂等十一人负责编修，洪武八年书成，宋濂奉敕撰序。

《洪武正韵》的编纂原则，是朱元璋御定的"一经中原雅音为定"，原因是"帝以旧韵出江左，多失正，命与廷臣参考中原雅音正之"（《明史·乐韶凤传》）。作为当时编修韵书的历史背景情况是，自南朝梁之沈约始分汉字平上去入四声,隋陆法言制《切韵》以来,经唐之《唐韵》、宋之《广韵》,至宋金《礼部韵略》(平水韵),一直严守平上去入四声;经元代,废止科举,有元曲产生却无韵书,虽元代有编《蒙古字韵》,不言其音韵体系如何,只该"字韵"仅存十五韵,与唐宋以来的传统音韵体系相距甚远;又因为以"约韵"为源头的前朝各韵,均受吴语之限。所以乐韶凤、宋濂等人认为:"欲知何者为正声?五方之人皆能通解者斯为正音也。沈约以区区吴音欲一天下之音难矣,今并正之。"(《洪武正韵·凡例》)且其时虽说离周德清编《中原音韵》仅隔51年,然周德清编《中原音韵》只为作北曲速成韵书,不能适应明代作为全国统一标准音韵的需要。朱元璋所要的韵书,目的并非完全为作诗、作曲,而是为当时人文交流提供一种可作为统一标准的语音,其意义,相当于今天全国普通话语音的确立,直接影响到政治、经济和文化等各个领域,后来的事实也充分证明了这一点。至于说《洪武正韵》为什么成为南曲韵书,一方面是南曲的恰如其用,另一方面是清灭明后,《洪武正韵》在其政治、经济方面的意义不复存在,自然只剩专指南曲。在明初,《洪武正韵》的编修,确实是顺应其时和十分必要的。

(二)《洪武正韵》与《中原音韵》比较

《洪武正韵》比较《中原音韵》,有以下几点共同性和不同性。

其一,《洪武正韵》与《中原音韵》虽然在形式上都称"韵书",但一是官修,一是民修。《洪武正韵》是奉诏编修和经钦定,在编修过程中集中了较多人的认识和智慧,其目的并非专为作曲,而是为全国提供一部新的统一语音标准,自然也可作文人学士的案头所用;《中原音韵》只为周德清一人编撰,原本是一部曲学论著,如有史书说,《中原音韵》只能称作北曲写作速成读物,不是正式韵书。即使从同属"韵书"说,其"官修"与"民修",意义也自有不同。

其二,《洪武正韵》与《中原音韵》的音韵体系都称"中原雅音",但所谓"中原"与"雅音",二者在概念与内容上却存有许多差异。

就"中原"说,主要存在对区域的不同认识。从狭义讲,中原是指河南、河北一带,指中华民族最早发祥地;从广义讲,"中原"二字可指凡汉族居住地,甚至可指整个神州所属范围。联系到"中原文化"一词,当然不能仅指"河南、河北"文化，而是对自古以来汉文化的总称。《洪武正韵》所取"中原"，旨在统一全国语音标准的"中原文化"所向，并且兼顾了南京区域的江淮语音体系，这一点，对于突出当时全国政治、经济、文化中心南京的政治意义，也是非常必要的。《中原音韵》所取"中原"，则为狭义的中原，并且只兼顾了自元代以来的北方语音。

就"雅音"说，虽说二者同为中原语音，又同称"雅音"，却有着本质上的差异，即中原语音本身有中原"读书音"与中原"说话音"的区别。据《中国语文》载罗常培《论龙果夫的八思巴字和古官话》文章称，在14世纪前后，北方有两种并行的语音系统："一个是代表官话的，一个是代表方言的；也可以说，一个是'读书音'，一个是'说话音'。"这是因为，"人之生，则有声，声之出而七音具"。所谓"七音"（或说"五音"），即指人体发音器官之牙舌唇齿喉及舌齿各半的发音区别。各地因七音发声区别而有方言，中国区域广大，方言自然十分复杂。北方语音虽说较南方单纯，却也有不同地区的方言，方言即称"说话音"。为了人文交流便利，自古又有一种作为官方确立的共同语音体系，称"读书音"，明代称"读书音"为"官话"，只是在当时对北方"说话音"与北方"读书音"又同称"雅音"。恰恰因为如此，《中原音韵》反映的是北方"说话音"的"雅音"，《洪武正韵》反映的是北方"读书音"的"雅音"。

其三，《洪武正韵》与《中原音韵》在区分汉字"四声"方面的显著不同。《中原音韵》只平声分阴阳，不分四声清浊，又取消入声韵部，将入声一概派入三声，其所谓"四声"，只称"阴阳上去"；《洪武正韵》秉承传统四声说，又"一以中原雅音为定"，仍称"平上去入"四声。对于《洪武正韵》的做法，《中国大百科全书·语言文字分册》认为，同为反映中原语音的《洪武正韵》，之所以和《中原音韵》在声母的清浊、韵母的归字和入声方面有所不同，一方面，说明《洪武正韵》是反映当时北方话的读书音，另一方面，反映出《洪武正韵》既重视中原的实际语音，以"中原音"为标准语音，又考虑到南方人读书说话中还有入声，所以不采取周德清"入派三声"的做法，且恢复了入声。《洪武正韵》的这种定声方法，是如宋濂在《洪武正韵·序》中所说："自梁之沈约拘于四声八病，始分为平上去人，号曰类音，大抵多吴音也。及唐以诗赋设科，益严声律之禁，因礼部之掌贡举，易名曰《礼部韵略》，遂至毫发弗敢违背。……韵学起于江左，殊失正音，有独用当并为通用者，如东、冬，清、青之属；亦有一韵当析为二韵者，如虞、模，麻、遮之属。若斯之类，不可枚举。……研精覃思，一以中原雅音为定。"由此进一步说明，《洪武正韵》既延续了唐宋传统的"约韵"正字、正音和反切传统，并以中原"读书音"雅音为正，又对旧韵韵部进行大胆改革，在保留入声的前提下，又有全浊声母，是以汴洛正音南迁演变而来的南方官话，即以金陵音为代表的江淮话与传统读书音相结合。如此编成的《洪武正韵》，可以说是既有继承，又有创新。

（三）关于《洪武正韵》的褒贬众议

《洪武正韵》颁行后，在明代，除有"北问中原""南宗洪武"之说外，就声韵方面说，对于《洪武正韵》并无多大争议，只是自清以后，直至今天，反倒争议不休，且多为鄙视之见。今日之争，主要表现在对《洪武正韵》保留入声和全浊声母有不同看法。如有说《洪武正韵》之所以要保留入声和全浊声母，是因为此书编者不敢完全推翻历来极为通行的旧韵书，有说保留入声是因当时编者绝大多数为南方人而受南方方言影响，还有说《洪武正韵》是"杂采古今韵书""调和新旧主张"和"杂糅南北"的一种"折中"著作，等等。不过，这些所谓"不同看法"，又被当代众多音韵学者所否定。综合多方面资料，其主要观点如下。

其一，"中原语音"方音本身就有入声。元明之际不仅南方方音存有入声和入声韵，就是周德清所采中原雅音时，其基础方言口语中的入声和入声韵也没有消失。如周德清本人就说过："呼吸言语之间，还有入声之别。"从《中原音韵》到《洪武正韵》，时隔仅仅51年，说有语音"变化"，其变化能有多大！何况历史以来读书音的变化，总是明显慢于基础方言口语语音，得有一个较长的历史时期，这些都是公认的事实。

其二，《洪武正韵》为什么要加以金陵音为代表的江淮话与传统读书音相结合确定音韵体系。究其原因，是因为经宋代俗文学发展，白话文逐渐盛行，同时由于宋代全国政治、经济、文化中心，由唐代长安迁至汴京，而汴洛一带语音借助新文学力量，逐渐向四方传播，影响愈来愈大，更有经南宋都杭州，因受南方口语语音影响，致传统读书音已出现十分明显的变俗倾向，并且逐渐向基础方言口语语音靠拢，经元代至明初，此时的读书音，同礼部旧韵比较，自然有很大差别，这才叫"语音变化"。更为重要的是，当时江淮地区的中原汉语，未受北方戎狄语音影响，其"中原雅音"相对纯正，且明初定都南京，是全国的政治、经济、文化中心，无论从哪方面说，以金陵音为代表的江淮话与传统读书音相结合，确立官话音韵体系，应该都是正确的。因此，明王朝建立后，为解决读书音与官韵脱节的矛盾，制定一个为全国统一使用的官话音韵标准，《洪武正韵》自是应运而生。

其三，以《洪武正韵》编者多为南方人来确定韵书性质理由是不充分的。《洪武正韵》是集体奉诏编纂，而且朱元璋两次表示不满意，参与编修者也不都是南方人，凡参与编修者，他们最担心的只是"复恐拘于方言，无以达于上下"，所以他们除仅遵御旨谨慎小心外，还曾多次请人审查、修改，并质正于左御史大夫汪广洋、右御史大夫陈宁、御史中丞刘基、湖广行省参知政事陶凯等人，目的就是为了能做到以雅音为正。其谨慎之程度，有如宋濂在《洪武正韵·序》中说：《洪武正韵》"勒成一十六卷计七十六韵，共若千万言书奏赐名曰'洪武正韵'，敕臣濂为之序，臣濂窃惟司马光有云，备万物之体用者莫过于字，包众字之形声者莫过于韵，所谓三才之道，性命道德之奥，礼乐刑政之原，皆有系于此，诚不可不慎也。"说明当时在如何避免和减少掺杂方音成分方面，编纂者不仅在认识上非常清楚，而且在行动上是付出了相当艰苦努力的。

其四，关于有说《洪武正韵》系"不敢完全推翻历来极为通行的旧韵书"而成为一种"杂糅南北"的著作问题。说此议是错误的，道理极为简单，而且不用引经据典，笔者只问一句，直到今天，人们为什么还要跳过元、明、清数代，依然热衷于以隋代《切韵》为源头的"平水韵"和《词林正韵》，为什么"不敢完全推翻"旧韵呢？近年来，国家有关部门先后组织编订了《中华新韵》《中华通韵》等韵书，又为什么还要折中地提倡新旧韵并行的"双轨制"呢？原因只有一个，经千百年形成的中华民族传统文化不容推翻，也推翻不了，非但不能推翻，而且还要继续继承和发扬。《洪武正韵》之所以沿袭了传统的"平上去入"四声，正是在经历了元一代断层后，表现了对传统文化的历史接力和传承，说其所谓"杂糅南北"，也正是在继承基础上的一种创新。

（四）关于《洪武正韵》的历史意义与评价

对于任何历史文化的考量与评判，我们都不应以现代人的文化理念和思维观念蓄存偏见。综合资料反映，用历史唯物主义和辩证唯物主义看待《洪武正韵》，其历史意义和文学意义有如下几点。

其一，《洪武正韵》基本如实地记录了自隋唐至明初日渐变化的反映官话属性的"读书音"状况，利于传统音韵学的借鉴与传承。当代音韵学专家宁忌浮，于二十世纪九十年代，发现了经修订的《洪武正韵》八十韵本，经与七十六韵本比较，并同《增修互注礼部韵略》进行比对研究认为："学术界对《洪武正韵》的种种估计，……是针对七十六韵本，八十韵本的出现足以否定上述观点。总不能说八十韵本是中原雅音的第二套读书音、第二套明初官话、第二套南京音吧。"所以宁先生认为，《洪武正韵》不是一个单纯音系的记录，而是自隋唐《切韵》至明初的"时间和旧韵并存，雅音与方言相杂"，尤其经元一代对传统音韵流传的中断，在对我国古代音韵学的传承与研究方面，具有十分重要的意义。即使如王力先生在《中国语言学史》中所说，《洪武正韵》"是古今南北杂糅的一部韵书"。在我国音韵学史上，能做到"古今南北杂糅"者实在极为少见，如此"杂糅"有什么不对？其意义所在，自然亦不说自明。

其二，《洪武正韵》是一部表现为继承与革新相结合的重要著作，为后世音韵学继承与创新提供了经验。众所周知，我国自隋代陆法言编《切韵》以来，经唐《唐韵》、宋《广韵》、宋金《礼部韵略》（"平水韵"），直至跳过元明两代，在清代编成的《佩文诗韵》《词林正韵》等，无不是以"约韵"为源头和以《切韵》为蓝本，谁都没敢"完全推翻"，只呈一代对一代的增删变更。也就是说，这些千百年间的看似名目各异的韵书，实际上是只有继承，并无创新。唯独《洪武正韵》，既"一以中原雅音为定"，以千百年来形成的南北大交流"读书音"为基准音，同时又保留了自《切韵》以来就有的区分汉字"平上去入"四声特点，并且采取了"用韵以统字，用字以系事"为编辑体例，既是对传统韵书优良传统的继承，又是对传统韵书陈旧体制的革故鼎新。所有这些，都是历代韵书编订所不能及的，尤其在对中国汉字音韵特征的传承方面，如果没有《洪武正韵》的接力，作为世界重要非物质文化遗产之一的中国汉字，将会失去多少历史辉煌！

其三，《洪武正韵》的编纂方法，对明代及其以后民族文化发展产生了重要影响。《洪武正韵》的编纂原则与编修方法，不仅表现在集声韵运用与官话推广为一体的官修钦定原则，同时表现在其"用韵以统字，用字以系事"的编纂方法与体制。《洪武正韵》区分韵部、小韵、韵字、反切、注释等进行编纂，尤其在注音反切方面，不沿袭旧韵书所云，全为新造，反切上字归纳而得的声母系统共三十一类，是为按韵与分类相结合的标序方法。这种编纂方法与体制，对明当代及后世影响很大。如明永乐年间编纂的《永乐大典》，计二万二千八百七十七卷，三亿七千多字，收录重要典籍七八千种。如此浩瀚的大百科全书，如何编排得井然有序，其方法就是以《洪武正韵》为纲，各词条均按《洪武正韵》韵部、小韵、韵字，依次排列，连韵字的注释、反切也均照录，是一种以"用韵以统字，用字以系事"的按韵与分类两者相结合的标序编辑方法。包括后世的许多典籍编辑，也多有如此之仿效。《洪武正韵》作为一部"韵书"，既为诗文韵事所用，又为政治、经济、文化发展发挥作用，实为韵书少有之楷模。

其四，《洪武正韵》的国际文化影响为历史少见。说一部仅以录字方式编成的韵书会产生国际影响，如果不是事实，恐怕没有多少人相信。但事实却是如此，《洪武正韵》编成后，直接影响到朝鲜及东南亚各地，尤其对于朝鲜的影响，朝鲜学者对《洪武正韵》及中国音韵学研究达到了令人惊叹的程度。朝鲜自汉武帝灭卫满朝鲜设郡时起，即有汉文化传入，以至形成以汉字为其通用文字。远在朝鲜世宗时期，他们便派员到中国学习汉语，以后又派遣精通音韵的学者们到中国考察达七八次之多。朝鲜学者奉《洪武正韵》为圭臬，不敢有丝毫改动。世宗李祹本人率先垂范，亲自组织学者于世宗二十五年（1454）创制了朝鲜民族文字"训民正音"，第二年命申叔舟、成三问等人，用《训民正音》对译《洪武正韵》，并以《洪武正韵》的形式与内容为框架，整理反切上下字，用《训民正音》对每个小韵的代表字加以表音，从而编纂出《洪武正韵译训》，并依此体例加以改动，编纂出更为方便翻阅的韵书《四声通考》，以后又编纂出《四声通解》《东国正韵》等书。朝鲜的所有这些经典著作，都是以《洪武正韵》为蓝本，并以此作为学习汉语正确发音的重要依据。在当时的朝鲜，普遍认为《洪武正韵》是中国最为标准的韵书。

（五）《洪武正韵》为什么不被传承

《洪武正韵》达到了如此成就，又为什么"终明之世，竟不能行于天下"呢？一个根本原因，就是继明之后清王朝的"仇明"政策。

清王朝"仇明"政策的存在，主要基于两方面的原因：一是清王朝统治阶级对汉人"反清复明"民族意识的警惕，二是清王朝统治阶级对汉文化的限制和利用。虽说清朝与元朝一样，都是凭借武力入侵中原而建立的王朝，但在文化意识方面，二者有很大的不同。蒙古人"只识弯弓射大雕"，对中原文化一无所知，可以任由汉文化自由发展；满人却深知中原文化的历史悠久和潜在的巨大民族力量。清王朝统一中原后，不仅在政治上十分警惕和严厉打击汉人的"反清复明"行为，而且在文化和意识形态领域更是严防反清苗头出现。他们一方面要学习中原文化，要用中原文化统治中原，这叫"以汉治汉"，一方面又要采取各种"胡化"手段，限制汉文化发展，包括"文字狱""言论罪"在清代的盛行，都是清王朝推行"仇明"和"胡化"政策的产物。《洪武正韵》虽说是文人学士陶冶情怀的行文工具，却更是当时为政治和经济服务的语言交流"正音"，清王朝岂能让它继续发挥潜移默化作用。正因为《洪武正韵》在继承中原传统文化方面影响巨大，清王朝从一开始便颁令禁止使用，并以敌视的眼光，对《洪武正韵》进行千方百计的诋毁和破坏。如清修《四库全书》"提要"指责《洪武正韵》说："曲学阿世，强为舞文，私臆妄改，才识闇劣"，污蔑《洪武正韵》"不能行于天下"，因而《洪武正韵》自清以后再无翻刻刊行，从此也就再难见到《洪武正韵》了。

三、关于"北问中原""南宗洪武"

"北问中原、南宗洪武"（亦曰"北叶中原、南遵洪武"）一说，是明末沈宠绥提出来的。沈宠绥在《度曲须知·宗韵商疑》中说："凡南北词韵脚，当共押周韵，若句中字面，则南曲以《正韵》为宗，……北曲以周韵为宗。"此即"北叶《中原》，南遵《洪武》"。沈宠绥的解释是，所谓"韵脚共押周韵"，是从作家写作曲文角度而言，指在曲文上有个统一的规范；所谓"字面遵《洪武》"，是就南曲演唱而言，指在演唱时，仍按南音演唱，如入声字，虽然韵脚按周韵派入平、上、去三声，但在演唱时，仍从南音唱作入声。对此，明冯梦龙也有过一种说法，他说：南曲"入声在句中可代平，亦可代仄，若用之押韵，仍是入声，此可谓精微之论"（《太霞新奏·发凡》），此说也有"韵脚共押周韵"和"字面遵《洪武》"的意思，由此也道明了北曲"入派三声"与南曲"入代三声"的关系。

沈宠绥此说表现了对当时南北曲用韵准则的一种折中，但从其所说"北问中原、南宗洪武"的历史影响看，却也反映了一定历史事实。沈宠绥生于明万历年间，是明末著名曲律学家。在明一代，自元末周德清《中原音韵》问世后，引发了较长时间的争议，同时明代南戏兴盛，南曲创作和南曲曲律研究成就极丰，对于这些情况，沈宠绥应比其他各持异议者更为明了。所以可以肯定，沈宠绥之所以提出"北问中原、南宗洪武"理论，应是根据周德清《中原音韵》问世以来，南北曲创作与研究实践，在总结各家争议得失后提出来的。

回顾沈之前，在南曲曲韵是用《中原音韵》，还是用《洪武正韵》问题上，出现的较多争议，归纳起来，主要有以下三种意见。

第一种意见，主张南曲与北曲一样，都以《中原音韵》所确立的中州韵为标准韵。理由是，中州韵在历史上一度有通行语性质，能通行各地，而且《洪武正韵》也以中州韵为基础语音，差别不是很大。持此主张的代表人物是当时的曲坛领袖沈璟，为此他还特意编撰了一部《南词韵选》，只因其"韵选"所立韵目，仍是《中原音韵》所定的十九个韵部，表现了用《中原音韵》规范南曲用韵做法，从而混淆了南北曲特征，所以不被遵从。

第二种意见，主张南北曲用韵有异。其中，南曲应依《洪武正韵》。理由是，南曲有南曲的地域性和南方语音特色，并且由此构成与北曲不同的艺术因素，所以南曲应以南方语音为规范。如王骥德在他的《曲律·论韵》中说："南曲之必用南韵也，犹北曲之必用北韵也，亦由丈夫之必冠帻，而妇人之必笄珥也。作南曲而仍纽北韵，几何不以丈夫而妇人饰哉？"明末著名散曲作家施绍莘也认为，南方语音之"平、上、去、入"四声，是出于自然之声，《中原音韵》将入声派入三声，废四声为三声，有违自然之理。

第三种意见，主张南曲韵脚遵《中原》，字面遵《洪武》，即"北问'中原'，南遵'洪武'"，代表人物就是沈宠绥。其意思是说，如果无论北曲、南曲，一律遵《中原音韵》，会混淆南北曲特色；如果南曲完全遵《洪武正韵》，又会影响南曲的流行范围。在提出此主张时，沈宠绥就明言："余故折中论之"。说"折中"之法，本不足为论，不过在沈宠绥提出这一主张的时候，有一个实际情况是，尽管《中原音韵》当时已被明廷禁用，但在民间，曲作家们作南曲还是多用《中原音韵》。如沈宠绥在其《度曲须知》中说的："南词作者，从来俱借押北韵。"沈宠绥后，有冯梦龙主张南曲入声字在句中可代平、上、去三声，而韵脚则单押。清代李渔还提出一个特别的处理办法，即将《中原音韵》中的入声字抽出，单独排列，私置案头，备南曲之用。

"折中"自不是解决问题的办法。不过，从以上情况看得出，沈宠绥之所以提出"北叶《中原》，南遵《洪武》"，当是有一种说不出的味道，是拗不过当时南曲也用《中原音韵》的事实，他的真实想法，还是主张南北曲用韵有异。经沈宠绥把问题挑明以后，尽管作南曲者也还用《中原音韵》，但人们也都已心照不宣，都承认"北叶《中原》，南遵《洪武》"符合我国南北语音有别的事实，并且无须区分"韵脚"与"字面"。

第三节　当代诗韵与曲韵

历史的问题留到了现代，现代人如何解决南北曲用韵问题呢？非常遗憾，中华诗词复兴三十多年来，不要说南北曲用韵问题没有解决，即便是表现兴盛的诗和词，其用韵问题也没有在真正意义上得到解决，甚至可以说是一种无规范的"混乱"状态。由此，我们在说当代南曲用韵问题的时候，还不得全面涉及当代诗韵。

说当代诗韵"混乱"，其基本情况是：坚持传统诗观的作者主张用传统诗韵，即所谓"旧韵"；思想新潮，或曰不习惯旧韵者，主张以现代汉语拼音普通话语音为韵，即所谓"新韵"；因"新韵"表现"时代进步"，当极力推而广之，却介于与用旧韵者绝大多数的难以协调性，于是又有一种折中办法，即新旧韵同时使用，称"双轨制"，只二者不可混用。如此状况也仍然是一种"混乱"，至少是谈不上规范。例如，用旧韵者，诗遵"平水韵"，词依《词林正韵》，那么散曲呢？说散曲，人们只说北曲，不说南曲，北曲依《中原音韵》，南曲真的不要了吗？要南曲，南曲又依何韵呢？如果说南曲也依《中原音韵》，问题又回到了明代《中原音韵》与《洪武正韵》之争。再说，这些诸如"平水韵"《词林正韵》《中原音韵》，以至包括《洪武正韵》，又是什么年代的韵书呢？堂堂中华文明，泱泱诗词复兴，难道出不了一本现代韵书吗？有，而且很多，那就是当代"新韵"。如1965年中华书局上海编辑部出版有《诗韵新编》18部，1975年广西出版有《现代诗韵》十三部，2004年中华诗词学会编写有《中华新韵》十四韵，还有2002年星汉主编的《中华今韵》十五部，湖北编印的《诗词通韵》十三部二十一韵，盖国良编印的《中华韵典》二十韵等。新韵虽多，却难为广大诗家接受。或许是因为考虑"权威"性问题，2018年10月，国家教育部和国家语言文字工作委员会又组织编写和颁布了《中华通韵》16韵。可是，两年多过去了，《中华通韵》在人们的脑海里，似乎没有多少印象。为什么？根本的问题是"通韵"不"通"，而且连同诸多新韵一道，表现得比旧韵还乱。

新韵难编，究竟难在哪里？以《中华通韵》为例，作为"通韵"，出发点是对的，只是其"通"，理当一"通"古今，二"通"多体。所谓"通"古今，是旨在既能适应现代语音实际，又利于对传统声韵的继承；所谓"通"多体，是旨在能适应当代各种韵体文学的用韵需要，至少应通用于当代传统诗、词、曲、赋，其中当然也应包括南曲。《中华通韵》及诸多新韵，都没有做到这一点。以《通韵》为例，试分析如下。

（一）语音基础采取不符合当代实际。《中华通韵》以现代汉语拼音和普通话为标准语音，其语音基础是北方语音，但当代中国语音实际还有南北之分，从"各循天籁"出发，无论对于诗、词、散曲，仅以普通话"官话"行令于文化艺术形态，恐怕行不通。何况《中华通韵》的以汉语拼音为据，无非是按汉字注音韵母顺序搞了个"韵部"划分,在实际意义上与用《新华字典》作韵书没有根本区别。如果这样做,不仅有违于中国古典诗歌艺术规律,而且也难左右"创作自由"上的传统习惯。

(二)割断了与汉字传统四声的传承关系。《中华通韵》以"阴阳上去"为四声,实际上是沿袭了周德清《中原音韵》的做法。周德清的《中原音韵》,自古就争议较大,今人除作北曲外,也不是十分尊崇,一个根本原因,就是《中原音韵》改变了传统汉字"平上去入"四声的语音内质,如果今天仍然秉承这种做法,即使不管其与语音"阴阳"辨证如何,只在传承汉字传统读音方面,表现的却是以现代文化观念的刀斧,砍断了数千年来的传统四声脉络,不说其损失不止在古典形式的诗歌,而是这种中华民族"骨子里的声音",又岂是说砍就能砍得断的。

(三)对入声处置不当。汉字入声虽是南北语音不同的突出表现,但在南方,却也是多地方语音同一性的重要体现,是大半个中国的语音特色,而且在自古以来多方面艺术形式中,都表现了其不可替代的特殊功能。《中华通韵》采取《中原音韵》"入派三声"做法,是以国家权威名义,将汉字"入声"从汉语声韵学中"正式"扫地出门,是对占大半个中国汉语区域语音的排斥,不仅与现今仍然客观存在的南方语音不相适应,而且表现了新时期的"北尊南卑",是继清代以后,在中华民族声韵学宝库中,又一次投下了历史阴影。

(四)"通韵"不"通"。《中华通韵》冠之以"通韵",是如其《前言》文字说明之"适用范围"所说:"《中华通韵》是中华人民共和国颁布的唯一普通话韵规范。适用于我国大、中、小学校教学和诗歌、戏曲等韵文题材的创作。"现实情况真的是这样吗?这里只说适用于"诗歌、戏曲等韵文题材的创作",情况也不是如此。这里只问一句话,《中华通韵》取消了入声,又如何适用于以入声为重要特征的南曲呢?南散曲同样是中华民族文化瑰宝,是中国散曲艺术的"半壁河山",丢掉了其原本孕育和生存的母体——南方语音,让其今后又将如何生存和再有发展?丢掉了中国散曲艺术的"半壁河山",《中华通韵》又如何能称之为"通韵"!包括对于诗、词、戏曲等方面的传统用韵问题,尽管该"通韵"也同时提到"知古倡新、双轨并行"原则的话，但也只是一种权宜所指，作为新时期的"通韵"，从其历史性意义说，本就不该有这样模棱两可的语言。

在此，我们还当说到韵书的所谓"权威性"问题。历史的事实告诉我们，韵书历来本与"权威"无关，什么韵书适应艺术规律，就尊崇什么韵书。畅行于千百年间的《切韵》《平水韵》和《词林正韵》，都是出自个人之手，还有历史上奉旨编修的《洪武正韵》，怎么也敌不过周德清个人编的《中原音韵》，都是有力证明。

当代诗韵新编，为什么会出现上述情况？一言以蔽之：只盯住现代语音变化，不看重艺术本质要求。现代语音发生变化是事实，但语音变化后，为什么不可以有变化后的传统艺术呢？从历史的阶段性看，语音变化与艺术传承是有矛盾的，但将这一矛盾置于中国传统文化发展的历史长河中看待，却又没有矛盾。例如，说传统声韵不适应今天的普通话，历朝历代不也都有它们的"普通话"吗？但有哪一个朝代做了削足适履的事，为什么到了今天却要反其道而行之？而且今后语音或许还有变化，如果以此一代代下去，还能有什么传统艺术可言？殊不知，艺术的传承，是从形式到内容的全面继承，不能因为语音变化，而使其枝残叶败，以致只剩一支无根的"花"，如果那样，今后的历史会笑话我们的。

中国的传统艺术，都是从一代代语音变化中发展过来的。今天出现的"削足适履"现象，其实反映了又一个事实，那就是，在一定程度上没有从本质意义上认识什么是艺术。产生这一问题的原因，可以追究到在过去100多年间曾经出现过的传统文化传承中的两次"断层"：一次是"五四"新文化运动对传统文化的冲击，二次是"文革"时期"破四旧"对传统文化的破坏。尤其在传统诗词方面，更没有了旧时那种塾师的严厉启蒙和科场上为仕途的艺术比拼，不能有一代接一代的衣钵相传，却也没有被完全打倒。在如此打而不倒的情况下，流传到现在的传统诗词，较多人看到的只是其皮毛，不知其骨肉，所以致20世纪诗词复兴后，人们所认识的诗词，似乎只有"格律调"，或"顺口溜"，而且这种被动传承局面至今没能得到改变。加上受改革开放影响，人们凡事都讲"改革"，诗词声韵"改革"也因此而一度被闹得沸沸扬扬。在如此形势下，我们的诗韵"新编"，当然也只能听从"改革"的声音，做一些浅尝辄止的工作。其结果，也必然是你编你的韵，我做我的诗。

从本质意义出发，任何诗韵的产生，都只能从艺术中来，到艺术中去。也就是说，诗韵是从实践中产生的。例如周德清编《中原音韵》，周德清可谓改革传统声韵的历史第一人，但周德清的"阴阳上去"也不是独撰的。他一方面只针对北曲，另一方面只对已经兴盛近百年的大量北曲作品用韵情况进行归纳和总结，而且他本人也是一名著名北曲作家，是既有社会大众实践，又有个人创作实践，所以他编订的《中原音韵》，才被广大诗家接受和有更广泛的应用。

当代诗韵如何编？我们可以从周德清编《中原音韵》得到启示，那就是，必须坚持从实践中来，到实践中去。当代诗词实践是什么？当然是诗词复兴以来，中国传统诗词多体裁的全面继承和大众化创作。在用韵实践方面，一个基本的共识是，诗用"平水韵"、词用《词林正韵》、曲（严格地讲只指北曲）用《中原音韵》，其中《词林正韵》其实也是"平水韵"。也就是说，自古流传下来的"平水韵"，仍然是当代诗词用韵的最大实践，而且已成习惯性大众化主流，这是不可否定的事实。由此又可以说，无论当代新韵怎么编，谁都拗不过这个习惯和事实，当代诗韵新编应当遵循的第一个原则，也就是承认和尊重这个事实。

但是，当代诗韵用"平水韵"，被认为应当推翻的最响亮理由，是现代语音发生了变化，说彻底一点是"平水韵"不符合普通话标准。这个问题怎么看？笔者认为，首先，如果说普通话一定要介入艺术，那中国当代京剧能完全用普通话演唱吗？用普通话唱京剧，那不叫"京剧"，只叫"京歌"。京剧是艺术，诗词也是艺术，原理是一样的。至于说以普通话为韵是为照顾年轻一代不懂旧韵的需要，"照顾"就是迁就，就是不要艺术，如果说凡"不懂"者都可以"照顾"，那还谈什么艺术，还要办什么艺术学校，以致还要什么教育？世间有哪一种艺术，包括工匠艺术，不是学而知之？第二，"平水韵"也不是完全不符合现代语音，南方语音就很接近"平水韵"，以致可以说，南方当代有许多在《新华字典》中找不到的字音，反而能在"平水韵"中找到。笔者在当地老年大学教学中，对一部分读不准"平水韵"的学员，就让他们用本地方音读字就很奏效，而且不只单指入声字。第三，"平水韵"也可以改动，例如戈载编《词林正韵》，可以根据现代语音变化情况进行恰当调整，如"十三元"韵部，完全可以变动。第四，普通话没有入声，"平水韵"有入声，用"平水韵"又可以解决南曲用韵问题，至于北曲没有入声，则可以效法周德清的做法，或"入派三声"，或入声"单列"，这些都完全可以做到。

这里之所以强调"平水韵"，不是唯"平水韵"是从。实是因为，一方面，"平水韵"表现了当代诗词用韵的大众实践，另一方面，"平水韵"表现了对汉字传统声韵的传承。千百年来，"平水韵"之所以久盛不衰，不是因为没有人想推翻，而是因为不能推翻而不敢推翻。为此，对于诗韵新编，笔者提出一个设想，即以"平水韵"为蓝本，保留其"平上去入"四声划定，一方面，依据当代语音变化情况，对其各韵部韵字进行恰当调整或重新归纳，另一方面，又可吸收周德清"入派三声"做法，标明入声的双重意义，如此，既可以用于诗、词，又可以分别用于南北散曲；既照顾了当代南北语音的不同，又保持了中华民族传统四声的千年血脉不断。以如此方法编成当代《通韵》，相信广大诗家，也无论新旧韵使用习惯如何，应该都能接受。

如果上述办法不可行，那么还只有回到历史原点，诗用"平水韵"，词用《词林正韵》，至于南北散曲，也只应各循天籁，还是以"北问中原""南遵洪武"为好。"天籁"者，自然之音也。自然之音是非人力所能左右的。如李昌集先生所言："曲韵与诗（词）韵不同，本源乃在'天籁'有别，而非故意分道扬镳。"（《中国古代散曲史》第125页）这里唯一强调的是，我们切不可再依清代"仇明"为衣钵，对《洪武正韵》继续"禁用"和让其泯灭，不可因为现代人对《洪武正韵》缺乏认识和无知，以及与今日普通话语音不相一致的一叶障目，拒南曲于当今"通韵"之外，更不可如《中华通韵》之类，在实际意义上取消入声，而让南曲随之真正走向消亡。

总之，文化艺术本来是多样性的，而且各有其本，没有文化艺术的多样性和各具特色，又何有中华民族文化的丰富多彩和璀璨辉煌。从这一意义说，诗韵之所谓"通韵"，实际是不存在的。

第九章　艺术与风格

本书从开篇至此，记述了与南散曲相关的一系列基础常识，可以谓之南散曲的"安身"之位，但"安身"之位并非"立命"之本。任何艺术都是有生命的，"安身"犹当"立命"。散曲的"立命"之本，全在于散曲所特有的艺术与风格。

说到散曲的艺术和风格，多少年来，由于人们对元曲，尤其对南曲存在太多偏见和曲解，极少有人与之相论。包括当代散曲理论研究，多是"你传我抄，我传他抄"，仅就溯源、曲体、宫调、曲牌之类，外加历代作家介绍充填成书，而且多表现"北尊南卑"，以偏概全，不说南曲"消亡"就算够给面子了；间或有论艺术者，不是说元曲不过是"市井勾栏"里的"村坊小调"，就是于云雾之中故弄玄虚，最多只以一个"俗"字说元曲。凡此种种，不仅与唐诗、宋词、元曲"三足鼎立"之说大相径庭，而且与当代散曲创作毫无实际意义。

不是本人厚古薄今，在散曲立论方面，今人实不如古人。在当代散曲研究中，本人实难找到为今天散曲作者所需要的艺术创造方面的知识，而古人之见又多为时过境迁之谈，在散曲艺术与风格方面，笔者之"搬运工"实难尽职。为对今日散曲创作有所帮助，就散曲艺术与风格之类，只以个人理解及创作体会，谈点一孔之见。

第一节　散曲艺术要点

说散曲艺术，无论北曲、南曲，至关重要的，是必须真正视散曲为艺术，而不是"依谱填词"的游戏。这是因为，"艺术从民间走向民族是有规律的,也是一个漫长的过程,不是一个人的主观意志和一时的努力所能奏效。"(姚品文《太和正音谱笺评·前言》第24页)从"艺术规律"说,对于散曲艺术要领,至少要认识以下几方面。

一、格律与形象

对于散曲,摒去其音乐性,它是一种诗歌。散曲作为诗歌艺术之一类,其创作原理,自然就有如同一切文学艺术一样的艺术规律,或曰"文学共性",这就是形象思维;与此同时,散曲是一种区别于其他诗歌形式的格律体古典诗歌,其格律体又与唐诗、宋词格律有别,这种特定的格律形式,就是散曲艺术的"文学个性"。将散曲一体之"格律个性"与一切文学艺术之"形象共性"相融合,这就是散曲艺术。

如何做到散曲格律"个性"与形象艺术"共性"相融合?笔者在当地老年大学诗词教学中,曾经提出过诗词创作的"两个启蒙"理论:一个叫"格律基础启蒙",一个叫"形象思维启蒙"。意思是说,学习格律体诗歌创作,不能只从掌握格律起步,重要的必须从"诗写形象思维"入手。是针对一部分初学诗者,误认为掌握了格律就学会了写诗的情况提出来的。无数事实证明,仅仅掌握了格律,而不知道"诗写形象思维",不仅写不好格律诗,还会因为这种启蒙失误成为习惯,或曰"思想僵化",其作品也永远只是"格律调"。须知,"格律调"再"标准",却永远不是诗。散曲也一样,要以散曲形式写好"诗",一个最基本的原理,就是用散曲的格律形式写形象思维。说明白一点,是与戏剧、电影、小说等用故事形式写形象思维一样的道理。

二、意象与意境

意象与意境,是由形象思维理论决定的。从形象思维理论出发,散曲与诗、词同理,都必须讲意象和讲意境,不讲意象和意境就没有散曲。王国维先生在《宋元戏曲史》中说:元曲"其文章之妙,亦一言以蔽之,曰:有意境而已矣。何以谓之有意境?曰:写情则沁人心脾,写景则在人耳目,述事则如其口出是也。古诗词之佳者无不如是,元曲亦然"。(《宋元戏曲史》

第88页）说得多清楚啊，不用多解释半句。其所说写情、写景、述事，之所以能给人如此的意境享受，都是由意象所生，由意象而出的，古今多少名曲无不证明这一点。

什么是意象？简单地说，意象是诗中用来表现形象的个象，如景象、物象、人象、事象、理象；深一步说，意象是任何诗体的构成元体，有如人体的细胞，是形成诗体和意境的基本要素。可以说，没有意象就没有形象，就没有意境，由此也没有诗。

散曲，自然无论北曲、南曲，也无论用于配乐演唱，还是作为纯文学的诗体，都必须讲究形象思维，讲究形象思维就必须用意象。如元马致远北曲《【越调·天净沙】秋思》：枯藤老树昏鸦，小桥流水人家，古道西风瘦马。夕阳西下，断肠人在天涯。

这是一首极典型的形象之作。曲写"秋思"而无一秋字，但曲中所用"枯藤""老树""昏鸦""小桥""流水""人家""古道""西风""瘦马""夕阳""天涯"等皆为意象。一首短短五句二十八字的作品，用了十一个意象。作者正是通过这些表现凄凉秋色的意象描写，准确地表达出作者凄苦的心境，由此把读者带进一个别致的情景交融的形象艺术境地。这就叫形象思维。

再看一首南曲作品《【正宫·梁州令】昙花》（吴梅《南北词简谱》第275页引例）：春光不改旧门墙，为何事凄凉。游仙人去冷华堂。尘掩镜，妆褪粉，被消香。

曲子也很短，一样也是以意象造境，以"旧门墙""冷华堂""尘掩镜""妆褪粉""被消香"等意象，形象地表现人去室空，门庭冷落的凄凉景象。曲的主题写"昙花"，其意境就在以"昙花一现"作比，表达曲中主人翁被人遗弃的痛苦心情。

什么是意境？意境有多种说法，唐代司空图称意境是"象外之象""韵外之韵""味外之旨"（《诗品》），宋代诗人陆游称意境是"功夫在诗外"（《剑南诗稿》），前面提到的王国维说意境是"写情则沁人心脾，写景则在人耳目，述事则如其口出"，等等。笔者认为意境的含义，应是诗人用形象思维方法，将自己的思想情感融合在客观景物描写中所产生的一种艺术境界。

有人将"诗美"看成意境，这种说法不正确。意境讲美，但美不等于意境。凡诗都讲美，散曲也讲美，这里的"美"，不是单讲词句漂亮，不是讲诗中有没有警句名言，诗以意境为上，是以意境给予读者一定感染力为美。意境没有大小之分，却有高低之别。对于任何作品，意境当是一首作品的制高点，是最能打动人心的某种艺术境界。如前面举例的马致远《【越调·天净沙】秋思》，其用以作为意象描写的一个个景物，在正常情感下，也无非都是极为寻常的景物，可是，当作者对这些景物赋予一种特殊情感后，通过末句"断肠人在天涯"的画龙点睛，就是作者通过形象描写手段，在情景交融、心物合一的艺术创造中，给予读者精神感染力，这种感染力带给读者不同寻常的心灵反映就是意境。古今诗人"秋思"作品无数，唯马致远的这首"秋思"被赞为秋思之祖，原因就在其意象营造巧妙和因其意象描写带来的意境高超，也才有其作品之美。散曲是艺术，不知意象和意境则难有艺术。

三、结构与章法

今人作诗填词，包括创作散曲，都极少讲章法，这是当代诗词创作的一大缺失。为什么这样说？试看当代许多诗词作品，说写景，只一味写景，说记事，只一味记事，写散曲，只一味寻求俚句俗语拼凑，一首作品完成，究竟要告诉读者什么，也许连作者自己都无从说起，一个重要原因就是不讲章法，不能于章法中提升意境。

章法是提升作品意境的重要手段。世间万物，凡事都有章法。俗话说，不依规矩不成方圆，规矩就是章法。章法对于诗词的意义在于结构，在于作品的谋篇布局和层次安排。散曲章法与诗词同理，其规矩就是"起承转合"。"起承转合"四字，可以称之为作品的四个结构层次，也可以看作作品顺理成章的规律。"起"，指作品的开启，即作品的开头；"承"，指承接作品开头所述的继续铺陈，作品的绝大部分篇幅都有可能在"承"；"转"，即转折，这是作品谋篇布局的一个极重要部位，是作品从描写或记事，向表达作者观点、立场和思想情感的转折点，或者可以说是为作品意境升华作准备的环节，没有"转"，就不可能产生意境；"合"，即收合，也称"收"，或称"结尾"，既对全篇的收合，使之首尾呼应，篇成整体，又是全篇意境所出，画龙点睛所在。尽管"起承转合"四个环节，在每一篇作品中不一定有定制的位置，但却都可以有其顺序可依的大致划分。如前面举例的马致远《秋思》，首句"枯藤老树昏鸦"，是写景的开始，也是全篇的"起"，接下的两句，是为渲染所必须的继续写景，是对首句的"承"。"承"是有限定的，不可一"承"到底，尤其诸如独曲、小令和诗之绝句之类，因其篇幅短小，不能句句写景记事，必须留有篇幅余地，以作转结之用。此曲"夕阳西下"，即是全曲的"转"，是将以上的描述进行"收口"，只留一个出处，给末句提升意境作谋划准备，末句"断肠人在天涯"，即在"转"的作用下，自然产生的主题意境，从而也就"收合"了全曲。

不少人对"起承转合"章法毫不在意，有的人甚至持否定态度，这是非常错误的。古人提出来的"起承转合"章法，是对自然法则的一种总结和运用，它不仅是诗词及各种文学艺术规律的呈现，而且适用于对自然万象的认识。比如一年四季春夏秋冬的循环，就是"起承转合"之于每一季节的相合。春为一年之始，万物复苏，即为"起"；夏天万木葱茏，庄稼茂盛，是对春生万物的"承"；秋来草木萧条，五谷归仓，是气候之"转"；冬季仓廪充盈，一年农事已尽，万事只待来春，是一年之终结，可谓"合"，这就是规律。即便以"起承转合"解释人生，又何尝不在此规律之中。人之初，即为"起"；成长与就业，即为"生"之"承"；年过花甲，为望秋蒲柳，光阴即"转"；老至而命终，一生完结，是"收"！凡规律都是不可违的，何况说诗、说曲。

四、技巧与方法

为说明散曲的创作方法，在此，我们先录一段为王国维大加赞赏的元末高则诚作南戏《琵琶记》之《吃糠》一出中的两支曲子：

【商调·山坡羊】（旦唱）乱荒荒不丰稔的年岁，远迢迢不回来的夫婿，急煎煎不耐烦的二亲，软怯怯不济事的孤身体。衣典尽寸丝不挂体，几番拼死了奴身已，争奈没主公婆教谁看取。思之，虚飘飘命怎期，难捱，实丕丕灾共危。

【双调·孝顺歌】（旦唱）糠和米，本是相依倚，被簸扬作两处飞。一贵与一贱，好似奴家与夫婿，终无见期。丈夫便是米呵，米在他方没处寻；奴家便似糠呵，怎的把糠来救得人饥馁？好似儿夫出去，怎的教奴供膳得公婆甘旨。

《吃糠》一出，描写的是丈夫外去未归的媳妇，因家境贫寒，自己吃糠咽菜，将米食供奉公婆，反被公婆误会的情节。上曲只是选取其中的两支唱曲。传说高则诚作此剧，夜案上燃有双烛，当填词至《吃糠》有句云"糠和米本一处飞"时，两支蜡烛竟"花交为一"，高则诚是为吉祥之兆，遂将当时居住楼名曰"瑞光楼"。王国维说，"花交为一"之说固属附会，但《吃糠》一出，却是"自昔皆以此出为神来之作"，而且"此种笔墨，明以后人全无能为役"（《宋元戏曲史》第113页）。说明其创作手法十分高超。如曲词中所说的"糠"与"米"，糠米本为一体，称"谷"；谷经砻、舂、筛、簸后，即分为米和糠。如此，米则为"贵"，糠则为"贱"。曲中有吟"糠和米，本是相依倚，被簸扬作两处飞"，正好深刻地道出了当时人与人之间的贵贱关系，故曰"神来之作"。高则诚的这种创作手法，实际是"比兴"之法。

"赋比兴"是我国古典诗歌自《诗经》以来就有的创作手法，古代诗歌创作的一切技巧与方法都源于此法。毛主席说过："诗要用形象思维，不能如散文那样直说，所以比兴两法是不能不用的，赋也可以用"（《给陈毅的一封信》）。这就是"赋比兴"手法的意义所在。

赋比兴理论源于《诗经》"六义"。《诗经》就内容分，有"风、雅、颂"三部分，就艺术手法说，有"赋、比、兴"三种，合称"六义"。所谓赋，指作用于对作品环境、背景、事件或感慨的交代和连贯，是以直陈、叙述、铺垫为表现的手法；所谓比，即比喻，指从托情出发，用比喻或暗喻的手法，借助于对他物、他景的描写，用以抒发作者的内心情感；所谓兴，也叫起兴，指从起情出发，先以他物的形象表述，象征地先开启诗情画意，然后进入实质描写。赋比兴三者既紧密相连，又相互渗透，互为作用，由此构成形象思维在诗歌艺术中的全部表现手法。

赋比兴传统理论同样适用于现代诗词（当然包括散曲）创作，并且与现代文学艺术理论是一致的。这里的"赋"，即属于表达方式，有如现代的叙述、陈述或记叙；这里的"比兴"，就是修辞，只不过没有细分诸如"形容""夸张""比喻"之类，但在古典诗词、散曲创作中，一样有形容、夸张、比喻、比拟、借代、双关、对比、设问、反问等修辞手法，而且于散曲中，更多用排比、对偶、重叠、反复、顶真、幽默、俚俗及用典等。如上面举例《【商调·山坡羊】吃糠》中，"乱荒荒""远迢迢""急煎煎""软怯怯"，以及每句与之相接的"不丰稔的""不回来的""不耐烦的""不济事的"，就是一种排比与反复的连环运用；曲中还有"寸丝不挂体"是对"衣典尽"的夸张，"虚飘飘"是对命运的形容，而且以"米""糠"比"贵""贱"，是绝妙的比喻。一首曲就用了如此之多的修辞手法，可谓今人之法，古人早已无所不用其极。

五、关于散曲的对仗

散曲创作手法须重点说到对仗，是因为对仗为散曲创作最常用的修辞手法之一。最早注意到散曲用对仗的是周德清，他的《中原音韵·作词十法》中就有"对偶"一法，朱权《太和正音谱》也列有"对式"一项，说的都是对仗手法。散曲对仗形式主要有如下几种。

1.扇面对。又称隔句对。指第一句对第三句，第二句对第四句；或其他。如康进之【驻马听】中："花片纷纷，过雨犹如弹泪粉；溪流滚滚，迎风还似皱湘裙。""花片纷纷"与"溪流滚滚"相对，"过雨犹如弹泪粉"与"迎风还似皱湘裙"相对。

2.重叠对。周德清《对偶》云："【鬼三台】第一句对第二句，第四句对第五句；第一、第二、第三句却对第四、第五、第六句是也。"如张鸣善【圣药王】中："花影移，月影移，留花环月饮琼杯。风力微，酒力微，乘风带酒立金梯。风月满樽席。"第一句"花影移"与第二句"月影移"相对，第四句"风力微"与第五句"酒力微"相对，又第一、第二、第三句"花影移，月影移，留花环月饮琼杯"与第四、第五、第六句"风力微，酒力微，乘风带酒立金梯"相对。系反复重叠。

3.救尾对。又称鼎足对。如马致远《秋思》套数云："红尘不向门前惹，绿树偏宜屋角遮，青山正补墙头缺。"是以尾句对首句，又三句呈鼎足式相对。

4.连璧对。即四句相对。如张可久【梧叶儿】《第一楼醉书》:"梨云褪,柳絮飞。歌敛翠蛾眉,月淡冰蟾印,花浓金凤钗,酒滟玉螺杯。醉写湖山第一。"其"歌敛翠蛾眉"以下四句,即为四句相连的"连璧对"。

5.联珠对。即多句对。是对应二句对称"合璧对"、三句对称"鼎足对"、四句对称"连璧对"之五句以上"多句对",有如联珠炮发一般。如王实甫【十二月带过尧民歌】《别情》中的【十二月】:"自别后遥山隐隐,更那堪远水粼粼,见杨柳飞绵滚滚,对桃花醉脸醺醺,透内阁香风阵阵,掩重门暮雨纷纷。"有两对应句之间的"合璧对",有每三句之间的"鼎足对",有四句相连的"连璧对",又全篇五句合在一起,像发联珠炮一样的相对,称"多句对"。

6.鸾凤和鸣对。指一首中首尾二句基本相对(但一般不对,或对得不工)。如周文质【叨叨令】《悲秋》:"叮叮当当铁马儿乞留玎琅闹,啾啾唧唧促织儿依柔依然叫,滴滴点点细雨儿渐零渐留哨,潇潇洒洒梧叶儿失流疏刺落。睡不着也么哥,睡不着也么哥,孤孤零零枕上迷飚模登靠。"是全篇首尾之间有隔多句不对仗,尾句回过头来又与首句相对,只此曲首尾两句对仗并不工整。因为这种对仗句式不连贯,且因格律关系,首尾句字数不一定相等,较难工整,有对仗也效果不佳,故此对式很少用到。

7.燕逐飞花对。指"三句对作一句",或又含义三句之每一句,都有一个"鼎足对"。如马致远【拨不断】:"菊花开,正归来,伴虎溪僧鹤林友龙山客,似杜工部陶渊明李太白,有洞庭柑东阳酒西湖蟹。哎,楚三闾休怪。"其第三、四、五句,每句即为三句对作一句,又分别以"伴""似""有"三领字,各领一鼎足对。如第一句,"伴"为领字,"虎溪僧""鹤林友""龙山客"为三"鼎足对",第二、三句类同,三句又互为相对,如"燕逐飞花"一般。

8.重叠式对。重叠式相对,实际是"重叠"与"对仗"并用的一种修辞手法,有部分句式重叠和整首曲重叠两种。以部分句式重叠相对的例子比比皆是,数不胜数。整首曲重叠相对,如乔吉的一首【天净沙】:"莺莺燕燕春春,花花柳柳真真。事事风风韵韵,娇娇嫩嫩,停停当当人人。"是句句重叠又对仗。

在此需要说明一点的是，散曲对仗不需要如诗词那种规范的字声与词性相对，也不必拘于曲牌格律有无对仗要求。如上面的许多举例中，它们的曲牌并没有对仗要求，也因格律的关系，一些对仗也没有做到规范的字声与词性相对。笔者认为，散曲中凡修辞运用，只要为艺术所需，不是玩文字游戏，怎么用都行。

第二节 散曲风格与语言

说散曲风格，首先必须涉及一个重大议题，那就是所谓"曲俗"。多少年来，人们只要一说散曲，立马就想到一个"俗"字，总以"俗"字认散曲，这是极端片面和错误的。

说"曲俗"的由来，与"诗庄、词雅、曲俗"说法有关，但"诗庄、词雅、曲俗"，包括有言"词者诗之余，曲者词之余"之类，或为以偏概全，或为一家之言，究竟依据何在，旨在何意，却从来没有准确的说法。若就所谓"曲俗"说"曲俗"，最多只与诗、词、曲不同样式的某种形态特征有涉。比如，说"诗庄"，无非是说近体律绝形式固定，句式整齐，以其外表端庄而说"庄"；说"词雅"，无非是说词为长短句，便于言情，且多用艳辞丽句而说"雅"；至于说"曲俗"，大概是与其多用口语和有见诙谐、幽默而见"俗"。而且"俗风"一起，或专以"俗"而言散曲，或以"俗"而引申低俗和庸俗，以致认为散曲艺术仅唯讥讽、嘲弄之能事，实是受"诗庄、词雅、曲俗"之害，大错特错。从艺术本质出发，散曲创作岂止一个"俗"字了得！

就艺术或风格论，元曲究竟为何物？当代曲学论著纵有相涉，最多只就某作品说艺术，就某作家说风格，要说有所全面精准述评，还只有王国维先生的《宋元戏曲史》。

王国维先生在《宋元戏曲史》中，多处谈到对元曲艺术的评价。他说："元曲之佳处何在？一言以蔽之，曰：自然而已矣。古今之大文学，无不以自然胜，而莫著于元曲。"又说，"元剧自文章上言之，优足以当一代之文学。又以其自然故，故能写当时政治及社会之情状，足以供史家论世之资者不少。"王国维同时将元曲与自古以来的诗歌作比较，说"一代有一代之所胜，欲自楚骚以下，撰为一集，汉则专取其赋，魏晋六朝至隋，则专录其五言诗，唐则专录其律诗，宋专录其词，元专录其曲。余谓律诗与词，固莫盛于唐宋，然此二者果为二代文学中最佳之作否，尚属疑问。若元之文学，则固未有尚于其曲者也"。就南曲与北曲比较，王国维又说："元南戏之佳处，亦一言以蔽之，曰自然而已矣。申言之，则亦不过一言，曰有意境而已矣。故元代南北二戏，佳处略同；唯北剧悲壮沈雄，南戏清柔曲折，此外殆无区别。此由地方之风气，及曲之体制使然。而元曲之能事，则固未有间也。"（《宋元戏曲史》第87、93、108页）

由王国维以上所述，我们可以清楚地看到，元曲艺术和风格的最大特征，就是两个字：自然，除了自然还是自然。其中他表明了几点理由。

其一，元曲"自然"风格为元曲创作题材所决定。他说，元曲以"当时政治及社会之情状，足以供史家论世之资者不少"，是说元曲的创作取材，多直面当时政治及社会现状，敢于揭露时弊及统治阶级罪恶，能够真实地反映当时社会状况和广大劳苦大众心声，而且其真实性可以作为史学家的论世资料。说明元曲从民间兴起，直接反映平民生活，并为广大平民所接受，这是元曲自然风格得以形成的根本原因。由此，我们联想到当代有曲学家以鸿篇巨制，大谈元曲"花间""市井"之貌，"黍离""避世"之悲，说"元散曲'豪放'的深层底蕴乃是一种悲剧意识，其'彻底'放脱的超尘避世之情，只是经历了人生失败而绝望后的自我解脱"。（李昌集《中国古代散曲史》第332页）以致说元代前后期散曲，"本发源于同一个基点：文人的'用世'之心。只不过前期散曲以'避世—玩世'哲学为反面形式将'用世'之心深深地掩盖；而后期散曲则以人生的伤感将'用世'之心迂回在字里行间。"（同前第349页）故而将元曲称之为由"避世"到"玩世"，再到"用世"的"伤感文学"。笔者认为，这种文字游戏式的高谈阔论，不仅与王国维先生称元曲为"一代之文学"观点相左，而且似乎觉得，元曲的历史地位，也根本没有资格与唐诗、宋词相提并论。只是王国维先生还说：元曲"为一代之绝作，元人未之知也。明之文人始激赏之，……三百年来，学者文人，大抵屏元剧不观。其见元剧者，无不加以倾倒"。（《宋元戏曲史》第87页）是说，元曲在元之当代不为人所知，是很自然的事，明代始有赏识，只越到后来才越"无不加以倾倒"，这正是对元曲的识与不识原因之别。只时至今日，还被有尽见"伤感"或"讽刺"，实不知其缘由何在。

其二，元曲"自然"风格形成是元曲作家别样情怀所致。王国维在总结出元曲风格唯"自然"后，揭示了其形成原因中一个极为深刻的秘密，那就是元曲作家的别样情怀和品格。王国维说："盖元剧之作者，其人均非有名位学问也；其作剧也，非有藏之名山，传之其人之意也。彼以意兴之所至为之，以自娱娱人。关目之拙劣，所不问也；思想之卑陋，所不讳也；人物之矛盾，所不顾也。彼但摹写其胸中之感想，与时代之情状，而真挚之理，与秀杰之气，时流露于其间。故谓元曲为中国最自然之文学，无不可也。若其文字之自然，则又为其必然之结果，抑其次也。"（《宋元戏曲史》第87-88页）是说，元曲作家原本都不是什么有名位有学问之人，他们作元曲，根本没有沽名钓誉之心，没有金钱名利之想，皆完全为自己的意兴所至，或为自娱自乐，或为他人呈欢，所以对于文辞拙劣、思想卑陋、与人矛盾等，都一概毫无顾忌。唯一想到的，只把自己对时代与生活的真情实感，用最明白的道理和最自然的文章秀气表达出来，由此也即于创作的自然中，成就了元曲之"中国最自然之文学"。

元曲作者为什么会有如此的胸怀和品格呢？究其原因，自然与当时社会背景有关。因为元之一代，在元人的残酷统治下，人分"四等"，广大劳苦大众，包括肩不能挑、手不能提的下层文人，都处于社会最底层，能够生存就不容易，还能有什么金钱名利之想；尤其元代存世不足百年，却有八十余年废止了科考，文人不能通过科考而入仕，又还能做些什么呢？如王国维所说："盖自唐宋以来，士之竞于科目者，已非一朝一夕之事，一旦废之，彼其才力无所用，而一于词曲发之。……此种人士，一旦失所业，固不能为学术上之事，而高文典册，又非其所素习也。适杂剧之新体出，遂多从事于此；而又有一二天才出于其间，充其才力，而元剧之作，遂为千古独绝之文字。"（同前第69页）包括南曲（南戏）作者，他们同样多为下层文人和民间艺人，只为有更好的曲子以供卖唱谋生，哪还有什么名利之争。所以元曲

"自然"风格的形成,完全由元曲作家之纯真情怀与品格所出。

其三,关于元曲风格与语言。为了反映真实的社会题材,为了让广大平民百姓能够接受,在追求意境的同时,元曲作者自然十分重视元曲语言运用。元曲艺术之"自然"对风格的要求,是俗中见雅,雅中见俗,或者说,是以俚破雅、点丑为雅和炼俗为雅的"雅俗互陈"。为此,他们在语言运用方面,自然要别出一格。元曲语言特点,如王国维所总结的,主要在三方面:一是多用俗语和自然之声。王国维说:"古代文学之形容事物也,率用古语,其用俗语者绝无。……独元曲以许用衬字放,故辄以许多俗语或以自然之声音形容之。此自古文学上所未有也。"(同前第90页)其所说"俗语和自然之声",就是指群众口语和生活用语,其中包括"衬字"在元曲中的出现,也完全是由格律之外的"自然之声"所致,都是自古以来文学上所没有的事情。二是自由使用新语言。王国维说:"元剧实于新文体中自由使用新言语。"(同前第91页)并且总结我国古代文学使用新语言情况,是"至元而大成。其写景抒情述事之美,所负于此者,实不少也"。(同前)说明元曲之用时代新语言为前古之少有,也为今日之用时代新语言树立了榜样。三是用俗语而时代化。王国维说:"又曲中多用俗语,故宋金元三朝遗语,所存甚多。辑而存之,理而董之,自足为一专书。"(同前第93页)所谓"三朝遗语",总该有几百年吧,至元还能"理而董之"。董者,正而不豫也;且能"自足为一专书"和"供史家论世",或者至今尚能为鉴。这是什么"俗语"呢?是如今天有将"曲俗"理解为低俗、庸俗之"俗语"吗?显然不是。其所谓俗语,包括新语言,决不是尽见低俗与完全俚俗之语,也不是仅为一时一地所能理解的方言俗语,而是一种出于自然且又经诗人"诗化"和"时代化"了的大众语言。

其四,为什么说元曲风格比之唐诗、宋词更显"自然"。王国维历数了自《楚辞》《离骚》以来一代又一代之绝胜,直逼唐诗、宋词,说,若论这些绝胜皆见"自然",却对唐诗、宋词反而心存疑问。为什么?王国维没有展开说,其实也不用说,因为唐诗、宋词不如元曲自然,是众所周知的事。唐诗、宋词多为文人学士创作,且自古以来多以"诗言志"为论,又多互比典雅、含蓄,以致有以"唯美"为上,如此何言自然?比如说唐诗,李商隐是赫赫有名的唐代诗人,他的诗之风格能称"自然"吗?纵使有一定阅读能力的读者,也只能读懂就不容易。再说宋词,宋词风格分"豪放""婉约"两派,仅"豪放""婉约"一词,顾名思义就难说"自然"。当然,对于唐诗、宋词,我们不能如此简单分析,在此只为作个比较说元曲,是说元曲的"自然"风格,更胜于受到历代盛赞的唐诗、宋词,只是未受到人们的崇尚与尊重罢了。

其五,关于元曲意境。意境是艺术与风格的集中体现,元曲风格同样表现在其意境上。如前文有述王国维在《宋元戏曲史》中说元曲意境:"其文章之妙,亦一言以蔽之,曰:有意境而已矣。何以谓之有意境?曰:写情则沁人心脾,写景则在人耳目,述事则如其口出是也。古诗词之佳者无不如是,元曲亦然。"(《宋元戏曲史》第88页)元曲如此之意境,难道能从庸俗、讥讽风格所出?当然不是。意境与意象运用紧密关联,说明元曲意象风格同样出于"自然",其形象思维原理,本与诗词无异。此议前文有述,在此不作重复。

说散曲艺术风格,当说到散曲的诙谐、幽默或讽刺特征。当代有不少人认为,元曲风格无非是诙谐、幽默,或讥讽,有的甚至把散曲看成是"骂人"的低俗文学,这些认识是相当错误的,至少是一种误解。元曲之有诙谐、幽默、讥讽等特点,完全出于其风格"自然"和贴近群众、贴近生活,是由元曲作为戏曲的为"娱人"、为逗趣的舞台效果所出,其手法运用演变到散曲,当然是不足为怪的。但纵观元曲能书写"当时政治及社会之情状,足以供史家论世之资",元曲作者本来应有的那种不计名利、不为金钱的高尚情操与品格,以及元曲与诗、词一样对作品意境的追求,作为"一代之大文学"的元曲,其艺术风格岂只在唯诙谐、幽默或讽刺之能事!说到底,元曲(包括北曲与南曲)之有诙谐、幽默或讥讽,表现的只是元曲语言特色之一,是元曲"自然"属性的使然,断不可认定为元曲整体风格之所在。

第三节 散曲"宫调声情"说

无论南曲、北曲,凡言创作,必先讲宫调。于一般认识而言,宫调对于今天的意义，似乎仅在选用曲牌的名称归属而已。其实不然，宫调作为曲体文学基础理论的一个方面，还有一个"宫调声情"，其意义，对于今天的散曲艺术是同样存在的。

什么是"声情"？"声情"对于曲体，是指乐曲旋律所表现出来的感情色彩。散曲本为曲学，不仅有曲体，还有乐理，乐理表现于乐曲意义的一个重要方面就是"声情"。元曲曲调以宫调分类，正是以各种曲调所表现的不同声情而各归其属，如喜怒哀乐、豪放沉雄等，都于宫调分类中，既见其"声"，又见其"情"。

"宫调声情说"最早是元代芝庵在他的《唱论》中提出来的，其内容是将宫调作为某种声情代号，每一宫调表现一种声情。这种"声情说"，在散曲发展史上影响很大。《唱论》以当时流行的北曲十七宫调所代表的十七种"声情"为记载。文曰如下：

大凡声音，各应于律吕，分于六宫十一调，共计十七宫调。

仙吕调唱清新绵邈，南吕宫唱感叹伤悲，中吕宫唱高下闪赚，黄钟宫唱富贵缠绵，正宫唱惆怅雄壮，道宫唱飘逸清幽，大石唱风流蕴藉，小石唱旖旎妩媚，高平唱条物滉漾，般涉唱拾掇坑堑，歇指唱急并虚歇，商角唱悲伤婉转，双调唱健捷激袅，商调唱凄怆怨慕，角调唱呜咽悠扬，宫调唱典雅沉重，越调唱陶写冷笑。

上述这段文字，在后来凡有类似研究散曲的述著，包括当代曲学研究，可谓无有不录。然而，对于散曲"声情说"，历来又议论纷呈，争议很大，尤其有当代论著，对此多示为贬义。如有说芝庵"六宫十一调"之"十七宫调"与北曲"十二宫调"不是一回事，有说芝庵所说"声情"只不过是瓦舍勾栏里的艺术"民间化"，或认为是当时借以代指某种音乐风格的符号，更多的是以一些个别散曲作品举例，指出其声情与宫调标志不符，甚至有说"声情说"是芝庵的个人臆想，是"外行话"，等等。

但是，从元曲的总体发展情况看，历来曲作家和曲论家，都是十分注重声情的。说宫调声情理论的存在，其以"宫调"指代"声情"方式，并不只始于元代，早在北宋文人间就有这样的现象。如宋人汤衡《于湖词序》有载："昔东坡见少游《上巳游金明池》诗，有'帘幙千家寂寞垂'之句，曰：'学士又入小石调矣。'"这里的"又入小石调"，是指秦观诗的柔婉格调，与"小石调"在《唱论》的声情要求"旖旎妩媚"是吻合的。明代王骥德在《曲律·论剧戏》中说："又用宫调须称事之悲欢苦乐，如游赏则用仙吕、双调等类，哀怨则用商调、越调等类，以调合情，容易感动得人。"更有清人徐大椿在《乐府传声·宫调》中，以"黄钟调唱得富贵缠绵"和"南吕调唱得感叹悲伤"为例，"其声虽变，虽系人之唱法不同，实由此调之平仄阴阳配合格，适成其富贵缠绵、感叹悲伤，而词语事实又与之合，则宫调与唱法相得矣。……后世填词家不明此理，将富贵缠绵之事亦用南吕调，遇感叹悲伤之事亦用黄钟调，但唱者从调则与事违，从事则与调违，此作者之过也。"正是由上所说，当代曲学家赵义山在他的《元散曲通论》中说："我认为《唱论》所记各宫调的特点，不仅是芝庵个人的体验，也是时代的积累，还包含了时代的认同，绝不是他个人的想当然。"（《元散曲通论》修订本第51页）。至于说芝庵所说"十七宫调"与《中原音韵》十二宫调在数量上不一致问题，是后者所选宫调数对前者的简化，简化原因也正在"声情"有所雷同或相似中。何况自古以来宫调体系各异，名目及计数繁多，本与"声情说"无关。

宫调声情对于散曲不是可有可无，更不是邪说。那么它对于今天的散曲创作有何意义，在创作实务中我们又当如何把握，下面谈点个人认识。

一、声情是曲体文学原生态形式的重要内容，今天的散曲是对古代曲体文学的继承，自当不容忽视。说声情是曲体原生态内容之一，这是因为，元曲在其形成之初，首先是表现于音乐，而声情对于音乐是必须的。人类创造音乐，从一定意义讲，就是以表达各种不同心声和情怀为目的。可以说，世界上无论哪种音乐，或古代的，或现代的，或中国的，或外国的，没有"声情"就没有音乐。同样，在音乐与生活的关系上，或者说与听众的关系，也是为不同类型的心声和情怀需要服务。这种"心声"和"情怀"的简称就是"声情"。举一个最简单的例子，有朋友结婚，你以哀乐前往道贺，人家会高兴吗？当然不高兴。同样，朋友家有丧事，你以喜乐去志哀，难道是希望人家再死人吗？当然也不可行。这就说明声情对于音乐的重要性。再以现代歌曲为例，不同类型的歌曲有不同类型的感情色彩，比如军旅进行曲与民间爱情歌曲，它们的音乐感情色彩绝对不可能一样。即使是同一类型题材作品，每产生一首歌曲，它们的曲调旋律和反映的情感也不可能一样。如果可以一样，那么人类的演唱活动，只要有一首歌就够了。由此说到散曲，散曲每一宫调的声情归属，就好比是对同一类型歌曲感情色彩的总体要求，而散曲的一个个曲牌，则好比是同一类型歌曲中的一首首歌，一个曲牌就是一首歌曲的曲调。歌曲不同，曲调旋律自然不同，曲调旋律的基调就是声情。

二、声情是乐理本质的所在，是艺术形象思维规律的展现，散曲遵声情就是遵其形象思维规律。世间任何文学艺术都讲形象思维，都有形象思维的共性；与此同时，不同形式的文学艺术，又各有其形象思维的个性。个性也称特性，音乐的形象特性，就是"声情并茂"，就是讲"有声有色"。古代曲体的宫调"声情说"，强调的不只是曲体本身从唱词到配乐的形象特性，同时有包括演员服饰、舞台布景、灯光道具，以及歌唱者的情感表达等方面的一致性。对于这一切，今天的我们，虽然已无法得到自己的亲身体验，但作为艺术，我们却应当相信其真实性和规律性的存在，有如今天我们所创造的某种艺术一样，凡能称之为艺术的，就必有其艺术规律，我们必须承认和遵循。对于今天的散曲，即使只作为纯文学创作，也必须遵循其形象思维规律及其特性。也就是说，在创作散曲时，我们必须想到是散曲，不是诗，不是词，更不是顺口溜或其他，必须在艺术构思、形象引入以及语言运用等方面，想到有"声情"要求，并且用以丰富我们的作品形象。

三、声情强调的是"声"，更是"情"，散曲创作讲"声情"，是作者情感表达的需要。诗写真情实感，任何文学艺术创作，都必须强调作者真实情感的投入。散曲"声情"说，给予我们的又一个重要启示，是必须对作品赋予作者的真实观点、立场和思想情感。当然，曲体宫调声情的具体所指，是对某一宫调声情的标识，指某一宫调的曲调适用于哪一类型感情色彩的作品内容。有如现代歌曲简谱上，通常标明的诸如"深情地""悲痛地"，或"欢快地""雄壮地"等，还包括兼而有之的表明"节拍""速度"等符号，其意义，是对一首歌曲所必须的"声情"提示，也是对演唱者演唱时的情感要求。这些声情"提示"，不只是外表的空有其名，而是作品内容的自身蕴含。一首尽显低沉缓散的曲子，即使标上"威武雄壮"的提示，无论怎样刻意演唱，也无法表现其"威武雄壮"。说明散曲声情核心意义的要求，首先是作者对于作品的感情投入，没有真情投入，仅仅"依谱填词"，其作品，不只是格律的空壳，而且也只是文字的空壳，这样的创作是没有任何意义的。

四、鉴于散曲艺术在当代的多方面缺失，继承散曲声情理论与运用，是对散曲艺术传承缺失的一种补救。自芝庵提出散曲宫调"声情"理论以后，虽说受到过不少人的异议或否定，但从总体认识上看，还是得到了充分肯定。至于当代的认识情况，只因为散曲本身在流传中被逐渐淡化，到了当代，散曲继承尤显短足，理论方面更见贫乏和苍白，声情理论自然更少为人知。随着中华诗词的复兴和不断繁荣，散曲作为当代传统诗词创作的一部分，已经越来越多地受到社会关注，散曲创作也正逐渐地成为人们的一种喜爱。今日重提散曲"声情"，其作为散曲基础理论之一，犹可引导人们对散曲理论的重视，并可使散曲事业向更广阔领域挺进，从一定意义说，继承散曲声情理论及其运用，可以是对散曲艺术传承缺失的一种补救。从最狭隘意义说，讲声情总比不讲声情好。

五、关于声情在散曲创作中的具体操作。无论南曲北曲，因为声情表现于每一支曲调，相同声情曲调又归属于同一宫调，那么，在声情运用中，第一位要想到的，是对曲牌所属宫调的选定，即必须根据创作内容所要表现的感情色彩，相对应地选择与声情表达相一致的宫调，在相对应的宫调中再选择曲牌。第二是在创作套曲或曲组时，必须在同一宫调中选用曲牌，因为同一首作品不应有两种或两种以上声情。第三是因为声情与曲调的板拍及速度相关，所以还应注意到曲中所选曲调的安排顺序问题。比如作集曲，在声情方面，同宫调集曲相犯是没有问题的，只于不同宫调相犯时，则在选择声情相近宫调的同时，在曲调相犯组合时，还必须按照相关位置规定，安排好曲调的前后秩序。也就是说，有的宫调的曲调必须居前，有的宫调的曲调则必须居后。如商调与黄钟相犯，商调曲调必须居黄钟曲调之前，等等。关于这方面的定制规则，相关曲谱，如《南曲九宫正始》、吴梅《南北词简谱》等，都有明确标示。只切切不可毫无顾忌，由作者随心所欲而为。

第四节　关于南曲继承与创新

　　散曲进入二十一世纪的今天，适逢中华文化发达和传统诗词复兴，我们能够重话散曲，这是中国散曲之幸，更是南曲之幸。当然，传统文化毕竟是传统文化，任何传统文化，对于今天的意义，都有继承与创新的问题。只是在人们的共识上，今天的散曲地位仍然十分低下，从当前情况说，北曲创作虽比南曲多，却极逊于诗、词，其创作，也仅在"按谱填词"；南曲创作则更少，可谓微乎其微，或者说根本不被人们认识，以致不被承认，如此状况，何谈继承与创新？但无论怎样，本书的编写目的在于找回南散曲，故在篇末，就散曲的继承与创新问题，说几句由衷之言。

　　一是必须从根本上认识散曲艺术的传统地位和现实意义。首先，我们必须认识，中国在当代的任何进步和发展，都是在历史的根基上一步一步走过来的。中国五千年历史，给予我们最厚重的礼物就是中华文化，也就是我们的民族文化。可以说，如果没有这一点，或者不承认这一点，中华民族就无法在世界立足，也不会有任何科学的或技术的存在。有一位哲人说过，"一个国家，一个民族，如果没有先进的科学文化，一打就倒；一个国家，一个民族，如果没有优秀的人文文化，不打自倒。"（湖口籍中科院院士杨叔子语）这句话的含意是极其深刻的，如果联系近代以来中国饱受外来侵略的欺侮和凌辱，这句话的内涵却又倍让人心酸。所以历史给予我们的，无论是经验，还是伤痛，一个最不可忘记的信条，就是不可丢掉中国文化，所以习近平总书记提出的"四个自信"，最基本的，也是最重要的就是"文化自信"。坚持"文化自信"重要的一条，就有必要继承和弘扬中华民族优秀传统文化，因为这是中国人的民族基因，也是现代中国人的血脉，没有这一点，就没有中国的存在，也没有中国人的存在。至于说，中国散曲是不是中华民族的优秀传统文化，散曲艺术值不值得继承和发扬光大，这一点，我看没有必要多说，只以中国文学史早有定论的以唐诗、宋词、元曲并论的"三足鼎立"地位就足以说明问题，而且毛主席早就说过："旧体诗词源远流长，……（它）要发展，要改造，一万年也打不倒。因为这种东西最能反映中华民族和中国人民的特性和风尚，可以兴观群怨嘛！哀而不伤、温柔敦厚嘛！"（梅白《回忆毛泽东论诗》）散曲正是以其特殊的体裁形式和别致的艺术风格，于数百年间传承不断，历久弥新，实是我国优秀传统文化的重要组成部分。何况直至今天，还没有哪一种以自然风格著称的艺术形式能与散曲相比。新时代不能没有散曲。

二是散曲艺术的继承与创新不能"转基因"。什么叫"基因"？这里说的"基因"，是指一切文学艺术的民族属性和艺术特征。任何艺术的存在，都是民族文化的产物，都有其独立和独特的艺术形式、特征及其规律，外国的艺术是这样，中国的艺术也是这样，这就是艺术的基因。所谓传统艺术的继承与创新不能"转基因"，是说其所表现的民族属性和艺术特征不可改变，改变了就不是原来的艺术；而且还可以说，任何艺术的存在，其基本属性，也不会因任何人为的力量所能改变，在人为的作用下，要么是继承，要么是消亡，这是历史的规律，也是艺术的规律，谁也改变不了。散曲也一样，其基本属性也不可随意改变；若说可以改变，那么说其继承与创新，则是没有任何意义的。

说散曲的民族属性和艺术特征，在前面的溯源、体制等方面，已作了充分的表述，在此仅就南曲与北曲不同特征的不可改变性再作重申。就南曲说，一是由板腔决定格律的原创性不可改变，因为南曲始于南戏，南戏由板腔决定声腔和格律，也就是说，南曲格律受板腔掌控；二是南曲声韵讲求"平上去入"四声不可改变，因为"平上去入"四声是南曲的基础语音，也是我国汉语的传统基础语音。三是南曲声韵的"入声"运用不可改变，因为入声是南曲声韵的一个重要标志，取消南曲入声，是对南曲艺术规律的一种破坏，如此还能谈什么南曲的传承。其中，尤其不能因为现代普通话没有入声就取消南曲入声，它们本来就不是一回事。此诸方面，都是南曲的原生态基因特征，表现于南曲从语言到句式、从意境到风格形成的全过程，是南曲从"自然"得出的艺术规律之所在，如有改变，就不叫南曲。

当代有一种艺术态度，叫"改革"，对任何传统艺术，开口必言改革，都要以现代文化和现代人意识进行改革，这种极富于破坏意义的"改革"，最多只能称之为对艺术原生态形式的"改造"，但在如此"改造"式的改革下，是没有任何继承可言的。当然，对于传统文化，说完全不改革也不可行，对于一些与当代文化完全脱离的方面是要改的，比如南曲的板腔，是可以不必过于讲究，因为无论北曲南曲，其作为"唱"的方面的意义已基本不存在，即使少数地方还有"唱"，却毕竟没有普遍意义，尤其作为散曲，其本来是可以唱，也可以不唱。不过，在格律的认识和运用上，南曲因板腔而形成的板式，以及因板式而决定的格律，却不可改变，改变了就不叫继承。当代有学者将南曲格律全部进行"律化"，即仿照近体诗格律模式，仅依"平仄"二声组成曲牌句式，这样做，似乎于创作更为简便，但这种"律化"了的形式，却完全改变了南曲的艺术本质，让人看到的无非是多了一种长短句式的"律诗"，是一种既不像诗，又不像词，更不是曲的"四不像"体。

散曲的继承与改革应当是怎样的？或者说我们应当有怎样的继承与创新？近年，诗词界有一种提法叫"求正容变"。所谓"求正"，是指尽可能地严格遵守其艺术传统规则和规定；所谓"容变"，是指对一些完全无现实意义，改革后又不影响其艺术规律的东西可以变。但这里的"变"，却有个基本原则，那就是"知古倡今"。也就是说，"倡今"是在"知古"前提下的"倡今"，在"知古"的原则下允许"变"，而且在"变"了以后，还能让人"知古"，所以创新也必须是在"知古"前提下创新。试想一下，如果我们对一种已经传承了数百年或数千年的传统艺术，经创新后连其本来面目都看不见了，这样的"改革"或"创新"能叫成功吗？所以说，在继承与创新问题上，"千万不能丢掉传统"是正确的，"千万不能没有创新"却要认真对待。那就是，能改则改，不能改就不改，更不能随随便便地改和随随便便地说创新，一个基本原则就是不能"转基因"。

三是当前的态度。说南曲是传统艺术，但在当代，却又是一件"新鲜事物"，因为太久违了，太少有人关注了。说"找回南散曲"，目的当然在传承；南曲能不能得以传承，当前的态度很要紧。如何做？笔者思考有三。

首先，应当承认南曲。承认南曲的存在，说起来是一件很容易的事，但在行动上却很难。目前，对于诗和词，全国上下可谓风起云涌；对于北曲，无论高层、基层，也有不少组织机构，而且出现了以北曲创作为实际主体的"中国散曲之乡"。唯独南曲，什么风声都没有，非但如此，而且笔者于近年还经历了一件令人啼笑皆非的事实。某机构组织编辑出版一本冠名为"中国当代散曲大典"的作品专辑，笔者有一组南散曲入选，且于每首作品标题曲牌前都标有一个"南"字，可《大典》出版后，这些"南"竟被全部删除了。也许是因为该《大典》均为北曲，唯独我是南曲，太"格格不入"了！实际就是不承认南曲。

第二，应当善于学习。南曲久未相传，对于南曲如何写，普遍都感到生疏，以致不习惯，不适应，这些都是事实。但不熟悉可以学习，创作本身就是学习，何况北曲也才刚刚起步，也在学习，南曲又为什么不可以学习？这方面，笔者也同样经历了一件事。在2020年全国抗击新冠肺炎疫情中，笔者写了几首抗疫情题材南曲，发在一散曲微刊群中，并按要求于作品后附录了所依曲谱，却被该刊编者核对曲谱认为某字"不符合格律"而拒录。这里实际有个学习的问题，比如南曲的"入代三声"，这位编者是不是知道呢？说明一个问题，作者要学习，编者也应学习。散曲创作与诗词一样，要遵守格律，却又不"唯格律论"，尤其南曲，其"变化更多"，岂能以其"不知"而定"知之"！"不知"者不为怪，就是要学习。包括当代北曲创作，以及诗和词的创作，都有个学习的任务，仅仅"依谱填词"都是远远不够的。

第三，几个实际问题。2019年，有一个外地散曲组织负责人，来电话询问我写南散曲用什么韵谱，这个问题实在不好回答，因为目前诗词界连南曲创作都少有人问津，还谈什么南曲韵谱。还有曲谱问题，真正就当代权威性和通行性曲谱说，不要说南曲，北曲也没有。历史上有，流传到今天，却都在书库里，难得与广大作者见面。偏偏又有一些人喜欢"独撰"，不知从哪里弄来一些零星的或七拼八凑的东西，并且以网络相传，很不规范，更不系统。曲谱和韵谱，是散曲创作两个最基本的工具，没有这两个工具就无法进入创作。如何办？最根本的办法，当然是有权威机构组织编订真正切合当代南曲和北曲所用的曲谱和韵谱，但这件事不是说办就能办和就能办成的事，相关情况在前章已作记述。为解燃眉之急，笔者认为，还是以传统之法，北曲曲谱可用朱权的《太和正音谱》，韵谱可沿用周德清的《中原音韵》；南曲曲谱可用钮少雅、徐于室编《南曲九宫正始》，韵谱可用《洪武正韵》，或借用"平水韵"和《中原音韵》。其中"平水韵"为当代诗词仍在使用的韵书，因其分有"平上去入"四声，不影响南曲特性；《中原音韵》虽说为北曲用，但《中原音韵》"平上去入"四声分明，明清以来不少南曲作家一样用以作南曲，今人又何尝不可权宜而用之。包括还有其他实际问题，只要南曲能够真正得到传承和复兴，相信在新时期实践中，一定会有很好的解决办法。

附一：

南曲简谱新编

凡　例

（一）本编依2008年版清代编明末徐于室、钮少雅订全名《汇纂元谱南曲九宫正始》（即《南曲九宫正始》，简称"原谱"）为基准，比照近人吴梅著《南北词简谱》之《南词简谱》（简称"吴谱"），同时参阅俞为民著《中国古代曲体文学格律研究》之《常用南曲曲调格律简析》（简称"俞谱"），取《九宫谱》部分（含《十三调》之小石调），依原谱顺序，勘定"正始"编成。全编共分十一宫调，从简明实用出发，择收南曲曲牌计343个，曲调（不含换头）共407支。每宫调后附集曲及散套曲牌名定式不等。

（二）本编所录曲调，分宫调按"引子""过曲""煞尾"顺序排列。"正格"外，有择录"又一格"。凡所录曲调，均依原谱样式，照录其格律、范曲，未敢擅作改变。凡涉曲牌、格律相关事宜，均分"原注"（含原谱注、吴谱注、俞谱注）、"本注"（本编注），于曲调后加以说明。

（三）本编曲牌格律中的相关注示，均按原谱样式标注。各宫调"过曲"题首处，标有"声情"提示；除"引子"无板外，"过曲"曲下均加注板数（原谱未注者，依原谱不注）；曲调内容，以"平上去入"标注四声及韵位；原谱入声"作平"处，均改标原"平"，并加"本注"说明"以入代平"；范曲后，依原谱所注有无，保留原谱要点点评。原谱有存明显编误处，本编作有校正。

（四）韵位标注方法，依原谱仅结合所引范曲式样标注。即如原谱《臆论》之"论定韵"所述：有必该用韵者，则注"韵"；必该押韵者，则注

"叶"；有失韵者，则注"应韵""应叶""可韵"，或"借""失"字样；对不应韵或偶用韵者，则注"不""不必""或不"等。有句读不明处，本编添有"豆"字，以明句读。

（五）范曲中凡"衬字"，均以小号字体与"正字"区别。

（六）原谱范曲用韵均依《中原音韵》，并于曲牌名下注有用韵韵部，本编从略不注。

一、黄钟宫

黄钟宫引子

瑞云浓

平去去平（应韵），平去去平平上（韵）。平入平平上平去（叶），平平去入（不），上去入平平平去（叶）。平上（叶），上平平去平平去（借）

一夜东风，吹绽禁园桃李。从入昭阳感恩霈，龙和凤叶，果是只人间一对。欣喜，想明皇太真无二。（元传奇·宣和遗事）

原注："是"字可用平声。

本注：二"一"字为以入代平。

传言玉女

入上平平（或韵），平去上平平入（韵）。平平平入（不），上平平去入（叶）。平平去入（不），去上平平入（叶）。平平去入（不），去平平上（叶）。

得靓天颜，真为主忧臣辱。皇恩深沐，享千钟重禄。如今幸得，再整银屏金屋。皇朝重见，太平重睹。（元传奇·拜月亭）

第二格（第三、四句并为七字一句）

入上平平（韵），平入去平平去（叶），去平平平平去上（叶）。平平去入（不），平入平平平去（叶）。入平平上（不），入平平去（叶）。

烛影摇红，帘幕瑞烟浮动，画堂中珠围翠拥。妆台对月，下鸾鹤神仙仪从。玉箫声里，一双鸣凤。（元传奇·蔡伯喈）

原注："一"字可用平声。

玩仙灯

平入平平（可韵），平上上平平去（韵）。去平平平平去上（叶），去去去上平平（不），平平平去（叶）。入上平平（不），平平平平去上（借）。

元夕风光，香车马往来相亚。御街前笙歌韵雅，见这迓鼓咳来，尽般般呈罢。欲赏花灯，想乾明相将近也。（元传奇·鸳鸯灯）

降黄龙

平平平去（韵），去上去平平上（叶），上平去平上（叶）。去上平平（叶），平上平平平平（叶）。平平去入（不），去入去上平平（叶）。平平去（不），去平去上平（不），平平平上（叶）。

桃源仙洞，间阻厚欢浓宠，惹离恨千钟。燕子楼空，尘锁冰衾无容。雕阑倦拍，奈目断楚天征鸿。伤情处，对一带远山，愁云斜拥。（明散套·从别后）

原注："容"字可用仄声。

本注："一"字为以入代平。

女冠子（又名"双凤翘"）

去平平上（韵），平平上上平上（叶）。平平去上（叶），平平平去（叶）。去上平上（不），平平平去（叶）。平平去上（叶），平上上平平（叶），去平平上（叶）。上平平平去去入（不），平上平平去上（叶）。

凤城春早，宫桃已早开了。冰消冻沼，余寒犹峭。帝里三五，元宵来到。鳌山侵汉表，琉璃影里笙箫，胜如蓬岛。绮华筵开宴共乐，只恐壶天易晓。（元传奇·许盼盼）

原注：此调与词调同，但无换头；与南吕宫及道宫调之【女冠子】不同。

本注："只"字为以入代平。

绛都春

平平去上（应韵），去平去上平（不），平平平上（借）。平平入去平平去（不），平平上（叶）。平平平去平平去（叶），去入上平平平去（叶）。上平平去（不），平平上上（叶），上平平上（叶）。

缘悭分浅，未曾遇可人，风流才子。今朝得遇真奇俊，心中喜。浑如前世曾结会，便觉有十分亲意。酒边席上，眉尖眼底，两情和美。（元传奇·薛芳卿）

原注：此调与词调少别；此引子多与过曲相似，愿今撰者必宜效之，庶免过曲与引子无别。

本注："结""十""席"字为以入代平。

疏　影

平平上上（韵），去平平平去（不），平去平平（叶）。去去平平（不），平平平去（不），去平上去平平（叶）。平平去入平平去（叶），去平平去上平平（叶）。入去平平（不），去平平去（不）平入平平（叶）。

光阴荏苒，叹孩儿去后，愁病相兼。为念穷亲，迎归别院，伫看苦尽回甜。粗衣粝食心无歉，借□居怕惹憎嫌。欲赴春闱，暂抛亲舍，凶吉难占。（元传奇·王十朋）

原注："借"下原脱一字，"暂"字可用平声。

本注："别"为以入代平。

点绛唇

入去平平（或韵），去平平上（或叶），平平上（韵）。去平平上（叶），上上平平上（叶）。

月淡星稀，建章宫里，千门晓。御炉烟袅，隐隐鸣稍杳。（元传奇·蔡伯喈）

前腔换头

入入平平（应叶），去上平平上（叶）。平平上（叶），去平平去（叶），上去平平上（叶）。

忽忆年时，问寝高堂早。鸡鸣了，闷萦怀抱，此际愁多少。（同前）

原注：此调乃南引子，与词调同，不可作北调唱。北调第四句为"平仄平平"，南曲第四句为"仄平平仄"；北无换头，南有操头；北第一、二句皆用韵，南直至第三句方用韵；此调，南属黄钟宫，北属仙吕宫。

玉漏迟

平平平上上（韵），平平去上（不），平平平上（叶）。上去平平（不），去入上平平上（韵）。去上平平去去（不），上入去平平平去（叶）。平去上（叶），平入去平平上（叶）。

诗书勤乃有，焚膏继晷，吟不绝口。苦志潜心，奋发拟攀龙首。刺般悬梁闭户，指日愿功名成就。因配偶，重折渭城杨柳。（元传奇·孟月梅）

原注："苦""奋""刺"字俱可用平声；"重"字可用仄声。

本注："不""绝"字为以入代平。

黄钟宫过曲（富贵缠绵）

赏宫花（十六板）

平入上平（韵），平平入去平（叶）。平上平平去（不），上平平（叶）。上去去平平去去（不），平平平去上平平（叶）。

钱落手中，寻思跌破胸。干与他将去，杳无踪。好似雁从天上过，急忙归去买油烹。（元传奇·杀狗记）

原注：沈谱曰："第一句若第一、第二字用平声，则第四字亦可用上声；若第二字欲用仄声，则第四字切不可仄也。"此论最确。……曰"桃腮杏脸"，正此义也。

本注："急"字为以入代平。

滴溜子（二十二板）

平平去（豆），平平去（不），去入去上（韵）。上平去（豆），上平去（不），去上去平（叶）。去平（叶），平平平上（不），平平去上上（借）。平去去（借），上入平平（不），平平去平（借）。

鳌山上，鳌山上，凤烛万点。彩楼内，彩楼内，士女笑喧。笑喧，见

番郎胡女,搽灰弄鬼脸。灯灿烂,引得游人,挨拶尽观。(元传奇·赵氏孤儿)

原注:"脸"字可用平声,"烂"字或平或上方叶;"笑喧"二字承上文,"灯灿烂"属下不属上,此义仅此。

本注:"拶"为以入代平。

第二格(二十二板)

平平入(豆),平平入(不),去平去平(韵)。平平入(豆),平平入(不),去平上去(叶)。去平平平平上(叶),平平去上平(叶),平平去上(叶)。平入平平(不),去平去平(叶)。

臣邕的,臣邕的,荷蒙圣朝。臣邕的,臣邕的,拜还紫诰。念邕非嫌官小,奈家乡万里遥,双亲又老。干渎天威,万乞恕饶。(元传奇·蔡伯喈)

原注:"的"字可用去声。

本注:"乞"字为以入代平。

第三格(二十一板)

平入平平(不),上平去上(韵)。去平平去(不),上平去平(叶)。上平(不),平平平去(叶)。平平上上(不),上平平去去(借)。去平平上(不),平平去平(借)。

向龙烛光中,仰瞻凤辇。绛绡楼上,鼓乐笑喧。水晶,蓬莱宫殿。琉璃影里,五色光灿烂。似洞天一境,移来世间。(元传奇·许盼盼)

原注:"影"字可用平声。

本注:"乐""色""一"字为以入代平;此调原谱共八格,本编仅录三格,"第三格"为原谱"第五格"。

双声子(二十四板)

平平上(韵),平平上(叶),平去平平去(借)。平去平(叶),平去平(叶),平去平平上(叶)。上去平(叶),上去平(叶),上去平(叶),上去平(叶)。平上平平(不),去平去平(借)。

福非浅,福非浅,前世曾为伴。今幸然,今幸然,生在王宫苑。你貌鲜,你貌鲜,我少年,我少年。似云里吹箫,并头凤鸾。(元传奇·赵氏

孤儿）

本注：二"福"字为以入代平。第二、五、八、十句皆叠，接上文。

第二格（二十三板）

平上入（韵），平上入（叶），平平去平平入（叶）。平去入（叶），平去入（叶），平上平上去入（叶）。平平入（叶），平平入（叶），平上入（叶），平上入（叶）。平平平入（不），平平平入（叶）。

人踊跃，人踊跃，欢声沸相诙谑。须痛酌，须痛酌，银海中酒未涸。鸬鹚杓，鸬鹚杓，重澡瀹，重澡瀹。看杯盘狼藉，觥筹交错。（元传奇·鲍宣少君）

原注："觥"字改作仄声乃叶。

本注：叠句同前格，第三、六句皆六字。

第三格（二十七板）

入去平平去（韵），平平去（叶），平平去上平平去（叶）。平上平上平（叶），平上平（叶），去入平去平平去（叶）。平平上去平（叶），上去平（叶），平平上上平（叶）。上上平（叶），平入平平（不），上平平上（不），上平平平（叶）。

触处笙歌竞，笙歌竞，家家宴赏相邀命。教我侧耳听，侧耳听，听得欢笑声相映。花街柳市行，柳市行，秦楼楚馆灯。楚馆灯，见银烛光中，绮罗丛里，许多娉婷。（元散套·薄日乍烘晴）

原注：此格为上格的添字添句，其次曲亦然。

本注：二"侧"字为以入代平。

双声叠韵（二十四板）

平平上（韵），平平上（叶），平入平平上（叶）。平上平（叶），平去上（叶），去上平平去（叶）。去上平（叶），去去上（叶）。去去平（不），去去平（叶）。平平去入（不），去平平去（叶）。

花开早，人不老，拍拍春多少。然此宵，相见了，剩把银缸照。挂紫袍，现圣表。姓字香，度量高。要百年契合，万家欢笑。（元传奇·孟月梅）

原注：此调与【双声子】相似，【双声子】叠句叠文，此调叠韵不叠文。

本注："不""拍"为以入代平；"姓字香"句，"香"字失叶；此调清版原文第四、五句"然此宵，相见了"为二合一"六字句"，未叠，吴氏无录，改录俞氏"二三字句"。

归朝欢（二十七板）

平平上（不），平平上（不），去入上平（韵）。去平去平平上上（叶）。平平去（不），平平去（不），上平去平（叶）。去平去平平去上（叶）。去平去平平平去（叶），平平上去平平去（叶），上去平平入去平（叶）。

离家久，离家久，望得眼穿。是则是山长水远。亲和妇，亲和妇，有谁见怜？怕只怕缘悭分浅。见书备知都康健，斑衣早遂平生愿，宝镜重磨月再圆。（明传奇·浙江亭）

原注：此调首八句为"扇面对"，第二、六句分别叠前句；末三句与中吕宫【三句儿煞】相似，故用于【鲍老催】【啄木儿】【三段子】之后作散套可不再用尾。

本注："则""只"为以入代平；本调清版板数、句读多处有误，以吴、俞氏所录为正。

神仗儿（十九板）

上去去平（韵），平平平去（叶），平平去去（叶）。上平平平入上（叶），平平去入（不），去平平上（叶）。平去平上平平（叶），平去平上平平（叶）。

抵甚臭腰，不合神道，千牛万獠。我虽生得不好，有浓装淡抹，翠围红绕。桃杏色海棠娇，桃杏色海棠娇。（元传奇·孟月梅）

原注：第七、八句为叠句。

本注："不""合""得""色"为以入代平。

第二格（十八板）

平去去平（韵），平上平平（叶），入去去平（叶）。去平平去平去（叶）。平平去去（不），去平平上（叶）。平去去去上平平（借），平去去去上平平（借）。

莲步慢移，纤手同携，月不醉归。众中一个殊丽。偏他俏俏，有万般娇美。头上戴个耍蛾儿，头上戴个耍蛾儿。（元传奇·许盼盼）

原注："手"可用平声，"携"可用仄声，"月下醉归"可用"平平上去"或"平平去上"；末句为叠句。

本注："一"为以入代平；"儿"为借韵。

第三格（十四板）

平平上去（韵），入平平去（叶）。平上入平去（叶），去上平平平上（叶）。平上入入平平（叶），平上入入平平（叶）。

拾遗补过，责归贤佐。苏子不安分，顿使一官迁左。辞琐闼出銮坡，辞琐闼出銮坡。（明传奇·四节记）

本注：末句为叠句；"拾""一"为以入代平；"分"失韵。

鲍老催（全。五十三板）

平平平上平平去（韵），去平去平平去（叶）。平平平去平平去（叶），平去入平平去（应叶）。平平平入平平上（不），去平平入平平去（叶）。平平平入平平（叶），去平去上平去（叶）。【合】去平去上（叶）。平平去平平上平（叶），平平去去平上平（叶）。平平去（不），去上平（不），平平去（叶）。平平去去平平上（叶），平平去上平平去（叶），去去上平平去（叶）。

奴家从小家豪贵，万不幸为娼妓。今朝深谢琴堂意，除妓籍从良去。花花牢狱琉璃井，幸然今日都脱离。夫妻今日重欢喜，这缘分岂容易！【合】尽都贺喜。双双在天谐比翼，双双在地连理枝。逢花处，遇酒时，同欢会。铁球儿漾在江心里，团圆到底无抛弃，愿尽老谐今世。（元传奇·柳耆卿）

原注：此系【鲍老催】全调。

本注："不""脱""翼""铁"为以入代平；第四句"去"失叶，第十一句"枝"借叶；【合】即【合头】，与【换头】相对应而称。此调有【耍鲍老】【鲍老催】【鲍老催后】【倒接鲍老催】等调式，皆在【合头】与【换头】的运用。下录【倒接鲍老催】与【鲍老催后】二调以利学者识别。

倒接鲍老催（四十七板）

【合头】上平上去（韵），平平去入平去平（叶），平平去上上去平（叶）。平平上（不），平去去平平上（叶）。平平去入平平去（叶），平平去去平平去（叶），去平入平平去（叶）。【换头】平上去平平（或叶），平平去平去（叶）。平平去（不），平去平（不），平平去（叶）。平平上平平平上（叶），平去去平平平去（叶），去平入平平去（叶）。

【合头】宝杯满劝，逢时庆乐歌上元，花朝玩赏锦绣鲜。三月景，修禊向兰亭转。清和四月新绿遍，蕤宾又见菖蒲面，看六月凉亭扇。【换头】乞巧斗穿针，中秋又排宴。重阳至，欢笑称，登高愿。十月小春堪消遣，冬至绣针添一线，看除夕年华变。（明散套·春满绮罗筵）

原注：此调【合头】在前，【换头】在后，故名"倒接"。

本注："绿""六""乞""十""一"字，两个"月"字，皆为以入代平。

鲍老催后（二十七板）

去平去平（韵），平平上去平去平（叶），平平上去平平入（叶）。平平去（不），上去平（不），平平入（叶）。去平去去平平入（叶），平去去平平去入（不），去平平去平平入（叶）。

翠眉漫蹙，赤绳已系夫妇足，芳名已注婚姻牒。空嗟怨，枉叹息，休推速。画堂富贵如金谷，休恋故乡生处乐，受恩深处亲骨肉。（元传奇·蔡伯喈）

原注：此调止【合头】，末句变七字；"翠"字去声，妙极；"空嗟怨"用"仄仄平"，"枉叹息"用"仄平平"，皆可；"乐"字可改作上声。

本注："蹙""赤""足""息""骨"为以入代平。

滴滴金（二十五板）

平平去入平平去（韵），入入平上去上（叶）。去平上平平平去（叶），去平平上（叶）。平平上上（叶），去平上平平去上（叶）。上平上平（或不），平入去平（叶）。

窗前皓月偏来照，便是铁石人也瘦了。闷恹恹怎得眠一觉？恨绵绵空懊恼。离情悄悄，病恹恹怎生捱到晓？此生怎逃？扑簌簌泪抛。（元传奇·西

厢记）

原注："铁""也""闷"字皆可用平声，"得""病"字亦可用平声，"此生"之"生"字可用仄声。

第二格（二十六板）

平平入入平平上（韵），平去去入平平（叶），平去上（叶）。平平平入平平去（叶），上平平平去上（叶）。平平上上（叶），平平去平平入上（叶）。平平去上（叶），入平平去上平（叶）。

临风八角亭幽悄，游荡处碧天高，丝乱袅。再传杯翻侧乌纱帽，海棠枝啼乱鸟。关心者少，怕声声唤回春色老。阑干路绕，曲弯弯傍小桥。（明散套·春光未老）

原注：此调第二句下增三字一句，末句变为六字二截。

第三格（二十四板）

去平上平平平入（韵），平上平平去平入（叶）。平平平去平平上（应叶），去平平平上入（叶），平平平入（叶）。平平去上平平入（叶），平平入（叶），平平平去平平入（叶）。

上林笋脍甘如肉，南海冰鳞气犹馥。玉盘犀箸寒生指，画堂中新酒熟，珍馐溢目。娇歌艳舞相催促，相催促，休教日近青山麓。（元传奇·无双传）

原注：此调末句变七字，此格尽有。

本注："玉""溢""日"为以入代平；第七句为上句后三字叠文。此调有多格，本编第三格为清版第六格。

闹樊楼（二十板）

平平平入平平上（韵），上去平平（不），上平平平（叶）。去上平平上（叶），上去平平去（叶）。平去去去平平平（叶），上平平（不），上平平（不），入平平平平去去（叶）。

一床纨索尘蒙绕，几度思量，几番心焦。待把愁城剿，苦被愁山靠。无奈处扑簌簌泪珠儿抛，惹人愁，恼人肠，一声声寒蝉尚噪。（明散套·凄凄悄悄）

本注："一床"之"一"字为以入代平。

第二格（十八板）

平平平去平平上（韵），去上平平（不），上平平平（叶）。上去平平上（叶），上去平平去（叶）。平平去去入平平（叶），上平平（不），平平平去入去（叶）。

孤身先自添烦恼，夜景凄凉，眼前难熬。见老树啼乌绕，野寺哀猿叫。鸳鸯畔滴溜溜败叶儿飘，响当当，风铃儿斗合唣。（元传奇·西厢记）

原注：本调多格。本格第七句下减一三字句，末句之下截板与正格不同。

出队子（十六板）

平平平去（韵），平去平平上去平（叶）。平平上上上平平（叶），平去平平平去去（叶）。上入平平（不），平入去平（叶）。

追思前事，心下如同理乱丝。虽然颇颇有家资，争奈年衰无后嗣。怎不教人，朝夕叹咨？（元传奇·王十朋）

原注：此调与北曲体同。第一句可不用韵，"嗣"字可用平声。吴、俞氏皆注：此调为快板小曲，或代用于净、丑出场引子，大都不拘宫调，可多曲叠用，叠用时常用于喜乐欢快情节。

本注：此调多格，此格为常用格，其余不录。

画眉序（二十五板）

上平平（韵），去上平平上平平（叶）。去平平平上（不），去入平平（叶）。去入平平上平平（不），平上去平平上去（叶）。去平去平平平入（不），平平去平平去（叶）。

与民欢，庆赏元宵广排筵。会簪缨朱履，贵戚三千。座列着公子王孙，簇拥处娇娥粉面。太平无事人乐业，黎民尽歌欢宴。（元传奇·赵氏孤儿）

原注：此调多格，变处止在第一、第二句，第一句多变为五字句，犹有六字句，又曰凡遇五字，必以二字衬之，太泥也。吴氏注：此调首句本为三字，第二句应为"仄仄平平仄平仄"，九宫谱定，以第二句用平韵为正调，用仄韵为接调，却不知此曲无换头，接调无据。

本注："着""簇"为以入代平，"与民欢"之"欢"为借韵。

啄木儿（二十二板）

平平上（或不），平去平（韵），去上平平平去上（叶）。平去上上入平平（不），上去上平上平平（叶）。去平上平平去（叶），平平去平平上（叶）。上入平平平去去（叶）。

我亲衰老，妻幼娇，万里关山音信杳。他那里举目凄凄，俺这里回首迢迢。他那里望得眼穿儿不到，俺这里哭得泪干亲难保。闪杀人一封丹凤诏。（元传奇·蔡伯喈）

原注：吴氏注：第四五句、第六七句均须对仗；"望得眼穿儿不到"，"儿"字揭起，以使腰板，声亦随之而高，此最是美听处。俞氏注：此调可叠用多曲，自组成套。

本注："得""不""哭""得""一"为以入代平。此调多格，此系常格，其余不录。

三段子（十八板）

去平上上（韵），去平平平平去平（叶）。去上上平（叶），去平平平去平（叶）。去平上平平去（叶），平平上上平平去（叶），上去平平平入上（叶）。

这怀怎剖？望丹墀天高听高；这苦怎逃？望白云山遥路遥。你做官与亲添荣耀，高堂管取加封号，与你改换门闾偏不好。（元传奇·蔡伯喈）

原注：沈谱曰：两个"这"字，两个"望"字，及"听"字、"路"字，俱用去声妙甚，必如此方发调；两个"怎"字上声，又和谐；"耀"字、"号"字俱去声，而以"好"字收之犹妙。

本注："白"为以入代平。本调多格，此格系常格，其余不录。

下小楼（十七板）

去平（不），平平平去（韵），去平去上平（叶）。平平入上平平（叶），平上平平去（叶），去入平去平平（叶）。

驾车，娇姿来到，似嫦娥下九霄。卑人无福怎生消？闲把瑶琴一操，异日须要题桥。（元传奇·西厢记）

原注："下""异"字俱可用平声，"无""须"字俱可用仄声。

本注:"一"为以入代平。

绛都春序(二十四板)

平平上上(韵),去平平上平平平上去(叶),上去平平(不),上去平平平平上(叶)。平去入上上平平上(叶),上去上平平平去(叶)。上平平去(不),平平去去(不),上平平去(叶)。

团团皎皎,见冰轮晃然初离海峤。仔细思量,怎地教人长不老?兀自月过十五光明少,忍负我青春年少?满怀心事,一春怨恨,有谁知道?(元传奇·西厢记)

原注:"海"字可用平声。此调与词调同。

本注:"不""自""一"为以入代平。此调有多格,且有【换头】,用之与引子无别,故钮氏云:当从此"西厢体"为是。

疏　影(十八板)

平平上平(应韵),入平平去上平入(韵)。平去平平平去平(借),平平上入平平去(叶),去上平平去去平(叶)。【合】去上(不),平入去平平上平平去(叶)。

惟思马援,习遗经戒子勤读。题柱相如当路过,一朝显达登云路,衣锦还乡大丈夫。【合】是我,都只为文章把妻耽误。(明传奇·高文举)

原注:"援"字可唱作去声乃叶。

本注:"一"字为以入代平。

前腔换头(十五板)

平平(应叶),平平去上(叶),去平平去平平入(借),去去平平平平去(叶)。平平去去平平去(叶),平上平平去去平(叶)。【合前】

苏秦,悬头刺股,后来时相居六国,闭户袁安攻书赋。他每都志遂还乡故,偏我淹留在帝都。【合前】(同前)

本注:"六"字为以入代平。

降黄龙(二十三板)

平去平平(不),平去平平(不),去入平平(韵)。平平去平(不),去入平平(不),平去平平(叶)。平平(叶),上平平去

（不），去上上平平平上（叶）。去平平（不），平平入去（不），平平去平（叶）。

宦势门楣，寒士寻常，望若云霄。时移事迁，为地覆天翻，君去民逃。多娇，此时相见，料想我姻缘非小。做夫妻，相呼厮唤，怎生任消？（元传奇·拜月亭）

前腔换头（二十五板）

平平（韵），上去平平（不），入入平平（不），上平平去（叶）。平平上上（不），去去平平（不），平平平上（叶）。平平（叶），去平平上（不），去平平平平去（叶）。上上去（不），平平入上（不），上平平平（叶）。

何劳，奖誉过多，昔日荣华，眼前穷暴。身无所倚，幸然遇君家，危途相保。英豪，念孤惜寡，再生之恩容报。久已后，衔环结草，敢忘分毫？（同前）

本注：此调多格、多换头，且句法大异。此格紧接【黄龙衮】便成套数。

黄龙衮（俗名【衮遍】，十六板）

平平平去平（借），去上平平上（韵）。入去平平（不），去上平平去（叶）。去平平去（不），平平平上（叶）。平平（不），去去平（不），平平去（叶）。

休将别泪弹，谩把愁眉敛。夺利争名，进取须当渐。路途迢递，不无危险。才日暮，问路程，寻宿店。（元传奇·王十朋）

原注：此格为正体。吴氏注：末三字三句，平仄无定，唯结韵宜去声。

本注："别""不""日""宿"为以入代平。此调多格，本格清板注二十八板，拟有误。

第二格（十五板）

平平平上平（韵），平平去平平（叶）。入去上平（不），去平平去平平去（叶）。平平去上（不），平去去平（叶）。平平去（不必），上去平（不），平平去（叶）。

三更三点催，鸳鸯戏涟漪。玉臂紧交，润酥胸汗溶溶地。觉天昏地惨，

193

参地一会。如痴醉，任宝髻偏，金钗坠。（元传奇·宝装亭）

原注：第四句变为七字，次曲亦然。

本注：此格为清版第五格。"一"为以入代平。

水仙子（十一板）

上去平（不），平平去（韵），平平去去平上去（借）。平平上上平平（不），去平平去（叶）。平平（不），去上平平去平（叶）。

眼又昏，天将暝，趁声儿向前打认。浑身上雨水淋漓，尽皆泥泞。生来，这苦何曾惯经？（元传奇·拜月亭）

原注：第六句"生来"，吴氏曰：可与下句"这苦何曾惯经"，改为"生来这苦，何曾惯经"。但钮氏有曰：然此文理，句律两失矣，且又加一实板于"这"字上，益谬也，按调必以"生来"二字为句，"来"字一板，必不可无，"这苦"二字，必应属下，"这"字之板，必不可有，学者不可不审。

本注：此调与十三调双调【水仙子】不同。

前腔换头（十板）

上平去平平平去（叶），去平上去（不），入入平去平（叶）。平平平（不），上平平平去（叶）。上上平平去平（叶）。

眼前是错十分定，是无可奈，只得陪些下情。年高人，怎生行得山径？款款扶着娘娘慢行。（同前）

刮地风（二十六板）

上上平平平去平（韵），平平去上平上（借）。去平去平平去（叶），上上上去去平平（叶）。平平平平（叶），平上平平（叶）。去平平（不），上平平去上平去（叶）。平平去上平去平（叶），上去平平（叶）。

举止与孩儿不恁争，厮跟去你心肯。情愿做奴为婢身多幸，怎敢指望做儿称。干戈宁静，同往神京。谢深恩，感深恩救取奴命。天昏地惨迷去程，就此处权停。（元传奇·拜月亭）

原注：此调比正宫【风淘沙】只第四句与末句不同。"举""厮""做"字俱可用平声，"争""京""停"字俱可用仄韵，"宁""为"字可用仄声。

194

本注："不"为以入代平。

本注：综上【黄钟宫】中，有如【狮子序】等未录，是依清版钮氏曰：【狮子序】按元谱原属南吕调，后不知何人改收于黄钟宫。又【太平歌】，按古今词谱及新旧传奇皆未见有此调。又【恨萧郎】，按元谱亦属南吕调，是为讹乱。

入　赚

按：《正始》曰：【入赚】者，疑是诸宫各调总名也，即如今之俗名【不是路】耳。按元谱九宫中只于【正宫】【大石】【中吕】【南吕】【越调】有之，而皆名【本宫赚】；然【黄钟】【仙吕】【商调】【双调】无之也。但于十三调每调皆有之，且皆有名题。

吴氏曰：【赚】为过渡之曲，如前后诸曲不相连属，则中间用赚一支二支皆可。【赚】有赚谱。吴氏于《南词简谱》之【黄钟宫】中列有一【赚】词"与我留人"（未标谱）。

煞　尾

按：钮氏曰：煞尾者，即今俗名之尾声也。按元词其法甚严，九宫各有规律，每煞各有名题，未尝此那彼借。今亦从其规律，皆随注于各宫之后。且十三调内，此九调之尾，即与此九宫之煞共之也。但此九调外之羽调尾，借仙吕宫之【情未断煞】相通，又道宫调之尾，借南吕宫之【尚按节拍煞】相通，又般涉调之尾，另命题曰【尚如缕煞】，小石调之尾，亦另曰【好收因煞】，亦皆随注于各本调后。今蒋、沈二谱于此煞尾总目中，尽有彼此混淆之误，余今按从元谱一一详明于此，愿作者审之。

吴氏曰：尾声总以十二板为限，故又名"十二时"。

喜无穷煞（十二板）

平平去去平平去（韵），去入平平去上平（叶）。平平平上（不），去上平平（叶）。

从今更撰贤臣颂，报国丹心务秉忠。愿追踪伊吕，箴羽夔龙。（明传奇·香囊记）

黄钟宫常用集曲定式：

【画角序】：【画眉序】前四句，下接【掉角儿】后五句、【狮子序】末二句。

【画眉啄木】：【画眉序】前六句，下接【啄木儿】末三句。

【绛都春序】：【绛都春序】前七句，下接【疏影】末三句。

【绛玉序】：【绛都春序】前四句，下接【玉翼蝉】末句，再接【画眉序】后四句。

黄钟宫常用散套定式：

【绛都春序】【出队子】【闹樊楼】【鲍老催】【双声子】【尾】。

【画眉序】（二支）以及【鲍老催】【滴溜子】【神仗儿】【双声子】【尾】。

【啄木儿】（二支）、【三段子】（二支）、【归朝欢】（二支）、（不用尾声）。

【降黄龙】（二支）、【黄龙衮】（二至四支）、【尾】。

【狮子序】【太平歌】【赏宫花】【降黄龙】【黄龙衮】（或用南吕【大圣乐】）及无尾。

原注：吴注曰：散套可任意联套，但须知某曲有赠板或无赠板耳。

本注：本编凡集曲定式，皆节选自俞为民《中国古代曲体文学格律研究》；凡散套定式，皆节选自吴梅《南词简谱》。

二、正　宫

正宫引子

喜迁莺

平平平上（韵），去去去平平（不），平去平去（叶）。去上平平（不），平平平去（不），平平上去平平（叶）。平去去平去（不），上入平平平上（叶）。平去上（不），上平平平去（不），上去平平（叶）。

终朝思想，但恨在眉头，人在心上。凤侣添愁，鱼书绝寄，空劳两处相望。青镜瘦颜羞照，宝瑟清音绝响。归梦杳，绕屏山烟树，哪是家乡？（元传奇·蔡伯喈）

原注：此调与词调同，但无换头；第一个"在"若用上声，妙；"归梦杳"三字若作"去上平"，妙。吴注：此为正格；俞注：首句可不用韵。

本注：二"绝"字皆为以入代平。

破阵子

去去平平去去（不），平平上上平平（韵）。平去平平平入去（不），平上平平去入平（叶），平平平上平（叶）。

况是君臣遭难，哪堪子母临危。尊父东行何日见？天子南迁甚日回？家邦无所依。（元传奇·拜月亭）

原注：此调与词调同。

齐天乐

平平平去平平上（不），平入去平平上（韵）。平去平平（不），平平去去（不），平上平平平入（叶）。平平去上（叶），去入去平平（不），去平平去（叶）。去入平平（不），去平平去去平上（叶）。

梅黄金重垂丝雨，佳节又逢重午。曾记当年，怀沙旧恨，从古及今遗俗。轰雷画鼓，更掣电红旗，画船无数。逝魄独醒，大夫标致吊千古。（元传奇·赛乐昌）

原注：此调与词调同，但无换头。

本注："及""独"字为以入代平。

燕归梁

平去去平平（韵），去平平上平平上（叶），上平去上去平平（叶）。去平平（不），平去平平去（叶）。

庭树昼阴多，照纱窗海榴如火，卷珠帘暂把绣工那。燕将雏，蓦地双飞过。（元散套·倦临鸾）

原注：此调与羽调【燕归梁】不同，羽调【燕归梁】即九宫商调【凤马儿】也，但又不与十三调越调【凤马儿】同。

197

第二格

平去入平平（韵），平平上去平平（叶）。平平平去平平上（叶），平平去（不），平平上去平平（叶）。

寒露冷结为霜，芙蓉锦绽澄江。呀呀征雁投南往，秋云暮，西风两值重阳。（元散套·一川新霁）

原注：与上格第二句减为六字，末句增为六字。"结"字可用去声，"投南往"可用"仄平平"，而与上调同为妙。

梁州令

平平平去上平平（韵），去入上平平（叶）。去平平去上平平（叶），平平去（不），平平去（不），去平去（叶）。

孩儿一貌本天然，似洛浦神仙。愿天得遇好姻缘，凭媒氏，逢佳婿，做姻眷。（元传奇·刘智远）

原注：吴注：此调与词调同。

本注："一""得"字以入代平。

七娘子

平平去入平平上（韵），去平平去平入平（叶）。平去平平（不），平平平去（叶），平平平去平平去（叶）。

生居画阁兰堂里，正青春岁方及笄。家世簪缨，仪容娇媚，那堪身在欢娱地！（元传奇·拜月亭）

原注："家""那"字俱可用仄声。俞注：此调与词调同。

正宫过曲（惆怅雄壮）

满江红（三十六板）

平平平上（韵），平去平平去平平（叶）。上平平平上平平（不），平去上上（叶）。平入去平平去平（叶），平上平平上去平（叶）。平平上（叶），去上平平（不），平去平（叶）。去上入平平（叶），去入上平上去（不），上上去上平平（叶），平平上平平去上（叶）。上平平去平平（不），平平上上（叶）。

自遭兵火，兄妹逃生受奔波。怎禁他风雨摧残，田地上坎坷。泥滑路生行未多，军马追急怎奈何？教我弹珠颗，冒雨冲风，沿山转坡。大喊一声过，唬得我獐狂鼠窜，那里去了也哥哥？哥哥怎生撇下我？此身无处安存，无门可躲。（元传奇·拜月亭）

原注：此调为急曲，按元谱原为一曲，后因中间有【浆水令】一调间断，故又可分为两截，即以"大喊一声过"另分为一曲，题曰【么篇】。"窜"字应当用韵。"地""坎""冒雨""大喊""去""也"俱去上声，"怎奈""鼠窜""里去"俱上去声，皆妙。

本注："急""撇"为以入代平。

四边静（二十一板）

平平上去平平上（韵），平平去平上（失）。上上入平平（不必），平上上平去（叶）。入平去平（叶），去平去平（借）。平入上平平（不），平平去平去（借）。

层楼好似神仙境，青湘灿云锦。小姐莫留停，车马往来竞。乐声又清，笑声又频。丝竹彩楼高，蓝桥路儿近。（元传奇·瓦窑记）

第二格（二十一板）

平平上上平平入（借北），平平去平上（失）。平上上平平（不），平去平去（失）。入平去平（叶），去平上平（叶）。上入平平（不），平平上平（叶）。

今朝岂比寻常日，华筵动清引。仙子转桃源，佳期共欢宴。不须悒迟，既传与知。转却丝鞭，夫妻两随。（元传奇·拜月亭）

本注：此调范曲用韵较乱。

第三格（二十板）

平平平去去平平（韵），平去入平去（叶）。平上平入平（不），平平上去上（叶）。平入上上平平（叶），平上上平平（不），平去去平上（叶）。

当初贫贱受人欺，吃尽恶滋味。多感尊叔恩，衔环怎报你？今日里锦衣归，白叟与黄童，都道荫乡里。（明传奇·冻苏秦）

本注："吃""白"为以入代平。

福马郎（十五板）

去平平平上去上（韵），上平平平去（或不）。平去上（叶），平平上（不），去平平（叶）。平平去平平（叶），平平上去平平（叶）。

那时风寒雨又紧，正行里喊声如雷震。无处隐，急向林榔中躲，道途上奔。其时乱纷纷，身难保命难存。（元传奇·拜月亭）

原注："时"字可用仄声。

第二格（十六板）

平上平平平去上（韵），上平平去上（叶）。平去平（叶），平平去（可不），上平平（叶）。平去平平去（叶），平平平上入平平（叶）。

香霭氤氲焚翠鼎，赏欢处逢盛景。相奉承，相酬敬，酒高擎。珍馔排仙饤，筵开娇小列娉婷。（明散套·万里无云）

朱奴儿（又名【红娘子】，二十二板）

去平上平平去平（韵），平平去去上平平（叶）。平入平平去去平（叶），上去平平平平去（叶）。平平去（不），平平上平（叶），去平去平平去（叶）。

为科举离乡半春，从别后断羽绝鳞。喜今日偏逢寄信人，也是咱客中缘分。休辞惮，车埃马尘，计日到东瓯郡。（元传奇·王十朋）

本注："别""绝""客""日"字为以入代平。

洞仙歌（十一板）

平平平去平（韵），去平平上平（叶）。入去去上平平（不），上平平上平（叶）。平上去平去（可不），平平平上平（叶），去上平平去（叶）。

我家私没半分，靠着奴此身。只要救取公婆，岂辞多苦辛？空把泪珠揾，谁怜饥与贫？这苦说不尽。（元传奇·蔡伯喈）

原注："要"字可用平声，"救取""这苦"俱去上声，"把泪"上去声，"此""岂""与"字俱上声，俱妙。

本注："没""着""说""不"为以入代平。

· 200 ·

刷子序（二十四板）

平平去平（或韵），平平上上（不），平去平入（韵）。去去平平（不），平平去上平平（叶）。平平（叶），去入平平上（叶），去平平平上平平（叶）。【合】去上去去去平平（不），平上平平（叶）。

书斋数椽，良田尽可，随分饘粥。世态纷纷，争如静守闲居。勤劬，事业学成文武，事皇朝方展天都。【合】但有个抱艺怀才，那得沧海遗珠！（元传奇·拜月亭）

原注："世"字可用平声，"静守""但有"俱去上声，"有个"上去声，俱妙。

本注："学"字为以入代平。

前腔换头（二十二板）

平平（叶），上去平平（或叶），平平去上（不），平上平平（叶）。上入平平（不），平平上上平平（叶）。平上（叶），去去平平平去（失），去平平上上平平（叶）。【合前】

难伏，晚进儿童，夺朱恶紫，肥马轻车。磊落男儿，惭观蠢尔之徒。听语，万事皆由天命，尽皆非者也之乎。（同前）

本注："伏""夺"为以入代平。

玉芙蓉（二十三板）

平平去上平（应韵），入去平平上（韵）。去平平去上（不），去上平平（叶）。平平入去平平去（叶），平平去平平去平（叶）。平平去（不），去平平去平（叶）。去平平去平平上去平平（叶）。

胸中书富五车，笔下句高千古。镇朝经暮史，寐晚兴凤。拟蟾宫折桂重梯步，待求官奈何服制拘。教人怨，怨不沾寸禄。望当今圣明天子诏贤书。（元传奇·拜月亭）

原注：此曲用韵甚严，句法甚固。"车"字应唱作"居"音即叶韵，却无"五车（居）书"之理。"求官奈何"多用"仄仄平平"，此独用"平平去平"，更发调。吴注：第一、二句，第五、六句，必用对仗；"教人怨"句必须押韵。

本注：此调第一、二句，清版为"平平平去上平，入去去平平上"二六言句，吴氏，俞氏皆为二五言句，本编从后者。"凤""服""不"字句以入代平。

第二格（二十三板）

平平上去平（韵），平上平平去（叶）。上平平平平上平平上（叶）。平平去入平平去（叶），平去平平上去平（叶）。平平去（可不），上平平去平（叶），去去平平（不），去平平去去平平（叶）。

书堂隐相儒，天府开贤路。喜明年春闱已招科举。闲中岁月莫虚度，窗下图书可诵读。时不遇，且藏诊韫椟，际会风云，那时求价待沽诸。（元传奇·王十朋）

本注："莫""读""不""椟"为以入代平。

第三格（二十三板）

平平入上平（应韵），平入平平上（韵）。上平平（不），平平去上平平（叶）。平平入去平平上（叶），平入去平去去平（叶）。平平入（不），平平上去（叶）。平平去上（不），平去上平平（叶）。

纤纤玉笋柔，窄窄金莲小。处深闺，芳年二九多娇。驾香车不惮程途杳，侍巾栉尽甘妇道劳。卑人的，将何所报？但铭心镂胆，言誓与山高。（元传奇·卓文君）

小桃红（十八板）

去入去平平上（韵），上入上平平去（叶）。平平去上平平去（叶），平平入去平平上（叶）。去平平去平平去（叶），上平平平上平平（叶）。

误约在蓬莱岛，冷落了巫山庙。愁云怨雨羞花貌，精神不似当时好。雁来鸿去无消耗，委实的教我心痒难揉。（明散套·乐府群珠）

原注：此调与越调【小桃红】不同。此曲"误""在"字去声，而"岛"字上声；"冷""了"字上声，而"庙"字去声；"怨雨"去上声，接之"似"字去声，而"好"字上声，俱绝妙。

本注："实的"为以入代平。

倾杯序（二十一板）

去上平平（不），去入平平平平去（韵）。去上平平（不），去上平平（叶）。上入平平（不），平入平平（叶）。平平去入（不），去平平上（不），去平平去（叶）。上平平（叶），去平平去去平平（叶）。

翠岭山林，见峭壁崔嵬岑峦峙。桧老松枯，凤舞龙飞。古木乔林，修竹依依。逍遥快乐，醉歌狂舞，洞天风味。喜逢伊，少年花貌似娇痴。（元传奇·陈巡检）

原注：此实古体原词，其章规句律，万调雷同，若此设有小变，皆施于腹末，其起首之第一句四字、第二句七字是其定例，万无移易者也。又其第二换头之起处，亦即四字、七字，但于四字上外加二字一句，故谓之换头耳。此曲中"翠岭""桧老""凤舞"俱去上声，"舞""洞"上去声，俱妙；"味"字改作上声犹妙。

本注：吴氏有此调，开头二句为"雾锁烟林映峭壁，岩壑峰峦翠"，正是钮氏所指有人妄改之讹，不可依也。

前腔换头（二十四板）

平平（叶），去上平平（不），上平平去平平去（叶）。平上平平（不），上上平平（可叶）。去平平去（不），平入平平（叶）。平平去上（不），上平平上（不），上平平入（叶）。上平平（不），上平平上去平（叶）。

堪题，对岭梅花，报早寒枝上藏春意。疏影横斜，浅水澄清。暗香浮动，明月添辉。孤身在此，怎逢驿使，与传消息？把愁肠，强来宽解暂欢娱。（同前）

原注：此亦古体原之，不可妄加删改而坏古律。此曲"对岭""在此""使""与"俱去上声，"解""暂"俱上去声，俱妙。"息"字可用上声，犹妙。

本注：此调有多格及多换头，只以此为正格，其余不录。此曲中"驿"字为以入代平。

普天乐（二十九板）

去平平（豆），平平上（韵）。上平平上平平去（叶），平平去入去平平（叶）。平上去入上平平（叶），平去上平平平去（叶），入去平平平平入（叶）。平平去平去平去（叶），平平平上去去上（不），去上平平（不），去去平上（叶）。

叫得我气全无，哭得我声难语。两头来往走到千百步，兄安在妾是何如？真所谓逆旅穷途，须念我爹娘身故，我须是你一蒂一瓜亲骨肉。你好割得断兄妹肠肚，将奴家闪在这里，进也无门，退又无所。（元传奇·拜月亭）

原注：沈谱曰："语""往"字上声，"步"字去声，"所谓"上去声，"逆旅""念我""这里""进也"俱去上声，俱妙。此调与中吕调【普天乐】不同。

本注：曲中"百""一""割""得"为以入代平。此调多格，原谱共录六格。然吴氏曰，普天乐有三体：大普天乐、中普天乐、小普天乐，且于格律多有出入，如吴氏称《琵琶记》（即《蔡伯喈》）之"儿夫一向留都下"为中普天乐（又称"普通体"），钮氏则恰恰指出该体首句"儿夫一向留都下"，是削去了句首还有一"我"字，且将"一向"二衬字误作正字，将原"我儿夫，（一向）留都下"二三字句，改为一七字句，是"不辨其中间多衬字，……学者不可不慎"。本编从钮氏论，并录变格二调如下。

第二格（二十八板）

上平平（豆），平平去（韵）。平上平上平平上（叶），去平平去平入去（借），平平去去平平（叶）。平去上平平上（借），入入平平平去（叶）。入平平平上平平（叶），上上去平平去去（借）。平平去入（不），平去平去（叶）。

我儿夫，一向留都下。俺只有年老的爹和妈，弟和兄更没一个，看承尽是奴家。历尽苦谁怜我，怎说得不出闺门的清贫话？若无粮我也不敢回家，岂忍见公婆受饿？叹奴家命薄，直恁折挫。（元传奇·蔡伯喈）

原注："饿"俗作"馁"，未尚不雅，但非韵耳。

本注："只""没""历""不""直""折"字为以入代平。

第三格（二十三板）

去平平（豆），平平去（韵），平入平平去（叶）。平平上去平平（叶），平平去入平平（叶）。去去平入去平上（叶），入平上上平平（叶）。平平去入（失），平平平上（不），上上平平（叶）。

念卑人，正值凄凉运，囊箧消疏尽。不辞远路风尘，特来叩谒尊亲。望见怜气赐怜悯，略施点水之恩。扶危救急，效衔环结草，犬马酬君。（明传奇·崔君瑞）

本注："不""特"字为以入代平。

雁过声（又名【塞鸿秋】【阳关三叠】【摊破第一】，二十三板）

入去平平去去平（韵），去上平平平去（叶），平平入入平去（叶）。去平平（不必），去平平（叶），去平上平入平平（叶）。平平去去平（叶），平平去入平平去（借），平入上平平去平（借）。

赤帝当权耀太虚，无半点南来薰风意，任吞冰嚼雪成何济。扇频挥，汗如珠，控持损玉骨冰肌。移身傍翠微，使儿童撼竹求风至，烦热也得却片时。（元传奇·唐伯亨）

原注：此调一在九宫正官，一在十三调正宫调。九宫正官者无换头，无变体；正宫调者有换头，有变体。凡正宫九宫【雁过声】调数必借正宫调【雁过声】换头，起处二三句下即仍用本官句法全之，此其定式。吴注：此调七字句至多，作时并不难，唯语语要韵。

本注：曲中"玉""得""却"为以入代平。

锦缠道（二十八板）

去平平（韵），平去入（豆）、平平去平（叶）。平平去平平（叶），去平平（不），平平上平平上（叶）。平去上平平去上（叶），平平入去平上（叶）。平上去平平（借），平平入入（不），平平去去平（叶）。上上平平去（叶），去平平去平去（叶）。

鬘云堆，珠翠簇，兰姿蕙质。香肌衬罗衣，黛眉长，盈盈眼横秋水。鞋至上冠儿至底，诸余没半星儿不美。针指暂闲时，向花朝月夕，丫鬟侍婢

随。好景须欢会，四时不负佳致。（元传奇·拜月亭）

原注：此调系古本原词，第六句上截"鞋至上"对下截"冠儿至底"，"至上"不可改为"直上"。末句有七字、六字、五字者，皆为变格不同。

本注：二"不"字为以入代平。

第二格（三十二板）

去平平（韵），去平平平平上平（叶），平去去平平（叶）。上平平平上（不），上平平去（叶）。去上平平平去平（叶），平入去上平平去（叶）。平去去平平（叶），平平平上（不），平平去去平（叶）。去上平平去（叶），上入入去平平（叶）。

自分开，这离愁堆积满怀，常是泪盈腮。便帮闲传语，道晚些专待。便指望一封信来，都说尽许多恩爱。一向便挤排，把我来人殴打，恩情事尽乖。是我无如之奈。免不得自行来。（元传奇·王焕）

本注："积""一"字为以入代平。

第三格（二十九板）

去平平（韵），入平上入去去平（借），平平去平平（叶）。去平平（不），平平去平平平（失）。上平平去去平（借），入平入去平平（叶）。平去上平平（借），平平上去（不），平平上平上（叶）。去入平平去（不），去平去上入平平（借）。

计谋成，杀一狗撇在后门，装扮似人形。试看来，鲜血遍污衣襟。我夫必道是人，蓦然魄散魂惊。若问我原因，说着几句，教他自猛心省。愿得回心后，爱兄弟远别他人。（元传奇·杀狗记）

本注：此曲词韵杂，多借用邻韵或失韵。曲中"一""血""必""若""说""着"皆以入代平。

白练序（二十三板）

平平平去（借），上入平平去去去（借）。平平上平平（不），去平平去（韵）。平平上去平（借），平上平平上去平（失）。平平去（不），平平上平（不），去平平去（叶）。

花魔月恨，每日偿他债未尽。直教我相思，为伊成病。愁眉两翠鬟，空有韩香满袖衾。人何在？罗帏里怎禁，得这般孤另？（元传奇·风流合三十）。

原注：此调首四字句为正体，又多有三字句，有换头，联套有四曲。此曲"两翠""满袖"俱上去声，俱妙。吴注：此调最为美听，常与【醉太平】联套，或用在【绣带儿】后，与【绣带儿】并用，又标名【素带儿】，曲中短句须格外留意。

本注：此曲用韵杂，且多有借用邻韵和失韵。曲中"月""直"为以入代平。

前腔换头（二十五板）

平平（叶），去去平（叶），平入去上（叶）。平平上平去（不），去去平上（叶）。平平上去平（失），平平平平平去上（借）。平平去（不），平平入平（不），上平平上（借）。

伤情，泪暗倾，秋日暮景。菱花里鸾凤，自叹孤影。前盟拟再寻，想青鸾难凭无定准。知他是，香肌日来，怎生消损？（同前）

原注：此调为正体。

第二格（二十二板）

平平上（韵），上去平平入去平（叶）。平平去（不），去上去平平上（叶）。平去去上平（叶），上去平平平去平（叶）。平平去（或不），平平去上（不），去上平平（叶）。

沉吟久，奈好事从来不自由。芙蓉帐，未暖又还分手。别后万种愁，叹晓梦高唐一旦休。添僝僽，梨花暮雨，燕子空楼。（元散套·明月双溪）

本注："别""一"为以入代平。

前腔换头（二十三板）

平平（韵），上入（叶），平平去上（叶）。平平上（不必），平平去去平入（叶），平平去去平（失）。平上平平入去上（叶），平平去（不），平平去平上入（叶）。

鸳帏，咫尺，如隔万里。成连理，知他定在何日？思之愿未酬。但君子之交越您美，坚心后，终须共伊有日。（元传奇·杨寔）

207

本注："隔"为以入代平。

醉太平（二十九板）

平平上平（应韵），上平平去平（不），平平平上（韵）。平平去上（不），平上上平平去（叶）。平平（借），平平入入去平平（失），去平去上平平去（叶）。去平平入（不），平平去入（不），去平平去（叶）。

从来寡居，守村落杜门，清如秋水。薄田数顷，糊口可共日计。思之，清贫落得个安闲，这福分果非今世。幸无荣辱，时时暗祝，道声惭愧。（元传奇·孟姜女）

原注：吴注：此调接【白练序】后，只用换头；如列在首支，则第一曲不可省，应两叠并用。

本注："落""薄""日""福"为以入代平。

前腔换头（三十二板）

平上（叶），平平上上（叶）。去平平去入（不），入平平上（叶）。平平去平（不必），平上去平平平（叶）。平去（借），平平平入去平平（可叶），去平入去平平去（叶）。平平上去（不），平平去平（不），上入平去（叶）。

听启，娘今老矣。叹光阴迅速，百年能几？孩儿自知，一喜又还一悲。兼是，寒门亲戚况俱无，愈添得意孤心碎。虔诚祷告，苍天见怜，与作周庇。（同前）

本注：二"一"字为以入代平。

第二格（二十三板）

平平去平（韵），去平去（不），去平平去平上（叶）。去上平（不），平平平入平去（叶）。平平（叶），上平平上入平上（叶）。上入平去去上（叶），上入平平（不必），上平平去（叶）。

分飞艳质，这离绪，旦夕横在心里。奈眼前，色色都不如意。何期，我行爹妈不知已？苦留阿娇在那里，免不得将伊，苦来出气。（元传奇·鬼法师）

本注："质""夕""色""出"为以入代平。

前腔换头（二十五板）

平平（叶），平平去平（失）。去平去（不），上平入平平平（叶）。去上去（不），平平入去平平（叶）。平平（叶），上平平上平平上（借），上平平入去去上（借）。平入平平（不），去平平上（借）。

谁知，君今去速？未知是，几时着鞭回归？料想是，月余日过为期。伊须，我行爹妈闲言语，你们休得要听取。又添得愁烦，泪珠如雨。（同前）

本注："速""月"为以入代平。

三字令（三十一板）

平平上（韵），平平去（借）。平平上（叶），平上去平平（叶）。平平上平去（叶），去平去（不），平平去平去（叶）。上平平（不），平平去平平（借）。去去平（不），平平上平去（叶）。去平平（不），上平上平去（叶）。

秋风起，七夕至。天如水，牛女叙佳期。庭梧已飘坠，愿天上，人间庆佳会。赏中秋，人月正圆时。笑宋玉，漫风流逞才艺。恁悲秋，怎如我适意？（元传奇·刘盼盼）

本注："七""夕""月""玉""适"字为以入代平。

一撮棹（三十三板）

平平上（韵），平平上平平（叶）。平平上（不），平平去平平（叶）。平平上（不），平平上平平（叶）。平平上（不），平去上平平（叶）。上入平平上（不），平平去平去（叶）。平去上（不），平入去平平（叶）。

宽心等，何须苦牵萦？把音书写，但频频寄邮亭。爹娘老，伊家须好看承。程途里，只愿保安宁。死别全无准，生离又难定。今去也，何日到京城？（元传奇·蔡伯喈）

原注：俞注：此调具有凄凉悲切声情，常用在【三字令】或【大石调·催拍】曲后，又常接引子【哭相思】，用于别离情景。

本注："只"字以入代平。

本宫赚（十六板）

平上平平（韵），去平平上平平上（叶）。平上平上（叶），去去平平平去上（叶）。去平平（不），平平去入（不），平平去平（不），平平上（叶），去平平平（叶）。去平平（不），上平平去（叶）。

多少闲情，被秋风猛然吹醒。忧苦相并，自觉前言成画饼。记来时，堂前翠竹，新添万竿，如今正逢秋景，又成薄倖。想他梦神言，好无灵应。（明传奇·元永和）

本注："薄"为以入代平。

第二格（十六板）

平平平去（韵），入平平上平平去（叶）。去上平去（叶），去上平平平去上（叶）。去平平（不），平平去入（不），平平去平（不），平去去平平平去（叶）。去平平去（叶），上平去上平平（叶），上平去（叶）。

终日悬望，却元来捣虚撒亢。误我一向，到此才知言是谎。记当初，花前宴乐，星前誓约，真个是崔张不让。命该凋丧，险些病染膏肓，此言非妄。（南北合调·徐子仁撰）

本注："日""撒""一""约""不"字为以入代平。

不绝令煞（十二板）

平去平平上平平（韵），平平去上平去上（叶），去入去平平上入（叶）。

才貌天然两相宜，姻缘到此情分美，爱惜似擎珠捧璧。（元传奇·刘文龙）

原谱曰：此末句仄煞。有明散套"窥青眼"平煞云："勾引得蝉声噪晚凉。"

原注：有谱将此【不绝令煞】置属南吕，而正宫反收【尚轻圆煞】，又与大石共之。钮氏曰：【尚轻圆煞】应归大石，正宫不必兼；【尚按节拍煞】自属南吕，道宫不得擅；正宫定为【不绝令煞】，南吕不得攘此。撰者必宜慎之。

· 210 ·

正宫常用集曲定式：

【破莺阵】：【喜迁莺】前六句，接【破阵子】两七字句，再接【喜迁莺】后三句。

【破齐阵】：在【破阵子】第二句下，插入【齐天乐】末三句，再接【破阵子】后三句。

【朱奴插芙蓉】：【朱奴儿】前四句，接【玉芙蓉】末三句。

【倾杯赏芙蓉】：【倾杯序】前五句，接【玉芙蓉】后六句。

【普天带芙蓉】：【普天乐】前六句，接【玉芙蓉】末三句；或在【普天乐】本调后，接【玉芙蓉】末句。

【刷子带芙蓉】：【刷子序】前八句，接【玉芙蓉】末二句。

【锦前拍】：【催拍】前四句，接【锦缠道】首二句。

【锦中拍】：【锦缠道】第四、五、六、七四句后，插入【催拍】前五句，再接【锦缠道】末句。

【锦后拍】：【锦缠道】前五句，接【催拍】末二句。

【小桃带芙蓉】：【小桃红】前五句，接【玉芙蓉】末句。

【桃红醉】：【小桃红】前五句，接【醉太平】末二句。

【锦缠乐】：【锦缠道】前三句，接【普天乐】后七句。

【锦庭芳】：【锦缠道】前七句，接【满庭芳】末三句。

【锦庭乐】：【锦缠道】前五句，接【满庭芳】后五句，再接【普天乐】末三句。

【锦梁州】：【锦缠道】前五句，接【梁州序】后八句。

正宫常用散套定式：

【锦缠道】【普天乐】与尾声。

【锦缠道】【普天乐】【雁过声】【倾杯序】【玉芙蓉】【小桃红】与尾声。

【普天乐】【锦缠道】【小桃红】以及尾声。

【刷子序】【朱奴插芙蓉】【普天乐】【雁过声】【倾杯序】【玉芙蓉】【小桃红】。

【四边静】【福马郎】。

【白练序】【醉太平】【白练序】【醉太平】。

三、大石调

大石调引子

东风第一枝

平入平平（不），平平入上（不），去平平去平平（韵）。去平平入平平（不），平平去入平平（叶）。平平平上（不），去平去上去平平（叶）。上去平入上平平（不），上平平上平平（叶）。

宫日添长，壶冰结满，仲冬天气严寒。绣工闲却金针，红炉画阁人闲。金炉香袅，丽曲趁舞袖弓弯。锦帐中褥隐芙蓉，肯教鹦鹉杯干！（元传奇·拜月亭）

念奴娇

上平去上（不），平平平入入（不），平平平去（韵）。平去平平平上上（或叶），上去平平平上（叶）。平去平平（可不），平平去上（或不），平去平平上（叶）。平平平上（不），上平平去平去（叶）。

楚天过雨，正波澄木落，秋容光净。谁驾玉轮来海底？碾破琉璃千顷。环佩风清，笙歌露冷，人在清虚境。真珠帘卷，小楼无限佳兴。（元传奇·蔡伯喈）

原注：此调与词调同，但无换头。如认"澄"字为韵脚，改首七字句、次六字句，谬矣。曲中"楚"字可用平声，"谁""环"字可用仄声。

本注："玉"为以入代平。

少年游

平入平平（韵），去上平平去平去（叶）。平平平去去去上（叶），上平平平去（不），平平上去上（不），平平平平上去（叶）。

常学无违，奈此心与天地合异。能书符善会咒水，遣阴兵百万，英灵猛

将断，人间兴妖鬼魅。（元传奇·陈巡检）

原注：此调与词调不同。曲中"奈""合"字文理少顺，"会"字可用平声。

本注："合""百"字为以入代平。

西地锦

上去平平平去（韵），去平入上平平（叶）。平平平去平平去（叶），上平去平平平（叶）。

好怪吾家门婿，镇日不展愁眉。教人心下常萦系，也只为着门楣。（元传奇·蔡伯喈）

本注："日""只""着"字为以入代平。

碧玉令

平平平去平平上（韵），上平平去平平上（叶）。上入平平去（叶），上平平（叶），平平去（叶），平平上入平平上（叶）。

朔风一夜寒多少，拥单衾睡难天晓。小玉来传报，柳棉飘，同欢笑，安排暖阁红炉绕。（元传奇·王祥）

本注："朔""一"为以入代平。

大石调过曲（风流酝藉）

催　拍（二十二板）

去平平平平去平（韵），入平平平上去平（叶）。平平上平（或不），去平平入（不），去上平平（叶）。平入平平（不），去上平平（叶）。平平去平上平平（叶），平入去去平平（叶）。

受君恩身居从班，食君禄争敢避难。此行非同小看，疾探上京虚实，便往边关。漠漠平沙，路远天寒。一别后涉水登山，今日去甚时还？（元传奇·拜月亭）

原注："敢"字可作平声，"难"字不可唱作去声。吴注：此为快板曲，常叠用二支、四支，末以【正宫·一撮棹】收亦可。俞注：此调节奏明

· 213 ·

快，具凄切声情，故多用于离别、诉说、嘱咐情节。

本注："禄""漠""一""别""涉"字为以入代平。

长寿仙（二十六板）

去平去平（韵），去入去平平（叶）。上平去平平（叶），平上平去（不），去上平平（叶）。平平平上（不），平平平上平平（不），去上上去平上（失）。平平平平平去平（叶），上去入（不），平平平（不），平平去（不），平平去（去），平平上（应叶）。

路人诉冤，事急到山巅。有缘遇神仙，君有何事，但请一言。陈辛妻子，离家因往南雄，大庾岭被妖染。君今闻非别崇缠，左道术，名申公，属坤兑，狝猴状，掷搜脸。（元传奇·陈巡检）

本注："一""别""属"为以入代平。

念奴娇序（二十板）

平平去上（不），去平平上去（不），平平平上平平（韵）。入去平平（不），平上去（不），平去平入平平（叶）。平去（不），平去平平（不），去平平上（不），平平上去上平上（叶）。【合】平去上（不），平平上去（不），平入平平（叶）。

长空万里，见婵娟可爱，全无一点纤凝。十二栏杆，光满处，凉浸珠箔银屏。偏称，身在瑶台，笑斟玉斝，人生几见此佳景？【合】唯愿取，年年此夜，人月双清。（元传奇·蔡伯喈）

原注：吴注：此调名为【念奴娇序】，实于【念奴娇】无涉。此调常二、四支叠用，次曲起用换头格。俞注：此调表现欢乐，多用于饮宴场合和全场同唱。

本注："一""玉"为以入代平。

前腔换头（二十五板）

平上（叶），平平去上（叶），去平平平上（不），平平平上平去（叶）。去上平平（不），平去去（不），平入平平去（叶）。平上（叶），平去平平（不），平平平去（不），去平平上去平平（叶）。【合前】

孤影，南枝乍冷，见乌鹊缥渺，惊飞栖止不定。万点苍山，何处是，修竹

吾庐三径？追省，丹桂曾攀，嫦娥相爱，故人千里漫同情。【合前】（同前）

原注："凝""屏""情"字俱可用仄韵，"景""定""径"字俱可用平韵，"万里""见此""愿取""乍冷""万点"俱去上声，"可爱""满处""几见""此夜"俱上去声，俱妙绝。

本注："鹊""不"为以入代平。

第二格（三十板）

去平平上（不必），平去去平（不），平平上上平平（韵）。平上平平（不必），去去平平去（或不），平入平平（叶）。平平（叶），平上平平（不），平平平上（不必），上平平入去平平（借）。平平去（不必），平平去上（不），平去平平（叶）。

凤山渔浦，遥望个中，天然好景平铺。万顷模糊，会众流东去，连接蓬壶。容与，云敛南凫，烟收北渚，两山排闼翠光浮。西陵渡，长沙骤马，崩岸肩舆。（明散套·咏江潮）

本注："北"字以入代平，"浮"借用北韵。

前腔换头（三十四板）

平去（叶），平平去上平平（不必）。平平去去（不），去平平去上平（叶）。上上平平（或不），上上平（不），平去平平平上（叶）。平平（叶），去入平平（不），平平平上（不），去平平入去平平（叶）。平去（不必），平平上上（不必），平上平平（叶）。

时遇，金天气宇堪图。秋潮胜概，试询天下果皆无。子午相孚，见海门，忽见银丝一缕。须臾，地轴雷轰，天河波卷，万山堆雪驾鳌鱼。波神怒，龙吟水府，鼍吼盘盂。（同前）

本注："忽""一"为以入代平。

赛观音（十一板）

上平平（不），平平去（韵），平去上平平去平（叶）。上去去平去（叶），上入平平去平平（叶）。

雨儿催，风儿送，一旦里家邦尽空。想富贵荣华如梦，哽咽伤心气填胸。（元传奇·拜月亭）

原注：此调无换头，如叠用，用【前腔】。

本注："一"字以入代平。

人月圆（十八板）

去平上（不），平上平平上（韵）。上去平平平平上（叶）。平平上入平平去（叶），平去平平去上（叶）。平平上（不），平平平（不），去上平去平平（叶）。

路途里，奔走流民拥。胆丧魂飞心惊恐。风吹雨湿衣襟重，止不住双双珠泪涌。行不止，惟闻得，战鼓声震苍穹。（同前）

原注："涌"字可用平声。

本注：二"不""得"字以入代平。原注沈谱曰："路途里"三字原无板，有人将此句改为四字，且唱两句，妄增二板，沈氏批曰："可恨！"说明古人用板十分用心。

本宫赚（十六板）

平入平平（韵），去上入平平去（叶）。平入去平（不），入平上去上平平（叶）。去去上（叶），去上平平平去上（叶）。上平平平平去（叶），平平上上（叶）。平入平平入上（借），去上平上（叶）。

默默嗟吁，痛哽咽垂双泪。直入画堂，覆说此事教我好伤悲。试问你，未审何人亏负你？你缘何垂双泪，不知你怎的？——从头说与，告且听启。（元传奇·杀狗记）

前腔换头（十四板）

上平平去入平平（借），去平平平平去（借）。平平上去（借），入平上去上平去（借）。上去入（叶），去平平平平去入（叶），去平平入上去（叶）。平平去上（叶），上去平平上（借），上平平去（借）。

小官人镇日攻书，被东人急呼至。说着他几句，百般打骂将他赶出去。果恁的，奈何官人心性急，似撮盐入火内。猜着他就里，又敢是听人言语，果然如是。（同前）

本注："急""说""着""撮""着"字为以入代平。

尚轻圆煞（十一板）

平平去平入平（韵），上去上平平去去（叶），上去平平平去平（叶）。

声哀诉促织鸣，俺这里欢娱未听，却笑他几处寒衣织未成。（元传奇·蔡伯喈）

本注："促""织"字以入代平。此末句平煞。

第二格（十二板）

平平去平去平（韵），上去平平上平（失），平去平平去去上（叶）。

银河动玉露低，且向南窗少憩，明夜纳凉又这里。（元传奇·唐伯亨）

本注："玉""纳"为以入代平。此末句仄煞。

大石调常用集曲定式：

【渔家灯】：【渔家傲】前四句，接【剔银灯】后五句。

【渔家雁】：【渔家傲】前四句，接【雁过声】末三句。

大石调常用散套定式：

【念奴娇序】四支，【古轮台】二支，尾声。

【赛观音】二支，【人月圆】二支，尾声。

四、仙吕宫

仙吕宫引子

鹊桥仙

平平平去（不），去平平上（韵），去去平平上去（叶）。平平平去去平平（叶），去去上平平平上（叶）。

披香随宴，上林游赏，辞后人扶马上。金莲花炬照回廊，正院宇梅梢月上。（元传奇·蔡伯喈）

原注："随"字平声，妙；"照"字去声，妙；"月"字不可认作仄声；"院宇"二字去上声，妙；"炬"字去声，妙。

本注："月"字以入代平。

桂枝香

平平去入（韵），去平平去平（不），平去平入（叶）。平去平平去上（不），上平平入（叶）。平入上平平平上（不），去平平去上平入（叶）。上平平去（应叶），平平去上（不），去平平入（叶）。

停杯注目，正秋高夜凝，寒气肃肃。虹散云收雾敛，远山鸣瀑。玉律酉中回南吕，见征鸿数点相逐。好风时送，轻舟浪稳，片帆高矗。（元传奇·雷世际）

本注："肃""玉"为以入代平。

梅子黄时雨

平去平平（不），入去去平去（韵），平平平上平平入（叶）。去平平平入平上（叶），去平平去平平上（叶）。

家住东京，积世富豪裔，承朝命武班之职。正青春琴瑟和美，论奢华世间无比。（元传奇·陈巡检）

原注："家""承""华"字俱可用仄声，"积""美"字可用平声，"职"字可用去声。

卜算子

去入平平去（不必），去入平平上（韵）。入去平平平去平（可不），平上平平去（叶）。

病弱身着地，气咽魂离体。拆散鸳鸯两处飞，多少衔冤意！（元传奇·拜月亭）

原注："病""气""拆"字俱可用平声，"多"字可用仄声；"体""少"上声，"两处"上去声，妙。此调与词调同，但无换头，又另有【番卜算】一格，只第三句有别，【卜算子】第三句为"仄仄平平仄仄平"，【番卜算】第三句为"仄平平仄仄平平"。吴注：【番卜算】可不必别立一格；又曰：此调首句可不用韵，并曰，凡作引子，定取短者用之，长则后人必删削也。

本注："着"字以入代平。

糖多令

平入上平平（韵），平平去上平（叶）。去平平平入平平（叶），平去平平平入去（不），平入入去平平（叶）。

飞雪舞严风，琼珠散一记飞满空。叹单身飘泊途中，一夜寒炉灰拨尽，愁百结聚眉峰。（元传奇·薛云卿）

原注：此调与词调同，但此格尽此。"飞""飘"字可用仄声，"拨"字换去声发调。

本注："一"字为以入代平。

剑器令

平平去平平（韵），去去上平平上上（叶）。去平平平平平去（不），上平平去平平（叶）。

咱每论丰标，看过了多多少少。这玉容多强别个，果然一见魂销。（元传奇·刘盼盼）

原注：第一个"少"字以及"玉""果"字，俱可用平声。

本注："玉""别""一"字为以入代平。

金鸡叫

上去平平上（韵），去入平平平平上（借）。去上平平平平上（叶），入去平平（不），去去上平去（叶）。

忍冻担饥馁，镇日间泪流如雨。恨我孩儿陈光蕊，撇下亲娘，自去享荣贵。（明传奇·陈光蕊）

原注："忍""日""恨""撇"字可用平声，"光"字当用仄声，"恨我""去享"去上声，妙。

似娘儿

平上去平平（韵），平去上平去平平（叶），去平上上平平去（叶）。平平去入（不），平平上上（不），平上平平（叶）。

一女貌天然，缘分浅亲事迁延，愿天早与人方便。丝罗共结，兼葭可倚，桑梓相联。（元传奇·王十朋）

原注："一""早"字可用平声；"与""可""倚"字俱上声，妙；

219

"桑"字可用仄声。吴注：此调第二句为上三下四，第三句为上四下三，切勿倒置；末三句可作鼎足对。

望远行

平平平上入平（不），入平去平上（应韵）。入去平平平去（不），入去去平去（韵）。去平上入平平（不），平去去平平上（叶），去平平去入平上（叶）。

人生不满百年，七十尚稀有。十岁童蒙不算，十岁更昏耄。大都五十光阴，一半夜眠分了，试闲将岁月折倒。（元散套·劳生扰扰）

本注："不""十""不""一""折"字为以入代平。

前腔换头

平平（应叶），去入平去平上去（不），上平平去上（叶）。平入平平平去（不），上平平去上（叶）。去去平入平平（不），上平平入上平（叶），上平平入平平去（叶）。

总休休，算只余二十五岁，等闲如露草。碌碌争名夺利，岂无烦共恼？便做日日欢娱，数着能得几遭？枉痴迷作千年调。（同前）

原注：末句"枉痴迷作"改作"痴迷枉作"方顺。

本注："十""碌""夺""日日"之第一个"日"字、"着"，皆为以入代平。此调多格，不录。

小蓬莱

上去平平去上（韵），平平上平入平平（借）。平平去上（不），平平去上（不），平上平平（叶）。

古道西风瘦马，瓜期紧行色奔波。青山万里，白云万里，回首天涯。（元传奇·柳耆卿）

本注："白"字以入代平。此调多格，不录。

醉落魄

平平上入平平上（应韵），平平平去（借）。去平平入平平去（韵），上上平平（不），平入上平平（叶）。

莺声巧逐东风软，绿杨庭院。杏花零落清香散，手捻花枝，寂寞倚阑

杆。（元传奇·孟月梅）

原注："巧""杏""手""寂"字俱可用平声，"零"字可用仄声。

本注：此调多格，不录。

探春令

平平平入去平平（韵），去平平平去（叶）。去上平（不），平入平平上（借），上平入平平去（叶）。

鸳帏欢洽被儿温，正龙涎香喷。睡起来，红日移花影，早不觉生娇困。（元传奇·王焕）

原注："影"字可用去声。

本注："不"字以入代平。

紫苏丸

平平去上平平去（韵），去平平去平平上（叶）。平平平去去平平（叶），平平平上平平去（叶）。

侯门宴饮来催赴，跨青骢径临庭宇。蒙君不弃到蜗居，森森光彩生门户。（元传奇·拜月亭）

原注：首句第一字、"光"字，俱可用仄声。吴注：此调唯第二句为"上三下四"，其余俱"上四下三"。

本注："不"字为以入代平。

鹧鸪天

去上平平去上平（韵），入平平去入平平（叶）。平平去上平平上（不），入上平平上上平（叶）。

万里关山万里愁，一般心事一般忧。亲闻暮景应难保，客馆风光怎久留？（元传奇·蔡伯喈）

前腔换头

平去上去平平（叶），上平入去上平平（叶）。平平入上平平去（不），平去平平平上平（叶）。

他那里漫凝眸，正是马行十步九回头。归家只恐伤亲意，阁泪汪汪不敢流。（同前）

原注：此调与词调同。第一个"万"字、第一个"一"字及"暮""客""怎""十"字，俱可用平声；"万里""暮景"俱去上声，"久""马""九""恐""敢"字俱上声，妙。俞注：换头首六字句可分作二三字句；此调具悲伤声情，常用于愁苦感伤场合，居于套曲最后可代尾声。

本注："阁""不"字以入代平。

仙吕宫过曲（清新绵邈）

光光乍（十三板）

平上去平平（韵），入入去平平平（借）。入上平平平平上（叶），上平平平去（借）。

因感病不痊，合药用多般。欲买婆婆一黄犬，与婆钱一贯。（元传奇·杀狗记）

原注："因"字可用仄声，"合"字可用平声；"犬"字上声，"贯"字去声，妙。"痊"与"犬"先天韵，"般"与"贯"桓欢韵，此不可为法。俞注：此曲为粗曲，节奏急促，一板一眼或有板无眼，多用于净、丑冲场曲，且干唱。

本注："不"、二"一"字为以入代平。此调多格，此格末句五字格不可改变，变之则又一格。

大斋郎（十六板）

去平平（韵），上平平（叶），平平去上去平平（叶）。上平平上平平去（不），平平平去上平平（叶）。

试官来，选场开，三年大比用英才。有钱教你为官宦，无钱依旧守书斋。（元传奇·韩寿）

本注：此调亦为粗曲，用于净、丑冲场。此调有多格，不录。

碧牡丹（十三板）

去入平平去（韵），平上平（叶）。去去平平去（不），平上去

（叶）。上平平去去平平（不），平去上（叶）。

冒雪汤风去，寻鲤鱼。到处都寻遍，无买处。远观渔父在河边，寻问取。（元传奇·王祥）

原注："冒""到""远"字俱可用平声，"渔"字可用仄声。

铁骑儿（又名【檐前马】，十六板）

上平平（应韵），上平平（失），平平去平上（韵）。入去上平平（失），平平上去（不），入上去平平（借）。

赶家兄，赶家兄，全不见踪影。历尽几山林，加鞭赶上，勒马去如云。（同前）

原注："历""勒"字俱可用平声，"影"字上声，"尽""几"去上声，"赶上""马去"去上声，俱妙。俞注：此调亦为粗曲，用于净、丑冲场曲。

番鼓儿（三十二板）

上去上（韵），上去上（叶），平去平平去（借）。去平平去上平平（叶），去去平平（不），去上平平上（借）。上去平平（不），去平平平平去上（叶）。入入去平平（借），去平平入平上上（借）。

委付你，委付你，今夜三更至。到城南破瓦窑内，见那乔才，便把钢刀杀取。了事回来，那其间多多谢你。魆魆离门儿，更提防隔墙有耳。（元传奇·杀狗记）

本注："杀"字以入代平。此调有多格，不录。

衮衮令（又名【饶饶令】，但与双调【饶饶令】不同。二十三板）

平入平（韵），平去上平平（借）。去去平平（不），平平上平（叶）。去入上平平（不），平上平平（借），上上平去（不），平去上平平（叶）。

兀剌赤，门外等多时。纵辔加鞭，心急马迟。伴宿女孩儿，羊酒关支，都管取完备，休误了军期。（元传奇·拜月亭）

本注："兀""赤""急"字以入代平。

青歌儿（二十板）

平平上去去平去（韵），上平平上平平去（叶）。上去平去去平平（叶），平平去上（不），上去平平去（叶）。

三杯酒万事和气，有何妨每日沉醉。叵奈孙二太无知，他来害我，我害他容易。（元传奇·杀狗记）

本注："日"字以入代平。第一、二句句式为"上三下四"。此调亦为粗曲。

第二格（十七板）

平平去平平去平（韵），平平入入平平（叶）。平入平平去平平（借），去平平平上入平（叶）。

闻知道哥哥上坟，强如拾得珠珍。急急前来弟兄心，算来强如手足亲。（同前）

本注：第一个"急"字以入代平。

胡女怨（十三板）

平平上平平（韵），平上平平去（叶）。入去平平（不），去上平去（叶）。去平平入（不），去入平平（叶）。入平上（不），去去平（叶）。

非干是我意慵，是你厮调弄。一步不行，叫苦号痛。算来何日，到得南雄？不如我，做道童。（元传奇·陈巡检）

原注："是""一""算""不如"的"不"字俱可用平声；"我做"二字上去声，妙。

本注：第一个"不"字以入代平。

五方鬼（十七板）

上平入入入（不），上上平平（韵），去去平平（不），入去平平（叶）。平入平平上平平（叶），平平上入平平（叶），去去平平（豆）、上去去平（叶）。

猛风卒律律，鼓起雷声，震动山川，百怪藏形。平日不曾显威灵，今日睹物思情，见个人儿、美貌动情。（元传奇·陈巡检）

原注："猛""鼓""震""百""见"字皆可用平；"平"字可用仄声；"美貌"上去声，妙。

本注：此调亦为粗曲。末句可作八字句。

腊梅花（十三板）

去平平去（不），平平去平（韵），平平上上平平去（叶）。上上平去平（叶），上平平去（叶），去去平入上平平（叶）。

孟津驿舍，黄河岸边，乘船走马十分便。子母忙向前，可怜见穷面，望借安泊与周全。（元传奇·拜月亭）

本注：此调亦为粗曲。"驿""十"字为以入代平。

喜还京（十五板）

去去平平（韵），去平平去平平去（叶），平平去去入平平（叶）。平平上（叶），去上平平平去（叶），去平入平平去上（叶）。

去到书闱，见他时再三伸意，休辜负暗约幽期。咱和你，暂且今宵分袂，到明日别作道理。（元传奇·薛芳卿）

本注："别""作"二字为以入代平。

銮江令（十四板）

平上平平去（韵），平平上入上（叶）。上上平入上（不），入平平入去（叶）。上上入上（不），入入去平平（叶）。去去平平（不），上上平平去（叶）。

烦恼多历遍，忧愁怎脱免？眼儿哭得损，脚儿行得倦。五里十里，一日过如年。但愿前途去，早早得逢亲眷。（元传奇·拜月亭）

原注："烦"字可用仄声，"脱""五""十""一""但"字，第一个"早"字，俱可用平声。吴注：此调实与【月儿高】同，唯"五里十里"句有别。

本注："历""哭"字以入代平。

美中美（十六板）

入去平（韵），平去平（叶）。平平上上平（不），平平去平（叶）。平平平上（不），去上平平（叶）。上平平平去上（叶），上上平平入上平（叶）。

日坠西，人渐稀。深林里远观，归鸦乱飞。村庄却早，半掩柴扉。犬儿声声吠起，只见野叟樵夫挟斧回。（元传奇·陈巡检）

原注："日"字可用平声。

本注："却"字以入代平。

前腔换头（十五板）

入平去去入（不），入入平平（叶）。上去入上平平（不），上平上去平（叶）。平平平去（不），去平去平（叶）。去去平平上（叶），入上平平上平平（叶）。

牧童尽跨犊，簇簇思归。远望月上山头，也教我行步催。山深无奈，树烟尽迷。在这程途里，百种恓惶怎禁持？（同前）

原注："牧""月""百"字可用平声。吴注：此调二叠必须连用。

感亭秋（"感"原作"撼"，误。十七板）

上平去去平上入（韵），平上平去平入（叶）。上上平平平去入（叶），平平上上平平入（叶）。平平上（不），平去平（叶），平上平平入（叶）。

短长亭去去知几驿，逆旅中过寒食。见点点残红飞絮白，夕阳影里啼蜀魄。家乡远，心漫忆，回首云烟隔。（元传奇·拜月亭）

原注："旅中"二字可用平仄二声，"夕"字可用平声。

本注："逆""蜀""忆"字以入代平。此调有三格，此格为清版第二格，吴氏曰，此调有二体，此为正格，故前置为第一格；按吴氏注，其第二格实为清版第三格，故从吴氏排定，原清版第一格置本编第三格。又：清版此格首句为"短亭长亭程程去知几驿"，格律为"上平平平平上入"，其文意、格律不如吴格，故此录从吴格"上平去去平上入"（"短长亭去去知几驿"）。牌名【感亭秋】从钮氏点误更正。

第二格（十八板）

平入平平平去（韵），入入平去平平（叶）。去上平平上平平（叶），入去平平去（叶）。平平上（不），上入平平（不）、平去平平（叶）。

听得钟声传送，不觉得怒盈胸。记取当年此门中，特地相调弄。寻思起，怎不教人、恶气冲冲！（明传奇·彩楼记）

原注：清版钮氏曰：此格为正体，另二格末处终似【望吾乡】。吴氏曰：定律以此为正格，余两存之。

本注："得""恶"字以入代平。

第三格（十七板）

平平去上平去平（韵），平平去上平平（叶）。上上平平平上去（应叶），平平去上平平去（叶）。平上平（不），上上平（叶），上平平入上（叶）。

云垂四野风怒号，潇湘夜雨潇潇。点点不离杨柳外，声声乱打蓬窗闹。欹枕听，眼怎交？甫能巴得晓。（元传奇·张琼莲）

本注："不"字以入代平。

胜葫芦（又名【大河蟹】，十三板）

入上平平入平平（韵），平平去平平（借），去平平入平平去（不），平平入去（不），平上去平平（叶）。

却遭吴忠杀他人，吉凶事无凭，劝君不必闲忧虑，吴忠必定，不肯害他人。（元传奇·杀狗记）

本注："吉"、二"不"字皆以入代平。

乐安神（十七板）

平平去去（韵），平去去入去平平（叶）。平平平入上平平（叶），平平去入平平上（叶）。入平平去去（不），平去上平平（叶），平平上平平（叶）。

闲来思虑，自从那日赋归欤。山河日月几盈虚，风光渐觉催寒暑。欲求生富贵，须下死功夫，且常教两眉舒。（元南北散套·远害全身）

本注："日"字以入代平。

望吾乡（十六板）

去去平入（韵），平平去去入（叶），平上上平平平入（叶）。去去平平平入（可不），上平平平入（叶）。平平上（不必），平上入（叶），去上平平入（叶）。

降诏颁敕，搜贤赴帝域，文武远投安邦策。正是男儿峥嵘日，岂辞多劳役。一朝里，身显迹，受赏加官职。（元传奇·拜月亭）

本注："一"以入代平。此调多格，且平仄不一。

一封书（又名【秋江送别】，二十五板）

平平上去平（韵），上平平平去上（叶）。平平去上平（叶），上平去平去平（借）。去入平平平平去（不），入上平平去平（叶）。去平平（不），上平平（借），入上平平入去平（叶）。

一从你去离，我家中常念你。功名事怎的？想多应折桂枝。幸得爹娘和媳妇，各保安康无祸危。见家书，可知之，及早回来莫更迟。（元传奇·蔡伯喈）

原注："各""及"字可用平声。俞氏注：此调可独用，亦可叠用若干曲，叠用不换头。吴氏注：此调不入联套者，大抵以曲代信时用。又曰：首句与第三句，皆应用"上三下二"法，因点板时，第三字点两板，第五字点一板；第五句亦可用韵，又可与第六句对仗；首四句亦可作扇面对。

本注："一""的""折""媳"字皆以入代平。此调多格，并与【羽调排歌】【皂罗袍】等曲组合成多种集曲，其集曲【一封书全】【皂罗袍全】【胜葫芦全】【乐安神全】四集曲，称全调【四换头】，尾声用【仙吕·情未断煞】，不录。

皂罗袍（又名【闲花袍】，二十五板）

去上平平平上（韵），上平平去（不），上去平平（叶），平平去去去平平（叶），平平入去平平去（叶）。平平平去（不必），去平去平（叶）。平平平去（不必），去平平入（叶）。平平去上平平去（叶）。

暗想朱门娇女，岂无豪俊，肯嫁寒儒？闻言漫自意踌躇，无情却被多情误。蓝桥何处？路儿又无。阳台何处？路儿难觅，朝云暮雨谁凭据？（元传奇·瓦窑记）

原注：吴注：其中四字四连句宜用对仗。

本注：此调多变格，且格律各异，不录。

上马踢（十六板）

平平去去平（不），平去平平去（韵）。平平平去平（不），去平平去上（叶）。平上平平（不），平去平平上（叶）。去上上平（叶），去入平平（不），平去平平去（叶）。

干戈动地来，车驾迁都汴。儿夫离帝京，路遥人又远。军马临城，无计将身免。这苦怎言？祸不单行，中路儿不见。（元传奇·拜月亭）

原注："军""中"字可用仄声，"祸"字可用平声，"又远""这苦"俱去上声。

本注："不"字以入代平。

月儿高（十四板）

平去平平上（韵），平平去平上（叶）。去去平平去（不），上去平平去（叶）。平上平平（不），平去平平去（叶）。去平平入去（不），上去平平去（叶）。

看遍闲花草，争如自家好。这样风流事，那个人不好。才子共佳人，如今正年少。看他筵席上，两处伤怀抱。（元传奇·孟月梅）

原注："看""才""他"字俱可用仄声，"那""两"字可用平声，"好""好""少""抱"四韵字上去、去上间用，妙甚，"抱"亦可用上声。此调八句，除第五句为四字句外，其余皆五字句，有曰如将"才子共佳人"之"共"字作实字，全曲皆五字句，岂不为更佳。但多方考证，【月儿高】无是体，此句法不可改也。

本注："不"字以入代平。

第二格（调名可作【摊破月儿高】，十四板）

入平平去（应韵），平平上平上（韵）。上入平入（不），平平平上（叶）。上去平平（不），平平去平上（叶）。去去平平去（不），平平入上（叶）。

玉钩银镜，光辉果然好。此夕知何夕，碧天清杳。宝镜当台，白发又多少。正是西厢下，星稀月皎。（元传奇·西厢记）

本注："碧""白""发"字，为以入代平。此调以四、五字句相间而曰"摊破"。【月儿高】有集曲多体。

醉扶归（十二板）

上平入入平平去（韵），平平去去入平平（叶）。去上平平去平平（叶），去平上上平平去（叶）。入平平去上平平（叶），上去平平去（叶）。

我有缘结发曾相共，难道是无缘对面不相逢？我凤枕鸾衾也和他同，到凭兔毫茧纸将他动。毕竟一齐分付与东风，把往事如春梦。（元传奇·琵琶记）

原注：沈谱曰："有"字上声，"凤枕""鸾衾"去上、平平，妙。"和"字不可作平声唱。吴注：此调下板皆在每句五、七两字上，故万不可多加衬字。俞注：此调常叠用二或四曲，多与【皂罗袍】连用。

本注：此调第三句原格律为"仄仄平平平平平"，句末五平相连，吴注为"仄仄平平仄平平"，俞注为"仄仄平仄平平平"，据"和"不可作平声唱，本编从吴注。此调多变格。

第二格（十二板）

去去去去平平入（韵），平去平去去平入（叶）。去去平平去平入（叶），平上去平平去（叶）。平平去上去平入（叶），上去平入（叶）。

半路半路遭磨折，心事心事对谁说？看那燕燕莺莺效颉颃，穿柳径迷花榭。教人见了自撷屑，两泪空流血。（明传奇·张员外）

原注：吴注：此格第一、二句首两字用叠文，凡作犯曲起句皆从此格。

本注：此格为清版第五格，本编作第二格，其余不录。

傍妆台（十九板）

去平平（借），平平上去上去平（借）。去平上平平去（不必），去平上平平仄（韵），去平上平平去（不必），去平上上平上（叶）。平平去（不必），平去平（叶），平平平入上平平（叶）。

细思之，怎知你乔装改扮做个假意儿。见着你多娇媚，见着你□□□，见着你羞无地，见着你怎由己？情如醉，心似痴，刘郎一别武陵溪。（元传奇·祝英台）

原注：第四句遗三字不敢妄补。"别"字用去声方顺。第二句律应七字，万调雷同，今人无不以衬为实成九字句，谬。有换头，首句变作七字句。

本注：四"着"字、"一"字为以入代平。中四句可作排比式。

前腔换头（二十一板）

平平平上去平平（叶），平平平去入平平（叶）。平去上平入上（不），平去上上平平（借），平去上上平上（不），平去上上平上（借）。平入上（不必），平去上（叶），上平平上上平平（叶）。

奴家非是要瞒伊，自古道得便宜处谁肯落便宜。争奈我为客旅，争奈我是女孩儿，争奈我双亲老，争奈我身无主。今日里，重见你，柳藏鹦鹉语方知。（元传奇·祝英台）

原注："身无主"三字可用"仄平平"方顺。俞注：【傍妆台】可叠用，次曲用换头格；【傍妆台】可与【八声甘州】【望吾乡】【掉角儿】等组合成集曲。

本注："得"字以入代平。

掉角儿（亦名【掉角儿序】，二十八板）

上平平平平去上（韵），上平入去平平上（叶）。去平平平去平（不），去平平上平平平（叶）。去平平（不），平平入（不），去平平（叶）。平平去（叶），去去平平（叶）。上平去上（可不），平平去去（叶）。去平平平平上上（不），去平平去（叶）。

想连年时乖运蹇，喜今日姓扬名显。步蟾宫高攀桂枝，跳龙门首登金殿。笑吟吟，宫花插，帽檐偏。琼林宴，胜似神仙。早辞帝辇，荣归故苑。那时节夫妻母子，大家欢忭。（元传奇·王十朋）

原注：俞注：此调可叠用多曲，后缀尾声，自组成套；并与【羽调排歌】【望吾乡】【十五郎】等组合成集曲。

本注："节"字以入代平。

第二格（二十六板）

上平平平平上入（韵），上平去去平平去（借）。上平平平上平（可不），上平去去平平上（叶）。入平平（不），上平上（不），去平平

（或叶），平去平去（叶）。平平入上（或不），平入平平（叶）。去平平（不），去平平上（不），上平平入（叶）。

喜灯人灯宵朗僻，喜灯遇太平灯市。喜灯悬灯光满席，喜灯下对灯人美。剔灯花，饮灯酒，向灯前，须拼沉醉。灯明不已，灯月交辉。唱灯词，袖翻灯影，舞阑灯夕。（元传奇·玩灯时）

原注：与上格减第八句三字句。"交"字可用仄声。

本注：此调首四句皆为"上三下四"句法。

十五郎（二十四板）

平平平上平平（借），平平去上上平（韵），去上入平平上（叶）。去平去平去平（叶），去平上平上平平（叶）。平平平去上平去（借），平平上平平平（不），平平入上平平（叶）。

南雄巡检新除，蒙严命怎敢违？未免得餐风宿水。虑只虑年少妻，在这路途里多少奔驰？拼千山万水前去，但守清廉勤谨累官职，终须着锦衣归。（元传奇·陈巡检）

原注：此调与南吕【十五郎】不同。

本注："宿""只"字以入代平。

八声甘州（二十五板）

平平上上（韵），去上平入上（豆）、上入平平（叶）。平平平去（叶），上平上去上平平（叶）。平平上平平上平（叶），上去平平去上平（叶）。平平（叶），去上平平去平平（叶）。

穷酸魍魉，我眼前辄敢、数黑论黄。装模作样，恼得我气满胸膛。平生颇读书几行，岂可紊乱三纲并五常？荒唐，便谨依来命何妨。（元传奇·王十朋）

原注："数"字可用平声，"行"字可用仄韵，"气满"去上声，妙。此调有换头，多变格。俞注：此调可叠用二曲或四曲，次曲多用换头，又常与【解三酲】连用，常用于合唱或轮唱、对唱，合唱用于行路、写景，对唱多用于分辩、问答。吴注：此调与词调绝不相类，首曲首句用四字者为快板曲，首曲首句用五字者为慢板曲。曲中平仄，至为和谐，唯"平生颇读书几

行"句，必须用"平平仄平平仄平"。

本注："作""得""读"字为以入代平。第二句加"句豆"从吴谱。此调与【解三酲】等组合成集曲。

前腔换头（二十八板）

平平（叶），平平去上（叶），去平入平平（豆）、平上平平（叶）。平平上去（叶），上平去平去平平（叶）。平平上平上上（叶），去去平平平去平（叶）。平平（叶），去平平上去平平（叶）。

端相，这挪搜伎俩，做不得潭潭、相府东床。出言挺撞，那些个谦谦温良。微名忝登龙虎榜，肯做弃旧怜新薄幸郎？参商，料乌鸦怎配鸾凰？（元传奇·王十朋）

原注："伎俩""相府"去上声，妙甚。

本注："不""出""薄"字为以入代平。

第二格（二十五板）

平平平去平（韵），去去平上上（不必），平上平平（叶）。平平平入（不），平上去上平平（叶）。平平去上平去平（叶），上去平平平去平（叶）。平平（叶），去平平入入平平（叶）。

春深离故家，叹倦客旅邸，游子天涯。一鞭行色，遥指剩水残霞。墙头嫩柳篱上花，望古树枯栖暮鸦。嵯岈，遍长途触目桑麻。（元传奇·孟月梅）

原注："剩水"去上声，妙。"柳"字改作平声尤妙。

本注："客""一"为以入代平。

前腔换头（二十九板）

平平（叶），平平去上平（叶）。去平平平上（不），上去平平（叶）。平平平去（叶），平去上上平平（叶）。平平上平上去平（叶），入上平平平上平（叶），平平（平平），去平平入入平平（叶）。

呀呀，幽禽聚远沙。对芳菲禾黍，宛似兼葭。江山如画，无限野草闲花。旗亭小桥景最佳，见竹锁桥边三两家，渔艖，弄新腔一笛堪夸。（元传奇·孟月梅）

原注："聚远"去上声，"景最"上去声，妙。

本注：曲首"呀呀"二字为演唱时始发语气词。此调多格、多换头；与【解三酲】【一盆花】【四边静】组合，取调名中"三""一""四"，恰共八数成集曲【甘州八犯】。

羽调排歌（二十五板）

上上平平（不），平平去上（韵）。平平上入平平（叶），平平平入上平平（叶）。去去平平入去平（叶），平上平（或不），平上平（叶），平平上去上平平（叶）。平平去（不必），平去上（叶），入平平去上平平（叶）。

黯黯云迷，寒天暮景。区区水涉山登，潇潇黄叶舞风轻。这样愁烦不惯曾，不忍听，不美听，听得胡笳野外两三声。风力劲，天气冷，一程分做两程行。（元传奇·拜月亭）

原注："景""冷""这""野""一"字可用平声，"不忍听""风力劲"俱作"平平仄"亦可，"暮景""外两""气冷"俱去上声，妙。

本注：二"不"字、"力"字，为以入代平。

三叠排歌（又名【道和排歌】，三十七板）

入平平（韵），平去平（叶），去上平平去（叶）。平上上平平（不），平去上平平（叶）。入平平上（不），入平平去（不），入平平上去平平（叶）。平平平去去平平（不），平上平平上入平（针）。【合】平平去（不），平去平（叶），平平平去去平平（叶）。平平上（不），上去平（叶），平平平入去平平（叶）。

密还稀，高又低，碎剪鹅毛坠。一片片舞回风，一片片点征衣。或粘在窗纸，或飘在墙隙，或时飞舞到帘帏。轻飘僧舍润茶烟，密洒歌楼酒力微。【合】休归去，雪正飞，人生欢笑是便宜。歌金缕，舞柘枝，宾朋酬酢到醉时归。（元传奇·柳耆卿）

本注：二"一"字以及"密""雪"字，以入代平。

前腔换头

平平（叶），平平平去去（叶），平平平入去（叶）。入去平平

（不），入平上平去入（叶），平平去平去入（借）。上平平上（不），平平平去（不），平平平入入平平（叶）。上平上平去平平（叶），上去平平平去上（叶）。【合前】

多疑，琼姬特故地，把琼珠都击碎。撒下人间，六花品作第一，梅花让他最白。晚来江上，溪边独钓，渔翁披得一蓑归。此时堪可猜王维，写在丹青图画里。【合前】（元传奇·柳耆卿）

本注："特""作""独"字为以入代平。

解三酲（二十八板）

上平上去平平去（借），上平上去入平去（韵）。上平去平平平上（叶），去平上去平平（叶）。去入平平去上平（或不），平入平平平去平（叶）。平平去（叶），入上去入（不），上去平平（借）。

我因你带围宽尽，你因我瘦得成病。险些儿赚入冥途境，谢娘子赐重生。二八闺门似水清，今夜和叶和枝分付与君。休薄幸，不枉了捱彻，几个黄昏。（元传奇·西厢记）

原注："病"字可用平声，"不枉"二字可用平声乃顺。此调为正格，然与南吕宫【针线箱】近似，二调止争第四句节读。此调为"上三下三"，于第四字上用一掣板；【针线箱】为"上二下四"或"上四下二"，于第四字下用一截板。

本注："入""薄"字以入代平。

换　头（二十七板）

上入平平平去上（或叶），平去平平上去平（韵）。平平上入平平去（叶），去平去上平平（失）。入去平平上去平（不必），平去平平平去平（借）。平平上（叶），平平去入（不），上去平去（叶）。

因甚雨涩云悭心绪懒？莫不是推醉佯羞假断魂。怕君家体怯成危困，瘦模样怎生禁？不道你施恩我报恩，只怕我崔氏莺莺作骂名。忒廉瑾，埋身化骨，我又何恨？（元传奇·西厢记）

原注："恨"字可用平煞。【解三酲】有多格、多换头，此调为换头正格。

本注："作""忒"字以入代平。【解三酲】常与【八声甘州】【羽调排歌】等组合成集曲。

桂枝香（二十二板）

平平平去（韵），平平平去（叶）。入上上入平平（不），去去平平平去（叶）。平平去上（不），平平去上（不），平平平去（叶）。平平平去（叶），去平平（叶）。去上平平上（不），平平去去平（叶）。

书生愚见，忒不通变。不肯祖腹东床，漫自去哀求金殿。想他每就里，他每就里，将人轻贱。非爹胡缠，怕被人传。道你是相府公侯女，不能彀嫁状元。（元传奇·蔡伯喈）

原注："愚""通""金"字今人用仄声，非。第三句不宜用韵，第五、六句用韵亦可，第九句不用韵亦可。俞注：此调常叠用二、四支，第二支起为【前腔】，不用换头。后常接【长拍】【短拍】等曲。

本注："忒"字、第一个"不"字、第三个"不"字，以入代平。

长　拍（三十六板）

平入平平（不），平平平去（不），平上上平平去（韵）。平平平上（不），上上上入（不），平平去入平平（叶），平入去平平（叶）。去上平上上（不），上去平（叶）。上上平平上去入（不），平入去平平（叶）。平上上平平平（叶），上去上平（不），去入平平（叶）。

叠叠离情，重重幽恨，羁旅怎生禁架？家乡遥远，楚水迥阔，迢迢遍接天涯，斜日映红霞。望水村隐隐，酒旆高挂。浅水滩头有鹭立，见枯木噪寒鸦。来往橹声咿呀，正水涨野塘。浪激汀沙。（元散套·浪潮拍岸）

原注：吴、俞有曰：此调与下调【短拍】，均不可独用，只二调连用，【长拍】在前，【短拍】在后，且多连用于全套曲后部、尾声之前。又曰，该二调首句均可叠文增为第二句，但钮氏无此论。

本注：第一个"叠"字为以入代平。此录【长拍】和【短拍】多格，然钮谱、吴谱、俞谱均无同者，本编从清版钮氏谱。

短　拍（二十一板）

平上去上（不），平平去入（不），平平上上平平（韵）。平去去平平（叶），去入上平（不），平平上上（叶）。去入平平上上（不），平去平去去上平（叶）。

芳草渡口，白苹岸侧，潺湲水绕人家。还再赴京华，共诉说许多，潇潇洒洒。异日图将此景，俺待归去凤城夸。（元散套·浪潮拍岸）

本注："白"字以入代平。

一盆花（二十一板）

上去平平平去（韵），去平平平人（不），去平平平（叶），去平平上入平平（叶）。去平平去（不），去入平去（叶）。上平去平（叶），上平去上（叶）。去去平去平去（不），上平平上（叶）。

此剑分明灵异，看青蛇出匣，恁般雄威，气冲牛斗接光辉。今日带行前去，镇伏妖魅。果然是奇，果然是美。便做刘季当道，斩蛇无比。（元传奇·陈巡检）

本注："出"字以入代平。此调有变格，不录。

本宫赚（仙吕宫无赚）

按：又查得吴梅编《南词简谱》于【仙吕宫】末有云："仙吕宫赚名【不是路】，又名【薄媚赚】，板式与各宫调皆同，实无大别也。"并录有《荆钗记》用赚，却有词无谱。为方便学者所用，本编将该词照录如下，并以平仄二声，依词度谱供参阅。赚词曰：

仄仄平平（韵），平仄平平仄仄平（叶）。平仄仄（叶），平平平仄仄平平（韵）。仄平平（叶），平平仄仄平平仄（叶）。仄仄平平平仄平（叶），平平仄（叶），仄仄仄仄平平仄（叶）。仄平平仄（叶），仄平平仄（叶）。

渡口离船，早来到钱家宅院前。咱不免，偷闲先下彩云笺。是甚人言，缘何直入咱庭院？为一举登科王状元，因来便，特令稍带家书转。喜从人愿，喜从人愿。

本注：上谱韵脚，仅遵吴词原注点定。

情未断煞

去平平平平去（韵），上平平上去平平（叶），上上平平平去平

（叶）。

向人家忙投奔，解鞍沽酒共论文，今夜雨打梨花深闭门。（元传奇·蔡伯喈）

此末句平煞。明传奇"崔君瑞"仄煞："一醉能消愁万缕。"

第二格

入平平去去上（韵），入平平去去平平（叶），平去上去去平平（叶）。

赫赫功懋懋赏，却惭无地报明王，惟愿取万寿无疆。（明传奇·张子房）

仙吕宫常用集曲定式：

【二犯月儿高】：在【月儿高】第六句与第七句之间插入【五更转】七字一句和四字两句、【红叶儿】一字一句、四字一句。

【月照山】：【月儿高】第六句后，接【商调·山坡羊】后半段六句。

【皂袍罩黄莺】：【皂罗袍】前五句，后接【黄莺儿】三句。

【醉罗袍】：【皂罗袍】前接【醉扶归】四句。

【醉罗歌】：【皂罗袍】前接【醉扶归】四句，后再接【羽调排歌】三句。

【傍妆台犯】：在【傍妆台】第四句下插入【八声甘州】两句，后又接本调末三句。

【二犯傍妆台】：在【傍妆台】第四句下插入【八声甘州】二句、【掉角儿】二句，后又接本调末句。

【甘州歌】：【八声甘州】前六句，后接【羽调排歌】后段六句。

【甘州解酲】：【八声甘州】前四句，后接【解三酲】五句。

【解酲歌】：【解三酲】前六句，接【羽调排歌】后段六句。

【二犯桂枝香】（或称【桂花袍】）：在【桂枝香】第四句下插入【皂罗袍】四个四字句，再接【桂枝香】本调二句。

【二犯掉角儿】：在【掉角儿序】前八句后，接【羽调排歌】末三句、【十五郎】六字一句。

【掉角望乡】：【掉角儿序】前八句后，接【望吾乡】末三句。

【一封歌】：在【一封书】本调下接【羽调排歌】后六句。

【四换头】：在【一封书】本调下接【羽调排歌】末三句。

【一封罗】：【一封书】前四句后，接【皂罗袍】后五句。

仙吕宫常用散套定式：

【桂枝香】四支或六支及【长拍】【短拍】【尾声】。

【八声甘州】【一盆花】【掉角儿序】二支、【尾声】。

【甘州歌】四支、【尾声】。

【解三酲】四支或六支，不用尾声。

【光光乍】【铁骑儿】【大斋郎】【青歌儿】【望梅花】【尾声】。

五、中吕宫

中吕宫引子

满庭芳

平去平平（韵），平平平上（不），平平平上平平（叶）。平平平入（不），平去入平平（叶）。平上平平去上（不），去平平平去平平（叶）。平平去（不），去平去上（不），平去上平平（借）。

飞絮沾衣，残花随马，轻寒轻暖芳辰。江山风物，偏动别离人。回首高堂渐远，叹当时恩爱轻分。伤情处，数声杜宇，客泪满衣襟。（元传奇·蔡伯喈）

原注："飞""回""随"字俱可用仄声，"杜"可用平声。"渐远""杜宇""泪满"俱去上，"几个"上去声，俱妙。

本注："客"字以入代平。

前腔换头

平平平上入（不），去平平去（不），入去平平（叶）。去平去平平（不），平上平平（叶）。平去平平去上（不），平去平上去平平（叶）。平平去（不必），上平平上（不），平去去平平（叶）。

萋萋芳草色，故园人望，目断王孙。漫憔悴邮亭，谁与温存？闻道洛

阳近也，还又隔几个城闉。浇愁闷，解衣沽酒，同醉杏花村。（元传奇·蔡伯喈）

原注："谁""闻""沽""同"字可用仄声，"故""目"字可用平声。"近也"去上声，妙。吴注：此调即词调也。换头用否随便，此等长引，不用为是。

本注："洛""隔"字以入代平。

金菊对芙蓉

平上平平（韵），上平上上（不），上平平去平平（叶）。去入平平上（不），上入平平（叶）。去平平去平平上（不），去去上平入平平（叶），平平平去（不），平平去入（不），平上平平（叶）。

浓霭香中，水云影里，迥然人世难同。似玉皇金苑，宝箓仙宫。万花开处神仙满，尽笑语俱乐春风。蟠桃佳会，特离绛阙，来此相逢。（元传奇·蟠桃会）

原注：此调与词调同，但无换头。

本注："特"字以入代平。

行香子

平上平平（韵），平上平平（叶），去平平上去平平（借）。平平去上（不），平入平平（叶）。去平平（不），平平上（不），上平平（借）。

日有阴晴，月有亏盈，叹人无久富长贫。贫的是秋来到也，黄叶飘零。富的是到春来，花如锦，柳拖金。（元传奇·杀狗记）

原注：此调与词调同，只无换头。

本注："日""月"字以入代平。末三句无词调"三句领"。

粉蝶儿

上上平平（不），平去上平平去（韵）。去平平去平平去（叶），上平平（不），平上上（不），去平平去上平平（叶），平平去平平去（叶）。

野草闲花，天上也都生意。挂心头幸无闲事，怎禁消，当此景？这般天气果然奇，咱们大家游戏。（元传奇·崔护）

原注：此调与词调同。

本注：此调清版共两体，然与诸谱比较，皆有较大不合。钮氏于第二格原注有曰：此调末句四字者为北体，南调绝无。本编从钮论。

尾 犯

上去入平平（韵），平上去平（不），平平平去（叶）。入去平平（不），平平平去（叶）。平上去平平去上（不），去平平平平去平（叶）。平平去（不），平平上入（不），入去平平上（叶）。

懊恨别离轻，悲岂断弦？愁非分镜。只虑高堂，怕风烛不定。肠已断欲离未忍，泪难收无言自零。空留恋，天涯海角，只在须臾顷。（元传奇·蔡伯喈）

原注：此调与词调同，但无换头。"悲"字可用仄声，"懊恨""岂断""已断"俱上去声，"未忍"去上声，俱妙。

本注："烛""不""欲"字句以入代平。

四园春

去去平平平上平（韵），平平入去上平平（叶）。平平入去去平平（叶），去上平平平去平（叶）。入平平平去（叶），平去入平平（叶）。

料峭东风开小桃，催花一阵雨如膏。东君昨夜到西郊，万紫千红堪画描。不妨同欢笑，沉醉乐陶陶。（明传奇·子母冤家）

青玉案

平平去入平平上（韵），去入平平去平去（叶）。去去平平平平上（叶），平平平入（不），上平平上（或叶），去入平平上（叶）。

闲花未属春拘管，浪蝶狂蜂惯为伴。漫自芳名魁青馆，歌喉羞涩，舞腰消损，泪湿春衫满。（元传奇·王魁）

原注："未""漫"字可用平声。

菊花新

去平平入上平平（韵），平去平平上去平（叶）。平入上平平（叶），平平上上平平去（叶）。

淡妆浓抹也相宜，一派湖光景最奇。南北两峰齐，山连水水连天际。（明散套·十里掌平漪）

本注："一"为以入代平。

中吕宫过曲（高下闪赚）

红绣鞋（二十四板）

去平上去平平（韵），平平（叶）；去平平上平平（叶），平平（叶）。平去上（不），去去平（叶），平去入（不），去平平（叶）。平入去（不），去平平（叶）。

寿炉宝篆香消，香消；寿桃簇拥堪描，堪描。斟寿酒，寿杯高，歌寿曲，奏仙韶。齐祝愿，寿山高。（明传奇·苏武）

本注：此调多变格，各体多用叠文。"簇"为以入代平。

第二格（二十七板）

上平平去平平（韵），平平（叶）；去平平上平平（叶），平平（叶）。平去去（不），去平平（叶）。平上去（不），入平平（叶）。去平平上上平平（叶），平平（叶）。

猛拼沉醉东风，东风；倩人扶上玉骢，玉骢。归去路，望画桥东。花影乱，日曈昽。佛笙歌影里纱笼，纱笼。（元传奇·蔡伯喈）

原注：吴注曰：此是正格。

本注：二"玉"字为以入代平。

添字红绣鞋（二十一板）

平平去去平平（韵），平平（叶）；平平上入平平（借），平平（借）。平去入（不），上平平（叶），平去上（不），上平平（叶）。【合】平平平平（叶），平平（叶），入上去平平（叶），入上去平平（叶）。

今日劝课农民，农民；安排酒食共长亭，长亭。知稼穑，老人们，都到此，倒金樽。【合】都教欢忻，欢忻。说与劝农文，说与劝农文。（元传奇·赵氏孤儿）

本注：此体"都教欢忻"句格律"平平平平"，吴氏谱为"仄仄平

· 242 ·

平",当从吴谱。"日"字为以入代平。

缕缕金（十九板）

平平去（豆）、去平平（韵），上平平入去（不），去平平（叶）。去上平平去（不），平平平去（叶）。平平平去去去平平（叶），平平去平去（借），平平去平去（借）。

元来是、蔡伯喈，马前都喝道，状元来。料想双亲像，他每留在。敢天教夫妇再和谐，都因这佛会，都因这佛会。（元传奇·蔡伯喈）

原注："马前"句用"平平平仄仄"或"仄仄平平仄"皆可。末二句必叠文。

本注："伯""每"及二"佛"字句以入代平。此调多格。

好孩儿（二十七板）

平平去平平去平（韵），平入去平平去平（叶）。上平平入去平平（叶），上平平上平平（叶）。【合】上平入去上上去（叶），上平入去上上去（叶）。

寻不见连忙向前，搜索尽墙边院边。莫不是隐身法术是神仙？我走如烟眼寻穿。【合】歹人恰是那里见？歹人恰是那里见？（元传奇·拜月亭）

本注：末二句必叠文。"不""法"字以入代平。

第二格（二十八板）

平上平平平去上（韵），去平平去平平去（叶）。入平去去（叶），入平去去（叶），平平去上平平（叶）。【合】平入平平平上（叶），平平去去平（叶）。

斟此杯香醪酝美，拼今宵共乐同醉。目今富贵，目今富贵，又何必恋紫争绯！【合】算这欢乐人生能几，何须要别是斗非？（元传奇·赵氏孤儿）

本注：第三、四句为叠文，末句不叠。"乐""必""别"字为以入代平。

扑灯蛾（三十二板）

去平平去上（不），平平上平去（韵）。去平入平平（不），入上上平平入（叶）。平平上上（上），入上平平平平（叶）。去平平平去上（叶），上平平（不），上平平去去平平（叶）。

自亲不见影,他人怎相庇?既然读诗书,恻隐怎生周急?我是孤儿你是寡女,厮赶着教人猜疑。乱军中谁来问你?缓急间,语言须是要支持。(元传奇·拜月亭)

原注:"影"字可用平声,"周"字可用仄声,"厮赶着"句可用"仄仄平平仄平平"。

本注:"不""着""急"字为以入代平。此调多格,不录。

大影戏(二十四板)

平平平去(韵),平平上上平去(借)。上入去平平平(借),平入平上上平去(叶)。平平入去去去平(借),平入平平(不),平去平去(叶)。【合】平平平去(叶),上平上入(叶),去平去去平上(叶)。

奴家花容娇媚,风尘里有声誉。品竹更兼弹丝,曲遏云共鼓板皆会。迎新踢旧未遇时,何日从良,嫁个夫婿?【合】姻缘相际,永谐比翼,尽今世效连理。(元传奇·吴舜英)

本注:"曲"字以入代平。

前腔换头(十九板)

去上(叶),平平平上(叶),平平去平平去(叶)。去平去去平入(叶),平平上去平平去(叶)。平平平去上去平(借),平上平平(不),去入平平(叶)。【合前】

听启,一言说与,姻缘事果非容易。待时遇个知音的,同心缩对天说誓。随缘随分且庆时,怕莺老花残,迅速如飞。【合前】(元传奇·吴舜英)

本注:"一""说""说"字为以入代平。

念佛子(十七板)

平去平(不),平去去(韵),去去上平去平平(叶)。去平平平去平去(叶)。上去入平平上(叶),上去平平去平平(叶),上平平平上平平(叶)。

穷秀才,夫和妇,为士马逃难登途。望相怜壮士略放一路。枉自说闲言语,买路钱留下金珠,稍迟延便教身死须臾。(元传奇·拜月亭)

本注:"略""一"为以入代平。

附一：南曲简谱新编

前腔换头（十六板）

平平平平去入（叶），平入平平去（叶）。上平平上平平上（叶）。平上（叶），平平去平（叶）。平去平平入（叶），平上上平上平去（叶）。

区区山行路宿，粥食无觅处。有盘缠肯相推阻。敢厮侮，穷酸饿儒。模样须寻俗，应随行所有疾早分付。（元传奇·拜月亭）

本注："粥""觅""厮""疾"字为以入代平。首句亦可作"平平（叶），平平去入（叶）"。

换头第二格（十五板）

上平上（叶），平平去入（叶），平平平平上（叶），平平平上平平上（叶）。平上（叶），平平去上（失），平去平平上（叶）。入平平去平平去（叶）。

苦不苦，从头至足，衣衫皆蓝褛。难同他往来客旅。你不与，施威仗勇，轮动刀和斧。激得人忿心发怒。（元传奇·拜月亭）

原注：此调多格多换头，钮氏注曰，凡【念佛子】每曲各自不同，非可前曲律后曲，此传律彼传者也。

本注："不""客""不""得""发"为以入代平。

尾犯序（二十五板）

平去入平平（韵），上入平平（豆）、平去平上（叶）。上去平平（不），去平平入平（叶）。平上（叶），平入去平平去上（不），平入去平平上上（叶）。平平去（不），平平平上上平平（叶）。

无限别离情，两月夫妻、一旦孤冷。此去经年，望迢迢玉京。思省，奴不虑山遥路远，奴不虑衾寒枕冷。奴只虑，公婆没主一旦冷清清。（元传奇·蔡伯喈）

原注："冷""省"可用平韵，"此"可用平声，"此去"上去声、"路远"去上声，妙。

本注："一""只""没"字以入代平。

前腔换头（二十八板）

平平（叶），上平去平平（叶），入去上平（不必），平去平去

（叶）。平上平平（不），去平平平平（叶）。平去（叶），上入去平平去上（不），去平上平平去去（叶）。平平上（叶），平平平上上平平（叶）。

何曾，想着那功名，欲尽子情，难拒亲命。我年老爹娘，望伊家看承。毕竟，你只怨朝云暮雨，只得替着我冬温夏清。思量起，如何教我割舍得眼睁睁？（元传奇·蔡伯喈）

原注："命""竟"字可用平韵；"尽子""暮雨"去上声，妙；"教我"之"我""眼"字上声，妙绝。吴注：凡南词"板式不乱，平仄可勿计也"。此曲用四支，便是成套，但第二曲首句应"平平，仄仄平平"，第三曲首句应"平平仄仄平"，第四曲首句应"平平平仄仄"，余皆同。

本注：二"着"字、"毕"字，以入代平。本调多叠用，次曲用换头格。

石榴花（二十五板）

平平去入去平平（韵），平平去平平平（叶）。平平入入上平平（借），平平上上（不），入去平平（失）。平平去入入去上（借），平入上上平平去（借）。平平上平平入上（借），平平入上入去（叶）。

愁听画角一声声报黄昏，还依旧闷时辰。更兼扑扑簌簌雨儿倾，芭蕉点点，滴碎忧心。冤家自一别不见影，割舍得把人薄幸。算恩情悄如盐落井，花言的怎信？（元传奇·冯魁）

本注："扑扑""割""薄"为以入代平。

泣颜回（又名【杏坛三操】【好事近】。二十六板）

平入上平平（韵），平上平平平上（叶）。平平去去（不），平去去入平上（叶）。平平上去（不），去平平（不），平去平平去（叶）。【合】上平平入去平平（不），去平去平平上（叶）。

庭角起商飙，金井梧桐雕早。碧天绛气，相映着皓月纤小。牛星女宿，会佳期，今夜同欢笑。【合】想天孙一度经年，叹光阴易催人老。（元传奇·韩寿）

原注：第二句用"平平平仄平平"亦可，末句用"平平仄仄平平平"亦可。

本注："碧"字以入代平。

前腔换头（二十八板）

平平（叶）、平去上平平（叶），平去平平平上（叶）。平平上上（不），入平去入平上（叶）。平平入入（不），去平平去去（不），平平上（叶）。【合前】

青霄、时见彩云飘，恰一似丹青图绕。堪吟可赏，一家快乐难讨。堆金列玉，料今生富贵，应非小。【合前】（元传奇·韩寿）

原注：换头首句并非七字句，"首句之第二字无不用句、用韵、用板者"，字者切宜审之。

本注："一似"之"一"字以入代平。

千秋岁（三十三板）

去平平（韵），平去平平去去（不），平去入去平平（叶）。去去平平（不），去去平平（不），去平平（不），上上平平平去（叶）。平平去（不），平平去（叶），平平去（不），平入平平（叶），上上平平上（叶）。去平平（不），去去平平上（叶）。

趁良宵，席上筵排玳瑁，阶下乐奏笙箫。翠黛红装，翠黛红装，效殷勤，满捧金樽频道。观佳致，多奇妙，但只愿长相聚，月夕花朝，好景休辜了。向星台，畅意舒情气巧。（元传奇·韩寿）

本注：第四、五句为叠文。"席""月""乞"字为以入代平。

第二格（三十板）

去平平（韵），平去平平去（叶），平去上去平平（叶）。入上平平（不），入上平平（不），平平（不），去入平平去（叶）。平平去（不），平平去（叶），上平去（不必），平平上（叶），入去平上（叶）。去平平（不），去平平去平平（叶）。

俊多娇，只顾贪欢笑，却不道冷地有个人瞧。绿柳阴中，绿柳阴中，藏羞，暗折花枝来到。低低道，奴容貌，比花貌，争多少，却被无情恼。道花枝，胜如奴貌妖娆。（明传奇·张翠莲）

本注："只""不"字以入代平。

247

越恁好（三十二板）

上平平上（韵），上平平平去平（叶）。平上上上（不），平平上上平平（叶），平平上上平去上（叶）。平平上上（叶），平平上入平平去（叶），平平平入平平去（叶）。

浅斟绿蚁，且开怀休皱眉。行首把盏，奴奴也笑传杯，何劳姐姐情意美？想人生有几，对韶光满目江山丽，饮春风拼却花前醉。（元传奇·刘盼盼）

本注："绿"字以入代平。此调多格，唯"海宫深处"与"办集船只"两首句叠文格，原谱无录。

渔家傲（十九板）

去去平平去上平（韵），上去平平（不），平平去平（叶）。去入去平平平去（不），平平平去（叶）。平平上平入平平（不），平上去平（叶），去入平平去上平（借）。

不念去国愁人最惨凄，淋淋的雨一似盆倾，风如箭急。侍妾从人皆星散，各逃生计。身居处华屋高堂，珠绕翠围，那曾经地覆天翻受苦时？（元传奇·拜月亭）

本注："急""各"字为以入代平。原谱"雨似"为"雨一似"，有衬字"一"，实属多余。

第二格（二十四板）

上去平平平去平（借），去入平平（不必），平平去平（韵）。去平去上平平去（不），平平平去（借）。去上平去平平（不），平上去平（叶）。上平平上去平平（不），平平上平（借）。入上平平去去平（叶）。

卑人在馆下多年恩爱深，自从那日游春，逢着那人。共他离了家乡去，做扑花行径。在阆州同作家筵，受千苦万辛。与卑人生两个孩儿，看看长成。怎教他别取个头条嫁个人？（元传奇·李勉）

本注："着""扑"字为以入代平。

剔银灯（二十三板）

平平去平平上上（韵），平平去平平平去（借）。入上入平平平去

（叶），平去平入平平去（叶）。平平（叶），平平去上（应叶），上上去平平去去平（叶）。

迢迢路不知是哪里，前程去安身何处？一点雨间一行恓惶泪，一阵风对一声愁气。云低，天色傍晚，子母命存亡兀自尚未知。（元传奇·拜月亭）

原注："里"字可用平韵，"程"字可用仄声，"阵""傍""子"字可用平声，第三句可用"平平仄仄平平仄"。吴注：末句可用"仄平平平平仄仄"上三下四七字句。

本注："不""一阵"之"一""色"字为以入代平。

地锦花（十八板）

去平平（不），平入入平平上（韵），平去去平（叶），平平上去上平平（借）。去上平平（不），去上平平（叶）。去平平（叶），平入平去平平（叶）。

绣鞋儿，分不得帮和底，一步步提，百忙里褪了跟儿。冒雨汤风，带水拖泥。步难移，全没些气和力。（元传奇·拜月亭）

原注：此调变格，仅将末句改作"平平平仄仄平平"七字句，如瓦窑记末句"一朝身到凤凰池"，其余皆同。

本注："一""百""力"字为以入代平。

麻婆子（二十九板）

去平去平平平去（不），平平上去平（韵）。去上去上平平去（不），平平上去平（叶）。平平入入上平平（叶），平平入上去平去（叶）。上上平平上（叶），平入去平平（叶）。

路途路途行不惯，心惊胆颤摧。地冷地冷行不上，人慌语乱催。年高力弱怎支持？泥滑跌倒在冻田地。款款扶将起，心急步行迟。（元传奇·拜月亭）

原注：一、三句用叠字，亦可实作七字句。

本注：二"不"字、"滑"字为以入代平。此调多格，不录。

大和佛（又名【和佛儿】，三十二板）

去去平平平去上（韵），平去去（借）。去去上上上平上（借），去平平（借）。平平上上平平去（不），去平平入入平平（叶）。平平入上上平平（借），入上平平平去（叶）。平平上（不），去平平上去平平（叶）。

上告家兄听拜禀，说个甚？你便是好酒且休饮，为何因？闻知此酒香奇异，况兼来历不分明。笑你将无作有假为真，辄敢强词夺正。忠言语，劝着逆耳更不听。（元传奇·王祥）

原注："禀""甚""便""饮"四字俱可用平声。吴注：此为同场唢呐曲，常用于婚寿庆。

本注："说""夺""着""逆""不"字为以入代平。此调多格，不录。

舞霓裳（二十七板）

去上平平去平平（韵），去平平（叶）；上上平平去平平（叶），去平平（叶）。平平平去平平去（叶），平平平去去平平（叶）。去去去平平平去（叶），平平去（不），入去平平去平去（叶）。

愿取群贤尽贞忠，尽贞忠；管取云台画形容，画形容。时清无报君恩重，惟有一封书上劝东封。更撰个河清德颂，乾坤正，看玉柱擎天又何用！（元传奇·蔡伯喈）

原注：此体为叠文体，即第二、四句分别重叠前句末三字。此调与【大和佛】相近，只争第七句之有无和不叠文。

本注："一""德"字以入代平。此调吴氏有注曰"春酒淋漓"一格为"正格"，然清版载钮氏早有所指，妄将此曲共题作【舞霓裳】，是与【大和佛】同章矣，作者辨之。

第二格（原谱未注板数）

平入平平平去上（韵），上去平（叶）；上去平平平平去（叶），去平平（叶）。平平平去平平入（叶），去平平上去平平（叶）。入去上平平平入（叶），平平入去入平平（不），平平上平去（叶）。

极目春光无限美，果是奇；满泛金杯拼沉醉，醉扶归。百年三万六千日，四时中光景似梭掷。莫忘了花朝月夕，怕朱颜一去不回来，和伊且欢会。（元散套·春昼日迟迟）

原注：此格无叠文，且末二句更不同。

本注："极""百""六""掷""月"字为以入代平。

山花子（二十五板）

上平平去平平上（韵），平去上入平平（叶）。上平平平去上平（叶），去平去入平平（叶）。【合】去平平平平上平（叶），平平去入去平（叶）。平平上平平去平（叶），平上平平（不），去上平平（叶）。

玳筵开处游人拥，争看五百名英雄。喜鳌头一战有功，荷君奏捷词峰。【合】太平时车书已同，干戈画戟文教崇。人间此时鱼化龙，留取琼林，胜景无穷。（元传奇·蔡伯喈）

本注："一"字以入代下。

前腔换头（十二板）

平平去平（叶），平上平平去（叶）。平平上入平平（叶），去平平平去平（叶），平平去上平平（叶）。【合前】

青云路通，一举能高中。三千水击飞冲，又何必扶桑挂弓，也强如剑倚在崆峒。【合前】（元传奇·蔡伯喈）

本注："一""必"字以入代平。此调多格、多换头，不录。

粉孩儿（二十一板）

平平仄平平（应韵），平入上（韵）。平平上上（不），去平平上（叶）。平平入去平去平（叶），入平平去上平平（叶）。去平平去平平（不），平平去平去平上（叶）。

匆匆地离皇朝，心不稳。弃家私老小，去得安忍？只知国难失大臣，不提防万马千军。犯京城君去民逃，常言道龙斗鱼损。（元传奇·拜月亭）

原注："万马"去上声，妙。

本注："得""只""失"为以入代平。首句原谱为"平平平平平"，乃钮氏完全依字定腔，不妥，特插一"仄"声，以调谐音。此调多变格，下录第二格。

第二格（二十板）

上去平平（应韵），平去上（韵）。平平去入（不），去入平平（叶）。平平平平去上平（叶），去平上平平去（叶）。去平去入平平

（不），上平去平上平平（叶）。

彩结鳌山，侵汉表。望珠楼翠幕，万烛高烧。天街王孙骏马骄，竞豪奢五陵年少。问谁见月闻灯，肯辜负如此良宵？（元散套·铁锁放星桥）

红芍药（二十六板）

平上上上入平平（韵），平平平入去平平（叶）。上去平平去平去（叶），去平平上平平去（叶）。平平入去上去平（叶），平平平去平上去（叶）。入平上上入平平（叶），上上平去入去（叶）。

兵扰攘阻隔关津，思量着役梦劳魂。眼见得家中受危困，望吾乡有家难奔。孩儿历尽苦共辛，娘逢人见人询问。只愁你举目无亲，子母何处厮认？（元传奇·拜月亭）

原注："眼见""苦共"上去声，妙。此调与南吕宫【红芍药】不同。

本注："着"字以入代平。

耍孩儿（十九板）

入平平入去（韵），去入平平去（不），上去去去入平平（叶）。平平（不），上去平上平平去（叶）。去平去入平平去（叶），平平入上平平去（叶）。

我一言说不尽，况说招商店，肯分地撞着家尊。我寻思，眼盼盼人远天涯近。为甚的来那壁千般恨？休休休只管叨叨问。（元传奇·拜月亭）

原注：此调与中吕调、般涉调【耍孩儿】不同。

本注："说"字为以入代平。第四句"平平"，原谱为"平平平"，吴谱、俞谱皆为前者，本编亦认为从前者为好。末句"休休"，原谱有加句豆："休、休"，学者可自行定之。

会河阳（二十板）

上去平平上入平（韵），平平平上上平平（叶）。去平（不），平去平平（不），去平上平（叶）。平平去平平去（叶），去平平入平平去（叶），去平平入平平去（叶）。

有甚争差且息嗔，闲言闲语总休论。贱妾，不避责罚，将片言语陈。难得见今日之分，甚时除得我心间闷？甚时除得我心间闷？（元传奇·拜

月亭）

原注：此调与中吕调【会河序】不同。

本注："妾""不""责""罚""得""日"字为以入代平。第三、四句可合并为六字句，末二句不必一定用叠句。

驻云飞（十七板）

平去平平（韵）。去上平平平去上（叶）。平去平平去（叶），上去平平去（叶）。嗦！平入去平平（叶）。去平平上（叶），上去平平（不），上入平平去（叶），平上平平平去平（叶）。

村酿新蒭，要解愁肠须是酒。壶内馨香透，盏内清光溜。嗦！何必恁多羞，但略沾口，勉意休推。展却眉儿皱，一醉能消心上愁。（元传奇·拜月亭）

原注："村"字可用上声，"要""勉""展"字可用平声，"酒"字不若用平声妙，"但略沾口"亦可用"仄仄平平"耳。

本注："略""一"字为以入代平。"嗦"字为此调定格。

第二格（十七板）

去入平平（韵），平上平平平上平（叶）。平上平平去（叶），平去平平去（叶）。嗦！平入上平平（叶）。去平平（叶），平入平平（不）。入去平平去（叶），平上去平平去平（借）。

漫忆侯园，瓜种青门知几年。落齿冰霜溅，曾向金盘荐。嗦！不觉口流涎。意留连，尘沃我胸襟。我则待尝一片，开口告人难上难。（元传奇·吕蒙正）

本注："落""不""一"字为以入代平。【驻云飞】常与【驻马听】组合，位置先后不拘。

驻马听（二十三板）

平去平平（韵），平上平平（不），平去去上（叶）。平平平去（不），去去平平（不），上上平入（叶）。平平平上上平平（叶），平平平去平平去（叶）。上去平平（失），平平上上平平去（叶）。

一路里奔驰，多少艰辛，行到这里。且喜略时肃静，渐次平安，稍尔宁

· 253 ·

息。恨悠悠千里旅情悲，苦恹恹一片乡心碎。感叹咨嗟，伤情满眼关山泪。（元传奇·拜月亭）

原注：俞注：此调可与【驻云飞】等曲组合，也可叠用多曲，自组成套，多用于叙事写景。

本注：二"一"字、"肃"字为以入代平。

第二格（二十三板）

平上平平（韵），平去平平上去平（叶）。平平平去（不），上去平平（不），入去平平（叶）。平平平去入平平（叶），平平上上平平去（叶）。平平去平平（叶），平平上上去平平（叶）。

一缕沉烟，百拜虔诚祷告天。一愿吾王长寿，雨顺风调，国泰民安。二愿边疆无事息狼烟，三愿孩儿早早回庭院。天天望相怜，夫妻母子同乐太平年。（明传奇·苏武）

本注："一""百"字以入代平。

永团圆（四十板）

平平上入平去上（韵），平去平上平平（叶）。去平去平平上（或叶），去去去平平上（叶）。平平去上（叶），平去上平平去上（叶）。平入平平上（叶），平平去上（叶）。平上上（不），上平平（叶），去上平平去（叶）。平入平平上（叶），平平去（不），平去平（叶）。去平平平去（叶），平上去平平（叶）。

夫人小玉都睡了，莫辜负好良宵。望天外月如洗，看砌畔花阴绕。韶光半老，双岸小溪花绣草。楼阁侵云表，风清露皎。山隐隐，水迢迢，闷把湖山靠。罗袜鞋儿小，云鬟乱，金凤翘。慢行休啰唣，惟恐怕外人瞧。（元传奇·西厢记）

原注：此为真正【永团圆】本调，第三句虽有七字者，但六字者亦不少，何必添字改句，而坏古体耶？

本注："莫""月"字为以入代平。

古轮台（四十五板）

去平平（韵），去入平平去平平（叶）。平平上入平平上（叶），平平上去（或不），去入平平（或叶），上入平平平去（叶）。去上平平（不），上平平去（叶）。去去平平上平平（叶），平平平上（叶）。【合】去去去上上平平（或叶），去平平去（叶），上去平平（不），平平去（叶）。平去上平平（叶），平平去（叶），去平平上去平平（叶）。

向梨园，凤竹龙丝奏云轩。仙音好曲歌喉转，玉人舞旋，慢拍虚搋，衮煞从头排遍。弄盏传杯，浅斟低劝。翠袖红裙可人怜，香团娇软。【合】似恁地好景良辰，称人心愿，永夜欢娱，年年相见。天上紫微垣，真堪羡，算来只此是神仙。（元传奇·崔怀宝）

原注：此调多格、多换头。吴注：此调常用在大石调【念奴娇序】下，几成惯例，又与正宫【锦缠道】【普天乐】组合，实此长调，换头尽可不用也。

本注："玉""只"为以入代平。

前腔换头（二十八板）

平平（叶），平去平平去平平（叶），平平上平平平去（叶）。平平平上（叶），平上平平（不），上上平平平去（叶）。平上平平（不），去平上去（叶），平去平平上平平（叶），上平平去（叶）。【合前】

仙源，云汉乘槎是张骞，吹笙子乔缑山县。风车云辇，王母西昆，满捧蟠桃来献。织女牛郎，共谐缱绻，犹胜嫦娥镇孤眠，广寒宫殿。【合前】（元传奇·崔怀宝）

本注："织"字以入代平。

本宫赚（十四板）

上上平平（不），入平平去平平去（韵）。平平上上（叶），平平去平平去（叶）。平平上（叶），平去去平平上平（叶）。平平去平平平上（叶），平平（借），平平去平平上上（叶），去平上去（叶）。

且与我留人，押回来问他个详细。家居在哪里？工商农种学文艺？通诗礼，乡进士州庠屡魁。中都路离城三里，闲居，因兵弃家无所倚，听说仔细。（元传奇·拜月亭）

原注：此赚或名【梁州赚】，非，诸谱误收南吕。

本注："学""说"为以入代平。原谱未标赚名。

前腔换头（十四板）

去平平入平平上（叶），去平去去平平去（叶）。平上去上（叶），平平上去平平去（叶）。平平上（叶），平去入平平去入（叶）。平平平上平平平（叶），平去（叶），入平去平上去入（叶），上平入上（叶）。

紧降阶释缚扶将起，是兄弟负恩忘义。尊嫂受礼，谁知此地能完聚！愁为喜，深谢得贤叔盗跖。哥哥行那些个尊卑，权休罪，适间冒渎少拜识，恐君错矣。（元传奇·拜月亭）

三句儿煞（十一板）

平平去上平平入（韵），上去平平上去平（叶），去去平平去去平（借）。

欲凭妙手良工笔，仔细端详仔细题，做个丹青扇面儿。（元传奇·柳耆卿）

本注："欲"字以入代平。末句平煞。元传奇"王魁"仄煞云："拼酩酊从教不记取。"

中吕宫常用集曲定式：

【马蹄花】：【驻马听】前七句，接【石榴花】后五句。

【驻马泣】：【驻马听】前七句，接【泣颜回】末二句。

【番马舞秋风】：【驻马听】前八句，接【一江风】末句。

【倚马待风云】：【驻马听】前六句，接【一江风】三句，接【驻云飞】"嗏"句起至末六句。

中吕宫常用散套定式：

【泣颜回】【换头】【千秋岁】【越恁好】【红绣鞋】【尾声】。

【粉孩儿】【红芍药】【耍孩儿】【会河阳】【缕缕金】【摊破地锦花】【越恁好】【红绣鞋】【尾声】。

【渔家傲】【剔银灯】【摊破地锦花】【麻婆子】。

【山花子】【大和佛】【舞霓裳】【红绣鞋】【尾声】。

六、南吕宫

南吕宫引子

恋芳春

上去平平（不），去平平去（不），平去平平（韵）。平入平平（不），平去去平平平（叶）。平平平上（不），入上去平平平上（叶）。入去入（叶），平去平平（不），去平平入平上（借）。

绮户重扃，绣帘低放，只恐寒尽春归。香阁无人，愁见燕莺双飞。忍把红炉独拥，只少个人人偎倚。薄幸的，一似梨花，向人终日无语。（元传奇·王莹玉）

原注：此调与词调同。吴注：首二句必须对仗。

本注："独""一"字为以入代平。

金莲子

平平平去（韵），去上入平去（不），上平平上（叶）。平上上平平（不），平入去去平平上（叶）。平去去上平平（不），平平平去（叶）。平平去（不），入去去入平平（不），上去平平上（叶）。

昨承朝命，便指日挈累，往临他境。鸳侣肯离分？奴只虑峻山高岭。只为利绾名牵，奈萍踪不定。双双去，直待到得南雄，把旧欢重整。（元传奇·陈巡检）

本注："昨""挈""只""不"字为以入代平。

惜春令

上上平平（韵），上平平去上（不），平上平平（叶）。去去平平平上（不），去平平上（不），去入平平（叶）。平去去（不），上平平（叶），去平去上平入去（叶）。上平平（叶），上平平去上（不），平去平平（叶）。

暑往寒来，早凝霜露冷，菊老梅开。翡翠帘垂不卷，画堂幽雅，绣阁安

排。风透户，冷侵阶，又还是小春节届。且开怀，喜逢时遇景，夫妇和谐。（元传奇·高汉臣）

本注："菊""不"字为以入代平。

称人心

平平去入（韵），平平上平平去（叶），平平上去去去平（叶）。上平平（不），平去上（不），上上平平（叶）。平平去平入平平（不），平去平平去上（叶）。

番思向日，孤眠旅轩紫系，良宵永倦听漏迟。拥单衾，欹半枕，辗转无寐。谁知道今日相逢，何啻如鱼似水。（元传奇·杨寔）

前腔换头

去平平（不），平上上（叶）。平去上（叶），去平平入平去去（叶）。去平平（不），平去入（或不），平平平去（借）。平平去平入平平（不），入入平平平入（叶）。

论欢娱，能有几？忒破体，被爹妈百般骂詈。告娘行，休叹息，姻缘不至。休得唱分别佳词，聒得我情怀戚戚。（元传奇·杨寔）

本注：此调有变格。"忒""不""得""戚"字为以入代平。

生查子

平平平去平（韵），平去平平去（叶）。平去上平平（不），上入平平上（叶）。

逢人曾寄书，书去神亦去。今夜好清光，可惜人千里。（元传奇·蔡伯喈）

原注：此调与词调同。

本注："亦"字以入代平。

一枝花

平平平上上（韵），平去平平上（借）。平平平去上（不），上平上（叶）。入去平平（不），平去平平去（叶）。去平平去上（不必），去去平平（不），去入平平平去（借）。

闲庭槐影转，深院荷香满。帘垂清昼永，怎消遣？十二阑杆，无事闲凭遍。困来湘簟展，梦到家山，又被翠竹敲风惊断。（元传奇·蔡伯喈）

原注：此调与【满路花】词调同，但无换头。"深""帘""无"三字可用仄声，"十""梦""又"字可用平声。

贺新郎

去去平平去（借），去平平平去平平（不），去平平去（韵）。去上平平平入去（可叶），平上平平去上（叶）。去上去平平上（叶），平上平平平上去（不），去平平（不），平上平平去（叶）。平去上（不），去平上（叶）。

翠盖飞娇面，向沉香亭畔开时，醉中长看。看此风流倾国艳，红紫纷纷乱眼。算好处何嫌春晚？谁把天香和晓露？对东风，宫苑情何限。宜宴赏，称歌板。（元传奇·崔怀宝）

原注：此调与词调同，但无换头。

一剪梅

去上平平入去平（借），平入平平（韵），去去平平（叶）。去平平上入平平（借），平去平平（叶），平上平平（叶）。

浪暖桃香欲化鱼，期逼春闱，诏赴春闱。郡中空有辟贤书，心恋亲闱，难舍亲闱。（元传奇·蔡伯喈）

原注：此调与词调同。俞注：此调常与【临江仙】组合成集曲，取名【临江梅】。

阮郎归

平平上去去平平（韵），平平上去平（叶）。平平平去去平平（叶），平平去上平（叶）。

三年秉政佐黄堂，清风远播扬。为官当效汉循良，名留汗简香。（明传奇·还带记）

原注：此调与词调同，但无换头。

虞美人

平平平上平平上（韵），去去平平上（叶）。平平平上上平平（借），平上平平（不），平去上平平（叶）。

青山今古何时了？断送人多少？孤坟难与扫苍苔，邻冢阴风，吹送纸钱

来。（元传奇·蔡伯喈）

原注："孤""邻"二字可用仄声。此调与词调同。

哭相思

去上平平平上上（韵），去上平平平去（叶）。去入平平平平去（叶），平去去平平去（叶）。

父母家乡知几里，又怎知儿狼狈？又听得君家长吁气，亦带累奴垂泪。（元传奇·张协）

原注：俞注：第二句可作三截式，如"今日相逢邂逅"（《三元记》）；此曲具悲伤声情，作套曲可居最后代替尾声。

本注："亦"字以入代平。

满园春

去入平平平上平（韵），平平入去上平平（叶）。去入平平（不），去平平上（不），去平平去（叶）。

仗节驱羊十九年，重重雪鬓已盈颠。异国飘蓬，故园桃李，甚时相见？（明传奇·苏武）

本注："十"字以入代平。

大圣乐

平入平平去平去（韵），去平上上平平去（叶）。平平入去（不），平平去上（不），平去平去（叶）。

村落无人要厮笑，这烦恼有谁知道？闲来独自，桑麻径里，无限焦燥。（元传奇·张协）

挂真儿

去去平平去上上（韵），平平上去上平平（叶）。平上平平（不），平平上去（不），去上平平去去（叶）。

四顾青山静悄悄，思量起暗里魂消。黄土伤心，丹枫染泪，漫把孤坟自造。（元传奇·蔡伯喈）

上林春

入上平平去平入（韵），平平去去平平上（叶）。平平上去平平（不），入入去平平去（叶）。

独守孤帏受劳役，儿夫在后园儿里。才逢暑气炎炎，不觉又还秋至。（元传奇·卧冰记）

本注：以上【满园春】【大圣乐】【挂真儿】【上林春】四曲，古来多有交差混淆，对此，《南曲九宫正始》原注作了详细区分，其要点：以【上林春】比【满园春】止第二句同，比【大圣乐】止末二句不同，比【挂真儿】止第三句不同。

步蟾宫

平平上入平平上（韵），去上去平平上（叶）。平平平去上平平（借），平去上平平平上（叶）。

龙潭虎窟愁难数，更染病担疾羁旅。分别夫妇两南北，谁念我无穷凄楚？（元传奇·拜月亭）

原注：此调与词调同，但无换头。

本注："疾""别""北"字为以入代平。

浣溪沙

平上平平平去平（韵），平平平入入平平（叶），去平平入上平平（叶）。

帘卷东风白昼长，思亲无日不凄凉，漫劳魂魄绕池塘。（明传奇·宝剑记）

原注：此调与词调同，但无换头。

本注："白"字以入代平。

临江仙

平去平平平去入（应韵），入平上去平平（韵）。平平上去去平平（失）。去平平上去（不），平上去平平（失）。

连丧双亲无计策，只得剪下香云。非奴苦要孝传名。正是上山擒虎易，开口告人难。（元传奇·蔡伯喈）

原注：此调与词调同，无换头。俞注：此调具伤感声情，用套曲后可代

替尾声。

本注："得"字以入代平。此调多格，不录。

南吕宫过曲（感叹悲伤）

金钱花（二十四板）

去上平入平平（韵），平平（叶）；去入平入平平（叶），平平（叶）。入上上去上平平（叶），平平去上平平（叶），上上去上平平（叶）。

自小承直书房，书房；快活其实难当，难当。只管把扇与烧香，荷亭畔好乘凉，吃饱饭上眠床。（元传奇·蔡伯喈）

原注："自""只"二字俱可用平声。俞注：此曲为快板急曲，多为净、丑上场时唱。

本注：此调多格，不录。

贺新郎衮（即【麻郎儿】，又名【货郎儿】，二十九板）

去入去平平去上（韵），入去上平平上去（叶）。入上上平平去上（叶），上平去平平去上（叶）。平去平（叶），入去上（叶），入去上平平去上（叶）。

这贼汉全无些道理，杀害我一家使婢。若把我男儿害取，我情愿先投下水。休恁的，只为你，只为你庞儿俊美。（明传奇·陈光蕊）

本注："一""的"字以入代平。此调多格，不录。

缠枝花（十九板）

去去去平去上（韵），去上去平平去（叶）。去平平平平去（借），去平平平平去（叶）。上去上平去上（叶），去上上平平去（叶）。平去上平平上（叶），入平上平平上（叶）。

告壮士听拜启：念我是儒生辈。要财宝都拿去，望周全归人世。好笑你无道理，敢把我如儿童戏。若要我周全你，只饶你个血流体。（明传奇·陈光蕊）

原注："我是""好笑"上去声,"拜启""念我""笑你""道理"俱去上声,妙。此调及【贺新郎衮】所用仄声字,非上去即去上,绝不犯上上、去去,不可苟且作者。此曲前后两段文意相对。

本注:"若""血"以入代平。此调多格,不录。

引驾行(十六板)

去平入去平平(韵),上平平入入平平(叶)。入去平平平去平(叶),平平上去平平上(叶)。平入平平(不),平平去平(叶)。

听师祝付罗童,往东京疾速如风。只虑却凡夫不见容,他留我定无灾恐。除却妖精,归来洞中。(元传奇·陈巡检)

本注:"不"为以入代平。

呼唤子(与中吕调【呼唤子】不同,二十三板)

平平入上平(韵),去平平平入(不),去去平平(叶)。去上平平(不),去上平平(叶)。平平(叶),上去平平平去上(叶),去去平平平去平(叶)。平平上平平平(不),去平上去平平(叶)。

从来不忖量,信他人常说,赛过关张。他说道便有官司,替你承当。思量,他口是心非来调谎,又道是胜似嫡亲爹共娘。你道人家里雌鸡啼,算来有甚吉祥?(元传奇·杀狗记)

本注:"嫡""吉"以入代平。

解连环(与仙吕宫【解连环】不同,十六板)

平入平平(借),去平平去平平去(韵),平平上去入平平(叶)。平平上(叶),去去平平去上入(叶),去入入平平去去(叶)。

酬酢欢娱,拼今宵共伊沉醉,同携手步月回归。逢知己,赛过同胞共乳的,更莫学割袍断义。(元传奇·杀狗记)

本注:"割"字以入代平。

番竹马(三十五板)

上平平平平上(不),平上去平(不),去上平平(韵)。平去平去(不),平上平平(不),平上平平去(叶)。入平平去平平去(叶),平平上平平平(叶)。【合】平去去上平入(叶),去上去平平(不),

平平平去上（叶）。去平平（不），平去去平入（叶），平去上入平平（叶）。平平平去（不），平平上去平平（叶）。

喊声漫山漫野，招飐皂旗，万点寒鸦。千户万户，每领雄兵，围绕中都城下。见敌楼无个人披挂，都迁徙离京华。【合】前去奋武征伐，尽揽辔攀鞍，加鞭催骏马。待逃生，除是翅双插，直追到海角天涯。金鞍玉辔，斜蹅宝镫菱花。（元传奇·拜月亭）

原注：吴注云，此曲多用于行军旅役之际，与唢呐同场演唱。

本注："每""玉"为以入代平。此调格律钮氏与吴氏两谱多处有别。

青衲袄（九板）

上平平平上平（韵），上平平平去入（叶）。去去平平去平去（叶），平平去上平去平（叶）。平去平上平（叶），平上平入上（叶）。平平上去平平（不），去上平平（叶），平平去上平去平（叶）。

几时得烦恼绝？几时得离恨彻？本待散闷闲行到台榭，伤情对景教我肠寸结。闷怀些儿待撇下争忍撇？待割舍难割舍。沉吟倚遍阑杆，万感情切，都分付与长叹嗟。（元传奇·拜月亭）

原注："绝""结""嗟"三字可用上声韵，不可用去声；"台"字必用平声，入声替得；"寸"字必用去声，上声不可替。

本注：二"得"字及"绝""结"与二"撇"字"割""切"字，俱以入代平。

红衲袄（七板）

上平平平上平（韵），上平平平去平（叶）。上上平平上平去（叶），平平去上平平平（叶）。去上平平去平（叶），上去平平去平（叶），入去平平平去平（叶）。

他守诗书多苦辛，想儒冠不误身。浅水蛟龙岂长困？桃花浪暖须问津。既与他为契姻，怎做得薄幸人？一夜夫妻百夜恩。（元传奇·吕蒙正）

原注：此调多体，全章有八句、十句、十一句不等。此体为正格，全章七句，每句末煞之第二字必须用仄声，唯第三句可用平声，不然皆拗矣。俞注：此曲声情起伏较大，口语性强，常用于劝说、问答情事，可叠用二支、

四支。俞谱注板拍数为八底板。

本注:"不""得""薄""百"字为以入代平。

香柳娘(二十四板)

去平平去平(不),去平平去平(不),上平平去(韵),平平去上平平上(叶)。去平平上平(不),去平平上平(不),上平上平平(叶),平平去平去(借)。去平平去上(借),去平平去上(借),平平上平(叶),平平平去(叶)。

看青丝细发,看青丝细发,剪来堪爱,如何卖也没人买?若论这饥荒死丧,这饥荒死丧,教我女裙钗,当得这狼狈?况我连朝受馁,况我连朝受馁,我的脚儿怎抬?其实难捱。(元传奇·蔡伯喈)

原注:"教"字可用仄声。第二、六、十句重前句。俞注:此调声情凄切感伤,可多支叠用,抒发人物忧愁郁闷情绪。

本注:"发""没""得""脚""实"字为以入代平。此调多格,不录。

酹江月(与词调【酹江月】即【念奴娇】不同,原谱未注板数)

平平平上入(韵),平平去入(叶),平平上平平去入(叶)。平平平上去平平(叶)上(句),去去平入(叶),去上平入(叶)。入平平平去入(叶),平去去平平(叶),平上平平入(叶)。

春城微雨歇,江头送别,青青柳条曾共折。到如今西风金井坠梧叶也,几番梦魂飞越,泪点成血。也只虑北堂人双鬓雪,何事信音绝?料烽火连三月。(明传奇·双忠记)

原注:此调上半截与本宫【香罗带】相似。

本注:"叶""绝"以入代平。第四句末"叶也"二字,"叶"为韵字,"也"为"韵后煞","也"为固定字,称"煞者为正",不可换;下曲【香罗带】第九句"情也"与此调不同,"情"字非韵,"也"处可随意用一仄声字俱可。

香罗带(二十六板)

平平平去平(韵),平平去平(叶)。平平入平平去平(叶),平平上入上平平(叶)上(句)。平平上(不),去平平(叶)。平平上上

（不），平去上平（叶）。上入平平上（不），入去平平平去平（叶）。

一从鸾凤分，谁梳鬓云？妆台不临生暗尘，那更钗梳首饰典无存也。是我担阁你，度青春。如今又剪你，资送老亲。剪发伤情也，只怨着结发的薄倖人。（元传奇·蔡伯喈）

原注："尘""春"字可用仄声韵，"首"字可用平声。

本注：第四句末"存也"同前，为"韵下煞"。"一""阁""结""发""薄"俱以入代平。此调《正始》共载八格，余不录。

一江风（二十板）

去平平（韵），入入平平去（叶），平上平平去（叶）。去平平（叶），上去平平（不），去上平平（不），平去平平去（叶）。平平去上平（叶），平平去上平（叶），上入平平去（叶）。

叹韶光，寂寞花飘荡，人远难亲傍。细思量，水涨蓝桥，路阻桃源，愁闷如天样。娇姿在哪厢？香囊在我行，睹物添惆怅。（明传奇·升鸾记）

大迓鼓（十六板）

平平平去平（失），平平平入（不），去去平平（韵）。去上平去平（叶），平平平上平平入（不），上上平平平上平（叶）。

结交恩爱深，原来他今日，背义忘恩。劝你不听信，霸王空有重瞳目，有眼何曾识好人。（元传奇·杀狗记）

原注：俞注：此调节奏较快，常用于欢乐场合，可叠用。

本注："结""不""识"为以入代平。此调多格，不录。

刮鼓令（二十二板）

平平去去平（韵），去平平平去上（叶）。去上入平平平去（不），去平平平去平（叶）。入入去上平平（叶），平上平平去平（叶）。平平入上上平平（叶），上平入上去平平（叶）。

从别后到京，虑萱亲当暮景。幸喜得今朝重会，又缘何愁闷萦？莫不是我家荆，看承母亲不志诚？分明说与您儿听，怎生不与共登程？（元传奇·王十朋）

本注："别""不"字为以入代平。此调多格，不录。

香遍满（十四板）

平去平去（韵），平平去平平去平（叶）。平去平平平平去（叶），去平平入去（叶）。上平平去平（叶），入去上去平（叶），上上去平平上（叶）。

鸾凤同聘，寻思那人忒志诚。谁信今番心不定，顿将人薄幸。可怜无限情，一似纸样轻，把往事空思省。（元散套·乐府群珠）

原注："诚""情"字可用仄韵，"一似"二字可用平声，"省"字改作去声犹妙。

本注："忒""不"字为以入代平。此调多格，不录。

懒画眉（十三板）

去入平平上平平（借），上入平平平去平（韵），去平平去去平平（失）。入去平平去（叶），上去平平平去平（叶）。

顿觉余音转愁烦，似寡鹄孤鸿和断猿，又如别凤乍离鸾。只见杀声在弦中见，敢只是螳螂来捕蝉。（元传奇·蔡伯喈）

原注：此调第一字平仄不拘，第二字必用仄声，第三、四字必用平声，此乃正体。吴注：第四句实止五字。

本注："别"字以入代平。

秋夜月（十五板）

平去平（韵），上入平平上（叶），入上平平平平去（叶）。平平去去平平去（叶），平平入上（叶），去平入平（叶）。

家富豪，有的珍和宝，只少个妖娆将他搂抱。思量命犯狐星照，吃时不饱，睡时不着。（元传奇·王十朋）

原注：首句可改为四字"平平去平"为又一格。

本注："吃""着"为以入代平。

东瓯令（二十板）

平平去（不），上平平（韵），去入平平上去平（叶）。平平入去平平去（叶），去入平平去（叶）。平平平入上平平（叶），平去去平平（叶）。

267

难消闷，怎忘忧？抱得秦筝上翠楼。弦声曲意皆非旧，泪湿了春衫袖。青山叠叠水悠悠，何处问归舟？（明散套·因他消瘦）

本注：第一个"叠"字为以入代平。此调多格，不录。

金莲子（十四板）

上平平（韵），平去平去去平平（叶）。平上去（叶），平去上平（叶）。平平平上去（不），平上上平平（叶）。

古今愁，谁似我目下这般忧？听军马骤，人闹语稠。向深林中躲避，只恐怕有人搜。（元传奇·拜月亭）

原注："这""马""闹"字可用平声，"忧"字可用仄声，"似我""闹语"去上声，"马骤""躲避"上去声，妙甚。

本注："目""只"字以入代平。

前腔换头（十五板）

平平去平平去平（叶），平入平平上去上（叶）。平平去（叶），平平去上（叶）。平平平去上（不），平去去平上（叶）。

百忙里散失差了路头，寻觅竟不着怎措手？谢神天佑，这搭儿端的是有。亲骨肉见了，寻路向前走。（元传奇·拜月亭）

原注："怎""手""有""走"字俱可用平声。"措手""是有""见了"去上声，"怎措"上去声，俱妙。

本注："百""失""不""着""的""骨""肉"字俱为以入代平。此调多格、多换头，不录。

满园春（二十二板）

上上平去平（韵），平平平去平（叶）。平平上去（不），平平去上（叶）。入去平平（不），上去平平（借）。上平平去上（不），平平平去平（不）。入平平去（叶），平上去平（叶）。

悄悄庭院深，默默情挂心。凉亭水阁，果是堪宜宴饮。不见我情人，和谁两个开樽？把丝弦再理，将琵琶自拨，是奴欲欢犹闷，愁耳倦听。（明散套·紫陌红径）

原注：此调与商调【满园春】又名【遍地锦】不同。

本注："默默""拨"字以入代平。此调有多格。

五更转（二十板）

去去平（不），平平去（韵），平平平上平（叶）。平平上上平平去（叶），上入平平（不），入平平去（叶）。平平去（不），去入平平去（叶）。平平上平平平去（叶），平上平平（不），平平平去（叶）。

恨命乖，遭折挫，爹娘知苦么？哥哥嫂嫂你好横心做，赶出刘郎，罚奴捱磨。叫天不应，地不闻如何过？奴家那曾那曾识捱磨，挑水辛勤，只因刘大。（元传奇·刘智远）

原注："知""曾"字可用仄声。

本注："折""不""识""只"字以入代平。

针线箱（二十六板）

去入平上平平去（韵），平入上平平平上（叶）。去平去入平平去（叶），入入去平平入（叶）。上平平上平平上（不），平上平平平上平（叶）。平平上（叶），平平平去（不），平去平平（借）。

为薄情使人萦系，终日把围屏闲倚。病恹恹顿觉贪春睡，一日瘦如一日。有时待重整些残针指，我便拈起东来却忘了西。香闺里，闷无言空对，针线箱儿。（元传奇·薛芳卿）

原注："有"字可用平声，"重"字可用仄声。

本注："一"字以入代平。此调有多变格，不录。

古针线箱（二十四板）

去上平平（借），去上平平去上平（借）。入平上去平平上（不），平上入去去平平（韵）。上平平平平上去（叶），平平去上上平平（叶）。入入去平平（失），上平平去（不），平上平平（叶）。

劝解不听，未审东人待怎生？只听两个乔男女，割舍得背义忘恩。小官人从来本分，平白把赶打他出门。若得劝回心，取回兄弟，日远非亲。（元传奇·杀狗记）

原注："舍""背""分"学俱可用平声。

本注："不""割""白""出""日"字为以入代平。

节节高（二十六板）

平平去上平（韵），上平平（借）。平平去去平平去（叶），平平去（叶）。平上平（叶），平平去（借），去平入入平平去（叶）。平平去上平平去（叶），入上平平去平平（不），平平去平平平去（借）。

涟漪戏彩鸳，把荷翻。清香泻下琼珠溅，香风扇。芳沼边，闲亭畔，坐来不觉人清健。蓬莱阆苑何足羡？只恐西风又惊秋，不觉暗中流年换。（元传奇·蔡伯喈）

原注："戏彩""阆苑"俱去上声妙，"把"字上声尤妙，"不觉暗中"作"平平去平"亦妙，然此四字用"平平仄仄"亦可。此调常二支叠用。

本注："足""不觉暗中"之"不觉"，皆为以入代平。

第二格（二十六板）

平平去去平（失），上平平（借）。平平上去平平上（失），平平上（韵）。上去平（失），平平上（借），去平平去（不），上平入去（借）。平入上平平平去（叶）。平去平平上平平（叶），平平平入平平上（叶）。

残阳映暮霞，两交辉。湖天掩映蓬莱境，神仙府。选半开，折一朵，碎揉花片，打奴则个。休得上心生嫉妒。鸥鹭双双点萍芜，一钩新月照荷花浦。（元传奇·乐昌公主）

原注：第七句变为八字二句。

本注："折"、二"一""嫉"字为以入代平。

贺新郎（二十五板）

上入平平（不），入平平上平平上（借），去平平去平平上（韵），平平入（不），去入平平上去平（叶）。去平上平去上（叶），去入上平上（借）。平平去入平平上（叶），平去上去平上（叶）。

雨歇梅天，蹙红巾海榴如火。听湖中数声鼍鼓，还忆着，旧日三闾楚大夫。解独醒名传万古，破雪藕沉冰果。细切菖蒲泛玉开樽俎，欢宴也庆重午。（元传奇·乐昌公主）

原注："破"字可用平声，"楚大"上去声，"万古""宴也"俱去上声，妙。俞注：此调可叠用。

本注："忆""独"为以入代平。此调多格，此为正格。

梁州序（二十八板）

平平平上（韵），平平平上（叶），去平平去平平（叶）。平平平去（或不），平平平上平平（叶）。平去平平平去（叶），去上平平（豆）、去去平平去（叶）。平平平去入（不），去平平（叶），去上平平去平（叶）。平平去（不），去平去（叶）。

他家私迭等，良田千顷，富豪声震瓯城。他又不曾婚聘，专浼我来求你年庚。他怎的财物昌盛，我貌丑家寒、自愧难相称。想姻缘今世合，是前生，到此缘何不顺情？休得要，怎执性。（元传奇·王十朋）

原注："等""盛"字不用韵亦可，第三句用"仄仄平平平仄"亦可。"性"字可用平韵。第六句从无有四字者。吴注：通行叠用四支，第一曲作两支，第二曲用【前腔】，不换头，第三、四曲【前腔换头】作两支，故此调换头，必在第三曲，是为换头特异。此调声情极美婉，宜用于排场安静处。

本注："迭""不""不""执"字为以入代平。此调多达十余格、且多换头。

前腔换头（二十八板）

上平平平上平平（叶），平去上平平上（叶）。平平上去（不），平入去去平平（叶）。上上平平平去（叶），上去平平（不），去上平平去（叶）。去上平平去（不），入平平（叶）。平去平平上去平（叶），平去上（不），上平平（叶）。

你爹娘先已应承，难道你全然不省？怎推三阻四，莫不是行浊言清？柱了将奴凌并，便刎下头来，断也难从命。论我为媒妁，尽闻名。十处说亲九处成，谁似你，假惺惺。（元传奇·王十朋）

本注：此调换头《正始》所载多达十五格，余调不录。

三学士（二十板）

去入平平去去上（韵），平去去去平平（叶）。上平入上平平入（不必），平去平平去上平（借）。入上平平平去上（叶），平平入平去

271

平（借）。

谢得公公意甚美，凡事仗托维持。假饶一举登科日，难道是双亲未老时？只恐锦衣归故里，双亲的怕不见儿。（元传奇·蔡伯喈）

原注："谢""意""事""假""一""未""恐"字俱可用平声，"凡""时""儿"字可用仄声，甚美；"未老""故里"去上声，妙。

本注："不"字以入代平。

绣带儿（二十七板）

平平上平平上上（韵），平平去平平平（叶）。平入平入上平平（不），入去去上平平（叶）。平平（借），上平平去平上上（叶），去平上上平平去（叶）。平平上平平去平（借），平去去入平平平平去（借）。

亲年老光阴有几？行孝正当今日。终不然为着一领蓝袍，却落后了戏彩斑衣。思之，此行荣贵虽可拟，怕亲老等不得荣贵。春闱里、纷纷大儒，难道是、没爹娘的孩儿方去？（元传奇·蔡伯喈）

原注："戏彩"去上声，妙。

本注："日""不"为以入代平。此调多格、多换头。上曲第八、九句，吴谱皆有前三字句读。

前腔换头（三十板）

平平（叶），平平去平平去去（叶），平平上去平去（叶）。平去上入上平平（不），上平去去平平（叶）。平平（叶），上平平去平去去（借）。上平去去平平去（借），平平去平上上平（借），平去去（不），平平平平平去（叶）。

休迷，男儿汉凌云志气，何必苦恁淹滞？可不干费了十载青灯，枉捱半世黄齑？须知，此行是亲志休故拒。你那些个养亲之志，百年事只有此儿，难道是，庭前森森丹桂？（元传奇·蔡伯喈）

原注："费了"去上声，妙。"有"字可用平声。二曲末煞四字用"仄仄平平"亦可。

本注："必""百""只"字为以入代平。此调多格、多换头。【绣带儿】与【大胜乐】【梁州序】【三学士】【女冠子】等二十九调组合成集曲，称

【三十腔】，计三百二十九板。

太师引（二十四板）

平上去平平去（借），去平平平入去平（韵）。上上入平去平上（或不），上上平去去平平（借）。上去入平平平入（不），上上入平平入入（失）。平平去平平去平（叶），平平去去（豆）、上入平平（叶）。

思往事添愁闷，恨不得竭力孝情。那晓得昏定晨省？那晓得夏清与冬温？那办得衣衾棺椁？那晓得悲啼哭泣？我应难尽竭力孝情，何曾道是、累七看经？（元传奇·王祥）

原注：除首末二句，余皆七字句。俞注：此调常表现惊奇、猜疑情事，气氛紧张，每以曲首句段的高昂配腔和疑问为一曲调的主题腔调。此调多叠用二支，第二支不换头。

本注："不""得""竭""得""竭""力"为以入代平。首句亦可分作二三字句，末句亦可并为八字句。此调多格，变格末句亦有七字句或九字句。

第二格（二十四板）

平去平平平上（韵），去平平去上去平（叶）。平去平平平平去（不），上平平上入平平（叶），平平去入平去上（不），平去去上入平平（叶）。平平上上平去平（叶），平去上平平平去平入（叶）。

他意儿难提起，这其间就里我自知。他恋着被窝中恩爱，舍不得离海角天涯，涂山四日离大禹，直恁地舍不得分离。你贪鸳侣守着凤帏，多误了鹏程鹗荐的消息。（元传奇·蔡伯喈）

本注："着""不""得""直""着""鹗"字为以入代平。

绣衣郎（二十七板）

去平平去去平平（韵），平上平平平上平（叶）。平平平去（叶），上去平平平平去（叶）。去平平去入平平（叶），去入去平平去（叶）。平平（不），平平去上（叶），平平平去上（叶）。

半生来陋巷幽栖，甘守清贫无所希。重蒙不弃，似广厦千间相周庇。待孩儿异日荣归，报岳父今朝恩义。愿从今，奋前程万里，愿从今奋前程万里。（元传奇·王十朋）

原注:"广厦千间"用"去平上去"亦可,"万里"去上声,妙。

本注:"不"字以入代平。第七、八句吴谱为一六字句;末句为前二句叠文。

琐窗寒(二十四板)

去平平平上平平(韵),平去平平平去平(叶)。去平平(不),平平去上平平(叶)。去平去入平平平平(叶),上平平去平平上(叶)。上平去入入去平平(叶),上平平去平平(叶)。

这门亲非是我贪婪,无奈良媒说再三。送荆钗,愁他未肯包含。至今尚没一言回俺,反教娘挂肠悬胆。早间听得鹊噪窗南,有何亲旧相探?(元传奇·王十朋)

本注:"说""一"字以入代平。此调多叠用二或四支。

大圣乐(二十八板)

平平去平去平平(韵),去平平平去上(借)。上平平去平平去(叶),平入平去平去(叶)。去平平上平平去(借),平去平平上去平(叶)。平平去去(叶),平平去入(不),平上平上(借)。

婚姻事难论高低,论高低何如休嫁与。假如亲贱孩儿贵,终不然便抛弃。奴是他亲生儿子亲媳妇,难道他是何人我是谁?爹居相位,怎说着伤风败俗,非理的言语?(元传奇·蔡伯喈)

原注:"与"字可用平韵,"终不然"句可用"仄平仄仄平平"。

本注:"媳"字以入代平。此调多格。

第二格(二十八板)

平平平上平平(韵),平平去平入平(叶),平平上平入平平(失),去入去去平平(叶)。平平平上平平入(不),平去平平平上平(叶)。上平平上(叶),去平平去上(不),平去平平(叶)。

春来日暖融和,园林内蜂蝶多,群花与修竹交加,正绿嫩绽红罗。况兼西郊车马人如织,可同去亭台游赏呵。且休眉锁,问朱颜去也,还更来么?(元传奇·郭华)

本注:"日"字以入代平。

宜春令（二十二板）

平平入（不），去上平（韵），去平平平平去平（借）。入平平上（不），去平平去平平上（借）。去平平上入平平（不），上入入平平平去（叶）。上去（不），平平去平（不），去平平上（叶）。

虽然读，万卷书，论功名非吾意儿。只愁亲老，梦魂不到春闱里。便教我做到九棘三槐，怎撇得萱花椿树。我这，衷肠一点孝心，对着谁语？（元传奇·蔡伯喈）

原注："万""只""九""怎撇"五字俱可用平声。吴注：第六、七句为"上三下四"。

本注："不""着"为以入代平。此调多格。

第二格（二十五板）

平平去（不），入去平（韵），去平平平上平（叶）。平平去去（或不），去上平去平平去（借）。入平平去入平平（不），上平入入平平去（借）。平平（不），上上平平（不），去去平平（叶）。

儿今去，读圣书，步花街穿柳衢。人烟聚处，市井阛阓书生辈？学堂中俱是富室之儿，猛听得读书声沸，我只得，引领孩儿，步入街衢。（明传奇·寻亲记）

本注："只得"二字为以入代平。

红衫儿（与中吕调【红衫儿】不同，十六板）

平去平平平入去（韵），去上平平（叶）。上平平去（不），上平去平（叶）。去平平上平平（不），入去去平（可叶）。入去上去平平（叶），平平上去（叶）。

你不信我教伊休说破，到此如何？算你爹心性，我岂不料过？我为甚胡掩胡遮？只为着这些。你直待要打破了砂锅，是你招灾揽祸。（元传奇·蔡伯喈）

原注："到此"去上声，妙。

本注：二"不"字以入代平。

前腔换头（二十一板）

入上平上去（借），去入平平去（借）。上上平平去平平（叶），平平上去平平（叶）。上平平（叶），去去去上平平（叶）。平平去上（叶），上去去上平去（叶），平平上去（借）。

不想道相挫把，这做作难禁架。我见你每每咨嗟要调和，谁知道好事多磨？起风波，把你陷在地网天罗。如何不怨我？懊恨只为我一个，却担搁你两下。（元传奇·蔡伯喈）

原注："磨"字可用仄韵，"个""怨我"的"我"俱可用平韵，"地网""怨我""为"俱去上声，"好事""懊恨""两下"俱上去声。

本注："一"字以入代平。

楚江清（十五板）

平平平去上（不），去去入平去（韵）。上入平平（不），去平平去入（叶）。去入平平（叶），去入平去（借）。去平入去平（不），平平平去平（叶）。

今生吾父子，甚罪逆天地？死别生离，破家犹弃国。到得今日，尚复如是。父亲不见儿，孩儿不见妻。（元传奇·赵氏孤儿）

本注："日""不"字为以入代平。

红芍药（二十二板）

去入平平（不），平平上平平（韵）。平平平去上平平（不），平平去平入平（叶）。平平去平平去入（叶），平平上去平平去（叶）。平平上去上平平（不），平上去平平（借）。

咱办着真心，谁知你虚脾？花林锦阵与多情，何曾似伊执迷。娘行做人休恁的，羞着我面皮容易。便是真铁打就你心肠，须有个回时。（元传奇·柳耆卿）

原注：此调与中吕调【红芍药】不同。

本注："着""铁"字为以入代平。此调多格，有换头。

前腔换头（二十四板）

上去平平去平上（叶），上平去去去平平（叶）。上平入上上平平

276

（不），平平去平平平（叶）。平平去上平去入（叶），平平去上平平去（叶）。平平上去去平平（或不），入入上平平（叶）。

强要成亲共连理，也须是倩个良媒。品官不许取娼优，官司例儿休违。风情自许佶倬的，何曾见倚官挟势？除了官身只候受禁持，实不敢依随。（元传奇·柳耆卿）

本注："佶""挟"为以入代平。

本宫赚（又名【梁州赚】，十四板）

去平去入（韵），去平平上平平上（借）。上平平（借），平平上上去平平（叶）。去平平（叶），去入平平上去平（叶），去入平平平去平（借）。上平去平（叶），上平上平平上上（叶），上平平去（叶）。

怕花听得，胜仙娘子教传语。讨衣服，将来与你换旧衣。重蒙伊，赐着毡裘抵冻威，便觉浑身和气舒。转教痛悲，我家里盈箱锦绮，眼前不济。（元传奇·薛云卿）

本注："服""不"字为以入代平。此调多格、多换头。

前腔换头（十四板）

去平去入平平去（叶），平平去上平平上（叶）。入平平（借），入入去上去去去（借）。去平平（借），上上平平入上上（借），平去平平平去去（叶）。上平去去（叶），入入平平平去去（借），平平平上（借）。

幸然自得温和气，当思冻倒雪儿里。莫他时，吃得饭饱便弄箸。谢奴儿，苦口忠言逆我耳。文桂初非狂荡辈。我家富贵，你莫作凡侪一例觑，休听胡语。（元传奇·薛云卿）

本注："雪""一"字为以入代平。

尚按节拍煞（十五板）

平平去入平平去（韵），上平平上入去平（借），平上平平平去平（叶）。

光阴迅速如飞电，好良宵可惜渐阑，拼取欢娱歌笑喧。（元传奇·蔡伯喈）

原注：此末句平煞。元传奇"温太真"仄煞云："离合悲欢天自管。"

277

南吕宫常用集曲定式：

【临江梅】：【临江仙】首二句，接【一剪梅】末三句；或取【一剪梅】首三句，接【临江仙】后三句。

【梁州新郎】：【梁州序】前十句，接【贺新郎】后四句。

【绣太平】：【绣带儿】前四句，接【醉太平】后五句。

【太师垂绣带】：【太师引】前五句，接【绣带儿】后五句。

【醉太师】：【醉太平】换头首七句，接【太师引】后五句。

南吕宫常用散套定式：

【梁州序】【节节高】【尾声】。

【一江风】【三仙桥】【尾声】。

【懒画眉】四支、【太师引】二支、【尾声】。

【绣带儿】二支及【换头】【太师引】【浣溪沙】【秋夜月】【金莲子】【尾声】。

【香罗带】【梅花塘】【香柳娘】四支。

七、商调

商调引子

忆秦娥（又名【秦楼月】）

平平去（或不），去平平去平平去（韵）。平平去（叶），上平平去（不），平平平去（叶）。

长吁气，自怜薄命相遭际。相遭际，晚年姑舅，薄情夫婿。（元传奇·蔡伯喈）

原注：此调与词调同。"自""晚"字可用平声，两个"薄"字、"姑"字俱可用仄声。

本注：二"薄"字为以入代平。第三句为前句末三字叠文。

前腔换头

平平平去平平入（叶），平平上上平平去（叶）。平平去（叶），入平平入（可不），平平平去（借）。

孩儿一去无消息，双亲老景难存济。难存济，不思前日，强教孩儿出去。（同前）

原注："老""不"字可用平声，"前"字可用仄声，"息""日"字可用去声。

本注："一""出"字为以入代平。叠文同前。

长相思

去平平（韵），平入平（叶），去入平平平上平（叶）。上平平入平（叶），入平平（叶），平上平（叶）。去入平去上平（叶），去平平去平（叶）。

念奴娇，归国遥，为忆王孙心转焦。楚江秋色饶，月儿高，烛影摇。为忆秦娥梦转迢，汉宫春信消。（明传奇·明珠记）

本注："烛"字以入代平。

二郎神慢

去平入（韵），上上平平平上入（叶）。平上去平平平去平（叶），平去上平平平入（叶）。上上平平平去上（叶），上上平平平去上（叶）。去平平（不），平平上上（不），平平平上平平（叶）。

拜新月，宝鼎中名香满爇。只愿我抛闪下男儿疾较些，得再睹同欢同悦。我这里悄悄轻将衣袂扯，却不道小鬼头春心动也。那娇却，无言俯首，煴煴红满腮颊。（元传奇·拜月亭）

原注：此调与词调同。"满""拜""再"字俱可用平声，"中""些""头"字俱可用仄声。又注曰："元谱凡调名有一'慢'字者，必引子也"，"今人皆作过曲唱之，谬。"

本注："疾""得""却""颊"字为以入代平。

高阳台

去上平平（不），平平上上（不），平去平去平平（韵）。平上平平

（不），去平平上平平（叶）。平平去上平平上（不），去去平上去平平（叶）。上平平（不），入上平平（豆）、去平平入（叶）。

梦绕亲闱，愁深旅邸，那更音信辽绝。凄楚情怀，怕逢凄楚时节。重门半掩黄昏雨，奈寸肠此际千结。守寒窗，一点孤灯，照人明灭。（元传奇·蔡伯喈）

原注：古本"梦绕"俱作"梦远"，正与下句"愁深"相对，昆山本改用"绕"，非也。"更"字用平声犹妙。俞注：此调与词调同。

本注："绝""节""结"字为以入代平。另有【高阳台序】，与此调不同。

前腔换头

平平平上平平（叶），入平平上（不），上平平入（叶）。入去平平（不），平平上去平入（叶）。上平去上平平去（不），去去平去上平平（叶）。上平平（不），平平平去（不），去平平入（借）。

当时轻散轻别，叹玉箫声杳，小楼明月。一段愁烦，番成两下悲切。枕边万点思亲泪，伴漏声到晓方彻。锁愁眉，慵临青镜，顿添华发。（元传奇·蔡伯喈）

原注："慵临青镜"之"平平平去"可与上曲"一点孤灯"之"入上平平"格律互用。

本注："别""彻"字为以入代平。

庆青春

平上平平（不），平平去上（不），平平去上平平（借）。上上平平（不），上平平去平平（韵）。平平上入平去上（借），平去上平入（不），去去平平（不），平上平平（叶），去去平平（叶）。

芳草铺茵，夭桃喷火，丝丝细柳拖金。捻指光阴，使人无限伤情。归家暖阁排宴饮，才过了除夕，正遇元宵，游赏花灯，又早清明。（元传奇·杀狗记）

原注：【庆青春】与【高阳台】原本二调，沈谱作一调，误也。

庆春宫

去入平平（不），平平去入（不），上平平去平入（韵）。平平去上

（不），上平平入（叶）。平平入上（不），去平平去平平入（叶）。平平入（叶），平平平上（不），去平平入（叶）。

怒发冲冠，丹心贯日，仰天怀抱激烈。功成汗马，枕戈眠月。杀取金酋伏首，驾长车踏破贺兰山缺。空愁绝，待把山河重整，那时朝金阙。（明传奇·精忠记）

本注："激"字以入代平。

绕池游

平平去上（韵），上去平平上（叶），去平平平平上上（叶）。上平平（叶），上平平去（叶），上入上平去上平（叶）。

桑榆暮景，将往事空思省，为家贫愁怀耿耿。肯慕浮荣，且担孤另，喜一子学问有成。（元传奇·王十朋）

本注："学"字以入代平。

凤凰阁

平平入去（韵），去去平平平去（借）。去上平上去平平（叶），平入平入去（不）。去平平去（借），上去上平平上去（叶）。

寻鸿觅雁，寄个音书无便。漫劳回首望家山，和那白云不见。泪痕如线，想镜里孤鸾影单。（元传奇·蔡伯喈）

绕地风

平平去去（韵），平上去平平平去（叶），入平平去去（叶）。平平去去（叶），去平去去平平入（叶）。上去平平（不），平平去上（叶）。

荣华富贵，都将是前生前世，不由人较计。风云际会，正遭遇化龙之日。免被旁人，把儒冠笑耻。（明传奇·冻苏秦）

十二时

平去平去入（韵），平去入平平平入（叶）。上上平平（不），平平上（不），去入平平入（叶）。入去入平去（不），去平去平上去（借）。

心事无靠托，泪暗滴灯花偷落。我女痴迷，全然不省，更不思量着。信悼的无数，看伊自寻那个。（元传奇·王焕）

本注：第一个"不"字以入代平。

281

逍遥乐

去上平平上（韵），平上平平平平上（叶），平平入去上平平（叶）。平平上上（不），去上平平（不），上上平平（借）。

万里关山迥，人阻阳台烟霞暝，鸦鸣鹊噪两难凭。愁生眼底，恨满天涯，水绕孤村。（元传奇·王祥）

原注："万""鹊""水"字俱可用平声，"烟霞暝"可用"去平平"。

风马儿

平入平平去平上（韵），平平去去平平（叶）。平平上去平平上（叶），平平入去（叶），去平平去平平（叶）。

倾国花容貌娇美，家豪富世间稀。郎才女貌非凡比，宿缘结会，尽今生效于飞。（元传奇·杀狗记）

原注：此调与羽调【燕归梁】一调二名，但与正宫【燕归梁】不同，又与十三调越调【风马儿】不同。

本注：此调多格，区别不大，不录。

三台令

上平平去平平（韵），平去平平去平（叶）。上去入平平（借），上平平去上去平（叶）。

晚来云淡风轻，窗外月儿又明。整顿阁儿新，饮三杯自遣闷情。（元传奇·王魁）

原注：此调即十三调商调【伊州三台令】查归，但与词调【三台】不同。

本注："月"字以入代平。

商调过曲（凄怆慕怨）

梧叶儿（又名【知秋令】，十九板）

平平去（不），去平平（韵），入平平平去平（叶）。平平上去（不），平平上上（叶）。去去平平（叶），平上平平入去上（叶）。

遭折挫，受禁持，不由人不泪垂。无由洗恨，无由远耻。事到临危，拼

死在黄泉作怨鬼。（元传奇·王十朋）

第二格（十六板）

平平去（或不），平上平（借）。平上去平平（韵），平平去（不），平去平（叶）。上入平平（叶），去上平平平去平（叶）。

精神倦，针线懒去拈。纤手下花钿，谩把金钗卸，云鬓偏。谩掩着书篇，并倚着香肩暂眠。（明传奇·彩楼记）

本注："着"字以入代平，末句为上三下四。此调多格，仅录二格。

梧桐花（二十板）

上平平（不），平平上（韵），入上平平去上去（叶）。平平入去平平去（叶），去入平平上平平（叶）。上去平平去上去（叶），上平平入平平去（叶）。

徙黎民，迁臣宰，国主蒙尘尚远迈。雕阑玉砌今何在？想画阁兰堂哪安排？变做草舍茅檐这境界，怎教我还得尽恓惶债？（元传奇·拜月亭）

喜梧桐（十三板）

平入平（不），平平上（韵），入入平平（豆）、去上平平上（叶）。上上平平上平平（叶），上入平平平（不），去去平平去（叶），平平去入平平去（叶）。

一日三，三日九，一日三遭、在你门前走。水远山遥和你两休休，你若是无情时，咫尺间要见你不能彀，相思病也害得伶仃瘦。（明小令·乐府群珠）

本注：首句"一"字、"不"字以入代平。

第二格（十四板）

平去入上平（不），平平平入上（韵）。上去平平（不），平平平平上（叶）。上上平平平去平（叶）。入上平平平（不），平上平平去（叶），入去去入平平去（叶）。

奴是一朵花，方才花结蕊。有几个春蝴蝶，都来这里攒花蕊。采了奴花心则在九霄云外飞。蝶有惜花心，花有留蝶意，恰便似误约误约在名园内。（明小令·乐府群珠）

本注：第三句、七句两个"蝶"字为以入代平。

金梧桐（十四板）

去平平上平（或韵），去平平平去（韵）。去上平平（不），平上平去（叶）。去上去去平（不），去上平平去（叶）。上去平平（不），上去平平去（叶），上平上入平平去（叶）。

这厮忒倚官，这厮忒挟势。便死待何如？欺侮俺穷儒辈。我这里病又深，他那里愁无际。旅店邮亭，两下里人憔悴，怎教我忍得住恓惶泪？（元传奇·拜月亭）

原注：第二句"厮"字换仄声，"这里"二字换平声乃叶。

本注："忒挟"二字为以入代平。此"梧桐"格系列，《正始》谱与吴谱差异较大，本编从《正始》。

水红花（又名【折红莲】，二十三板）

平平平上去平平（韵），去平平（叶），平平平去（叶）。平平去上去平平（叶），去平平（叶），平平平去（叶）。上平平平平去（不），平去上去平平（叶），平上去平平（叶）上平（句）。

忆昔歌舞宴楼台，会金钗，风光还在。思之对酒看书斋，命多乖，欢娱难再。母亲知他何处，尊父阻隔天涯，不能彀千里故人来也啰。（元传奇·拜月亭）

原注：此调与仙吕入双调【水红花】不同。俞注：此调节奏较快，口语性强，常叠用二曲。吴注：首六句可作对仗。

本注：末句于句中用韵，"也啰"二字为定格，下同。此调多格，仅录二格。

第二格（二十二板）

平平上去入平平（韵），去平平（叶），平平上去（叶）。平平平去入平平（叶），上平平（叶），平平去（叶）。平入平平去（不），去平平（叶），平去上平平（叶）上平（句）。

含羞忍泪拂行尘，泪纷纷，心儿里闷。西风篱畔菊花新，好伤神，凄凉运。一簇云飞雁，雁飞云，一似我回军也啰。（元传奇·乐昌公主）

本注：二"一"字为以入代平。

山坡羊（俗名【山坡里羊】，二十五板）

平去平平平去（韵），平去平平平去（借）。平平上入平平去（叶），去去平（叶），平平去上平（叶）。平平去去平平去（叶），平去平平平去平（叶）。平平（叶），平平平去平（叶），平平（叶），平平平去平（叶）。

月照谁家庭院？人在孤村茅店。寒窗纸隙风如箭，对圣贤，留心在简编。诗书要遂平生愿，一任樵楼更漏传。留连，更阑人未眠，留连，更阑人未眠。（元传奇·吕蒙正）

本注："月""一"字为以入代平。此调多格，且有全曲十一句与十二句之分。旧说"十二句者为【山坡羊】，十一句者为【山坡里羊】"，吴注曰，此说实是妄行分析，不必从。北曲【山坡羊】亦为十一句，如吴氏说，南曲【山坡羊】源出北曲，无非因增衬字而较北曲略繁而已。为便学者比较，特录十二句格如下作"第二格"。

第二格（二十七板）

平去上平平平去（韵），入去上平平平去（叶）。入去上平平平平（不），入去上平平去（叶）。上去平（叶），去上平去平（叶）。入平去入平平上（叶），上上平平入去平（叶）。平平（叶），入平平去上（叶）。平平（叶），平平平去上平（叶）。

不念我年华高迈，不念我精神衰败。不念我供养无儿，不念我寡萧萧绝宗派。只恨你这老祸胎，受了孙家婚聘财。逼得他衔冤负屈投江海，闪得我有地无人筑墓台。哀哉，扑簌簌泪满腮。伤怀，生擦擦痛怎捱？（元传奇·王十朋）

本注："不""绝""簌簌""擦擦"字俱为以入代平。

高阳台序（二十六板）

平上平平（韵），平平平去（不），平去去平平平（叶）。上去平平（不），去平去上平平（借）。平平（叶），平上去平平去（叶），去平去平上平平（叶）。【合】上平平（叶），平平入去（不），去去平平（叶）。

权统雄威，兵分八阵，威震四方无敌。吕望六韬，更兼孙武兵书。张飞，喝水断桥声似雷，论军令不斩不齐。【合】奏凯歌回，管取凌烟阁上，姓字标题。（元传奇·刘智远）

原注："吕""武"字可用平声，"不斩不齐"用"去平平去"亦可。

本注："八""敌""六""喝"及二"不"字俱为以入代平。此调清版《正始》谱调名为【高阳台】，然吴谱、俞谱皆为【高阳台序】，清版应为编误。此调多格，多换头格。

前腔换头（二十四板）

平上（叶），平去平平（失），去平上去（可不），上平去平平平（叶）。平去平平（不），去平去上平平（叶）。平平（叶），入平去入平去上（借），入平入上平平去（叶）。【合前】

听启，慈父严尊，见伊武艺，把奴配君为妻。征战功成，那时荫子封妻。须知，赤心报国酬圣主，食天禄满门荣贵。【合前】（元传奇·刘智远）

琥珀猫儿坠（二十板）

去去入去（不），平入去平平（韵）。去上平平平去去（叶），上平平去去平平（叶）。平平（叶），去入平平（可不），入上平上（叶）。

劝谏不听，切莫再三言。怕我官人生倒见，反将恩爱变成冤。难言，甚日何年，劝得他心转。（元传奇·杀狗记）

原注："听"字可用韵，"劝""反"字可用平声，"见"字可用平韵，"得他心转"用"仄仄平平"亦可，但"甚日何年"平仄不可换。

本注："切"字以入代平。

簇御林（十九板）

平平去（不），去上平（韵），上平平（不），平上平（叶）。上平去入平平去（叶），去去上平平去（叶）。去平平（叶），平平上去（不），入入上平平（叶）。

尊师范，近友朋，把诗书，勤讲明。趁禹门浪激桃花映，只图个耀父母

扬名姓。奋鹏程，扶摇九万，白屋显公卿。（元传奇·王十朋）

原注："耀父母扬名姓"六个字，妙甚。俞注：此调可叠用，不换头。

黄莺儿（二十四板）

去去上平平（韵），去平平上去平（叶）。去平平上平平去（叶），平平去平（叶），平去去平（叶）。上平平去平平上（叶）。去平平（叶），平平上入（不），上平去上平平（叶）。

半世守孤灯，镇朝昏几泪零。到今犹在凄凉境，寒门似冰，衰鬓似星。为只为早年不幸鸾分影。论人生，便黄金满箧，怎如得教子一经？（元传奇·王十朋）

原注：此调多格，此为正体。

本注："不""一"字为以入代平。

莺啼序（二十五板）

平平上入平去平（韵），去平去平平（叶）。去平平上入平平（叶），去平平上平平（叶）。平上去平平去去（或六），平去上平平上（叶）。平去上（叶），入去上平平去（叶）。

云羞雨涩缘分悭，恨历尽艰难。这门庭哪得安闲，到头终有包弹。从古道烟花聚散，谁愿把家私积趱。凝泪眼，日夜短吁长叹。（元传奇·李婉）

原注："从"字可用仄声，"愿""日"字可用平声。

本注："历""积"字为以入代平。此调可叠用，无换头。

第二格（二十三板）

平平入上平平（韵），去去入平平（叶）。去平平上去平平（叶），上上平去平平（叶）。去平平平平去上（不），去去入平平去（叶）。平平去上（叶），入平去平平平（叶）。

孤帏一点残灯，见半灭犹明。夜迢迢斗帐寒生，辗转幽梦难成。盼雕鞍把归期细数，怪浪迹全然不定。把前欢自省，说来的话儿无凭。（散套·陈大声撰）

本注："不"字以入代平。

· 287 ·

啭林莺（二十七板）

平平去平平上上（韵），去平去去平平（借）。平平去入平平去（叶），平平上去入平平（叶）。平平去去（不），上平去平平平上（叶）。上平平（借），上上平（不），平平去去平平（叶）。

荒年万般遭坎坷，丈夫又在京华。把糟糠暗吃担饥饿，公婆死卖头发去埋他。把孤坟自造，土泥尽是我罗裙包裹。也非夸，手指伤，血痕尚在衣罗。（元传奇·蔡伯喈）

原注：俞注云，此调常与他曲调组合，不独用。

本注："血"字以入代平。

集贤宾（二十七板）

平平去上平去平（韵），去平去平平（叶）。平入平平平去上（叶），去平平平上平平（叶）。平平去上（叶），去上去平平平去（叶）。平去上（叶），去平去去平平上（叶）。

西风桂子香韵幽，奈虚度中秋。明月无情穿户牖，听寒蛩声满床头。空房自守，暗数尽樵楼更漏。如病酒，这滋味那人知否？（元散套·从别后）

原注："桂子""户牖""自守""暗数""病酒"俱去上声，"数尽"上去声，俱妙甚。

本注：此调多格，不录。

二郎神（二十六板）

平平上（韵），去平平平平上去（借），去平平平平入去（叶）。平平去去（不），平平平去平平（借）。平入平平平去上（借），平入平平上上（叶）。入去平平（叶），入上上（豆）、平平去平平平（借）。

容潇洒，照孤鸾叹菱花剖破，记翠钿罗襦当日嫁。谁知他去后，钗荆裙布无些。他金雀钗头双凤錾。羞杀人形孤影寡。说甚么簪花，捻牡丹，教奴怨着嫦娥。（元传奇·蔡伯喈）

原注："剖破""凤錾"去上声妙。俞注：此调常与【集贤宾】等组合，居首。

本注："着"字以入代平。此调多格，有换头。吴注：此调换头间可省去。

前腔换头（二十九板）

平平（叶），平平去上（不），平平上上（叶）。去平平平平去去（借），平平去上（不），平平平去平平（叶）。入去平平平去平（借），入上上平平去去（叶）。上去平平（叶），上平平（不），去去平平去上平平（叶）。

嗟呀，心忧貌苦，真情怎假？你为着公婆珠泪堕，我公婆自有，不能彀承奉杯茶。你比我没个公婆得承奉呵，不枉了教人做话靶。我且问伊咱，你公婆，为甚的双双命掩黄沙？（元传奇·蔡伯喈）

原注："貌苦""自有""命掩"去上声妙。

满园春（又名【鹊踏枝】【雪狮子】【遍地锦】。二十九板）

平上去平平（韵），入上去平平（叶）。平平去入平平去（叶），平平去（不），平平去（不），平上平平（叶），平入上去平平（叶）。【合】平平平去平（叶），上平平去平（叶）。上上平平（不），上上平平（不），平平去上（不），去入去平平去（叶）。

鞍马在门迎，急请离京城。征袍使节随风劲，阳关唱，阳关唱，别酒当行，休只管恋家庭。【合】生离别未明，死离别未明。母子夫妻，母子夫妻，缘悭分浅，甚日再图欢庆？（明传奇·苏武）

原注：此调与南吕宫【满园春】不同。"阳关唱"与"母子夫妻"两处叠句不可移位。"生离别"二句必当用赠板于"未"字上，如用在"别"字上面曰"别未明"，岂成文理乎？凡曲中此病最多，学者不可不审。

本注：三"别"字俱为以入代平。此调多格、多换头，唯叠句不可变。

前腔换头（十九板）

平平去去平去（叶），上平去上平平（叶）。平平去入平平上（失），平平平去（不），平平平去（不），上入平平（叶），去入上去平平（叶）。【合前】

一心去奉朝命，那些个死和生。胡笳奏出胡人语，一言难尽，一言难尽，两国和平，但只恐事难凭。【合前】（明传奇·苏武）

本注：三"一"字俱为以入代平。

本宫赚（商调无赚）

尚绕梁煞（十五板）

入平平去平平去（借），上平去平平平上（韵）。去去平平（不），平平去去平（借）。

答还心愿无他虑，果然是神欢人喜。祭赛鸣王，平安过四时。（元传奇·刘智远）

原注：此末句平煞。元传奇"拜月亭"仄煞云："莫不是烦恼忧愁，将他断送也？"

商调常用集曲定式：

【莺啼御林】：【莺啼序】前六句，接【簇御林】后三句。

【莺集御林春】：【莺啼序】首二句，接【集贤宾】三句，接【簇御林】一句、【三春柳】三句。

【山羊转五更】：【山坡羊】首五句，接【五更转】末七句，【尾声】。

【山羊嵌五更】：【山坡羊】首五句，接【五更转】末七句，接末四句，【尾声】。

商调常用散套定式：

【高阳台】四支，【山坡羊】四支，各成套，皆可不用【尾】。

【字字锦（换头）】一支或二支，【赚】一支，【满园春】二支，【尾】。

【集贤宾】，【二郎神（换头）】，【猫儿坠】，【尾】。

八、越　调

越调引子

祝英台近

入平平（不），平去上（不），平去上平上（韵）。平入平平（不），平上去平平（叶）。上平上去平平（不），平平平去（不），上平去平平平去（叶）。

绿成阴，红似雨，春事已无有。闻说西郊，车马尚驰骤。怎如柳絮帘栊，梨花庭院，好天气清明时候。（元传奇·蔡伯喈）

原注："闻""车"字可用仄声。又按：词谱凡引子皆曰慢词，凡过曲皆曰近词，全此本引当作【祝英台慢】可矣，但此调出自诗余，原作【祝英台近】，不敢改也。

本注：此调与词调同。

卖花声

平入平平（不），去平入去（韵），平平入去平平上（叶）。平平平入平平去（叶），上入上平平去（叶）。去平平上平去（叶），平平去平平去（叶）。去上去入入平平（不），平上平平平去（叶）。平入去平平（不），去平平平平上去（借）。

碧玉堂深，洞天福地，金钗十二骈珠履。华筵日日笙歌沸，镇乐取多豪贵。遇春来景明媚，园花正堪游戏。便整顿玉勒金鞍，恣赏深红密翠。拼日费千金，待酬他芳菲景致。（元传奇·裴少俊）

本注："碧"、第一个"日""密"字为以入代平。

霜天晓角

平平上去（韵），平去平平去（借）。去上平平上上（叶），平平去（不），去平平（叶）。

难捱怎避？灾祸重重至。最苦婆婆死矣，公公病，又将危。（元传

奇·蔡伯喈）

本注：此调与词调同。

前腔换头

上平平去平（叶），去平平上上（叶）。去平平平上上（叶），平平去（不），上平平（叶）。

悄然魂似飞，料应不久矣。纵然抬头强起，形衰倦，怎支持？（元传奇·蔡伯喈）

本注："不"字以入代平。

金蕉叶

去平去平（韵），上平平平平上平（叶）。上平去平平去平（叶），去平平平平上上（叶）。

恨多怨多，俺爹娘知他怎么？摆不去功名奈何？送将来冤家怎躲？（元传奇·蔡伯喈）

原注："恨""怨""奈"字去声妙甚，两个"怎"字、"躲"字上声妙甚；若"躲"字用平声，则"何"字当用仄声。

本注："不"字以入代平。

杏花天

平平去去平平去（韵），去平平平平去平（叶）。入平上上平平去（不），入上平平平去平（叶）。

曲江赐罢琼林宴，称蓝田宫花帽偏。玉鞭袅袅如龙骑，簇拥着传呼状元。（元传奇·拜月亭）

本注："曲""着"字以入代平。

江神子

平平入去去平平（韵），平平平上入平平（借）。平平平入上平平（借），去入平平平入（不），平去入平平（叶）。

贪名遂利世间人，不修因果忒痴心。算蝇头蜗角总虚名，弃却荣华居村落，别是一乾坤。（元传奇·赵氏孤儿）

本注："不""别"字以入代平。

越调过曲（陶写冷笑）

一匹布（十七板）

平平去（可不），平去上（韵）。上去平平（不），上平去平（叶）。平平上上上去平（叶），平平平去去（借）。

方才过，谁叫我？口燥唇干，可怜病多。睁开两眼仔细睃，却是秋娘来下顾。（明传奇·跃鲤记）

引军旗（十八板）

上平去去（豆）、平平平上（韵），去上去平平（叶）。入平上去平平去（叶），去平平去平平上（借）。【合】入平平去平平去（不），平平上去平去（叶）。

小人住在、沙陀村里，自小识兵机。十八般武艺皆能会，愿立旗下听钧旨。【合】忽朝名挂在云台上，方知武艺精细。（元传奇·刘智远）

原注："识兵机"可用"平平去"，"愿""忽"字可用平声，"细"字可用平韵。

本注："八""立"字为以入代平。此调《正始》谱首句为"小人住在沙陀村里"，本编从吴谱。此调多格，有换头，本调为正体。

前腔换头（十一板）

去平入平平（叶），上去平平去（叶）。平上入平平入（应叶），平平平入平平去（叶）。【合前】

听他说兵机，此汉真奇异。谙晓六韬三略法，权时收拾在长行队。（同前）

本注："略"字以入代平。

浪淘沙（十九板）

平入去平平（韵），入去平平（叶）。平平上去去平平（叶），平上平平去上（不），去上平平（叶）。

南极寿星高，昨夜光摇。红云紫雾瑞香飘，绿柳亭前花似绮，骏马嘶骄。（明传奇·金华娘子）

原注：此调与词调【浪淘沙】又名【卖花声】者同，但不与羽调一调二名者同。

本注："绿"字以入代平。有换头。

前腔换头（二十板）

上平去（不），上平平（叶），入去平平（叶）。平平平去上平平（叶），平去平平平去上（不），入去平平（叶）。

扭红袖，舞蛮腰，一派笙箫。春风人醉紫葡萄，归去不知时候晚，见月上花梢。（同前）

本注："不"字以入代平。

罗帐里坐（十五板）

平平去上（韵），平平上平（叶）。平平去平（不），上平平去（叶）。平平上去（不），去平平去（叶）。上平平去上平平（叶），上入平平去平（叶）。

中间就里，我难说怎提？若不嫁人，恐非活计。若不守孝，又被人谈议。可怜家破与人离，怎不教人泪垂？（元传奇·蔡伯喈）

本注："说""活"、两个"若不"皆为以入代平。

江头送别（十五板）

平平去（不），平入平（不），去平去平（韵）。平平去（不），上平平（不），去平平上（叶）。平平去上平平去（叶），平平去上平上（叶）。

天台路，当日曾，降临二仙。桃花岸，武陵溪，赚入刘阮。不争再把程途践，仙凡自此隔远。（元传奇·拜月亭）

原注：俞注，此曲可与其他曲调组合，亦可叠用二曲自组。第一与第二句、第四句与第五句可作叠句。

本注："入""不""隔"字为以入代平。此调多格，不录。

忆多娇（十三板）

平去平（借），上去平（韵），去去平平入去平（叶）。平入平平平上平（叶），入去平平（叶），平平入平（叶）。

你且开镜奁,整翠钿,休得界破残妆玉箸悬。衣饰全无真可怜,莫便埋冤,总是前生宿缘。(元传奇·王十朋)

原注:凡曲中叠句,乃今人之唱法,非古词之章律,今本曲第五句亦然。吴氏注:古体多不叠,惟学"琵琶"者皆用叠句,遂成通行格矣。琵琶记"魂渺漠"第五句后云:"举目萧索,举目萧索。满眼盈盈泪落。"末句亦增为六字句"仄仄平平仄仄"。俞注:【忆多娇】可与【斗黑麻】组合成简套,也可叠用两曲自组。此调多格。

斗黑麻(二十三板)

去上平平(不),去平上平(韵)。去入平平(不),平平上平(叶)。平平去(不),平去上(叶),去去平平(不),入去平平(叶)。平平去平(叶),平平上去平(叶)。平入平平(不),平平去平(叶)。

自古婚姻,事非偶然。系足红丝,是百年以前。儿今去,听教言,孝顺姑嫜,数问寒暄。休得泪涟,荆钗也自便。他日归来,接取新科状元。(元传奇·王十朋)

本注:"百""得"字以入代平。"他日归来"句,可叠句,亦可不叠。

蛮牌令(二十五板)

平去去平平(借),平入上平平(韵)。平平平去去(不),上平平(叶)。上平去平平平入(不),平平去上去平平(叶)。平去平(不),上平平(叶),平平平入(不),平上平平(叶)。

昨夜二更时,见腊雪满空飞。提铃喝号至,可伤悲。顶门上红光烁烁,声音似虎啸龙嘶。非是奴,强胡为,自不合把爹爹衣服,与他遮取寒威。(元传奇·刘智远)

本注:"昨""腊""喝"及第一个"烁"字皆以入代平。此调多格。

五韵美(十七板)

去平上(韵),上平去(叶),去去上平平去平(叶)。上平上平(叶),平平上平(叶)。平上上平入平平(叶),平平平去平去上(叶)。入上平平(不),上平去平(叶)。

意儿想，眼儿望，望救你东君艳阳。与花柳增芳，全无这可伤。身凛凛如雪加霜，更没些和气一味莽。铁胆铜心，打开凤凰。（元传奇·拜月亭）

本注："没""一"字以入代平。此调与双调【五韵美】不同。此调多格，不录。

山麻客（二十板）

平平去上（韵），去入平平（不），平平平去（叶）。去上平平（不），去平去平平（叶）。平去（叶），去平平上（不），平平平去（叶）。上平平上（不），上平平入（不），平上平平（不）。

朱门半掩，正夏日炎威，南薰庭院。艾虎神符，向朱户高悬。瞥见，画帘如语，呢喃双双飞燕。海榴如火，锦葵倾日，高柳鸣蝉。（元传奇·磨勒）

原注：此调有谓其为【山麻秸】。按唐谱注有三体，第一正格曰【山麻客】，第二曰【山麻子】，第三曰【山麻郎】。后因"西厢"有云"瘦似麻秸"而不识"秸"字者，妄改为【山麻秸】。

本注："瞥"字以入代平。此调有多换头格。

前腔换头（二十一板）

平去（叶），上入上平（叶），上平平入（不），入平平平（叶）。入上平平（不），去平上平平（叶）。平平（叶），上平平入（不），平平平去（叶）。上平平去（不必），去平去去（不），平去平平（叶）。

堪恋，景物宛然，尽彩丝百索，合欢交缠。聒耳笙簧，听鼍鼓喧天。阗阗，锦标高揭，两两龙舟如箭。果然一见，素涛拍岸，雪浪翻天。（元传奇·磨勒）

本注："百""一""拍""雪"字俱为以入代平。

五般宜（二十三板）

平去上去平平（不），去平平（韵），平平上平上上（不），去平平（叶）。平平上平平去（不），平去平（叶）。去平平平上平（叶），平上平平平去（叶）。平平平平去平（叶），平去去平平平（不），去平平平（叶）。

他为你昼忘餐，夜无眠，他为你凄惨惨，泪涟涟。天教你重完聚，续断弦。这夫妻非同偶然，尊嫂别来康健。夫妻每俱再圆，伏望相公夫人，作个周全。（元传奇·拜月亭）

本注："续""别""每""伏""作"字为以入代平。此调有变体，不录。

小桃红（二十二板）

去平入上上平平（韵），上上平平平去（叶）上（句）。去去平平（不），去上平平（叶），平去去平平（叶）。去平平（叶），去平平（借），上平平（借），平平去（叶）上（句）。平去去上平平（不），上平平去平平（叶）。

状元执盏与婵娟，满捧着金杯劝也。厚意殷勤，到此身边，何异遇神仙？轻轻将袖儿掀，露春纤，盏儿拈，低娇面也。真个似柳和花，柳和花斗争妍。（元传奇·拜月亭）

原注：沈谱曰，此古调也，后人作者，纷纷不一矣，要当以此为式。

本注："着"字以入代平。第二句"劝"、第九句"面"字为句中韵，二"也"字为定格字；第六、七、八、九四个三字句可作扇面对，此调变格不录。

下山虎（二十五板）

去平上去（或不），上入平平（韵）。上上平平去（叶），上平去平（叶）。去上平平（不），去平去上（叶）。去上平平平入平（叶），去平上去上（叶），上平平平去平（叶）。去入平平去（不），去平上平（叶），上入平平平去平（叶）。

大人家体面，委实多般。有眼何曾见？懒能向前。他那里弄盏传杯，怎般面觑。我这里新人忒煞虔，待推怎地展？争奈主婚人不见怜。配合夫妻事，事非偶然，好恶姻缘都在天。（元传奇·拜月亭）

原注："待推怎地展"可用"平去去平上"。"面觑"二字不可理解为"腼腆"。

本注："忒""不"字为以入代平。此调多格，此为正格。

绣停针（二十四板）

平去平平（韵），去平平入去上平（叶）。平平上去平平去（叶），去入去上去平平（叶）。上去入平平去平（叶），入平入去平平平（叶）。平平上入（不），平去平平去（叶），平去上上平平（叶）。

先自悲伤，又遭一跌痛怎当？抬身忍痛回头望，见一汉酒醉倒在街坊。你本待学刘伶入醉乡，却番作卧冰王祥。看看冷逼，寒冻神魂丧，难道酒解愁肠？（元传奇·杀狗记）

本注："一"字以入代平。此调多格。

第二格（二十五板）

去上平平（韵），平上平平入去平（叶），上平上去平平去（叶）。平上上去平平平（叶），去平入平平去上（或叶），平平去上上平平（叶）。上平平去平平上（叶），平平平去上平平（叶），平去入去平上（叶）。

荡起商飙，金井梧桐叶渐凋，几番雨过凉天道。迤逦把扇儿慵摇，顿觉的纱厨里似水，风流处可喜娘妖娆。耳边低道今宵好，今宵纨扇且停摇，凉似昨夜多少。（明散套·南词尽在）

本注："觉"字以入代平。

祝英台（二十五板）

上上平（豆），平入上（句），平去上平平（韵）。平上去平（不），平去平平（不），平入去平平平（叶）。平平（叶），去平平入平平（不），上去平平平上（叶）。上平去（不），平上平平平去（叶）。

把几分、春三月景，分付与东流。啼老杜鹃，飞尽红英，端不为春闲愁。休休，妇人家不出闺门，怎去寻花穿柳。把花貌，谁肯因春消瘦？（元传奇·蔡伯喈）

原注：此调首句三字一联是其定式，不可衬"把"而曰"几分春"，亦不可改为七字句。英台者，古之汉都之北英豪歃血会盟之所在，商纣王曾于此见祝氏女神，命诸司重揣祠而祝之，名其曰"祝氏宗台"（《台城志》）。

本注："不"字以入代平。此调多格、多换头。

前腔换头（二十七板）

平去（叶），去平平（不），平上去（不），平上去平上（叶）。上去去平（不），平上平平（不），平去上平平平（叶）。平上（叶），平平平上平平（不），上平入去平上（叶）。去平平（不），平平平去平平（叶）。

春昼，只见燕双飞，蝶引队，莺语似求友。那更柳外画轮，花底雕鞍，都是少年闲游。难守，孤房清冷无人，也寻一个佳偶。这般说，终身休配鸾俦。（元传奇·蔡伯喈）

本注："蝶""说"字为以入代平。

园林杵歌（二十五板）

去平平去（韵），上去上平去平（叶）。去入上平平平去（叶），上平上去去平平（不），平平去平（叶）。上去平（平），去平平平（叶）。去平平上平平（不），平上上（不），平平上平（叶）。去上平（叶），去上平（叶），去去平去上平上（叶）。入平上平平入入（不），去入去平（叶）。

看这般模样，好似我孙大郎。唬得我神魂飘荡，好教我退后趋前，心急意忙。那堪柳絮梨花，下得恁强。似这般冷飕飕，寒凛凛，哥哥怎当？自忖量，自感伤，怕这雪冻死了兄长。不由我扑扑簌簌，泪出痛肠。（元传奇·杀狗记）

本注："急""雪""扑扑"俱为以入代平。

越调排歌（原谱未注板数）

入去平平（平），上平去平（韵），去平平上去（叶）。平平上去（借），去平平去平（借），入去平平平去上（叶）。【合】平平去（不），入去平（叶），上入上平平去（叶）。平平去（不），平去平（叶），平去去平平去（叶）。

一夜朔风，冻云四垂，向长空粉坠。飘棉舞絮，迸玉筛乱珠，一望琼瑶天地里。【合】豪家见，雪恁飞，暖阁里多乐意。贫人见，雪恁飞，寒屋下长吁气。（元传奇·薛云卿）

本注："朔""玉""乐"及第二个"雪"字俱为以入代平，此调多格，有换头，与仙吕宫【羽调排歌】及【三叠排歌】不同。

前腔换头

平上平平去去平（借），去入平平平去平（借）。平平去上（叶），去平平去平（叶），上上平平平去平（叶）。【合前】

多想玉龙战罢时，破甲残鳞飞半虚。山河万里，曜光一样辉，野鸟投林归路迷。（同前）

本注："玉""一"字以入代平。

亭前柳（十九板）

平上入平平（借），平上去平平（韵）。平平平上入（不），平平去平平（叶）。去平（不），去平平入去（叶），上平平（叶），上平平上去平（叶）。

北海牧羊群，待羝羊乳放回程。充饥皆草木，相亲是猩猩。告天，告天天不应，好伤情！怎禁得两泪盈盈！（明传奇·苏武）

本注："北""得"字以入代平。

章台柳（十七板）

平上平（韵），平上平（叶），平入平平上入平（叶），平平平去平（叶）。入去平平上去平（叶），平去入平平（叶），平入去（叶），上上平平去（叶）。

冤苦陈，不忍闻，念兴福生来女直人，身充忠孝军。直谏迁都阻佞臣，髡觓不留存，诛戮尽，我苟活逃遁。（元传奇·拜月亭）

本注："不""活"字以入代平。

醉娘子（一名【似娘儿】，十五板）

平平平（不），上平平平上上（韵）。去平平入去平（叶），平平去去平（叶）。去平平入去（叶），平平去上平平去（叶）。

听其言，此情实为可悯。看他貌英雄出辈群，休嫌俺秀士贫。我和你弟兄相识认，他日须记取今危困。（元传奇·拜月亭）

原注："悯"字可用平韵，"辈群"用平去亦可。

本注："实""日"字为以入代平。

雁过南楼（十九板）

上平平平上平（韵），去平平上上平平（叶）。平平去平（叶），平上去平（叶）。平平上去平平上（叶），平平上平平（叶）。平平去上（叶），平平去去平平去（叶）。

此间难容汝身，但人知彼此遭迍。无物赠君，些少镪银。休嫌少望留休哂，莫辞苦辛。朝行暮隐，更名姓向外州他郡。（元传奇·拜月亭）

原注："迍""君""银"字俱可用仄韵，"隐""郡"字俱可用平韵。

本注："物""莫"字为以入代平。

本宫赚（十五板）

入入上平（不），平平去上平平上（韵）。平平去平（不），平去去平平平上（叶）。平平去（叶），入上去平上去平（叶）。去平去入平平去（叶），入去上（叶）。去平上上平平去（叶），去平平去（叶）。

若说武人，前程万里功名远。儒人秀才，一个个穷似范丹和原宪。看奴面，不肯嫁人怎趁钱？坏人道业心不善，福分浅。弃嫌我怎与他成姻眷？事成生变。（元传奇·拜月亭）

本注："不"字以入代平。

有余情煞（三十六板）

上平平入平平去（韵），去平平去上平平（叶），平入平去去平（叶）。

几年分别无音耗，奈千山万水迢遥，只为三不从生出这祸苗。（元传奇·蔡伯喈）

越调常用集曲定式：

【山桃红】：【下山虎】第四句下插入【山桃红】后五句，再接【下山虎】末三句。

【山虎蛮牌】：【下山虎】前八句，接【蛮牌令】末四句。

【忆虎序】：【下山虎】首二句，接【狮子序】末二句，再接【忆多娇】末二句。

301

【惜英台】：【祝英台】首三句，接【惜奴娇】后八句。

【絮英台】：【祝英台】换头格前五句，接【絮蛤蟆】后六句。

【二犯排歌】：【越调排歌】首二句，接【江神子】前五句，再接【园林杵歌】后六句。

越调常用散套定式：

【黑麻令】【江神子】【尾声】。

【祝英台】四支，【尾声】。

【章台柳】【罗帐里坐】【醉娘子】【雁过南楼】【尾声】。

【山麻秸】四支，【蛮牌令】二支，【尾声】。

九、双　调

双调引子

捣练子

平入去（不），去平平（韵），入平入去入平去（叶）。去上平平平去上（叶），平平平上上平平（叶）。

辞别去，到荒丘，只愁出路煞生受。画取真容聊藉手，逢人将此免哀求。（元传奇·蔡伯喈）

原注：调式与词调同，只第三句平仄有异。

谒金门

平去去（韵），平去入平平去（叶）。平去平平平去上（借），去平平入去（借）。

春梦断，临镜绿云撩乱。闻道才郎游上苑，又添离别叹。（元传奇·蔡伯喈）

原注：此调与词调同；有换头。"绿"字可用平声。

前腔换头

上去平平入上（借），入入上平平去（借）。入入平平平去去（借），上平平上去（叶）。

苦被爹行逼遣，脉脉此情无限。骨肉一朝成拆散，可怜难舍拼。（元传奇·蔡伯喈）

原注："此""骨"字可用平声。

花心动

平入平平（或韵），去平平（不），去平上平平去（韵）。平去入平（不），平上平平（不），平去上去平平（叶）。去平平平平平上（不），平平上平入平平（叶）。去上平（不），平上去平平去（叶）。

幽阁深沉，问佳人，为何懒添眉黛？针线日长，图史春闲，谁解屡傍妆台？绛罗深荷奇葩小，还不许蜂识莺猜。笑琐窗，多少玉人无赖。（元传奇·蔡伯喈）

本注："不"字以入代平，"玉"字借代去声。

柳梢青

去平平去（韵），去平去入（不），平平去上（叶）。平去平平（不），平平去上（不），去上平去（叶）。

坐听更漏，伴人皓月，斜穿户牖。身在殊方，无由问寝，泪掩衫袖。（明传奇·双忠记）

原注：此调与词调同，但无换头。

灞陵桥

去平去平（借），平入平平去（借）。上平平上平（不），入去平平上去（韵）。上上平平平上平（叶），上平平上平平上（借），平入上去平平去（叶）。

告天告天，略略相怜念。我娘亲老年，两三日不见些黄粱米饭。我死沟渠由等闲，我娘行有谁来看管？天何必苦困英雄汉？（明传奇·八义记）

本注：第一个"略"字为以入代平。

惜奴娇

平去平平（不），上平入平平去（应韵），上平入平平去上（韵）。去上平平（不），上平平去（借）。平上（借），去平平去上（叶）。

堪恨冤家，敢生出不良意，这魂恶只得自忍。正此攻书，偶闻家兄命。思省，料吉凶全然未准。（元传奇·杀狗记）

本注："不""只""得""吉"字皆以入代平。此调有变格，不录。

宝鼎现

上平平去上（不），平去平上（不），平平平去（韵）。平上去平平平去（不），平去平平平平去（叶）。去上平平平上入（应叶），上入平平去（叶）。去去去平平平去（不），平去平平平上（叶）。

小门深巷里，春到芳草，人闲清昼。人老去星星非故，春又来年年依旧。最喜得今朝新酒熟，满目花开似绣。愿岁岁年年人在，花下常斟春酒。（元传奇·蔡伯喈）

本注：此调末二句，吴、俞谱皆作"愿岁岁年年，人在花下，常斟春酒"，然《正始》原谱有注云："末二句句法向多错误。"且再备二例皆为七、六字二句。当从《正始》。第四、五句须对。

五供养

平平平上上（韵），去平平上平平上（叶）。去平平平去（不），去平平（不），平上平平去（叶）。上平平去平平去（叶），上平平上平平去（叶）。平平平上平平平（不），平入平平平平去（叶）。

文章过晁董，对丹墀已膺天宠。赴琼林新宴，簪宫花，绥引黄金控。九重天上声名动，紫泥封已传丹凤。便催归玉简付宸旒，他日归来金莲送。（元传奇·蔡伯喈）

本注："玉"字以入代平。此调多格。

第二格

平平平上去平平（韵），平去平平（叶）。平平平去上（可不），去平平（叶）。平平去去（不），平平去入去平平（叶）。平平去（叶），平平平（不），平平去（叶），上平平（叶）。

功名缰锁到头虚，一悟红炉。随时游洞府，玩仙居。逍遥自在，由物外石烂江枯。知虚度，看天边，飞玉兔，与金乌。（元传奇·岳阳楼）

本注："一""物""玉"字为以入代平。

贺圣朝

上平平上平平（韵），平平平去平平（叶）。上平平去去平平（叶），去平入平平（叶）。

斩龙诛虎威风，拿人捉将英雄。锦征袍相称茜巾红，镇山北山东。（元传奇·拜月亭）

真珠帘

平平去上（不），平入去（韵），平平上（叶），去入平平平上（叶）。平去去平平（叶），上去平平上（叶）。上去平平平上上（叶），去入去平平平去（叶），平去（叶）。平平平入（不），平平平上（叶）。

闲庭昼永，慵刺绣，停针久，听得蝉鸣高柳。年少正风流，喜配合佳偶。女貌郎才真罕有，算福分前缘辐辏，辐辏。向樽前同乐，鸳帏厮守。（元传奇·王祥）

原注："停针久"可用"上平平"，"久""流""有"字不用韵亦可，"辐辏"用叠文。吴注曰：此调又作【珍珠帘】，只末二句有异。

本注："合"、二"辐"字为以入代平。此调首二句可并为一七字句。此调多格，不录。

月上海棠

入平去上去平去（韵），去平平去（不），去平平上（叶）。去平去上上平平（不），入平平去去上平（借）。平平上入平平去（叶），平平平上（不），去去平平（叶）。平平平去上平平（叶），平上平平去平（叶）。

宿醒未解尚沉醉，翠娥忙报，玳筵重启。试教问取海棠花，昨宵开到第几枝？融融暖日江山丽，春风花草，自送芳菲。长春园内景堪题，游赏拼沉醉归。（元传奇·薛芳卿）

风入松

平平去上去平平（韵），平上平平（叶）。去平平上平平去（叶），平平去平平平去（叶）。上去去平去上（不），平平平去平平（叶）。

青霄万里未鹏搏，淹我儒冠。布袍虽拟蓝袍换，荣枯事皆由天断。且自尽心奉母，何须着意求官？（元传奇·王十朋）

原注："且""奉"字可用平声。此调第二句变为五字"入去上平平"，其余不变，视为第二格。

本注："着"字以入代平。

玉楼春

平平平入去平平（韵），平去平平上去平（叶）。平入平平平上上（不），上平平上去平平（叶）。

萧萧天色渐模糊，门外琼花满地铺。呵笔诗人情已懒，倚槎渔父兴将无。（元传奇·薛包）

原注：此调与词调同，但韵脚平仄相反。

夜行船

平入平平平去上（韵），平平去去上平平（叶）。平上平平（不），平平平入（叶），平去上平平去（叶）。

六曲阑干和闷倚，不觉又媚景芳菲。微雨昨宵，新晴今日，知道海棠开未？（元传奇·拜月亭）

原注："宵"字可用韵，"知"字可用仄声。

本注："六""不""觉""昨"字以入代平。此调与词调不同。

新水令

平平入上平平上（韵），去平平上平平去（叶）。去上平平上（叶），去平平（不），去平平去上平去（叶）。

凄凉逆旅人千里，这萦牵怎生成寐？万古横心里，睡不着，是愁都做了枕前泪。（元传奇·拜月亭）

原注："末句妙甚，南曲中有此等句法，安得不称独步哉！"

本注："不""着"字以入代平。此调与北曲【新水令】不同。

双调过曲（健栖激袅）

锁南枝（十一板）

平平去（不），去入平（韵），平平上平平上平（借）。去平平入去平平（不），入平平平去（叶）。平上平（不），平去上（叶），上平平（不），去平去（借）。

儿夫去，竟不还，公婆两人都老年。自从昨日到如今，不能够得食饭。奴请粮，他在家悬望眼，念我老公婆，做方便。（元传奇·蔡伯喈）

原注："人都"二字皆平声，真作家也。

本注："昨""得"字为以入代平。此调有换头。

前腔换头（十一板）

平平上平去（借），平平去上平（叶）。入去平平平去（不），平上平上平平（不），去去平平去（失）。平上平平去平（忏），上平平去平上（叶）。

乡官可怜见，这是公婆命所关。若是必须将去，宁可脱了奴衣裳，就问乡官换。宁使奴身上寒，只要与公婆救残喘。（同前）

本注："必""脱"字为以入代平。

孝顺歌（十七板）

平平去（不），去去平（韵），平平去上平平平（叶）。平平去平平（叶），平平去平平（叶），平平去上（借）。上上平平（不），平平平上（叶）。去平平平（不），平平去去平平（借）。

一闻道，办去程，愁肠万感百虑生。和伊在云屏，和伊戏芳径，和伊共饮。怎忍一时，鸾凰分影？泪珠偷弹，春衫尽是啼痕。（元传奇·李宝）

原注："万感"，沈谱作"九回"，"回"字平声，妙甚，若用仄声即不发调矣；"百虑"处不可用上去二声，第一个"伊"字可用仄声，"饮"字可用平声。

本注：两个"一"字、"百"字皆以入代平。此调有变体，有换头。

前腔换头（十六板）

平平去上（不），平平平上平（叶）。平去上平平（借），平去上平（叶），平上去平（借）。去去平平（不），平平平去（借）。去入平平（不），入平平入平平（叶）。

我今日去也，今日离此行。非是我忘恩，非是有别情，非敢负心。要赴

桃源，新来一任。乍别家乡，一心为着功名。（元传奇·李宝）

原注：此【孝顺歌】为本调。

本注：两个"日"字、"别"、一个"一"字，皆以入代平。

红林檎（二十八板）

平平（韵），平平去上（应叶），平平去（叶），平平去（叶）。平去上（不），平平入去（不），去上平平（叶）。上平平上上平平（叶），平去上平平平去（叶）。平去上（叶），平上平平上上（不），平去平平（叶）。

凝眸，睹鸳鸯戏水，波纹绉，双飞斗。应笑我，今朝拆散，凤友鸾俦。母约束怎敢迟留，看柰子体得要落后。刚殢酒，拚饮三杯五盏，和哄离愁。（元传奇·王祥）

本注：为调首"凝眸"二字句，吴氏注曰："此是换头格，但首曲格式无考。"原注沈谱曰："此调起句用二字，似是换头，无处查其本调耳，姑记之。"又，此调"波纹绉，双飞斗。应笑我"三叠句，二句粘上，一句粘下，沈谱谓此"不成体律，作者不可效之，必式下格为正"。下格（即"第二格"）第一、二句为一句段，第三、四、五句（"即三叠句"）为一句段，即以此为正。但第二格又有将第六、七句并为六字一句，原注曰："此句不可为式。"故第二格不可为正格。作者可以第二格三叠句之正式，校本调三叠句之谬即可。

昼锦堂（二十八板）

平去平平（韵），平平上上（不），平平去上平平（叶）。平上平平（不），平平去上平平（叶）。平平（叶），去去平平去去去（不），上上平上入平平（叶）。【合】平平去（或叶），去去平平（不），去上平平（叶）。

微宦堪怜，寒家小女，多应素有前缘。非敢攀陪，今得配与名贤。听言，内间无人供祭祀，喜逢贞女续鸾弦。【合】鸳鸯会，双双似凤如鸾，尽老百年。（元传奇·子父梦乐城驿）

本注："得""百"字以入代平。

前腔换头（二十三板）

平平（叶），平上平平（叶）。平平平平（不），平平去入平平（叶）。平上平平（不），平平去入平平（叶）。平平（叶），去入平平平去去（不），上平平上上平平（叶）。【合前】

樽前，娇懒羞言。奴家粗知，关雎后德诗篇。君子多才，奴家四德虽全。华筵，画烛攒花花烂漫，宝卮传酒酒留连。【合前】（同前）

本注：此调原注有云"'奴家粗知'连用四平声不可为法。"本编认为，只句末平声不可改动，全句用"平平去平"即可。

醉公子（二十一板）

平平平去（不），上上平平上（韵）。平平去平平（不），去去平平（叶）。平去（叶），去上平平（不），平上平平平去平（叶）。平去去（不），上平上平平（不），上入平平（叶）。

烟花门户，怎比从良好？为官妓如何，妄自奔逃？人道，自古风流，司马文君声价豪。说自是，只恐么采博磨，赶逐难逃。（元传奇·杨实）

原注：【醉公子】之"公"，俗作"翁"，谬。

本注："说""博"字以入代平。

前腔换头（二十二板）

平去（叶），去去平平平去上（叶），入去入平平（不），上平平平（叶）。平去（叶），去入平平（不），平入平平入去平（叶）。平去上（不），去入上平平去（不），入平平（叶）。

听告，纵到官福多祸少，不记得龙图，已曾相招。怀抱，尚记得涟沧，一曲当筵乐醉陶。目下里，共你握手前行步，莫悠悠。（同前）

本注："福""一""目"字以入代平。

侥侥令（十三板）

平平平上去（韵），平上上平平（叶）。去去平平平平去（不），去上平平平去平（叶）。

春花明彩袖，春酒满金瓯。但愿岁岁年年人长在，父母共夫妻相劝酬。（元传奇·蔡伯喈）

原注："岁岁年年"用"去去平平"，妙甚。此调又名【彩旗儿】，但与正官【彩旗儿】不同。

本注：此调多格，下录其一。

第二格（十三板）

平去平平平上平（借），去入去平平（叶）。去上平平平平去（不），平上平平上入平（叶）。

丹桂飘香出广寒，皓魄斗婵娟。叹我孤帏无人伴，心自想姮娥也独眠。（明散套·水沉消尽）

原注：此调首句变七字，勿谓其为【胜葫芦】矣。

本注："出"字以入代平。

本宫赚（双调无赚）

煞尾（双调尾为【有结果煞】，同【仙吕入双调】）

双调常用集曲定式：

【南枝歌】：【锁南枝】第五句下插入【孝顺歌】后二句。

【南枝映青水】：【锁南枝】第三句下插入【五马江儿水】后四句。

【孝南歌】：【孝顺歌】前五句，接【锁南枝】后四句。

【孝顺儿】：【孝顺歌】前六句，接【江儿水】后六句。

【锦堂月】：【昼锦堂】前五句，接【月上海棠】后五句。

【姐姐上锦堂】：【昼锦堂换头】前六句，接【月上海棠】首二句，再接【好姐姐】后三句。

双调（含【仙吕入双调】）**常用散套定式：**

凡用【朝元令】四支、【锁南枝】四支、【风云会四朝元】四支、【销金帐】六支，皆不用尾。

【二犯江儿水】二支，可北可南。

【步步娇】【醉扶归】【皂罗袍】【好姐姐】【尾】。

【忒忒令】【嘉庆子】【尹令】【品令】【豆叶黄】【玉娇枝】【月上海棠】【江儿水】【川拨棹】三支及【尾】。

【惜奴娇】二支、【锦衣香】【浆水令】【尾】（或开首加用【夜行船】二支）。

【画锦堂】二支或四支、【红林檎】二支、【醉公子】二支、【侥侥令】二支、【尾】。

十、仙吕入双调

仙吕入双调引子

《南曲九宫正始》目录原注：【仙吕入双调】引子，向统属双调。今因与【仙吕入双调】过曲名同者分复之，但其词仍见双调，第此有目无词。分复名目如下：

【灞陵桥】【五供养】（注前）【豆叶黄】【柳梢青】【夜行船】

【花心动】【惜奴娇】【月上海棠】【风入松】

本注：吴梅《南词简谱》未单列【仙吕入双调】，其引子、过曲等，皆列为【双调】同类。

仙吕入双调过曲（清新激枭）

打球场（快板急曲）

去平平（韵），平平平（借），入平上去平平（失）。去上去平去平（叶），去平平上平去（叶）。

变其形，脱其身，特来点化他每。做土地忒后生，做山神老得索性。（元传奇·赵氏孤儿）

本注："脱""忒""索"字为以入代平。

字字双（二十板）

上去平平去平平（韵），平去（叶）；入平入入上平平（叶），平去（叶）。平平去入入平上（叶），上去（叶）；上去平平去平去（叶），平上（叶）。

我做媒婆甚妖娆，谈笑；说开说合口如刀，波悄。合婚问卜若都好，有钞；只怕假做庚帖被人告，吃拷。（元传奇·蔡伯喈）

原注："好""有""告"字俱可用平声。

本注："合""帖""吃"字俱以入代平。

雁儿舞（二十一板）

平去平平（不），上平去上（韵）。平去平平（不），去平平去（叶）。去平平去（不），平入去平（叶），平去平平去平上（叶）。

深院重重，怎不怨苦？要寻个男儿，并无门路。甚年能彀？和一丈夫，一处里双双雁儿舞。（元传奇·蔡伯喈）

本注："不"、第二个"一"字为以入代平。吴注曰：此调结处，须用"雁儿舞"三字，是定格。

哭歧婆（十九板）

平平上上（宜韵），平平平去（韵），平平上上（叶），平平上去（叶）。平平平入去平平（借），平去上平平去上（叶）。

玉鞭袅袅，如龙骄骑，黄旗影里，笙歌鼎沸。如今端的是男儿，行看锦衣归故里。（元传奇·蔡伯喈）

原注："鼎"字可用平声。

本注："玉"字以入代平。

柳絮飞（二十六板）

平平平去平平（韵），平平（叶）；上上平上平平（叶），平平（叶）。去平平上平平去（叶），平去平平入平平（叶）。平去上平上（叶），平平去平平（叶）。

一军人尽诛戮，诛戮；走了陀满兴福，兴福。遍张文榜行诸处，多用心根捉囚徒。邻佑与窝主，停藏的罪同诛。（元传奇·拜月亭）

本注："一"、两个"戮"字、两个"福"字俱以入代平。

普贤歌（十六板）

平平上去上平平（韵），去上平平平去平（叶）。平去上去平（借北），去平平去平（叶），入上平平平去平（叶）。

书中语句有差讹，致使娘儿聒絮多。真伪怎定夺？是非争奈何？尺水翻腾一丈波。（元传奇·拜月亭）

原注："语句""怎定"上去声，"句有""致使""伪怎"去上声，俱妙。"波"字可用仄韵。

本注："聒""夺""一"字俱以入代平。此调有变格。

福青歌（十四板）

去平上平（韵），平去去去（借）。平上平平平上去（叶），去平平入平平（叶）。上平平去平平（失），去平平去平（借）。去平平（不），平去入平平入去（叶）。

见着你每，珠泪暗倾。思往日教人懊恨，见官人没精神。遣吴忠泪珠流，似刀剜碎心。受饥寒，煞害得篱倾壁尽。（元传奇·杀狗记）

原注：此调与仙吕【青歌儿】相似而实不同。

本注："着""每""日""煞"字为以入代平。

三棒鼓（二十二板）

平平平入去平平（韵），平平上入平平上（不），平去平（叶）。平平去平（叶），平平去上（叶），平去平（叶）。平平上去平平（叶）上（句），平平去平（叶），平入去平（叶）。

一鞭行色望东京，如今两国通和也，无战争。边疆罢兵，边烽罢警，不暂停。今日恰海宴河清也，重逢太平，重乐太平。（元传奇·拜月亭）

原注："和"字若用韵犹妙，如第七句"清"字，为句中韵。两个"边"字用仄声亦可，"警"字可用平声。

本注："一""不""日"字以入代平。第七句"也"字为定格。此调多格。

倒拖船（二十八板）

平平上去平平去（借），平平去（借）。平平平上上平去（韵），上平去（叶）。上平去去平平平（叶），平平平上上平平（叶）。去平平（叶），入平平（叶），平平去去上平平（叶）。

一街两巷谁怜念？谁怜念？官人和娘子可怜见，可怜见。在舍贫布施

行方便，新裙新袄几曾穿。告英贤，结良缘，小乞儿叫化几文钱。（元传奇·王焕）

本注："一""乞"字为以入代平。此调有变格。

锦上花（二十四板）

平平上（不），去平平（借），平入去上平平（韵），上平平平平入上（借）。上上平平平平上（叶），平去入上平平（叶），入入上平平上平（借）。上入上上平平（不），平平去上去平（叶）。平入平平（不），上平上平入平平（不），上平平平去平（叶）。

同鸳枕，共鸾衾，生隔断两离分，把好恩情如盐落井。你奶娘挑唆得紧，搬斗得我萱亲，兀的使着一个绵里针。你割舍把孩儿，推车在险路上行。投入苍山，抵多少西出阳关，眼睁睁无故人。（元传奇·王祥）

本注："得""着"字以入代平。此调有多格。

双劝酒（十四板）

平平去平（韵），平平平去（叶）。平平去平（叶），平平平去（叶）。上平入上平平（叶），去平去上平平（叶）。

儒冠误身，一言难尽。为玉莲那人，常萦方寸。猛拼得覆雨翻云，做一场弄假成真。（元传奇·王十朋）

本注："一""玉"字以入代平。

第二格（十四板）

平去上平（韵），平平平上（叶）。平去去平（叶），平平平去（借）。平平去平平上（借），上平上入平平上（叶）。

不记马嵬，何须觑你？真个告回，将何凭据？长生殿中私语，永同比翼谐连理。（明散套·玄皇帝）

本注："不"字以入代平。

第三格（十三板）

平平上平（失），平平去平（韵）。上平上上（不），平平平去（借）。入平去上上平平（叶），平入入平平（叶）。

施威猛烈，业畜震惊。小神勇猛，凶徒难近。直教四境保安宁，功绩达

天庭。（元传奇·吕蒙正）

本注："烈""业""畜"字为以入代平。

五韵美（二十板）

平去入平平平去（韵），平平上平平平去（叶），去平平上入平平（应叶）。平上去平（不），去上入平平平去（借）。【合】去上平平去（借），平平去上（借），去上平平（不），上平去平（叶）。

深谢得先生深意，前程旅中无所虑，便相随水宿风餐。君有善因，遂感得先生来至。【合】万里天涯去，朝行暮止，渡水登山，免得致疑。（元传奇·陈巡检）

本注：末句"得"字以入代平。

前腔换头（十四板）

平上平上平平去（借），平平去上（不），平平去去（借）。入上去平（不），入去平平（借）。平上去平（不必），入上去去平上去（叶）。【合前】

吾隐居远山深处，时游市井，闻君姓字。夙有善缘，结会今时。罗童年纪正痴，吃饱饭困来打睡。【合前】（同前）

原注：此调与越调【五韵美】不同。

本注：此格原谱牌名只标"前腔第二格"，末标"换头"字样，又有"三换头"格，实是犯曲。此调有无换头，诸谱均无查。但原谱有注，此格只将前腔第二、第三七字句，分别变为二四字句，且前后均有【合头】标识，足证明此格即为前腔换头格。

六么令（十九板）

平平去入（或韵），去去平平（不），去上平平（韵），平平上入去平（叶）。平平去（不），入平平（叶），去平上去平平上（叶），去平上去平平上（叶）。

连枝异木，见这坟台，兔走如驯，禽虫草木尚怀仁。这一封诏，必因君，料天也会相怜悯，料天也会相怜悯。（元传奇·蔡伯喈）

原注："驯"字可用上声，"料"字仄声妙。第七、八句为叠句。

本注："一"字以入代平。此调有变格。

玉抱肚（二十板）

平平去去（韵），入入上平平平平（叶），去平平上平平去（或不）。平去去平平去（叶），上平平平上平平（叶），入去平平上平（叶）。

离鞍徐步，栋一所明窗静户，暂安身少宽愁绪。胡乱对炉围坐，五盏三杯典琴沽，一任山川如粉铺。（元传奇·唐伯亨）

原注：吴谱注云："抱肚"是"带"之通称，玉抱肚，即玉带。"明窗静户"应"平平仄平"。

玉交枝（二十八板）

平平平去（借），上平平平平去平（借）。平平上去平平去（借），平去平上平上（韵），平平去平平上平（借）。平平平上平平上（借），去平平平平去平（叶），去平平平平去平（叶）。

别离休叹，我心中非不痛酸。非爹苦要轻拆散，也只是要图你荣显，蟾宫桂枝须早攀。北堂萱草时光短，又不知何日再圆？又不知何日再圆？（元传奇·蔡伯喈）

原注：吴注曰：末二句可用对，亦可用叠句。

本注："别""拆""只""北"字，三个"不"字，两个"日"字，俱以入代平。此调吴谱作【玉娇枝】，多格。

五供养（二十六板）

去平去上（韵），去入平平（不），平去平平（叶）。平平平上入（不），平去去平平（叶）。平平去上（不），去平去平平去（叶）。入上平平去（不），上平平（叶），去平平去上平平（叶）。

定睛多半晌，听得人言，喧闹惊慌。遥观巡捕卒，他都是棒和枪。东西看了，更无处将身遮炕。见一所村庄舍，矮围墙，暂时权向此中藏。（元传奇·拜月亭）

本注：此调与前双调【五供养】不同，原谱未注明。此调多格，下录原谱"第八格"作第二格。

· 316 ·

第二格（二十九板）

平平入上（韵），平平平去（句），上平平（叶）。平平去上平平平（借），平平上上（叶）。入平去平平去上（叶），平去平平（不），平去平平（叶）。平平平入上（不），去平平（叶）。平平入去（不），去去平（叶）。

恩情说起，思鸾交凤，友相偎。惟嫌夜短恣欢娱，那知更筹有几？一般样铜壶漏水，今夜里听来，滴下偏迟。衾寒心独苦，枕冷泪双垂。翻来覆去，梦断魂迷。（明散会·欢喜冤家）

本注："滴"字以入代平。

月上海棠（二十二板）

平去平（韵），入去入上平平上（叶）。去平平平入（不），上去平平（叶）。去平平去上平平（或叶），平平入去平平去（叶）。平去上（叶），入去去平平上（叶）。

魂暗消，月过十五光明少。为年华催逼，得我粉悴胭憔。镇常间对景伤情，何时得对花欢笑。罗帕小，拭尽泪痕多少？（元传奇·看钱奴）

原注："时"字可用仄声，"对"字可用平声。

本注：此调与前双调【月上海棠】不同，原谱未注明。此调多格，不录。

三月海棠（二十三板）

上去平（韵），去平入入平平去（叶）。上平平平去（不），上上平平（叶）。平上（叶），去去平平上上（不），上平平入平平去（叶）。平入平平去（不），上平平（叶），上上平去去平上（叶）。

你自详，甚年发迹穷形状？怎凡人逆相，海水升量？非奖，陋巷十年黄卷苦，那时禹门三月桃花浪。一跃龙门变，把名扬，管取名姓挂金榜。（元传奇·拜月亭）

本注："逆""十""一"字为以入代平。此调有变格。

步步娇（十三板）

去上平平平平去（韵），上上平平去（叶），平平上去平（叶）。上上平平（不），去入平上（叶）。入去上平平（或不），平上平平上（叶）。

为半纸功名把青春误，好景成辜负，携琴往帝都。只见几朵江梅，半折微吐。不见老林逋，惟有清香吐。（元传奇·唐伯亨）

原注："半纸""见老"去上声，"往帝"上去声，俱妙。

沉醉东风（二十三板）

上平平去平上平（韵），入平上入平平去（借）。平入去上平平（叶），平上平去（叶）。去平平上平平去（叶）。去平去平（叶），去平去平（叶），平平去去（不），平平去平（叶）。

你爹行见得好偏，只一子不留在身畔。他只道我不贤，要将你迷恋。这其间怎不悲怨？为爹泪涟，为娘泪涟，何曾为着，夫妻上意牵？（元传奇·蔡伯喈）

本注："得""一"字，二"不"字，皆以入代平。此调多格。

第二格（二十一板）

去平平入上去平（韵），去平平上平平去（叶）。平去平平去去（叶），去平平去上平平（叶）。平平上去（叶），入去去平（叶）。去平上平（不），平平去平（叶）。

困人天日永昼长，向流杯水阁亭傍。一任围棋看象，细波纹篔展湘江。珊瑚枕上，茉莉正香。只听得耳边，低低道凉。（明散套·镇日排筵）

本注："阁""一""得"字为以入代平。

忒忒令（十九板）

上平平平平去平（韵）。上平平上平平平（借），去平平去（不），平去平去（叶）。上平去去平去（不），入平去（借）。平平入（或不），平平去平（叶）。

许多时缘何未归？眼巴巴倚着门儿。望他不见，心下疑虑。想他是被巡捕，捉拿住。凶和吉，全然未知。（元传奇·杀狗记）

本注："着""不"以入代平。首二句可用对。此调多格。

好姐姐（又名【美女行】，二十板）

去入平平去平（借），平平去入平平平（韵）。平平上入平上平（叶），平平去（叶），平平去入平平去（借），去去平去去平（借）。

告得恩官试听,孙荣是杀人凶身。哥哥赶出吃苦辛,因怀恨,临门故杀平人命,陷害哥哥怨恨心。(元传奇·杀狗记)

原注:俞注云,此调常与【步步娇】等曲组合,司叠用。

本注:"吃"字以入代平。末二句可用对。此调有变格。

桃红菊(十六板)

上平平平平去平(韵),上平平平平去上(借)。去平平上平平去(不),去平上平平去平(叶)。

往长安三千里路余,免不得登山渡水。望神京杳如天际,唱名了即时寄书。(元传奇·刘文龙)

本注:"不""得""即"为以入代平。

园林好(十九板)

上平平平平去平(韵),平平去平平去上(叶)。入入上平平平上(叶),平上上去平平(叶),平上上去平平(叶)。

我孩儿不须挂牵,爹只望孩儿贵显。若得你名登高选,须早把信音传,须早把信音传。(元传奇·蔡伯喈)

原注:首二句可作对。第四、五句可叠句,亦可另文。

本注:"不""只"为以入代平。

川拨棹(二十二板)

平平上(借),入平平平去上(借)。去上平平去平平(韵),去上平平去平平(叶),去平平平平上平(叶)。【合】上平平平去平(借),入平平入去平(借)。

归休晚,莫教人凝望眼。但有日回到家园,但有日回到家园,怕回来双亲老年。【合】怎教人心放宽?不由人不泪弹。(元传奇·蔡伯喈)

原注:第三、四句为叠句;吴注:末二句可叠句,亦可另文。

本注:二"日"字为以入代平。此调多格,有换头。

前腔换头(十五板)

上入平平上去平(叶),上入平平平去平(借)。平上平上平平(叶),平上平上平平(叶),入平上平上平(借)。【合前】

我的埋冤怎尽言？我的一身难上难。你宁可将我来埋冤，你宁可将我来埋冤，莫将我爹娘来冷看，【合前】（元传奇·蔡伯喈）

本注："一"字以入代平。

喜庆子（十六板）

入平上上平上去（韵），去上上平平上平（叶）。平入平平平去（叶），平去去去平平（叶），平入入去平平（叶）。

你一双子母无所傍，况雨紧风寒怎当？心急也行程不上，人乱乱世荒荒，愁戚戚泪汪汪。（元传奇·拜月亭）

本注："不"字以入代平。此调有变格。

尹令（十六板）

去平去平上去（韵），平平上平上去（叶）。平平上平平去（叶），平平上平平去（叶）。平平上平（不），去去平平去上平（叶）。

那时又无倚仗，当时有谁倚仗？其时有家难向，其时有亲难向。他东我西，地乱天荒事怎防？（元传奇·拜月亭）

原注：俞注云，第一至第四句作重叠对，此调后面常接【品令】。

本注：原谱未录变体，但吴谱格律有异。

品令（二十板）

平平去平（不），平去入平平（韵）。平平去上（不），平平上平平（叶）。平平去上（或不），上平平平上（叶），平平去上去平去（叶）。平平上上（不），上上平平上平平（叶）。

逃生士民，在官道驿程傍。天色渐晚，阴云黯穹苍。匆匆正往，喊声如雷响，各各奔走都向树林中伉。偷生苟免，瓦解星飞子离了娘。（元传奇·拜月亭）

本注："色"字，二"各"字皆以入代平。此调有变格，常接【尹令】后。

豆叶黄（十九板）

平平上去（不），去去平平（韵）。平平去去平平（不），上平平上（叶）。平平平入（不），去平上平（叶）。平去去平平入（不），上上平平入去平平（叶）。

你一身眼下，见在谁行？我随着个秀才栖身，他是我的家长。谁为媒妁？甚人主张？人在那乱离时节，怎选得高门厮对相当？（元传奇·拜月亭）

原注：吴注云，第三句和第七句皆可作叠句，但只能任选一处，一曲中不可两处同叠。

本注："一""着""的"字为以入代平。末句可作两四字句。

第二格（十九板）

平平上去（不），去去平平（借）。平平去上平平（不），平上平平（韵）。平去平平（不），入去去平（借）。平去去上平平（不），入上平平入去平平（叶）。

您于今眼下，见自艰辛。不度自己形骸，空想要成名。好寻个头条，别去嫁人。不愿共你成双，想尺水应无一丈波兴。（明散套·妻子失）

本注："度"字，两个"不"字为以入代平。

江儿水（又名【岷江绿】，二十三板）

平去平平去（不），平平上上平（借），平平平入平平去（韵）。上平去平平平上（叶），上平上去平平去（叶），平上平平平上（叶）。【合】去上平平（不），平去去平平上（叶）。

膝下娇儿去，堂前老母单，临行只得密缝针线。眼巴巴望着关山远，冷清清倚定门儿遍，教我如何消遣？【合】要解愁烦，须是寄个音书回转。（元传奇·蔡伯喈）

原注：第四句当用"仄仄平平"起。

本注："膝""只""着"字为以入代平。第一、二句可用对。此调多格。

前腔第二格（十八板）

平入平平去（不），去去平（叶），平平去去平平去（借）。入入平平平去（借），入平去上平平上（叶）。平上平平平去（叶）。【合前】

妾的衷肠事，万万千，说来又怕添萦绊。六十日夫妻恩情断，八十岁父母如何展？教我如何不怨？【合前】（元传奇·蔡伯喈）

本注："妾""说""不"字，第二个"十"字，皆为以入代平。此调全曲共八句，换头格六句，原谱未注明【换头】，此格实【前腔换头】。

第三格（二十三板）

去平平平上去（不），平去上（借）。平平平去平平上（韵），去平去入平平去（叶）。平平去入平入去（借），上去平平平去（借）。上去平平（不），去入上平平去（叶）。

相公神魂且住，听诉与。灵辄蒙赐银和米，未曾报答恩和义。如何便撇灵辄去？指望今生伏侍。懊恨谗臣，用着许多奸计。（元传奇·赵氏孤儿）

本注：第一个"辄"字，"伏"字，以入代平。

淘金令（三十六板）

平平上上（不），上上平平去（韵）。平平上上（不），上上平去（叶）。去上平平（不），上平平平（叶）。平入平平平去（不），上平平平（叶），平去去入上平（叶）。平去上平平（叶），平平平去平（叶）。平去平平（叶），去上平平（叶），平平去上平去上（叶）。平上入（不），去去平平（不），去上平平（不），上平平入（借）。

浮萍水满，两两蜻蜓过；芙蕖水满，两两鸳鸯卧。画鼓红船，往来如梭。飒飒清风吹面，水天凉多，真个是快活人也么哥。齐唱采菱歌，同攀擎露荷。厮凭娇娥，照影苍波，双双俊也伊共我。在凉亭水阁，素扇轻摇，唱饮流霞，两情欢乐。（元传奇·王莹玉）

原注：此调为【淘金令】全章，共十八句。另有减格二，即减去本调第十至十四之五句（见下第二格），减去末四句（见下第三格）。第九句"也么哥"为本格定格字。

本注：第一个"飒"字以入代平。第一至四句可作扇面对。

第二格（二十六板）

平平去平（不），上上平平上（韵）。平平去入（不），上上平平上（叶）。平上平平（不），去平平上（叶）。上平平平入上（不），去去平（叶），平平去去平去平（叶）。平平去上（不），去上平平（不）。去平平平（可不），去入平上（叶）。

恩情到头，我也不由己；姻缘契合，我也不由己。离了家乡，共谐连

322

理。怎知鞋弓袜小，步细行迟？香罗暗搵珠泪滴。如今去也，万水千山。未知何日，到得家里？（元传奇·裴少俊）

本注：两个"不"字，"滴""日"，俱以入代平。

第三格（二十九板）

平平去平（不），去上平平去（韵）。平平去平（不），去上平平去（叶）。去上平平（不），去入平平（叶）。去平平平上（不），去上平平（可叶），平平去上去平（叶）。平平去平平（叶），平平平去平（叶）。上上平平（或叶），去上平平（叶），平平去入平去平（叶）。

一心告天，愿我无疾恙；一心告神，愿我无灾障。暗想花阴，遇着情郎。为他身贫家窘，赠与金珠，谁知到此成祸殃？虔诚拜三光，虔诚祝上苍。表我真心，诉我衷肠，瞻星拜月一炷香。（元传奇·林招得）

本注：三个"一"字，"疾""祝"字，皆以入代平。

四块金（二十一板）

平平上平（不），平入平平去（韵）。平平上平（不），平上平平去（叶）。平平去去平（叶），去去平平上（叶）。上去平平（或不），去平平去（叶）。上平平（叶），上去平入平平平平去（叶）。

郎若有心，风月无妨碍；娘若有情，云雨须担待。前生分定该，万事宜宽解。粉傅金腮，翠添眉黛。巧妆来，管胜如合菱花永团圆欢爱。（明传奇·张金花）

原注：吴注云，首四句用扇面对，是此调定式。又，五六句对，七八句对，不必拘。末句实为七字，吴谱"管胜如"三字为衬字。

本注：两个"若"字尚以入代平。

朝天歌（又名【娇莺儿】，十九板）

平平入去（韵），平平上去平（叶）。平去上平平（叶），平平平去（不），平平平去上（叶）。入平平上上（叶），入平去平平（借）。入平去上去平平（不），去平去去入平去（不），上去平平去平平（叶）。

灯昏烛暗，楼头鼓正三。先自解罗衫，我见他香肌微露，默默惊破胆。不由人情惨惨，不由人闷恹恹。不能够和他每夜欢娱，但能够和他半霎儿相

聚，把这相思担儿担。（明小令·乐府群珠）

本注："默默"以入代平。

朝元令（二十七板）

平平上平（韵），上入平平上（叶）。平平上平（叶），平上平平上（叶）。上去平平（叶），上平平上（叶）。上去平平去上（不），去入平平（叶），平平上平入去平（叶）。平入上平平（叶），平平平去平（叶）。【合】去平平上（叶），平上入去平平去（叶），去平平去（叶）。

山程水程，举目苍烟迥。长亭短亭，回首遥天暝。只为功名，远离乡井。趱到潮阳任所，戴月披星，车尘马足不暂停。牧笛陇头鸣，渔舟江上横。【合】漫劳追省，终有日再图家庆，再图家庆。（元传奇·王十朋）

原注：俞注曰，首四句作扇面对，第十、十一句作合璧对。吴注，此调可四支为一套。

本注："足""牧"字以入代平。末句为前句叠文。此调多换头。

前腔换头（二十板）

去入平平入上（叶），上平平去平（叶）。平去上平平（叶），平平上去（叶），平平平上平（叶）。入去平平入去（或不），平去平平（叶），平平去平平去平（叶）。上去上平平（叶），平平上去平（叶）。【合前】

过得危巅绝顶，野花开又馨。溪洞水泠泠，丛林掩映，哀猿谁忍听？若不是卑人薄命，媳妇犹生，我和他双双御舆无限情。且自趱程行，休将往事萦。【合前】（同前）

本注："媳"字以入代平。

四朝元（二十八板）

平平平去（韵），平平去上平（借）。去平平平入（叶），去上平平（借），去上平去平（叶）。上平上去入（不），去去平平（不），去平上平平去（叶）。去上入上平（叶），平平上去（叶），平平去上平平（不），上平平平（叶）。平入平平（不），上平平去（叶）。平平去入（不），平平去平平去（叶）。

香纷罗袂，玉梅傅粉时。正枝头成实，似点匀枝，动止浑未知。想球子性格，这下里团圆，那坡里作场戏。既往不可追，想风情雨意，无非自遣情怀，有谁忺知？鸡肋恩情，怎生拘系？桃花乱落，多因为人憔悴。（元传奇·蒋爱莲）

本注："玉""作"为以入代平。按钮氏于《正始》中说："【四朝元】本调今人罕识，今只据此四曲，每曲各成一体，学者不可不知，不可不博。"此调当有四体，本编仅录【四朝元】"第一"。

销金帐（十八板）

平平上上（应韵），去上平平上（韵）。上平平平去入（叶），平去去平平入（不），去平平去（叶）。平平上上（不），平平去上（叶）。去去平平（不），上平平上（叶）。平平上平（不），平平去去（叶）。

黄昏悄悄，助冷风儿起。想今朝思向日，曾对这般时节，这般天气。羊羔美酒，销金帐里。世乱人荒，远远离乡里。如今怎生，怎生街头上睡？（元传奇·拜月亭）

原注：沈谱曰，"销金帐"三字须用于曲中，与【雁儿舞】同义。吴谱注："销金帐里"句前须增叠上句末"美酒"二字作衬字，与"街头上睡"前叠上句末"怎生"同，两处叠字，是此曲定格。

本注：此调多体多格，仅录此格。

柳梢青（原谱未注板）

平入平平（不），平平上去平（韵）。平平入入平平（不），平平平去（叶）。平去平平（不），去上平平（叶）。上平平上（不），入平平去（叶）。平上平平（叶），平入平平（叶），上平平上去（叶）。

家乐当筵，各将本事供。时新杂剧藏恹，般般呈弄。歌罢桃花，扇底轻风。舞低杨柳，楼心月华浮动。檀板轻松，丝竹琤琮，悄如鸣彩凤。（元传奇·罗惜惜）

本注："各"字以入代平。此调多格，仅录此格。

夜行船序（二十五板）

平去平平（不），上平平去（不），上平平平（韵）。平平去（不），平去平平平上（叶）。平平（借），入上平平（不），平平去上（不），平平平去（叶）。【合】平去（叶），平平去上平（不），去去平平（叶）。

春思恹恹，此愁谁诉？此情谁知？心撩乱，慵睹妆台梳洗。芳时，不暖不寒，秋千院宇，堪游堪戏。【合】空对，莺花燕柳时，悄地暗皱双眉。（元传奇·拜月亭）

本注：第二个"不"字以入代平。

前腔换头（二十八板）

平平（叶），平上平平（不），去平平去（不），去上平平（叶）。平平去（不），平去平上平平（叶）。平平（叶），入去平平（不），平平上平（不），平平平去（借）。【合】平去（叶），平平上入（不必），去上平入（叶）。

因谁？紫惹芳心，媚容香褪，嫩脸桃衰。看看恁，宽尽金缕罗衣。休疑，只为伤春，知他怎生？年年如是。【合】休对，晴天暖日，轻可地过了寒食。（同前）

原注：此调合头之第二句四字、五字不拘。

惜奴娇序（二十六板）

平去平平（韵），入平上去（不），平入平平（叶）。上平平去（不），上平平入平平（叶）。平平（叶），上去平平平平去（叶），去平平平平去（叶）。【合】上去上（叶），平平平上（不），去入平平（叶）。

只为家道贫穷，不曾整备，一物相供。忝为姻眷，只愁咱玷辱亲翁。囱囱，有甚妆奁来陪奉？谢慈颜厮知重。【合】喜气浓，悄一似仙郎仙女，会合仙宫。（元传奇·王十朋）

本注："一"字以入代平。

前腔换头（二十三板）

平平（叶），平入平平（叶）。平平平去（不），平入平平（叶）。平平平上（不），平平去入平平（叶）。平平（叶），入上平平平平去（叶），去平平去平上（叶）。【合前】

难逢，倾国芳容。惯描花挑绣，习学针工。更留心书史，能遵四德三从。和同，菽水高堂相承奉，谢冰人借光宠。【合前】（同前）

本注："习"字以入代平。此调多格多换头。

虾麻吟（向曰【黑麻序】，二十二板）

平入平平（韵），去平平平入（不），上上平平（叶）。去平平去上（不），入平平去（叶）。平平（叶），平平平上平（叶），平平去去平（叶）。【合】上平平（叶），平平平去（不），去上平平（叶）。

习习东风，卖花声吹入，小小帘栊。被流莺唤起，绿窗幽梦。烟笼，凄凄芳草茸，苍苔衬乱红。【合】锦机空，恨这东君昨夜，横雨狂风。（元传奇·琵琶怨）

原注：此调常叠用二曲，次曲用换头格。吴谱、俞谱调名皆作【黑麻序】，又有或作【斗虾麻】【斗黑麻】等，皆非也。原谱曰：元谱凡有"序"者，必有"引"也，比如有【夜行船】【花心动】【念奴娇】皆然也，今【虾麻】【黑麻】何有"引"乎？按唐谱，古有【斗虾蟆】又名【黑麻序】，后滑稽咏【虾麻吟】，今上从之。

本注："习""昨"字为以入代平。此调多格、多换头。

锦衣香（三十板）

平平平（韵），平平上（叶）。平去平（叶），平平去（叶）。平平入去入平（不），上平平去（叶）。去平平去去平平（叶），平平去入（不），入去平平（叶）。入入平去平（不），上平平平平上（叶）。平去平平去（叶），平平平去（叶），平平去入（不），平平入去（叶）。

郎思雄，能题咏。娘性聪，能操纵。喜天生一对一双，彩鸾丹凤。自惭非是汉梁鸿，何堪富室，匹配孤穷？妾亦非孟光，把荆钗做珠擎璧捧。前世曾修种，想今生欢共，夫和妇睦，琴调瑟弄。（元传奇·王十朋）

原注："彩""自"字可用平声，"非""何""光"字可用仄声。

本注："璧"字以入代平。此调多格，原谱共录九格，下录其第二格。

第二格（二十八板）

去上去入平平上（韵），去去入（叶），平平去（借）。平平平平

（不），去入平去（叶）。上平平上上平入（叶），上上平入（不），去平平平（叶）。去平去平（不），上平平去入平去（叶），平平入平去（叶）。去上平上（叶），平平上去（或不），平平平去（叶）。

自古刺客不如你，自性急，失张志。持刀行凶，跳入园内。我家积祖有功绩，怎肯造恶，做着非为？未知甚人，与他每共合谋计，怀着不良意。事有区处，埋心举意，难瞒天地。（元传奇·赵氏孤儿）

本注："不""失""积""每"字，两个"着"字，俱为以入代平。"持刀行凶"句可用"平平仄平"。

浆江令（二十八板）

去平平平平去平（韵），去平平平平去平（叶）。去平平上上平平（叶），平去去平（不），去去平去（叶）。平平去（不），去平平（叶），平平去平平平上（叶）。平平上（不），平平上（不），入平上平（叶）。平平去（叶），平平去（叶），入去平平（叶）。

恕贫无香醪泛钟，恕贫无珍馐味充。又无些汤水饮喉咙，装甚大媒，做甚亲送。休聒絮，慢唧哝，防他外人相讥讽。非缺礼，非缺礼，只为窘中。凡百事，凡百事，一味包笼。（元传奇·王十朋）

原注："钟"字可用仄韵；"装甚大媒，做甚亲送"，可用"平平仄仄，仄仄平平"；"只为窘中"可用"平仄仄仄"。

本注："聒"，两个"缺"字和两个"百"字，俱为以入代平。调名【浆水令】，原谱作【浆江令】，或编误。此调多格，不录。

风入松（十六板）

平平平上去平平（韵），入平平平上（叶）。平去去平平上（叶），入去上平平平上（叶）。平平去平平上平（或叶），平平入上平平（叶）。

你不须提起蔡伯喈，说他每哏歹。他中状元做官六七载，撇父母抛妻不睬。兀的这砖头土堆，是他双亲的在此中埋。（元传奇·蔡伯喈）

本注："伯""每""六""七""兀""的"字，两个"不"字，俱为以入代平。此调有变格，不录。

急三枪（实为集曲【犯衮】，俗名【急三枪】，十三板）

【黄龙衮】平去去（不），平平上（不），平平去（应韵）。【风入松】上平去（不），上平平（韵）。【黄龙衮】平平上（不），平平上（不），平平上（可叶）。【风入松】平平去（豆）、入平平（叶）。

【黄龙衮】他公婆的亲看见，双双死，无钱送。【风入松】剪头发卖，买棺材。【黄龙衮】他去空山里，把裙包土，血流指。【风入松】感得神明助、与他筑坟台。（元传奇·蔡伯喈）

原注：凡【风入松】或一曲，或二曲，其后必带此二段，今人谓之【急三枪】，此调名实曰【犯衮】。……况此类犹有【犯朝】【犯欢】【犯声】等，皆必间用于【风入松】套内。

本注："发""血"字为以入代平。此调实为集曲，俗名【急三枪】，本不必作曲牌名入录此节。《南曲九宫正始》所录调名亦即【犯衮】。然诸谱多见【急三枪】云云，此直录调名【急三枪】者，仅为随俗罢了。

本宫赚（原谱无载）

吴谱曰：本宫赚名【惜花赚】，与仙吕赚同。

有结果煞

平平上去平平入（韵），上平去去平入入（叶），去平上去平平入（叶）。

饶君使尽机谋彻，止不过负心薄劣，梦儿里对他分说。（元散套·乐府群珠）

原注：此末句仄煞，有明散套"月夕花朝"平煞云："至今在海角天涯"。

仙吕入双调常用集曲定式：

【六幺儿】：【六幺令】前六句，接【梧叶儿】末二句。

【玉儿歌】：【六幺令】首三句，接【玉抱肚】末二句，再接【梧叶儿】末二句。

【二犯六幺令】：【六幺令】首二句，接【玉抱肚】末句，再接【玉娇枝】末二句。

【玉抱娇】：在【玉抱肚】第五句下插入【玉娇枝】末二句，再接【玉抱肚】末句。

【玉山供】：【玉抱肚】前四句，接【五供养】后五句。

【海棠抱玉枝】：【玉抱肚】前四句，接【三月海棠】后四句，再接【玉娇枝】末句。

【供玉枝】：【五供养】第五句下插入【玉娇枝】末二句，再接【五供养】末四句。

【海棠锦】：【月上海棠】前四句，接【昼锦堂】后六句。

【海棠红】：【月上海棠】前四句，接【红林檎】后五句。

【海棠醉】：【月上海棠】前四句，接【醉公子】后五句。

【海棠令】：【月上海棠】前四句，接【忒忒令】后四句。

【风云会四朝元】：【四朝元】前六句，接【会河阳】首四字二句、【朝元令】第五、六两句、【驻云飞】第四、五两句、【一江风】后四句，再接【四朝元】末二句。

仙吕入双调常用散套定式：（同【双调】）

十一、小石调

小石调引子

西平乐（与词牌不同）

去入平平上入（不），平入平平上（韵）。平入平平去上（不），平上平平去上（借）。平去平平去去（叶），平平去入（不），平上平平上上（叶）。

为惜韶华景物，拍拍春晴美。时节轻寒乍暖，佳景清明在迩。天气才阴又霁，和风丽日，装点遥山远水。（元传奇·李婉）

本注：第一个"拍"字以入代平。

小石调过曲（旖旎妩媚）

骤雨打新荷（十九板）

平平去（不），入入平（韵），平平上平平去平（借）。上入平平（不），去平平平去平（借）。上平平上去（叶），去平平上平（叶）。入入平平（叶），去上平平（叶），去入上平平去上（叶）。

推窗看，撒玉葩，彤云满空歧路赊。冷逼重裘，只见乱纷纷蝶翅斜。子猷舟怎驾？浩然驴怎踏？端的压折枯槎，冻损梅花，渐觉晚来密愈洒。（明传奇·黄孝子）

本注："蝶""密"字以入代平。

荷叶铺水面（十九板）

平平去上去平（借），平平上入平去平（借）。平入平平（或不），去平平平去平（韵）。平平上平（叶），平平上平（叶）。平去平平（应叶），平去平平（借），平入平平平去平（叶）。

前程事枉费心，诗书饱学笃志深。奈天不肯从人，教咱破窑中饥共贫。似行歌买臣，想吹箫伍员。怎得韩愈焚膏，车胤囊萤？端的是守儒冠多误身。（元传奇·吕蒙正）

第二格（末句变为六字二截）

全章皆与上格同，不录，只录末一句："去平平平去平——太平时乐事浓。"

本注："笃""乐"字以入代平。

莲花赚（缺）

好收因煞（十二板）

平平去入平平去（韵），平平去平平去（借），平平去上平入（叶）。

今宵共约同欢会，先教从人归去，安排办了筵席。（元传奇·柳耆卿）

（说明：小石调属"十三调"范畴，本不录，在此依使用惯例，仅录以上数曲。）

附二：

《洪武正韵》简编

说明：

一、本编依明乐韶凤、宋濂等人奉诏编纂《洪武正韵》（七十六韵部）当代影印版为据，并依原版编序辑成。

二、本编因删去原谱多有僻字、古体字而曰"简编"，同时删去原谱同一韵部中一字多义重字，对不同韵部的一字多音重字仍按原韵部予以保留。

三、本编对原版韵后切音以及明杨时伟韵后注释不录，对每韵部后增补【古音】【逸字】，仅择常用字辑录，其余从略。

平　声

【一东】东冬○通侗恫俑桐蓪○同童仝僮侗（佺侗）瞳朣瞳铜峒（崆峒）桐橦筒筩潼術（通街）鲖犝酮挏氃幢彤鼕涷○龙垄笼栊聋咙眬胧珑砻（磨）庞（充实）茏箜泷○隆○癃癃○蓬篷芃逢○蒙幪家蒙蒙朦艨懵○恩囟悤葱聪璁枞从（从容）苁○宗騣鬃鬈椶稯踪○丛欉惊琮淙○从（顺从）○洪红荭葓鸿虹涀○烘○空箜箜崆○公功工攻玒蚣○翁螉螉○风枫丰酆沨锋烽蜂封葑犎○冯汎梵缝○松淞菘崧嵩○充珫忡冲翀佣○中衷忠终螽钟○戎绒茸鞯慵○崇漴○虫重（重复）盅○融肜容溶蓉庸埔镕鳙瑢○颙喁○弓躬宫恭供龚○穹芎䓖○穷茕邛笻○农侬浓秾○春舂○智匈凶洶凶登兄○邕雍雝雍瓮○雄熊【古音】朋鹏棚冯彭膨○萌氓○横衡璜黉瑝宏闳纮竑弘○匑䡇○肱○左

鮏○肩顷琼○崩【逸字】紫○狪痌佟○磔○愡○榕俗崤浦

【二支】支枝肢卮厄栀氏舣楮揩衹衹跂胝颐脂之芝○菑甾缁辎锱淄椔○施葹诗尸蓍斯师狮○差嗟○时埘蒔鲥匙提○儿而濡聏洏胹鲕鲡○斯撕澌虒褫○私思偲丝司伺鸶雌○赀訾髭咨资姿兹孜孳滋次○疵玼慈磁骴兹茨瓷蜘○摛螭魑离缡摘鸥胵蚩嗤媸痴○驰池簸褫趍跼埤坁（小渚）汦（水名）迟持蚳○纰批披被○悲陂羆碑卑庳箄鞞○皮疲裨毗貔仳鼙琵蚍枇○糜縻麋靡○夷尼峓黎胰寅彝姨痍遗宜仪议疑嶷移迻沂饴颐贻诒圯怡眙○奇骑琦祁歧岐伎（舒散）跂祇（神祇）芪其期旗棋琪琪綦（綦巾）祺麒骐其耆鳍祈颀旂畿圻几俟（万俟复姓）○羲牺曦僖嬉熹禧厘熙希稀俙欷唏晞睎○伊狋歆猗漪洢咿黟衣依医噫○词辞祠○微薇溦惟维唯濰帷○肥淝腓○霏菲妃匪非诽扉绯裴飞蜚【古音】哉○灾○佩○谋（泉水）媒梅枚○围违○财裁○来莱霾埋○台○龟喈阶【逸字】蜑蜒○荖○郗畤○藐蝇萆秕○碁綦蚚○狶○妻

【三齐】齐脐蛴○西栖棲犀迟撕澌○妻雌萋凄凄○低隄提眡碑鞞○梯鹈睇○题啼提媞褆裼绨蹄㶾荑缔○泥尼怩呢旎○倪儿霓鲵麑○离蠡黎犁犁藜梨邌骊鹂丽（高丽）禠缡摛罹蓠篱樆醨漓璃厘氂牦狸霾○鸡稽乩笄羁奇觭畸踦倚豉剞掎饥肌几讥矶玑蚑叽姬期祺基棋箕旗其居其○溪磎崎欹魌俱娸○兮奚傒蹊徯谿嵇携畦○迷糜弥○笓陛【古音】斯思私○甄【逸字】狋○饥○榿

【四鱼】鱼渔虞齬麌禹愚娱灉嵎隅寓○于盂竽雩玙杅邗余予欤与㺄㺄蜍俞逾蹰渝瑜榆媮㮗荑揄腴瘐歈谀瀹蝓喻○于淤纡迃○歔嘘煦呴盱芋呕（语声）○区墟祛袪肔呿去驱虚躯○居据裾椐琚车拘驹疴○渠腒薬蚷蘧璩劬癯朣朐衢○胥糈须须需○疽雎狙咀苴诹掫○徐○书舒纾荼输歈毹○诸猪渚朱珠株诛蛛跦袜袾眛侏○除储躇屠滁厨蹰○殊铢殳㧎洙○如茹洳儒濡襦嚅○袽袦挐○枢姝樞○间卢庐槆芦驴○趋䮫【古音】据杯【逸字】㴌𥂐○姁昫欨○岖○茱

【五模】模摹摸谟膜○铺○逋○租苴○徂锄雏○蒲莆莆苻瓴○都阇○徒途涂茶图屠菟捈○炉炉舮铲鲈芦卢颅○奴孥帑驽○胡乎壶瓠瑚醐弧箶湖狐鹕糊○孤辜姑沽觚苽鸪蛄○枯刳袴○呼嘑滹幠膴○吾吴梧牾部鼯浯齬○粗乌恶洿圬○苏酥稣○初刍○蔬梳疎疏○敷傅稃稃桴泭孚俘罦扶夫玞柎不郛○符苻夫凫蚨○无毋芜巫诬【古音】车娱溥【逸字】㮷锄○胪○菰箖○汙污○甡

○麸萩○芙蠓胕苆

【六皆】皆偕阶堦喈湝楷街○揩○谐骸鞋鲑○乖○怀槐瑰淮差钗叉靫○斋○豺柴○排俳牌○埋霾○涯睚崖○哈○开该咳赅垓○孩咳○哀埃欸○皑○胎台能邰骀○笞跆苔○来厘徕俫莱○思偲○猜○哉材灾栽○裁才材财【古音】○【逸字】佳○厓○唉獃○抬○淶崃

【七灰】灰麾尯隳堕眭隋晖辉挥徽祎翚○恢诙魁窥峗睽暌聧奎封亏○煨隈偎威葳逶倭痿萎○傀瑰○规归妫沩龟圭珪闺○回廻徊佪槐○危嵬隗桅巍○推追槌○捼煓○颓○雷累垒羸○崔催○杯○丕胚醅伾○枚梅煤玫莓媒脢酶眉湄楣峗郿○垂陲倕锤椎搥魋○随遗隋○锥镌追○甤蕤绥○虽濉○为韦帏闱围祎○葵揆戣馗夔骙○崔○裴徘培陪阫○衰○谁○吹炊推○榱漼【古音】怀淮○惟微肥非妃飞○赔【逸字】盔○杯○茴○糜○蕊

【八真】真珍甄○申伸绅呻身瞋嗔○辰晨宸神仁辛新薪○亲○津○秦○宾傧频濒傧摈彬斌赟○颦嫔苹贫○民泯珉玟岷汶旻忞旼缗缗○陈臣尘○邻粼潾磷麟鳞辚嶙○因姻氤茵堙鞇垔陻湮烟甄殷慇○氲煴缊蕴○云筼匀芸耘沄郧云纭○钧均旬君军皲○巾斤筋○勤矜憨芹仅○银闺狺垠珢龈寅黄○熏薰曛醺嚑勋荤○群裙宭麇○欣昕○谆肫啍惇淳屯○春椿○纯醇鹑脣○荀询恂洵珣峋○逡踆竣蹲○存○巡徇循迿驯○伦论纶抡沦轮○文纹闻蚊蚉雯○芬雾氛纷棻分○汾焚坟贲菜○魂浑○昆崐崑琨蜫鲲鹍裈○温蕰○昏婚○坤○奔犇喷○盆湓○门扪○孙荪○村○尊遵○暾哼焞吞○屯纯豚炖臀○仑○敦墩惇镦○臻榛蓁溱○莘宰牲○痕根跟○恩○垠【古音】正诊○埙兄【逸字】困○唇○瓮鈖○邨

【九寒】寒韩邯○看刊○干奸杆肝竿玕忓○安鞍○獾嚾○宽髋○官冠纶（纶巾）欢涫莞菅棺贯（穿）○豌浣○岏忨园蚖○潘○般○槃盘弁卞胖瘢繁樊磐磻蟠○谩漫馒曼蔓○酸狻○端耑○湍煓○团敦专揣鹯○鸾銮峦滦栾○桓峘洹完丸芄汍纨【古音】蕃皤嘽蛮【逸字】邗番○鳗梡

【十删】删讪潸山珊○散○跚姗○关瘝鳏○弯湾○还环寰鬟艰兰○颜○顽○班颁般斑扳○攀蛮○潺○餐○澜阑斓栏○闲娴○瓣○悭○翻幡嶓番藩蕃潘○烦繁祥墙蹯膰燔筭虅蟠○残○单禅殚丹箪郸○滩摊○坛檀弹掸聅○难【古音】○【逸字】疝○痫○儋○癉○瘫○拴

【十一先】先跹仙鲜癣姗〇天千阡仟芊迁笺溅湔戈臻煎笺〇前嫃钱〇边编鞭鳊蝙〇篇偏猵翩扁艑蹁〇眠瞑绵緜〇颠侦巅蹎滇瘨〇田甸填嗔碽阗钿嗔瑱〇年〇莲怜零连联涟〇坚肩鹃〇牵妍开汧愆骞攐〇贤弦舷痃〇延莚筵蜒焉妍研言沿铅缘蜒〇烟烟燕（国名）胭嫣蔫鄢〇涓娟鹃鹃〇椽传遄船〇玄泫眩悬〇渊咽嬛鸳鸯冤〇然〇涎〇饘膻㿄旃毡亶栴〇蝉澶单婵禅〇轩掀〇干虔骈便（便宜）宣瑄〇铨诠痊佺〇筌荃馔拴跧〇旋璇漩〇全泉〇穿川〇专颛〇暄烜喧萱埙〇员捐鸢缘圆袁爱援媛园垣辕洹（洹水）楥猿蝯元原源沅邧鼋阮〇圈綣卷〇权拳颧〇【古音】讪〇顽〇【逸字】泅〇怜鲢〇螈

【十二萧】萧箫骚宵消肖霄道绡销捎梢硝〇貂雕凋刁刀〇桃桃佻窕挑朓条〇迢髫佻调苕鲦〇聊嘹僚寥辽璙撩鹩獠燎了〇枭浇侥骄乔娇桥矫〇幺腰邀妖夭〇骄〇焦瞧蕉椒樵谯〇飙标飘镖廉漉〇漂瞟缥〇瓢〇苗锚〇烧〇超〇昭招钊朝〇韶诏〇桡饶娆荛〇潮晁〇尧峣侥遥姚摇谣瑶洮陶鹞〇侨〇鸮嚣【古音】〇【逸字】寮傲锹窑〇荞

【十三爻】爻肴崤洨姣〇交蛟茭郊鲛尢教鸡〇敲〇包苞胞〇抛〇咆狍袍〇茅猫蛮毛髦旄〇梢捎鞘蛸〇抄〇巢〇嘲〇挠〇豪毫号皋嗥豪毫高睾膏羔糕篙〇麈镳〇敖遨熬獒嗷聱鳌磝〇褒〇骚搔缫鳋臊〇操〇遭糟〇曹槽嶆艚漕嘈〇刀〇饕叨绦弢滔〇匋陶淘裪萄涛逃桃鞉鼗〇劳捞牢醪〇獠尻【古音】〇【逸字】洨〇凹〇鳌

【十四歌】歌哥柯荷舸〇珂轲〇呵诃〇阿婴妸疴〇何河哦〇娥俄峨鹅蛾睋〇娑抄沙莎蓑衰些梭唆〇蹉磋差嵯搓〇多〇佗他它拖拖〇驼驮陀跎沱〇罗萝箩啰螺〇那傩〇戈过〇科窠〇涡窝倭〇和禾〇讹吪〇波〇坡玻〇婆鄱〇摩磨魔【古音】〇【逸字】蚵〇秒椤〇蝌〇呙〇稞〇菠

【十五麻】麻蟆〇葩芭〇巴钯芭笆〇杷琶爬〇沙纱鲨裟〇叉差杈艖咤〇槎查楂茶〇拏拿〇遐瑕霞葭虾〇赮（赤色）〇呀〇嘉加佳家珈茄笳枷〇鸦丫桠〇牙芽枒呀涯厓衙崖〇华骅哗铧骅划〇花〇夸夸侉跨〇瓜娲〇宏洼洼哇娃【古音】雅伽【逸字】砂砑〇岔〇咱喳〇痄跏鸦〇桦〇他

【十六遮】遮〇奢〇畬赊〇些〇车〇嗟瘥〇邪耶斜〇蛇阇佘杼〇茄〇爹〇靴〇瘸【古音】〇【逸字】虵〇椰

【十七阳】阳旸杨扬飏疡炀羊徉洋佯〇芳妨方坊肪枋〇房防坊鲂〇亡忘

铳○襄缃瓖相厢箱湘骧○锵将枪跄浆蒋（水草）螀○详祥庠翔墙廧樯嫱蔷○商伤殇觞汤○昌闾倡菖猖沧伥○章彰璋漳墇樟獐麞张○常尚裳尝○穰襄攘襀瀼瓤○娘○霜骦鹴孀双○疮窗○庄妆装桩○床幢○长场肠○良梁粱量粮凉○香乡芗○羌蜣腔矼○置姜疆疆僵姜江强○央殃鸯泱秧○王狂○匡筐眶尩○唐塘螳棠堂砀○当镗○郎廊狼阆榔○囊○滂旁傍房彷方庞○茫芒忙慌邙○桑仓苍沧○赃将○藏臧○康糠慷亢○冈刚纲钢肮扛杠缸○昂○杭行汪○荒肓○光胱○黄潢璜簧皇遑湟凰蝗篁徨惶○邦○降【古音】仿○氓肓○觥【逸字】磄○濂○珖○伉

【十八庚】庚亢赓更粳羹耕○坑铿○萌明○亨○行衡恒珩蘅桁○横○彭棚朋鹏嵘○峥铮琤瞠撑橙瞪○兵冰○平枰评苹坪屏萍凭骈冯○明盟鸣名铭冥暝瞑螟溟○生笙甥牲猩○京荆惊经泾矜○卿轻黥擎鲸檠○英瑛霙婴莺樱鹦璎缨膺应鹰○荣茕萦萤营荥茎莹○争诤筝丁叮○能狞○宁咛○清青○精菁旌晶蜻睛○情晴○声升陞○征贞桢祯征正蒸○成城诚承丞乘呈程醒珵澄○侦称○伶泠灵棂蛉磷龄铃囹苓聆零翎玲陵凌菱绫○盈楹嬴瀛赢迎蝇○形刑型陉○倾顷○琼○星腥醒惺○叮○听厅汀○庭廷霆蜓亭停婷○馨○绳渑○仍○兴登灯镫○腾滕誊藤○棱楞○僧○增曾憎罾缯○层【古音】○【逸字】嵘○扔○羚

【十九尤】尤肬疣邮由油游犹猷牛○抽瘳妯○搊休貅庥○丘○鸠求裘逑球俅仇虬○优忧幽攸悠○周州洲舟○俦畴筹稠绸售酬○留瘤骝遛流旒鎏刘镏浏○修羞○秋鞦鹙楸萩鳅○啾湫愁○酋遒蝤囚泅○收○柔蹂揉○搜溲叟艘○邹菆耶○浮蜉桴涪棓○侯猴喉篌○讴呕沤欧区瓯枢鸥抠○钩勾沟篝枸缑○抔○谋牟侔陬掫○兜○偷○头投○楼娄偻髅蝼【古音】○【逸字】蚘○蚰○纠摎○惆○吽

【二十侵】侵骎○寻浔○斟针针箴砧碪○谌忱○壬○森参○簪○岑涔○琛郴沉○林琳玲霖淋临○淫霪○心○音瘖暗阴○吟唫○歆○钦衾○今衿禁襟金○琴黔芩禽擒【古音】○【逸字】○

【二十一覃】覃谭潭昙○贪○眈聃眈○婪岚○南男楠喃○参三骖○簪蚕○堪龛○含唅函涵○谙庵淹○谈郯惔痰澹○儋檐甀○蓝篮褴尴○甘泔柑拿淦○酣邯咸衔○岩○掺○逸馋巉○监缄鉴○嵌嵚○衫才芟杉○攙○凡帆泛【古音】○【逸字】樿○蟛○菴○憨○錾

【二十二盐】盐檐阎炎惔严岩○钻纤襳暹○金签○尖湛○潜○苦○舰沾○詹瞻占霑沾○蟾梣髯○廉濂帘奁○淹阉崦腌○黏鲇拈○箝钳黔○砭○添酟○甜恬○谦○兼○嫌谦慊○枮忺【古音】○【逸字】粘姌

上　声

【一董】董懂澒○统桶○陇垄○蠓蒙懵蒙○总○汞○孔空悾倥○恐○捧○肿踵冢○竦悚耸○宠○勇涌踊甬蛹拥雍壅○拱巩珙哄○怂【古音】蚌○猛艋蜢【逸字】

【二纸】纸只咫抵砥底枳轵疻旨指耆止沚趾址芷○雉峙庤痔○齿胣○侈褫耻祉○此玼泚○子仔耔梓紫訾疵姊○始豕矢史使驶○恃氏士仕视舐○以已苡矣○椅○耳珥饵尔尔迩○彼佊卑比妣秕柀鄙○圮痞○陛棹婢庳○被○技○伎妓○似祀姒巳汜兕俟○死○喜憙嬉唏倚○水○斐胐诽悱匪蜚○尾陫【古音】晦悔○蚁【逸字】唇悑○屎○耗俰○准

【三荠】荠济挤○徙玺洗洒○邸底诋抵坻阺堤○弟娣悌递○秕○里理俚裏鲤悝李娌礼醴澧蠡履○体涕醍○徯傒奚○纪几麂剞○起屺杞岂企跂觭○启稽○米眯弭饵弥辟靡【古音】提○采○母亩【逸字】屣

【四语】语龉圄峿圉御虞俣与予欤庚俞愈瘐瘦楱羽禹雨宇瑀偶○伛妪疴○许诩煦姁栩珝○举莒篷去柜矩句拒○巨钜距炬苣渠齲○沮咀疽○墅○暑鼠黍纾抒杼○竖树○主炷斗鬻褚渚柱拄○杵处楮○贮伫着苎○吕膂旅侣缕○汝女茹乳○取○聚且○叙序绪○胥湑【古音】写者庶【逸字】架○龃岨○鄹○椇○鬻煮

【五姥】姥姆母拇某亩莽○普浦溥○补谱圃○簿部○祖组○睹堵楮睹土赌○吐稌○杜肚○鲁房卤卤橹艣○弩怒努○虎琥浒许○苦○古诂鼓瞽股估贾蛊罟牯沽○户怙祜扈雇嫭○坞○五伍午迕旿忤○所○阻诅俎龃○楚础○抚甫府俯腑脯黼斧莆俌○辅釜腐武舞俖碔鹉○数数籔婆【古音】旅○暇【逸字】䥽○牾忤

【六解】解○蟹獬獬○罢摆押○洒○买○伙○枴挂○骇○错楷○矮○海○恺凯垲铠闿○改胲陔○亥劾佽○霵霭蔼欸乃○采彩○宰载○在○待逮迨殆

怠驺騹騛妳（乳母）迺【古音】大（待）【逸字】崽〇唉〇奶

【七贿】贿悔〇愧汇〇猥萎委脮炜伟苇玮〇隗嵬媿〇琲痱〇美嬍每浼痗〇痗脢眛〇璀〇皋罪〇镦队憝憞〇垒磊傫櫐累蘽诔耒〇魁魂傀〇诿馁腇〇蘂橤蕊〇狓崋〇髓瀡〇峢伓〇跬〇水〇毁觖卉凸尾〇诡佹癸湀轨汍晷宄岿跪揆【古音】〇【逸字】玮莓〇渼〇蕾〇魄〇伪

【八轸】轸诊疹顲赈振畛稹袗胗缜镇〇屒肾〇忍〇哂〇牝朕尽〇引蚓尹〇朕〇泯吻沕慜闵缗慇悯敏〇紧谨卺〇窘菌〇准淳敦〇蠢〇盾楯〇笋隼〇陨殒允狁〇刎抆〇粉悃蕴缊韫愠〇隐近听〇混棍浑焜〇梱捆悃稇〇衮鲧〇稳〇本笨畚〇懑〇损〇忖〇囷豚〇很〇垦恳〇禀品【古音】〇【逸字】朕〇忞〇笋〇垒辊〇怎

【九旱】旱悍〇罕〇侃衎〇秆〇缓浣皖暖莞澕〇窾款棁〇管琯馆盥悺〇满濛〇伴并〇算撰〇纂缵酂〇短〇疃畽断〇卵〇煖煗偄儒【古音】〇【逸字】晥腕脘〇赶

【十产】产浐划铲〇湔〇撰馔〇赧〇限〇版板钣反饭笲〇晚挽輓娩〇盏栈〇傽〇简柬諫〇眼〇瓚〇狙〇坦〇但儃〇诞〇懒〇散伞〇汕【古音】〇【逸字】坂拣

【十一铣】铣跣洗省鲜癣燹〇扁辫辨匾〇免缅沔湎渑丏眄勉俛冕娩〇典洅〇腆琠腩倎〇显宪〇茧趼〇岘〇犬卷绻〇畎狷胃〇浅〇翦剪劗践揃栈〇选撰馔〇隽吮〇舛喘转〇展辗〇辇〇衍演縯沇兖〇辗〇蠊灎篆〇遣〇蹇楗〇卷〇阮沅远〇偃【古音】〇【逸字】碾蚬〇软

【十二篠】篠小〇剿〇了瞭缭缪蓼燎僚〇窕佻眺〇杳夭窈〇缴璬矫〇沼昭诏〇挠绕肈兆〇扰〇悄愀〇少〇晓〇表〇剽麃殍〇眇渺貌淼秒杪【古音】〇【逸字】缈

【十三巧】巧〇佼狡搅绞〇饱〇卯昴茆〇稍〇炒〇爪蚤〇咬〇镐灏颢浩皓〇好〇考攷栲〇杲缟皜槁〇媼袄〇宝葆鸨〇扫嫂〇草〇早蚤澡藻枣〇倒捣祷岛〇讨稻〇老〇脑恼瑙【古音】角【逸字】导

【十四哿】哿舸〇可轲坷〇我〇左〇幺〇果裹颗〇火〇祸伙髁〇跛播簸〇颇叵〇锁琐〇朵〇妥惰堕憜垛〇裸倮【古音】〇【逸字】剁卵

【十五马】马码〇把〇鲊苴〇槎〇洒〇下厦贾罢假嘏夏〇姹〇哑雅〇垮

○寡○瓦○踝倮○胯袴○打【古音】察擦插○法○甲胛○匣呷○塔獭榻塌○飒撒○刮○瞎○八○恰掐【逸字】玛○耍○傻

【十六者】者赭○写○且○舍○野也冶○惹○姐【古音】○【逸字】扯乜

【十七养】养痒○奖蒋桨○两魉蜽强○仰○想○抢○敞氅倘厂昶○掌长○爽○响饷享○嚷壤○攘○赏饷上○仿纺○网罔惘○枉○往○党帑傥○榜○莽漭蟒○晃幌○广○讲港○棒蚌○朗【古音】○【逸字】俩○访○谎

【十八梗】梗鲠绠埂哽骾○杏荇○猛蜢艋○冷○丙炳柄秉饼○顷○迥炯○悖脛綮○皿○省○影景梬○颖郢瘿○境到颈儆警○永○憬璟昺○耿○幸○靖靓婧醒惺○请○井○逞骋裎○领岭袊○顶鼎酊○肯○茗冥暝溟○挺铤艇○拯整○冼○等【古音】○【逸字】竟○阱○扃

【十九有】有右友西牖莠诱羑○酒○首手守狩○帚肘丑○柳○纽钮狃○黝○朽○九久玖灸韭赳○咎○簍○缶否不○阜妇○掫○吼○口叩○苟狗枸劬○垢诟○呕○偶耦腢藕○剖○亩某牡菽蛛蕨魶○走○斗抖蚪陡【古音】绺○叟擻【逸字】寻

【二十寝】寝○审婶沈○枕○甚葚椹○荏○糁○朕䐴○廪禀凛○锦○噤○饮【古音】○【逸字】○

【二十一感】感菡罧○颔撼憾○坎○晻揞蓊暗○惨○毯○赚慊○槛滥舰○喊○胆○啖啖啥澹惔○敢橄○览揽榄○减○黯○斩【古音】○【逸字】赣卵

【二十二琰】琰剡广○弇掩崦阉渰弇埯○闪陕○冉苒染○谄○敛殓㪘○险○检捡脸○俭芡○贬○砭○忝○点玷○簟店○淰姌○歉慊谦○渐【古音】○【逸字】○

去　声

【一送】送宋○凤奉缝○粽○纵○冻栋○痛○洞峒恫动恸○弄咔○控悾空倥○贡赣○瓮○梦○讽俸○众中种重○仲○用○颂诵讼○共供【古音】○【逸字】淞○蚌○孟

【二寘】寘至伎挚鸷贽质志志识织○积渍骴眦○翅○炽帜○侍寺嗜视

示谥事士仕是市柿恃○二贰贷○四肆驷泗赐思○伺俟嗣食似寺○自字孳牸○智致置○制誓折○治稚值直植褫虤○异肆隶易义谊议○诣羿艺呓刈毅○曳拽泄裔○试弑始室失趉窨使史○妓忌偈暨坮綦○辟譬僻濞渒○怂泌费秘秘畀庇苉擗○避敝弊币被骸鼻痹备纰○誓噬筮逝○未味○厕○次刺○戏气既燹（野火）○意懿○壹缢○费沸芾废肺柿痱翡吠○世贳势执○掣○闭敝弊撇瞥媲臂【古音】食【逸字】痣○峙

【三霁】霁济祭际○剂○细堉婿○切砌○帝谛嚏○替剃涕○第弟悌娣递缔棣踶○地○利苙吏罿○丽俪隶戾悷荔唳泪例厉裂励沥蛎○器弃乞气企跂亟○契锲憩揭○计蓟系继髻结击○寄倚冀洎塈骥季记忌巳暨几瘈腻○禊○寐袂谜○滞【古音】○【逸字】茝

【四御】御驭语遇寓禹○淤瘀豫预与软誉舆澦芋羽雨裕欲谕喻瘉○去○据锯遽巨句○惧具飓○絮○娶取趣趋○足聚○恕庶○树澍戍束署曙○处○着著箸翥注铸炷属烛瞩祝○柱驻住○煦昫○虑滤屦录○女【古音】○【逸字】炬○酗○竖

【五暮】暮莫慕墓募○布怖○步搏哺簿部○素诉傃愫塑○措厝错醋○祚○作祖○助○妒咤姹蠹○度渡镀肚○兔菟吐○路辂赂璐露潞簬鹭怒○护互冱户○库绔○顾雇故固锢痼○恶○误悟寤晤○赴仆讣付傅赋富副○附垺驸鲋父妇负○务鹜婺雾鹜【古音】○【逸字】埠○戽○妒

【六泰】泰太大（待）汰贷态○代岱黛袋逮迨待殆怠睇埭隶○带戴载○钛○赖濑籁癞○奈耐○菜蔡蠆○盖丐溉概○爱僾蔼霭暧乃○艾碍○害妎亥○外○慨忾○再○在○戒诫介价界疥芥届○隘○派湃○拜败稗○卖迈昧霾○煞○塞赛○怪坏狯浍○砦寨○债责祭快哙劀○械薤瀣邂解【古音】○【逸字】尬○帅率

【七队】队兑锐○对碓○退脱蜕税○类率泪累醉未○配沛霈肺沸○旆沛佩珮背倍孛邶（国名）北拔○辈贝狈○妹昧媚瑁冒沬魅昧○岁碎谇晬祟粹邃遂术燧隧邃穗篲彗○翠倅淬焠啐○萃悴瘁崒踤○溃聩聩阓汇会绘缋沫○海悔晦哕喙讳卉虺○慧惠蕙恚娃愦嘒○叡睿锐○汭芮枘蜹○佥检剑鲶脍狯邻浍○会愦嘳○贵聩刿㰔朘鳜臬桂笙愧魏匮蒉黉馈柜○坠隧怼○秽荟萎○尉慰畏蔚寿○胃谓渭猬纬卫位为○魏伪○赘缀○出○瑞○说帨○诿○内○勋○块○

悸〇醉最〇睢【古音】〇【逸字】备〇飓〇脆〇炅炔〇猬

【八震】震振赈甄（掉）镇〇阵〇韧仞认〇闰润〇孕胤靷绁〇印〇慎〇摈傧鬓殡〇信讯汛迅〇峻骏逡浚〇濬逊〇晋缙搢瑨进荐〇尽赆荩〇俊隽峻〇焌捘〇衬〇吝〇烬蔺论〇衅兴〇仅觐堇瑾靳殣近〇舜瞬〇顺〇问〇紊抆汶〇分愤贲偾贲忿奋〇粪〇皲〇郡〇醖愠煴蕴缊〇训〇运晕恽郓韵〇憎〇困〇喷〇垒坋〇闷懑〇顿钝遁〇嫩饨〇恨艮【古音】〇【逸字】赈笨玭趁囟

【九翰】翰骍旱悍汗瀚捍扞干銲旰〇汉〇看侃〇按案岸犴矸〇换唤奂涣焕潓〇贯冠观（道观）懽盥灌瓘鹳〇半绊〇判泮伴胖畔叛〇幔谩漫曼僈墁槾蔓〇算蒜〇窜〇钻〇攒〇锻段断〇乱【古音】〇【逸字】幕片

【十谏】谏涧锏〇晏〇惯贯串掼〇患宦豢圜幻眩〇扳〇慢僈嫚谩缦〇讪姗疝汕清〇栈〇篡〇粲灿璨〇赞赞〇炭叹〇弹掸但袒澶坛诞〇斓斓〇旦〇散伞〇腕惋〇雁〇难〇瓣办辨〇盼〇绽袒〇苋〇贩畈坂〇饭〇万蔓曼挽【古音】〇【逸字】〇

【十一霰】霰线〇倩茜〇荐〇羡〇贱饯〇殿〇电奠甸佃钿淀淀〇练炼楝〇恋〇现县见苋〇砚研〇衍羨彦谚〇建〇眩炫〇愿远院献宪〇券绻劝〇绢狷〇眷卷〇宴晏燕咽堰偃〇辩变〇怨〇片辫〇丏面〇扇煽〇战颤缮善擅鄯〇啭转〇钏〇串馔撰〇倦〇传〇健〇便卞汴弁荐箭溅【古音】〇【逸字】笢辨

【十二啸】啸笑俏鞘削〇吊钓窵眺跳〇调掉籴〇料廖〇溺〇窍〇叫〇哨俏〇醮〇噍〇少〇照昭诏〇邵劭绍绕〇召赵〇燿耀〇轿〇票〇妙庙【古音】绡〇虐【逸字】蓼〇峭

【十三效】效劾爻校学〇孝〇教觉挍窖较榷铰〇豹爆报〇砲〇拗〇貌帽冒瑁毫耗媢〇稍削〇钞〇罩踔〇潅〇闹挠淖〇号〇耗〇犒诰告邿〇奥墺澳懊〇傲骜〇暴瀑抱裒鲍〇噪燥〇造糙躁〇凿〇到〇道盗悼蹈〇劳（慰劳）【古音】〇【逸字】邈〇棹〇浩皓昊颢灏〇套

【十四箇】箇个〇过〇课〇贺和〇荷饿卧〇些〇佐作〇惰憜〇奈懦糯剁〇播簸〇破〇磨〇剉〇坐座〇货〇唾〇缚【古音】〇【逸字】做锉

【十五祃】祃貉骂伯〇怕帕〇霸灞瀑靶把（把儿）〇诈溠汊〇乍蜡〇咤咤奼姹假〇下夏罅吓赫〇驾〇价贾斝嫁架稼〇罢〇亚娅〇讶迓〇画华（华山）话〇化跨骻〇卦挂罣【古音】〇【逸字】榨〇大〇卦〇杀

【十六蔗】蔗柘炙〇泻卸〇借〇谢榭藉籍〇舍赦〇射贳麝〇夜【古音】〇【逸字】鹧跞这〇厍

【十七漾】漾恙样飏〇放访舫〇妄忘望〇相〇尚〇饷向〇唱倡怅畅昶〇障彰〇嶂瘴帐胀〇将酱〇壮状〇蹡〇匠〇让攘〇创〇仗杖〇谅亮凉量晾〇强〇仰酿〇旺晃〇况贶〇宕砀荡惕〇当〇浪埌〇傍〇蚌棒〇丧臧〇葬〇吭沆肮〇抗伉亢炕矿慷〇盎醠〇旷〇谤〇绛降泽〇巷衖〇撞幢戆【古音】〇【逸字】丈〇殇〇肮

【十八敬】敬竟镜猄〇劲〇径迳傲〇映〇竞擎擎〇庆磬罄〇更〇孟〇柄并〇病〇命〇泳咏永〇硬〇瞪〇聘娉〇性姓〇倩婧〇净静靖〇圣胜〇盛晠乘剩〇称秤〇郑瞪〇正政证〇令〇钉订定锭〇听〇宁（姓）佞〇孕〇兴应凳〇邓〇赠〇认扔荋【古音】〇【逸字】境儆

【十九宥】宥又有右佑祐囿狖柚鼬〇嗅臭兽畜糗〇救究疚廄灸〇旧〇副覆仆富辐〇复伏〇秀绣宿〇僦〇岫袖〇就鹫〇狩守首〇祝呪〇昼咮啄喙注〇授绶寿售〇肉〇不瘦皱〇骤〇胄宙纣酎〇溜廇遛〇戮〇后逅厚〇吼蔻〇寇扣叩〇沤渥茂懋亥督贸〇漱涑嗽〇凑奏辏蔟〇族走〇斗〇透〇豆脰逗窦读（句读）渎〇漏陋耨〇偶构购媾遘冓觏姤句〇幼谬缪【古音】褥〇六【逸字】枢〇受〇廖〇瘦〇够

【二十沁】沁〇浸寖裖〇甚任妊衽〇渗〇赁〇禁噤〇荫【古音】〇【逸字】恁

【二十一勘】勘〇绀灨淦〇憾〇探撢〇阚瞰〇暂儳〇淡惔啖噉澹〇滥缆览〇陷〇蘸〇湛鉴监〇槛鉴〇泛【古音】〇【逸字】赣錾赚忏

【二十二艳】艳焰焱〇厌餍弇〇砭〇堑〇苫闪〇砚沾〇占〇敛潋猃敽〇忝〇店垫玷〇念〇歉俭〇僭〇酽验〇黏〇胁〇欠【古音】〇【逸字】殓

入　声

【一屋】屋沃谷穀告牿梏〇酷哭嚳〇熇斛槲囿鹄〇卜朴濮〇扑剥〇仆暴瀑〇木沐霂目苜睦穆牧缪〇速数蔌肃涑谡〇夙粟宿蓿〇蔟瘯镞促趣〇族〇秃〇牘读独毒蠹〇禄漉渌麓碌鹿渌辘六陆戮〇福腹复副辐幅覆蝮鳆蝠〇伏服匐

○蹙蹵蹴○叔淑倏束菽俶○祝蓄畜触矗旭顼烛瞩嘱属粥竹竺筑○掬鞠菊○孰熟塾蜀镯赎○肉辱溽溽○育毓昱煜鬻欲浴○郁彧奥澳拗○玉狱○缩○逐轴妯○曲蛐○局○足○续俗○笃督【古音】垢【逸字】茯

【二质】质桎郅蛭只窒○失室○实寔○叱咥○日○率帅蟀○悉蟋膝驷○七漆○即唧○疾嫉嫉○必毕跸珌铋笔○弼佖○邲泌秘怭怭○密蜜宓谧○匹疋○秩袟帙姪侄○栗○屹○逸佚轶溢一壹乙○乞气○吉诘讫吃迄忔○橘苖○术述沭秫○出怵黜○恤○戌○焌○卒○律聿潏鹬泪○瑟璱虱○勿物汤不芾弗彿拂佛沸○蔽○屈厥倔拙堀掘郁蔚尉○没殁○字醉梓悖渤○谇猝○卒○对○突○呐纥○滑○忽惚笏○窟○骨汩○兀掘扤机○媪【古音】日匹【逸字】莘○茂

【三曷】曷害褐○喝○渴○葛割○遏靄○末沫昧妹眛抹秣○活○豁○阔括聒○拨钵○泼○跋魃拔○撒○掇○咄○脱说税○夺○捋【古音】○【逸字】袜○茉

【四辖】辖劼黠○檗薛○萨杀蔡○笪怛㥜狚妲○达闼挞獭汏○捺○戛秸颉介○轧揠○猾滑○八捌○煞○察刹○札扎○刮○刷○帕○獭○瞎○拶苗○伐阀筏罚○发（发生）发（头发）废【古音】○【逸字】辣

【五屑】屑偰杀楔薛絏裼媟泄契○孽讞枿挚○结洁髻锲羯子揭偈桀○阙屈缺○揭○别蟞弊○闭辩○列烈裂冽厉栗戾○月刖卫悦说兑阅越粤曰钺○谒噎咽瞖○穴○灭血决○拙缀辍啜○蔑眛篾○杰楬竭碣竭○热○撇瞥憋○雪○挈契○绝说○节○截○铁餮䬣○抉○劣○呐○厥蹶蕨玦诀○彻辙撤沏掘拙○浙制哲喆蜇折襵颉○曳拽○设○涅○舌○臬○迭跌趃○歇○切窃○刷【古音】○【逸字】杰○凸佚

【六药】药跃钥虐疟○岳乐○渥握喔幄○约○缚○削○索○错厝○鹊猎芍○嚼○爵雀○作凿○昨柞○铄烁○浞○籆汋○朔数槊嗽○灼焯勺妁酌斫○箸著着○绰婥婼踔○若弱溺箬袅○略掠○却壳确○恪○觉角榷较脚○嚄○矍懼○各阁格蛒○霍藿护○托橐柝拓魄○洛酪落路络珞硌乐烙珞○诸搦○掉○博搏薄膊礴拍溥剥驳爆暴扑泊怕箔魄亳○铎度劇泽○薄朴璞粕鲍○莫漠膜摸瘼寞邈貊貌○鹤貉涸格○郝壑○学○廓扩○郭椁○恶○噩愕鄂咢萼鳄鹗○觌○捉琢卓啄涿○浊濯擢镯【古音】的○客○昔【逸字】素○鳆○罩

【七陌】陌佰狢莫骆蓦百麦脉○拍魄霸珀伯追柏○白帛舶○宅泽择翟○坼拆策册○檗擘○赫吓爀○黑○客喀克刻○格骼烙隔革膈○额○虢郭帼蝈国○索色啬穑○窄责债啧咋帻簀摘谪侧仄昃○厄扼轭○昔腊惜舃锡析淅蜥息熄○刺敇戚○席蓆夕汐○寂籍瘠○积脊迹借鲫绩碛○释舍适奭螫识饰式轼拭○尺赤斥敕勑饬○只拓跖炙职织枳陟○石硕射食蚀○掷踯直植○益亿臆意薏忆抑○绎译驿怿峄掖亦腋奕弈液射蜴易弋杙翼翊翌○壁副幅幅逼辟躄璧碧○僻辟癖霹劈○匿搦溺○愎○戟躤激击殛亟棘极○剧屐跂○逆○隙郄○觅幂幎冥末汨○的莳嫡镝滴○逖狄剔肆惕敌适迪籴涤笛荻○历雳栎沥郦鬲翮砾寥栎力○檄○殖植○测恻○贼○即唧稷○域蜮役疫○德得○忒贷○勒肋仂○北○匐伏服卜踣仆○墨默嘿穆○塞寨○则○劾核翮○或惑获画【古音】暨【逸字】湢

【八缉】缉茸耳○戢辑○习袭隰○集楫○执汁○蛰○十什拾褶湿○入涩○立笠飒○揖挹邑浥煜翊晔○吸歙酓○泣○急给级汲○及笈岌圾【古音】○【逸字】芨

【九合】合郃盒盍阖嗑○颌鸽蛤○答○杂○杳踏蹋○蜡腊○纳○榻塌搭鞳塔○洽袷峡狎匣○恰掐○夹侠甲押○霎插○压鸭○呷○乏法泛【古音】○【逸字】邋遢

【十叶】叶厌靥晔浥腌笈拾○妾○接楫睫婕○捷○摄叶歙涉霎歃○惵辄○聂镊蹑嗫捻摄埝○猎鬣○帖贴○喋牒谍堞蝶叠○汁协勰侠○胁胁○颊筴夹劫○悏怯○燮躞○业牒邺【古音】○【逸字】钾

主要参阅书目

王国维. 宋元戏曲史［M］. 桂林：广西师范大学出版社，2010.

吴　梅. 南北词简谱［M］. 北京：中国戏剧出版社，2015.

王　力. 诗词格律［M］. 北京：中华书局，2009.

俞为民、孙蓉蓉. 南曲九宫正始［M］. 安徽：黄山书社，2008.

姚品文.《太和正音谱》笺评［M］. 北京：中华书局，2010.

徐宏图. 南戏遗存考论［M］. 北京：光明日报出版社，2009.

俞为民. 宋元南戏考论续编［M］. 北京：中华书局，2004.

俞为民. 中国古代曲体文学格律研究［M］. 北京：中华书局，2012.

梁扬，杨东甫. 中国散曲综论［M］. 北京：中国社会科学出版社，2007.

李昌集. 中国古代散曲史［M］. 上海：华东师范大学出版社，1991.

赵义山. 元散曲通论（修订本）［M］. 上海：上海古籍出版社，2004.

刘春江、陈建军. 湖口青阳腔［M］. 南昌：江西人民出版社，2007.

刘春江. 中国湖口青阳腔曲牌音乐集［M］. 北京：中国广播影视出版社，2015.

后 记

我写这本书的初衷，不为作理论，只为发掘南曲遗产，并将南曲创作基础知识介绍给读者，以使我国南曲能得以传承。本书对南曲溯源及其相关理论只作梗概勾勒，书中贯以南北二曲比较，是为引导对南曲的认知，也为重新认识北曲和全面认识元曲提供帮助，包括书后附有的南曲曲谱与曲韵，也是为给当代南曲创作提供方便，故本书原名《南散曲基础概论与写作实务》。

书稿交付出版后，中国书籍出版社副总编赵安民（师之）先生，为文字简练起见，建议将书名更为《南散曲概论》，又从多少年不曾有见南散曲专论说，为推介南曲艺术和得以传承，以"南散曲概论"冠之，我认为也是可以的，或者说是必要的，故此本书在出版时作了更名。书中若尚遗留原书名字样，谨以此说明见谅。赵安民先生并应我邀请为本书题写书名，在此深表感谢，并对王志刚、杨铠瑞等编辑同志为本书的辛勤付出顺致谢意。

在本书的史料查询与运用中，我发现前人诸多为传承南曲所作出的历史贡献和感人事迹。比如《南曲九宫正始》曲谱的产生，始有前期作者明徐于室致力未成而卒之心血，幸有徐氏生前所托，继由钮少雅历时二十四年，九易其稿，于八十八岁时完成，是二位作者披肝沥胆，才有这自上古曲谱《骷髅格》以来，集历代南曲曲谱之大成。再如《洪武正韵》，因元一代废止科举，致自隋唐《切韵》以来中原传统正音中断，是由明朝开国皇帝朱元璋颁诏，并亲自主持、赐名和组织人力，历时十一年经两次修订完成，表现了对传统声韵的接力与革新，其价值及产生过程为我国音韵史之少见。我认为，对于任何艺术的探寻与研究，其意义不应只在艺术本身，重要的更在精神。

精神者，民族之魂也。本人已年过古稀，今视南曲将绝，元曲奉行存讹，如不能得以真正传承，实深感愧对先人，更存愧于后代。

是为记。

高朝先
2021年12月26日于湖口